녹두장군 4

지은이 | 송기숙
펴낸이 | 김성실
편집주간 | 김이수
책임편집 | 손성실
편집기획 | 박남주 · 천경호
마케팅 | 이동준 · 이준경 · 강지연 · 이유진
편집디자인 | 하람 커뮤니케이션(02-322-5405)
인쇄 | 중앙 P&L(주)
제본 | 대흥제책
펴낸곳 | 시대의창
출판등록 | 제10-1756호(1999. 5. 11)

초판 1쇄 인쇄 | 2008년 7월 1일
초판 1쇄 발행 | 2008년 7월 10일

주소 | 121-816 서울시 마포구 동교동 113-81 (4층)
전화 | 편집부 (02) 335-6125, 영업부 (02) 335-6121
팩스 | (02) 325-5607
이메일 | sungkiller@empal.com(책임편집자)

ISBN 978-89-5940-115-4 (04810)
       978-89-5940-111-6 (전12권)
값 10,800 원

녹두장군

4
사발통문에 새긴 각오

송기숙 역사소설

시대의창

일러두기

1. 이 책은 1994년 창작과 비평사(현 창비)에서 완간한 《녹두장군》
   을 개정하여 복간한 것이다.
2. 지문은 원문을 최대한 살리되 현행표기법에 따라 표준말을 기
   준으로 바로잡았다. 대화에서는 사투리와 속어를 포함한 입말
   의 느낌을 살리기 위해 한글맞춤법에 맞지 않더라도 그대로 두
   기도 했다.
3. 외국 인명人名은 외래어표기법에 따라 고쳤으나, 옛사람들이 쓰
   던 발음과 크게 달라지는 경우 그대로 두었다.
4. 독자들에게 생소한 어휘와 사투리 및 속담은 어휘풀이를 달았
   다. 동사 및 형용사는 사전에 등재된 기본형을 표제어로 삼았으
   나, 그 밖의 용어나 사투리 및 잘못된 표현은 본문 표기를 그대
   로 표제어로 삼은 것도 있다.

차 례

제4권 사발통문에 새긴 각오

이 통문에 이름을 적어넣는다는 것은, 나는 이렇게 죽기로 각오했다고 세상에 알리는 것이오. 다시 말하거니와 우리는 군수 하나쯤 짚둥우리나 태워 쫓아내는 것이 아니라 군수 목을 매달아 죽이고 무기고를 점령해서 무장을 한 다음, 전주 감영을 들이치고 그 여세로 한양으로 쳐들어가 조정을 뒤집어엎습니다.

1. 전창혁

김도삼은 앵성리를 다녀서 자랏고개를 넘어 자기 집에 당도했다. 군아에서 포교가 두 번이나 다녀갔다고 했다. 이웃 친척집으로 피해 앉았다.

김도삼은 근방 동네 집강들을 모이라 했다.

정읍서 전봉준과 헤어진 김도삼은 천원과 쟁우 등 서너 면을 돌면서 교도들을 만났다. 교도들은 한결같이 이대로는 못살겠다는 것이었다. 무엇보다 기가 찬 것은 진황지 인징이었다. 진황지 즉 묵정논을 일궈서 농사를 지으면 3년간은 세미를 물리지 않는다는 바람에 고향을 등지고 동네를 나갔던 사람들이 다시 돌아와 일구기도 하고 또 동네 사람들도 다투어 일구기 시작했던 것이다. 그런데, 처음의 약속은 헌신짝 버리듯 하고 세미를 물리는 바람에 하학동 이세곤과 김칠성처럼 거덜이 나서 거개가 *밤봇짐을 싸버렸는데, 그것을 동네 사람들한테 나눠서 인징을 물린 것이다. 지난번 감영에 끌려가 형문을 당한 정삼득 같은 사람은 그 중에서도 제일 억울한 편에 드는 사람들이었다.

금년도 시절이 좋은 편이 아니어서 그 묵정논 물길이 웬만하다는 논이 반농사 턱이 빠듯했는데, 느닷없이 세미가 나오는 바람에 모두 벼락 맞은 꼴이 되고 말았다. 작년 가을부터 세미 안 물린다고 큰소리치고 다니던 균전산가 하는 작자는 코빼기도 내밀지 않고 군아에서는 그 세미를 촘촘히 따져 동네 사람들한테다 날파를 해버린 것이다.

"애먼 놈 옆에 배락을 맞아도 유분수제 아무리 무지막지한 놈들이라고 이럴 수가 있단 말이오? 나라 임금 업고 세미 안 물린다고 찰떡같이 다지고 댕기던 균전사는 어떤 놈이고, 그런 세미를 인징까지 물리는 놈은 어떤 놈이오?"

"시상에 협잡을 해도 방불해사제 나라 임금까지 업고 협잡을 한단 말이오?"

"안 돼요. 이것은 어디다 내놔도 안 될 일인게 등소를 합시다."

가는 데마다 같은 소리였다. 수령들은 오늘 갈려질지 내일 갈려질지 모르는 판이라 무슨 명목이 되었던지 농촌에 쌀 됫박이나 있을 때 긁어들여 제 배때기 챙길 생각뿐 균전사고 임금이고 안중에 없었다.

전답에 결세를 하고, 또 그것을 거둬들이는 일은 어디까지나 그 고을 수령 소관이라, 수령으로는 무슨 명색으로든지 뜯어먹고 체임되어 그 고을을 떠나버리면 그만이었다. 그러니까, 그 진황지는 조정의 결세 대상에서 빠져 있는 논이므로 거기서 받은 세미는 고스란히 수령 몫이었다. 균전사야 농민들에게 약속을 했건 말았건, 내 알 바 아니라는 배짱이었는데, 궁하면 그것은 진황지가 아니었다고 우겨도 약한 백성은 당할 수밖에 없는 일이었다.

김도삼은 등소라도 올려야지 않겠느냐는 교도들의 성화에 못 이겨 앵성리 김진두를 찾아갔었다. 그는 향교의 장의로 의협심이 있는 사람이라 웬만하면 소두로 나서 줄 법해서였다. 자기나 정익서 같은 동학 우두머리들은 당장 지목을 받고 있는 처지라 나설 수가 없었기 때문이다. 그러나 김진두는 완곡하게 거절을 했다. 어떻게 할까 궁리가 서지 않아 이쪽 사람들 의견을 들어보려고 동네 집강들을 모이게 한 것이다.

맨 먼저 달려온 것은 하학동 김이곤이었다.

"하학동서는 진즉부터 진황지 인징 이야기가 있었다던데 사실이오?"

"인징 이얘기뿐만 아니오. 표선접응미라던가 그런 것하고, 서원가급미에다 고루고루요."

"표선접응미라니?"

"우리가 세미를 안 내고 있기 땀새 세곡선이 바다에서 기다리고 있는 동안에 뱃사람덜이 묵는 밥값 술값이라잖소."

"허허, 그놈들 세목 명색 비벼내는 데는 귀신이구만."

"그때 그러코 미친개 걸레 씹어 발기대끼 한바탕 북새질을 쳐놓고 간 뒤로 여태 아무 소리가 없고, 또 다른 동네서는 그런 일이 있었다는 동네도 있고, 없었다는 동네도 있다고 하글래 즈그덜도 하도 염치가 없는 일이라 그라다가 마는가부다 했등마는 다시 지랄이그만이라."

12

김도삼은 김이곤 말만 듣고 있었다.

"그때 서원이란 놈 설치는 기세대로 긁어들이면 살림 지대로 할 사람 하나도 없을 것 같소. 다른 것은 놔두고 진황지 결세 인징이 젤로 큰일이오. 우리 동네는 전에 동네서 나갔던 사람들이 두 사람이나 들어와서 손을 댔다가 세미가 나오는 바람에 폴새 밤봇짐을 싸부렀소. 그 사람들은, 일테면 열 마지기에 손을 댔다가 모는 닷 마지기도 못 꽂았는디, 열 마지기 전부 농사진 걸로 쳐서 결세를 해놨으니, 맨손 쥐고 들어왔던 사람들이 어디서 나서 그런 세미를 물겠소?"

"가는 데마다 등소라도 올려야겠다는 공론들이오."

김도삼이 무겁게 입을 열었다.

"들어줄 놈들은 그로코 생기지도 안 했겄제마는 그래도 그 짓이래도 해보사 안 쓰겠소."

"소를 올리면 하학동서는 몇 사람이나 나설 것 같소?"

"지난번 삼례집회 때 우리 동네서 여남은 사람이 나갔은게 우선 그 사람들은 나설 것이고 잘하면 너댓 사람 더 나설 것이오."

"그것밖에 안되요?"

"그 수는 틀림없는 수고 더 나설지도 모르겠소."

김도삼은 치부책에다 수를 적어넣었다.

"종씨께서는 다른 수고를 좀 더 해주셔야겠소. 넬이 말목 장날인게 장에 가서서 다른 동네 사람들도 만나……."

김도삼은 만날 사람을 일일이 지시를 한 다음, 장에서 만나지 못하면 그 동네까지 가서 만나고 오라 했다.

그때 창동 조만옥이 예동 집강 등 대여섯 사람과 함께 들어섰다.

"관에서 붙인 방 보셨소?"

"방이라니?"

"아까 동네 어귀에다 붙이고 간 것 같소. 나졸들이 여러 장 손에 들고 붙이고 댕기더라요."

지금 동학도들이 세미 징수를 빌미로 소를 빙자하여 작변의 흉계를 꾸미고 있으니 양민들은 행여 그에 휩쓸리는 일이 없도록 각별히 유념하라. 세상이 다 알고 있는 바와 같이 동학은 사도난정 혹세무민의 이단으로 조정이 엄하게 다스리고 있은즉 만약 그들의 요언에 현혹되어 경거망동을 하였다가는 누구든지 역률로 다스림을 받을 것이니 행동을 조심하여 후회하는 일이 없도록 하라.

군수 조병갑 이름으로 되어 있었다. 동학도와 일반 사람들을 이간시키자는 속셈이 환했다.

"다른 고을에서도 모두 일어나고 있은게 미리 겁을 주자는 수작이오. 언제는 우리가 관의 허락받고 소 올렸더라요?"

조만옥이었다.

"그것은 그라제마는 저런 방을 보고 나면 모두 벌벌 떨 것 같잖소."

"그래도 나설 사람은 나서요. 다른 사람들이 안 나선다면 우리 동학도들끼리 올립시다."

그때 정익서가 도집강 송두호와 함께 들어섰다. 정익서는 더 엉뚱한 글발을 들고 왔다.

14

"법소에서 통문이 내렸소."

삼례집회 뒤 관의 탐학이 한층 심해졌으나 법소에서도 이 사실을 소상히 알고 여러 가지로 숙의를 하고 있으니 사사로이 *취당하여 가벼이 움직이는 일이 없도록 하라는 내용이었다.

"관가 놈들은 그런다치고 법소에서까지 덩달아 관의 장단에 놀아날 것은 뭐요?"

김도삼이 통문을 구겨쥐며 목소리를 높였다.

"그럴 리야 있겠소. 어디서나 꼴들이 마찬가지라 동학도들을 단속한다는 게 까마귀 날자 배 떨어지는 격이 되었겠지요."

정익서는 법소를 옹호하고 나섰다. 교도들 앞이라 그런 모양이었다.

"어떻소. 가는 데마다 등소 밖에는 길이 없다고 야단들이오. 우리는 저자들이 지목을 하고 있으니 정면으로 나서기가 멋하고, 그래서 앵성리 김진두 씨한테 가서 말을 해봤더니, 여러 가지로 입장이 난처하다고 고개를 젓고 있소."

"우리도 그것이 답답해서 이러고 왔소."

김도삼의 말에 정익서가 입술을 빨며 대꾸를 했다.

"하다 못하면 우리가 나서더래도 먼 수를 내사 쓰요."

조만옥이 단호하게 말했다.

"지금 접주님 댁에도 시방 사람들이 모여 있잖은가 모르겠소. 낮에 정길남이랑 젊은 축들이 접주님 춘부장하고래도 의논을 해봐사 쓰잖겠냐고 합디다."

예동 집강이었다.

"그람, 그리 가보까라?"

"그 양반 성질에 당신이 나서겠다고 하면 곤란할 것 같은데요."

김도삼 말에 정익서가 고개를 갸웃거렸다.

"춘추가 칠십 줄에 앉은 분이잖소? 말려야지요."

모두 집을 나와 조소리로 향했다.

산매에서 조소리는 5리쯤 되었다. 눈발이 치고 있었다. 모두 눈을 흠뻑 뒤집어쓰고 전봉준 집 골목으로 들어섰다. 울타리 너머로 보니 방에는 모두 불이 꺼져 깜깜했다. 김도삼이 사립문을 밀치고 들어섰다. 마당의 눈 위에는 금방 집으로 들어간 발자국이 여러 줄 찍혀 있었다.

"주무시오? 도삼이올시다."

대답이 없었다. 잠시 기다렸다가 다시 기척을 했다. 그러자 엉뚱하게 부엌 지게문이 열리는 소리가 났다.

"이리 들어오시랍니다."

낯선 목소리였다. 모두 부엌으로 들어갔다. 안에 여남은 사람이 앉아 있었다. 정길남 등 지해계 우두머리들과 이 근방 동임하고 집강들이었다. 앞문은 가마니때기로 가려놓고 있었다.

"자네들도 시방 같은 의논하다 온 것 같은디, 으짠가? 여그서도 등소를 올려야지 않겠냐는 소리들이네."

자리를 잡아 앉자 전창혁이 말했다. 김도삼은 가지고 온 방문과 통문부터 내놨다.

"법소 사람들은 멋하자는 사람들이란가?"

법소의 통문을 읽고 난 전창혁이 통문을 내던지며 퉁명스럽게 쏘왔다.

"그래서 어찌 했으면 좋을까, 선뜻 궁리가 서지 않아 어르신 말씀을 듣고자 찾아왔습니다."

김도삼이 정중하게 말했다.

"도대체 법소 사람들은 모두가 어뜨코 생겨먹은 사람들인지 모르겠구만. 관의 늑탈을 막아주지는 못할망정 백성이 제 사날로 나서서 하자는 일까지 *콩팔칠팔 간섭이냐 말일세."

전창혁全彰爀이 카랑카랑한 소리로 법소를 비난하고 나왔다.

"그렇지만, 우리 동학도들로서는 법소의 통문은 소홀히 할 수가 없는 처집니다."

정익서가 고추 먹은 소리를 했다.

"법소고 멋이고 그 사람들 하는 꼬라지가 도무지 돼먹지가 않았어. 하루 부리는 품일꾼도 일을 하다가 다치면 약 발라주는 것은 주인네 소관인데, 자기들이 믿으라는 동학을 믿다가, 지금 동학을 믿는 바로 그것이 죄가 돼서 생뼈가 부러지고, 살림이 풍비박산 작살이 나고 있는 판국에, 여태까지 한다는 소리가 기껏 참아라, 참아라 이 외마디뿐이니, 도대체 참아 어쩌자는 것인가? 참다가 그대로 맞아죽고 굶어죽으란 소린가? 내중에는 이 세상이 후천개벽이 될지 선천개벽이 될지 모르지만, 당장 죽어가는 사람들보고 참으라고만 하니, 설사 내중에 후천개벽이 된들 죽어 땅에 묻힌 귀신들한테 후천개벽이 무슨 소용이란 말인가?"

전창혁은 장죽 대통으로 나무재떨이를 텅텅 치며 소리를 높였다. 두 사람뿐만 아니라 먼저 와 있던 사람들도 잡혀온 사람들처럼 똥그란 눈으로 전창혁의 얼굴만 건너다보고 있었다.

"이번에는 나 혼자 나설 참인게 그리들 알게. 나는 동학도도 아니고 동학과는 상관없는 사람이라 자네들하고는 길속이 다르네. 나는 나대로 작정한 바가 있네. 그래서 지금 그 의논을 하고 있는 중일세."

전창혁은 고개를 돌리며 장죽을 빨았다. 그러나 불이 꺼져 장죽에서는 연기가 빨리지 않았다. 화롯불을 뒤집어 불씨에 대통을 대고 뻑뻑 빨았다.

"방이 나붙기 전하고 나붙은 뒤하고는 사정이 여러 가지로 다를 것 같습니다. 방을 내붙였는데도 나선다면, 군아에서는 자기들의 위세를 정면으로 치받고 대든다고 생각할 것이니 닦달이 예사롭지 않을 것입니다."

김도삼이 조심스럽게 말했다.

"치받건 내리받건 언제는 저놈들이 서슬 누그린 적 있던가? 늑대 눈에서 살기 걷히기를 기다리지."

"저놈들이 그렇게 서슬을 세우고 있는데, 영감님께서 혼자 나서시는 것을 우리가 어뜨코 보고 앉았겠습니까?"

"이 사람아, 그런다고 이대로 있을 수는 없잖은가? 내가 화를 내는 것은 자네들이 아니고 법솔세. 어째서 다 된 밥에 재나 뿌리고 있냐 이거야."

"면목 없습니다."

정익서가 고개를 숙였다.

"나도 거세게 나설 생각은 없네. 백성 형편이 움치고 뛰자도 뛸 수가 없다고 하소연을 하자는 것이 소 아닌가? 제 놈들도 인두겁을 뒤집어 쓴 놈들이라면 하소연하는 놈 목이사 베겠는가."

전창혁의 목소리가 한껏 가라앉았다.

"그래도 저 작자들 서슬이 저렇게 서릿발 같은디, 이 마당에 어르신네 혼자 나서랄 수가 없습니다."

김도삼은 시르죽은 소리로 이죽거렸다. 자기들이 손발이 묶인 셈이라, 뭐라 깊이 끼어들 수도 없고 몹시 난처한 모양이었다.

"염려 말게. 잡아다 족치기로 하면 셋이 나선다고 못 잡아들일 것이며 열이 나선다고 무서워할 놈들인가? 두고 쓰는 소리로 *뺨을 맞는 데는 구레나룻이 한 부존게 그놈들이 주리를 트는 한이 있더라도 늙은 내가 나서는 것이 나을 걸세."

영감은 결심이 단단히 서 있는 것 같아 웬만해서는 물러설 것 같지가 않았다. 전창혁은 평소에도 고집불통이었다. 두 사람은 전창혁의 단호한 태도 앞에서 더 뭐라 이죽거릴 수가 없었다.

"제 생각에도 연세가 많으신 영감님께서 나서시는 것은 암만해도 곁에서 보고 있을 수가 없을 것 같습니다. 젊은 놈들 체면도 있잖습니까요? 저희들끼리 따로 한번 의논을 해보겠습니다."

송두호였다.

"아닐세. 나도 여러 모로 생각해보고 작정을 한 것이네. 말자리나 하고 주먹에 핏사발이래도 들었다는 사람들은 모두가 동학도들인디, 동학도들이 나서면 내 모가지 잘라주시오 하는 격이고, 그람 나설 사람이 누군가? 우리 집 애아범이 동학 접주라고 하제마는 내가 향교 장의란 것은 천하가 다 아는 일인게 나를 동학도로는 못 다스릴 것이네. 걱정 말고 이번 일은 나한테 맡기고 동학도들 가운데 표

안 나는 사람들이나 그 날 많이 나오라고 해주게."

전창혁의 결심이 굳어 말릴 수가 없을 것 같았다.

읍내 장날이었다. 김도삼과 정익서는 예사 장꾼 행색으로 읍내로 향했다. 정익서는 김도삼과 함께 김도삼 친척집에서 같이 몸을 숨기고 있다가 함께 나선 것이다.

"아이고, 김두령님"

두 사람이 도매다리 앞을 지날 때 두 처녀가 지나가다가 반겼다.

"아니, 이거 우리 포덕사 아닌가?"

김도삼도 반색을 했다. 연엽과 남분이었다. 정익서도 웃고 있었다.

"원행 나가신 줄 알았는디 돌아오셨네유?"

"어제 왔소. 객지에서 고생이 많지요?"

"아녀유. 동네 아주머니들이 맘들을 깊이 써주셔서 아무렇지도 않아유. 오늘은 그렇잖아도 두령님 동네로 가는구만유."

연엽은 수줍게 말했다. 제 하는 일이 의젓하니 말씨도 활발했다.

"우리 동네에 동학이 활짝 꽃이 피겠소. 나는 밖으로만 나돌기도 하지만, 남녀가 유별이라 부인들한테는 속수무책이었는데 참말로 우리 고부에 업 하나 들어왔소."

"아이고, 너무 과찬이셔유."

연엽이 수줍은 듯 얼굴을 붉혔다.

"여기서 대충 끝내고 며칠 안으로 우리 쟁우면으로 갑시다. 우리 면에 가면 대접이 칙사 모시듯 할 게요."

정익서였다. 연엽은 정말 여인들한테 이만저만 대접을 받는 것이 아니어서 어디를 가나 칙사가 따로 없었다.

"오늘 저녁에는 우리 집에서 자는 것이 좀 성부른데……."

"그런다는 것 같내유."

남분이 대답했다.

"접주님께서는 원행을 멀리 나가셨나유?"

"예, 남도 쪽으로 멀리 가셨소. 무슨 일이라도 있소?"

"아니유, 기냥 물어봤어유."

연엽이 도리질을 했다.

"그럼 어서 가보시오."

"안녕히 댕겨오셔유."

연엽과 남분은 두 두령들에게 고개를 깊이 숙여 인사를 했다.

연엽은 요사이 이 근방에서 너무나 유명해버려 동네마다 다투어 데려가려고 쟁탈전이 벌어질 지경이었다. 여인네들은 동학 이야기도 이야기지만 유식하다고 소문이 난 연엽을 한번 만나보고 싶어 발싸심이었다. 충청도 처녀라는 것도 한껏 호기심을 자아내는 듯했다. 동학 이야기가 끝나고 나면 그 지방 풍속을 묻고 계룡산이니 공주니 아득하게만 느껴지는 곳으로 화제가 옮겨가기 십상이었다. 동네 총각들은 또 동네 총각들대로 연엽이 왔다면 눈을 밝히고 쭈뼛거렸고 동네 처녀들은 처녀들대로 연엽을 *살뜰하게 대하면서도 총각들이 그렇게 쭈뼛거리는 데는 입을 비쭉거리기도 했다.

김도삼과 정익서는 군아로 들어가는 골목 어귀에 있는 주막에 자리를 잡아 앉았다. 아침 새참 때가 조금 지나자 군아 골목으로 소꾼

들이 모여들고 있었다. 두세 사람씩 주변을 살피며 서성거렸다. 소
꾼들은 여기저기 예사 사람들처럼 박혀 있어 몇 사람이나 되는지 짐
작을 할 수가 없었다.

한참 만에 전창혁이 나타났다. 깨끗하게 차려 입은 도포에 갓망건
을 의젓하게 쓰고 있었다. 쭈뼛거리고 있던 사람들이 전창혁 곁으로
우르르 모여들었다. 마치 어미닭 곁으로 모여드는 병아리 꼴이었다.

김도삼과 정익서도 전창혁 곁으로 갔다.

"자네들은 여그 멋하러 왔는가?"

전창혁이 깜짝 놀랐다.

"궁금해서 나왔습니다."

"이러다가 저자들 눈에 띄면 어쩔라고?"

"염려 마십시오. 저자들이 혹시 거칠게 나오더라도 어르신께서는
너무 거세게 맞서지 마십시오."

"알았네. 염려 말게."

사람들이 백여 명쯤 모였다. 전창혁이 그들 앞으로 나섰다.

"갑시다. 내가 군아로 들어가는 사이 여러분은 아문 앞에 기다리
고 있으시오!"

전창혁은 간단히 말을 하고 아문을 향해 앞장을 섰다. 소꾼들은
모두 말없이 전창혁 뒤를 따랐다. 벌써 얼굴이 새하얗게 질린 사
람도 있었다. 아문에는 나졸 네 사람이 양쪽으로 둘씩 나누어 서
있었다. 한쪽에 포교 하나가 따로 앉아 있다가 이쪽을 보고 일어
섰다.

"웬 사람들이오?"

포교가 전창혁 앞을 가로막았다.

"소를 올리러 왔네."

"영감님이 소두요?"

"그렇네. 궁동 사는 전창혁일세."

"여기 잠깐 기다리시오."

포교가 안으로 바쁜 걸음을 쳤다.

아문 골목 어귀에는 구경꾼들이 몰려들기 시작했다. 모두 겁먹은 눈으로 아문 쪽을 건너다보고 있었다. 담 뒤에서 몸을 숨기고 구경하는 사람도 있었고, 예사로 길을 가는 척 이쪽을 흘끔거리는 사람도 있었다. 모두 합치면 3백 명도 넘을 것 같았다. 집에서는 결심을 하고 나온 듯했으나, 여기 오니 차마 앞에는 나설 용기가 나지 않는 사람들인 듯했다.

안으로 들어갔던 포교가 나왔다. 전창혁을 데리고 안으로 들어갔다. 그때 젊은이 하나가 구경꾼 속에서 나가 소꾼들 뒤에 붙어섰다.

"저놈이 창동 또쇠 아녀?"

"어어, 저놈이 다 나서네."

구경꾼들 속에서 속삭였다. 또쇠는 소꾼들 맨 꽁무니에 붙었다. 그때 맨 앞에 섰던 소꾼 하나가 뒤로 돌아섰다.

"우리는 하소연을 하러 온 사람들인게, 이러고 섰을 것이 아니라 무릎을 꿇고 앉읍시다."

"이라고 섰제 멀라고 물팍까장 꿇고 앉어라."

반대하는 사람이 있었다.

"그래도 그것이 아니오. 꿇읍시다."

사람들은 무릎을 꿇기 시작했다.

들어갔던 포교가 다시 나오고 있었다.

"사또께서 조용히 드릴 말씀이 있으시다고 모두 안으로 들어오라 하십니다."

그때 맨 꽁무니에 붙었던 또쇠가 슬그머니 일어나더니 겁먹은 눈으로 슬금슬금 이쪽으로 와버렸다.

"야 새끼야, 같이 들어가든지 말든지 할 일이제 왔다갔다 지랄이여!"

"그럼, 잣것, 나도 같이 따라들어가 보까."

또쇠가 다시 쪼르르 그쪽으로 달려갔다. 소꾼들이 모두 일어서서 안으로 들어갔다. 또쇠도 맨 꽁무니에 붙어 따라들어갔다.

"이거 심상치 않은걸."

김도삼은 정익서를 돌아보며 속삭였다. 정익서도 눈살을 찌푸렸다. 구경꾼들도 웅성거리기 시작했다. 김도삼이 성큼 길로 나섰다.

"모두 이리 가까이 오시오."

김도삼은 여기저기 흩어져 있는 구경꾼들을 향해 손을 들어 가까이 오라는 시늉을 시작했다. 구경꾼들이 몰려들었다.

"소꾼들을 안으로 불러들이는 것이 아무래도 좋은 징조가 아닌 것 같습니다. 일이 잘 되면 모르거니와 사불여의하면 우리도 이렇게 구경만 하다가 흩어질 수는 없는 일입니다. 저 사람들은 사사로이 자기들 일로 소를 올리러 온 사람들이 아니고 고부 사람 전부를 대신해서 나선 사람들이오. 그런 사람들이 당하는데 내몰라라 가버린다면 그것은 사람의 도리라 할 수 없소. 저 사람들이 나올 때까지 우

24

리도 여기 지켜서 있다가⋯⋯."

그때였다. 군중의 눈이 일제히 아문 쪽으로 쏠렸다. 김도삼도 뒤를 돌아봤다. 포교 대여섯 명이 나졸 열댓 명을 달고 이쪽으로 오고 있었다. 아까와는 달리 살기가 등등했다. 군중은 모두 눈이 둥그레졌다.

"그 자리에 가만 계십시오. 내가 따지겠소."

창동 조만옥이 침착한 소리로 군중에게 말했다.

"웬 사람들이오?"

"소 올리는 것 구경하러 온 사람들이오."

조만옥이 천연스럽게 대답했다. 그 사이 김도삼은 슬그머니 군중 속에 섞여버렸다.

"당신은 창동 조만옥이구만."

포교가 입가에 웃음을 흘렸다.

"이자부터 묶어라!"

포교가 조만옥을 가리키며 나졸들한테 소리를 질렀다. 나졸들이 우르르 달려들었다. 나졸들이 조만옥 양쪽 팔을 껴안았다.

"모두 돌아가시오. 여기서 더 어물거리면 모두 한 패거리로 묶어들이겠소."

포교가 시퍼렇게 악을 썼다. 군중은 슬금슬금 골목으로 물러섰다.

"너희들은 여기 섰다가 얼씬거리는 놈은 전부 묶어와! 사정 두지 말고 묶어!"

포교가 악을 썼다.

"이거 큰일인데요."

정익서가 김도삼을 돌아봤다.

"영감님이 다치면 어쩐다지요?"

김도삼이 고추 먹은 소리를 했다.

그때였다. 말 탄 포교 하나가 역시 말 탄 나졸 둘을 달고 군아 골목으로 뛰어들어오고 있었다. 고부 벙거지들은 아닌 것 같았다. 감영에서라도 오는지 말은 콧김을 거세게 내뿜고 있었고, 벙거지들 얼굴도 벌겋게 익어 있었다. 아문 앞에서 뭐라고 하자 파수 섰던 나졸들이 다급하게 앞장을 서서 안으로 들어갔다.

"웬 벙거지들이지요?"

"감영에서 온 것 같소."

정익서의 말에 김도삼이 대답했다.

"글쎄요. 심상치 않은 일 같은데……."

점심때쯤 되어서였다. 뜻밖에 전창혁 등 소꾼들이 모두 풀려나왔다.

"어뜨코 됐소."

모두 전창혁 곁으로 몰려들었다.

"모친상을 당했단 말이오?"

"그랬다는 것 같네."

전창혁은 멋쩍게 웃었다. 한양 조병갑 어머니 초상 소식이 전보로 전주 감영에 당도하자 감영에서는 곧바로 이리 파발을 띄운 모양이었다.

"이놈들이 우리를 모두 옥에 처넣더니 그 소식이 오자 태도가 돌변한 것 같구만. 사또가 친상을 당했으니 이판에 무슨 경황이 있겠

냐고 이번 일은 없었던 걸로 하자며 돌아가라지 않는가? 그래도 진
황지 인징만은 무슨 규정을 내놓고 가도 가얄 것이 아니냐고 했더
니, 상 당한 사람을 붙잡고 어뜨코 그런 의논을 하겠냐고 등을 밀어
내네그랴."

전창혁은 어이없다는 듯 웃었다.

"그럼, 곧바로 다른 수령이 오겠지요?"

"글쎄, 상을 당했으면 삼년상을 치러야 할 것이니 법도로도 그렇
고 요새 수령들 갈리는 것으로 보더라도 그럴 것 같은데, 조정 사람
들 하는 일이란 것이 하도 뒤죽박죽이라 어찌 될지 알겠는가?"

"수령이 갈리면 이 일은 다음에 올 수령 소관사겠는데……."

"하여간, 어찌 됐든 더 두고 볼 수밖에 없구만."

"모두 크게 다치잖는가 했는데 그런 쪽으로는 다행입니다."

"다행인지 불행인지 모르겠네. 하여간 모두 돌아가세."

소는 싱겁게 끝나고 말았다.

전창혁이 집에 오자마자 뜻밖에 앵성리 김진두가 달려왔다. 얼핏
소 올린 일 때문이 아닌가 했다.

"소 올리셨다는 말씀 들었습니다. 그런데 혹시 향청에서 나오시
라는 말씀 없으시던가요?"

"향청에서 무슨 일로?"

느닷없는 소리에 전창혁은 김진두를 빤히 건너다봤다.

"그럴 줄 알았습니다. 소 올리러 갔던 우리 동네 사람들한테서 사
또가 친상 당했다는 소리를 막 듣고 있는 참인데, 곧바로 향청에 나
와 달라고 사람이 오잖았습니까? 사또가 친상을 당했으니 민부전을

내자는 소리를 하자는 게 틀림없습니다. 이런 일이라면 향교 장의들한테 모두 기별을 했을 터인데, 영감님께서는 반대하실 것이 뻔하니 기별을 하지 않은 것 같습니다."

"이런 죽일 놈들!"

전창혁이 대번에 눈초리를 세우며 다시 도포를 입고 갓을 썼다. 전창혁은 김진두와 함께 바쁜 걸음으로 금방 왔던 길을 되짚었다. 전창혁이 향청에 나타나자 좌수하고 별감이 깜짝 놀랐다. 향교 장의급을 비롯해서 웬만한 사람들은 다 불렀는지 3,40명이나 모여 있었다.

이내 좌수 김봉현이 앞으로 나섰다.

"들으셨을 줄 압니다마는, 사또 나리께서 내간상을 당하셨습니다. 전에 이런 예가 별로 많지 않았고, 이삼십 년 전에 이런 일이 한번 있었는데, 그때 군민들이 모두 민부전을 냈다고 합니다. 굳이 무슨 법도나 관례를 따지지 않더라도 상을 당했으면 조문을 하는 것이 사람의 도립니다. 항차 수령은 이 고을의 어버이니 조문은 너무나 당연한 일입니다. 그러니 그것은 굳이 의논할 것도 없는 일이고 내일 이방이 배행을 하는 것 같은데, 미리 쌀가게 같은 데서 차용을 해서 조의금을 보낸 다음에 군민들한테서 걷어서 갚도록 하는 것이 어떨까 싶습니다. 얼마나 보냈으면 좋겠는지 그 의논을 하자고 급히 모여달라고 했습니다."

모두 전창혁을 흘끔거렸다. 전창혁은 입을 꾹 다문 채 장죽만 빨고 있었다.

"이삼십 년 전에는 얼마를 보냈지요?"

조성국이었다.

"제가 듣기로는 쌀 20섬 값을 보냈다고 들었습니다."

도매다리 김영달이었다. 저자가 무슨 자격으로 왔는가 했더니 부러 그런 알랑쇠들을 끼워 넣었는지 여기저기 낯선 얼굴들이 많았다.

"요새같이 돈이 흔한 세상에 그래도 만 냥은 되사 우리 체면이 서잖겠소?"

조성국이었다.

"만 냥은 되어사 우리 군 사람들 체면이 서겠다는 말씀이 있었습니다. 고부라면 큰 고을이라 역시나 요새 물가로 보든 머로 보든 만 냥에서 귀가 나지 않아야 체면이 설 것 같소."

별감이었다. 모두 서로 눈치만 볼 뿐 말이 없었다. 그때였다.

"커엄!"

전창혁이 크게 기침을 하고 나섰다.

"아까 좌수께서 수령을 고을의 어버이라 하셨는디, 나는 수령을 그렇게 생각하지 않소. 수령이 고을 사람들의 어버이라면, 선정을 베풀어 어버이처럼 고을 사람들 고통을 덜어주어야 할 것인데, 요사이 수령들치고 백성의 고통을 덜어준 사람이 어디가 있소? 당장 이고을 사또만 하더라도 그런 치적이 하나라도 있으면 말해 보시오. 내가 모르는 그런 치적이 있는가 한번 들어봅시다."

전창혁은 침착하게 말했다. 모두 눈이 둥그레져서 전창혁을 건너다봤다. 저 늙은이가 죽지 못해 환장을 했나 하는 눈들이었다. 좌중은 숨을 죽이고 있었다.

"그 무슨 말씀이오?"

조성국이 소리를 지르고 나섰다.

"상감이 나라의 어버이 듯이 수령은 고을 사람들의 어버인데, 부모 초상에 자식들이 부모의 치적을 따져서 치상을 치고 제사를 지낸단 말이오?"

조성국은 삿대질까지 하며 소리를 질렀다.

"그렇소. 부모 초상에 부모의 잘잘못을 가려 치상을 치고 제사를 지내는 무도한 자는 없을 것이오. 부모는 부모답지 않아도 부모지만 수령은 어버이다워야 백성이 어버이처럼 따르고 어버이처럼 생각하는 법이지 수령이 무작정 그냥 어버이는 아니오. 그래서 어떤 점이 어버이다웠는가 그 점을 듣고 싶다고 했소. 어디 그 점을 말해 보시오."

전창혁은 끝내 침착함을 잃지 않았다.

"상감이 만백성의 어버이 듯이 수령도 고을 백성의 어버이가 아니고 무엇이오?"

조성국은 더 목소리를 높였다.

"내가 늙었지만, 아직 귀가 먹지 않았으니 조용조용히 말을 합시다. 일개 수령을 상감에 비기다니 글줄이나 읽었다는 사람이 아무리 말이 막히기로 그런 무엄 방자한 소리를 어디서 함부로 하고 있소. 수령은 어디까지나 상감의 수족으로 한낱 관리이지 백성의 어버이가 아니오."

전창혁은 끄트머리에 가서 버럭 말소리를 높였다.

"이얘기가 엉뚱한 데로 흐른 것 같습니다. 친구 사이에도 부조를 하는데, 수령이 친상을 당했으니 조문을 하는 것은 당연한 도리지 않소?"

별감이었다.

"친구는 친구로서 상부상조를 하는 것이지요. 그런데, 요사이 수령들은 백성의 원성만 샀지 백성을 위해서 한 일이 없소. 한 일이라면 백성을 뜯어먹는 데만 물불을 가리지 않았지요. 만약 우리가 여기서 민부전을 내자고 결의하면 그 원성이 무서울 것이오. 나는 여기 오란 소리도 듣지 못했지만, 백성의 고혈을 짜는 그런 일에는 뜻을 같이할 수 없으니 이 자리에서 나가겠소. 수령을 어버이로 생각하는 사람들끼리 부조를 하든지 조문을 하든지 알아서들 하시오."

전창혁이 자리에서 성큼 일어섰다.

"나도 나가겠소. 분명히 말하거니와 백성의 원성은 여기서 그런 결정을 한 사람들이 들어야 할 것이오."

김진두도 일어서며 한마디 했다. 장의 서너 사람이 더 일어섰다. 그래도 향교 출입하는 유생들이라 기개가 달랐다.

"점심 잡수고 하씨요."

점심 바구니를 옆구리에 낀 유월례가 논둑으로 올라서며 말했다. 허물어진 석축을 쌓느라 돌덩어리를 굴리고 있던 만득이가 돌아봤다.

"왔어?"

유월례는 언덕 밑 만득이 지게 곁에다 점심 바구니를 내려놨다. 만득이는 냇가에서 손을 씻고 왔다. 만득이는 여러 날째 묵정논을 일구고 있었다. 오래 묵었던 논이라 논둑이 여러 군데 허물어져, 그걸 새로 쌓느라 냇가에서 큼직큼직한 바윗돌을 날라다 쌓고 있었다.

"날씨가 봄 날씨 같소."

"일하기가 좋구만."

유월례는 바구니에서 밥그릇과 김치보시기를 내놨다. 좁쌀에 고구마까지 썰어 넣은 잡곡반지기였다.

"나는 감자만 묵을란께 밥은 당신이나 혼자 잡수시오."

유월례는 바구니에 너덧 알 담아온 고구마 한 알을 집어들었다. 만득이는 말없이 밥그릇 뚜껑에다 밥을 반나마 덜었다.

"자."

"나는 걱정 말고 당신이나 잡수시오. 나는 감자가 더 맛있습니다."

"쓸데없는 소리 말고 받어!"

만득이는 밥 든 손으로 아내 어깨를 치며 퉁명스럽게 내질렀다.

"당신이나 잡수란 말이오."

"받으란 말이여!"

눈알을 부라리며 소리를 질렀다. 유월례는 마지못해 밥을 받아들었다.

"그럼 쪼깨만 더 받으시오."

"그냥 묵어."

유월례는 한사코 우겨 만득이 밥그릇에 밥을 반쯤 덜었다.

"금방 여그 오다가 접주님 봤소."

"어디 가셨다는 것 같던디 오셨던가?"

"언제 오셨는가 오셨습디다. 일하기 사납지 않다더냐고 묻글래, 지금 무너진 논둑 쌓고 있다고 했등마는, 논둑 다 쌓거든 당신네 소 가져다가 *마른갈이를 해노라고 하십디다."

"허 참, 바깥일이야 안일이야, 당신 일만도 눈코 뜰 새 없는 양반이 우리 일에까장 그로코 마음을 써주시는구만."

"큰일하시는 양반치고 그로코 자상하신 양반도 없을 것이오."

"동학 일로 오시는 사람만도 그칠 날이 없더만."

"어제는 완돈가 어디 섬에서 왔다고 스무 명도 넘게 몰려오고 강진, 보성서까지 손님이 밀어닥쳐, 손님 밥상만도 서른 상을 차립디다. 그 식량만도 일 년이면 몇십 섬이 들겠소?"

"허 참!"

"그로코 왼데서 사람들 몰려드는 것 보면 그 양반은 동학 우두머리치고도 보통으로 높은 양반이 아닌 것 같등만이라. 누구라디야, 임금님 아부지 되시는 누구라더마는, 그 양반하고도 친구같이 지내신다고 합디다."

"멋이, 임금님 아부지하고?"

만득이는 입으로 가져가던 숟가락을 멈췄다.

"예, 오래 되기는 한 일이라고 합디다마는, 그 임금님 아부지 되는 이가 여그 접주님 댁에 와서 자고 가신 일까장 있다고 합디다."

"임금님 아부지가 이 동네까장 와서 접주님 댁에서 자고 갔다, 이 말이여, 시방?"

"동네 여자들이 그럽디다."

"예끼, 말도 안 되는 소리 말어. 아무리 그런 양반하고 친하다고 한양서 여그까장 와서 자고 간단 말이여?"

"아니라우. 그것이 참말인 것 같습디다. 그 양반이 다녀가신 뒤로는 이 고을 원님이 접주님한테 조석 문안을 드렸답디다. 그때 접주님 앞에서 원님이 굽실거리는 꼴은 꼭 괴대기(고양이) 앞에 쥐 꼴이더라요."

"오매, 그라면 그것이 참말인 것이구만잉."

만득이는 벌린 입을 닫지 못했다.

"이런 시골구석에 살글래 그로코 안 봤등마는 듣고 본께 보통 양반이 아닙디다."

"허허, 그런게 그 양반이 그로코 무선 양반이구만. 임금님도 아니고 임금님 아부지가 여그까장 다녀갔다면 높아도 얼마나 높은 양반이겄어?"

만득이는 거듭 감탄을 했다.

"그러고 본께 우리 같은 사람은 함부로 쳐다보지도 못할 양반입디다."

"그라면, 그런 양반이 벼슬이나 한 자리 주라고 해서 하제 왜 이런데 파묻혀 사까?"

만득이는 알 수 없는 일이라는 듯 고개를 갸웃거렸다.

대원군이 이방언 집에 와서 자고 갔다는 말은 사실이었다. 고종 즉위 전 *파락호 시절에 여기까지 내려왔다가 이방언 집에서 며칠간 머문 일이 있었다. 어떤 인연이었던지는 알 수 없으나, 이방언과는 의기가 크게 투합했던 모양으로, 이방언 집에서 며칠간 머문 다음, 이방언의 안내로 장흥 부춘정이며, 강진 백련사, 다산초당 등 명승지를 돌아보고 갔다.

고종이 즉위하자 대원군과 이방언의 관계가 새삼스럽게 이 고을에 좍 퍼져, 이방언이 금방 높은 벼슬길에 오른다는 소문이 나돌기

34

까지 했다. 이방언은 소문처럼 벼슬길에 오르지는 않았지만, 대원군의 세도가 한창 서릿발이 칠 때는 장흥 부사가 이방언 집에 뻔질나게 드나들었다. 아직도 그에게는 대원군 후광이 드리워 있어 고을 아전들뿐만 아니라 여기 오는 수령들은 은근히 이방언을 두려워하는 눈치였다. 이방언은 그 스스로 인물이 걸출하기도 했지만, 대원군이 언제 또 힘을 쓰고 나올지 모르기 때문이었다.

무자년(1888) 가뭄 때는 여기 남상면 가뭄이 다른 어느 지방보다 심해 부사에게 감세를 진정했으나 아전들의 방해로 뜻을 이루지 못하자, 이방언이 그 길로 감영에 가서 대동미 등 세미를 온통 탕감 받아온 일이 있었는데, 그것도 대원군 입김이라는 소문이었다. 어찌됐든 면 전체가 그런 혜택을 보았으니 이방언에 대한 면민들의 신망은 이만저만이 아니었다.

"한나백이 안 남았소. 마저 드시오."

유월례가 마지막 한 알 남은 고구마 껍질을 벗겨 만득이 앞에 내밀었다.

"임자 묵어. 나는 배불러 못 묵겄어."

만득이는 더 염이 없다는 듯 고개까지 저으며 손사래를 쳤다.

"나도 배부르요. 김치가 맛있소. 어서 드시오."

유월례는 배추김치 한 가닥을 집어 감자와 함께 내밀었다.

"임자 묵으란께. 두 개백이 안 묵어놓고 그러네."

만득이는 한껏 나무라는 표정으로 눈을 부라렸다.

"내가 언제는 멋을 얼매나 많이 묵읍디여?"

"이따 배고프면 으짤라고 그래?"

"저렇게 무거운 독일에 심쓸라면 속이 든든해사제라잉."

"괜찮단께 그래쌌네."

만득이는 마지못해 감자와 김치 가닥을 받아들었다. 감자를 크게 한 입 우기며 김치가닥을 베어 물었다. 서걱서걱, 김치 씹히는 소리가 고드름 으깨는 소리였다.

유월례는 마지막 남은 김치 한 가닥을 맨입에 넣으며 보시기를 들고 냇가로 갔다. 보시기를 부시고 냇물을 떠왔다. 곰방대에 막불경이를 우겨넣어 불을 붙여 문 만득이는, 두어 모금 빨고 나서 물그릇을 받았다. 물을 마신 다음 남은 물을 논바닥에 뿌려버리고 다시 보시기를 유월례한테 넘겼다.

"하나 더 떠와!"

만득이는 웬일인지 빙긋 웃으며 보시기를 내밀었고, 유월례도 따라 웃으며 그릇을 들고 냇가로 갔다.

만득이는 지게 등태 뒤에서 숫돌같이 생긴 돌멩이를 하나 꺼냈다. 손바닥같이 납작했으나, 손바닥 반 크기밖에 안되는 게 숫돌은 아니었다. 만득이는 유월례가 떠온 물로 그 돌을 씻어 곁에 놓고 쌈지를 다시 벌렸다. 아까 부싯돌을 꺼냈던 쌈지 새끼 주머니에서 무얼 꺼냈다. 헝겊에 무언가 싸여 있었다. 헝겊을 풀었다. 그 속에서 도토리 반 조각만한 돌조각이 나왔다. 운주사 미륵코에서 따온 돌조각이었다. 만득이는 그걸 갈기 시작했다.

"물이 쪼깨 많은 것 같소."

유월례 말에 만득이는 보시기를 기울여 물을 조금 지웠다.

만득이는 여기 와서 살림을 시작한 뒤 끼니때마다 숟가락만 놓고 나면 이 돌을 가는 것이 일이었다.

"그런디, 이것을 묵고 애기를 나면 그것이 내 아들일 것이여, 미륵님 아들일 것이여?"

만득이는 곰방대에서 퍼져나온 담배연기를 피하느라 게슴치레하게 뜬 눈으로 유월례를 이윽이 건너다보며 장난스럽게 물었다.

"아들일지 딸일지는 모르제마는, 우리 둘이는 부분디, 내가 자식을 나면 당신 자식이제 누 자식이겠소?"

유월례는 곧이곧대로 대답했다.

"아녀. 나는 아무리 생각해 봐도 그것이 아리송하더만. 어매는 난 사람이 어맨께 애기 어매는 그것이 누군지 분명한디, 아배는 어느 쪽이 진짜 아밴지 아무리 생각해도 모르겄어."

만득이는 시치미를 뚝 따고 능청을 떨었다.

"뻔한 일인디 모르기는 멋을 몰라라우?"

유월례는 혼자 한참 웃었다.

"내가 헷갈리겄는가 안 헷갈리겄는가, 내 말을 한번 찬찬히 들어봐. 여태까장 애기를 못 낳던 여자가 미륵님 코를 갈아서 그것을 묵고 애기를 난다면, 그것은 순전히 미륵님 조화제 멋이겄어. 미륵님의 조화로 난 아들이면 그것이 미륵님 아들이제 누 아들이여?"

만득이는 표정에 장난기가 서려 있기는 했으나, 정말 조금은 아리송하기는 한 모양이었다.

"그러면 애기 못 낳는 여자가 약방에서 약을 지어다 묵고 애기를 나면 그것은 약방 영감 애기겠소그랴?"

"허허, 그건 그려."

내외는 한참 웃었다.

"그런디, 이것은 그것하고는 쪼깨 다른 구석이 있잖아?"

한참 웃고 난 만득이가 다시 표정을 고쳐 가졌다.

"다른 구석은 멋이 다른 구석이 있어라우?"

"약방 약은 말이여, 약방 영감이 이것저것 약초를 섞어서 지어준 것인께, 그 약은 약방 영감하고는 아무 상관도 없는 약초제마는, 이 것은 미륵님 몸뚱이다 이거여. 약방 약하고는 달리 이것은 미륵님 몸 뚱이가 애기가 된 것이나 마찬가진디 그것이 누 애기겄냐 이거여?"

"약방 약이나 이것이나 입으로 묵기는 마찬가지 아니오?"

"맞어 맞어. 인자 알겄구만. 하하."

만득이는 돌 갈던 손을 멈추고 한참 웃었다.

"멋이 그것이 그러코 우습소?"

유월례가 핀잔을 주었다.

"들어봐, 이것이 이치가 환하구만."

만득이는 또 한바탕 혼자 웃어제꼈다.

"먼 이치가 그러코 환하요?"

"애기가 나오는 데는 입이 아니고 밑이거든, 미륵님 몸뚱이가 들 어간 것은 입이고, 내 몸뚱이가 임자 몸뚱이로 들어간 것은 밑인게, 애기가 밑으로만 나오면 그것은 틀림없이 내 아들이겄구만."

"어이구."

유월례는 골을 붉히며 만득이 어깨를 잔뜩 꼬집었다.

"아야야."

만득이는 돌 갈던 손을 멈추고 죽는 시늉을 했다. 눈을 잔뜩 감고

38

죽는 시늉을 하면서도 웃음을 걷잡지 못했다.

"누가 들으면 으짤라고 그런 잡스런 소리를 다 하고 기시오?"

유월례는 잔뜩 성난 얼굴을 지으며 눈을 흘겼다.

"누가 들으면 어쩌? 누가 놈의 마누라하고 그랬는가, 내 마누라하고 그랬제."

"어이구, 이 능청."

유월례는 또 꼬집었다.

"아파, 아파아."

만득이는 물이 엎질러질까 잔뜩 조심을 하며 소리를 질렀다.

"그런 소리 또 할라요, 안 할라요?"

유월례가 또 꼬집는 시늉을 했다.

"안 하께. 안 하께."

"한번만 더 그런 소리를 해봐라. 이참에는 더 아프게 꼬집어불랑께."

"안 하께. 그런디, 혹시 모른께 이러코 정해노먼 으짜겄어?"

"정하기는 멋을 어뜨코 정해라우?"

"애기를 날 때 입으로 나먼, 그것은 미륵님 아들이고, 밑으로 나면 내 아들로 하기로 말이여?"

만득이는 또 꼬집힐까 싶어 몸을 피하며 말했다.

"허허, 말을 해도 말이 쪼깨 되는 소리를 하씨오. 짐승도 새끼를 입으로 낳는 짐승이 없는디, 사람이 다 새끼를 입으로 낳겄소?"

유월례는 눈을 흘겼다.

"이것은 이치가 달러. 짐승이고 사람이고 보통으로 애기를 날 때

는, 처음부터 조화를 밑에서만 부리제마는, 시방 우리는 입으로
도……."

"아이고, 그런 소리 그만 하란 말이오. 시방 미륵님 거시기를 함
시롱 짜꼬 그런 잡스런 소리를 하면 쓰겄소?"

유월례는 정색을 했다. 미륵님같이 성스런 이한테 지금 자식을
빌고 있는 셈인데, 그런 잡스런 소리를 하다니 *사위스럽지도 않느
냐는 투였다.

"흐흐."

만득이는 머쓱한 표정으로 소같이 웃었다.

"얼추 된 것 같소."

보시기에 돌물이 허옇게 풀려나 있었다.

"됐구만. 자, 마셔!"

유월례는 만득이가 내민 보시기를 받았다. 잠시 내려다보고 있다
가 꿀꺽꿀꺽 마셨다.

"이제 반쯤 닳았구만."

만득이는 돌조각을 보며 말했다.

"독이라 모질기는 모지오."

"이것을 다 갈아 마실 때까장은 먼 소식이 있겄제."

"두고 봐사제라우."

유월례는 덤덤하게 대답했다.

"얼굴에 멋이 묻었어."

"어디가라우?"

유월례는 자기 입가를 문지르며 물었다.

"이리 가까이 와봐!"

유월례가 만득이 곁으로 다가앉았다. 만득이는 빙그레 웃기만 하며 유월례를 빤히 건너다보고 있었다.

"어디가 멋이 묻어라우?"

정말 예쁜 얼굴이었다. 유월례를 빤히 건너다보고 있던 만득이는 슬그머니 유월례 뒤로 팔을 감아 제 무릎 위에 눕혀버렸다.

"누가 보먼 어짤라고?"

유월례가 질겁을 했다.

"언덕 밑인디 보기는 어디서 봐?"

만득이는 몸을 뒤채는 유월례를 꼼짝 못하게 껴안고 장난스럽게 내려다보고 있었다.

"누가 본단 말이오."

만득이는 들은 척도 않고 유월례 입에다 제 입을 가만히 포갰다. 유월례는 잠시 몸을 맡겼다가 다시 뒤챘다.

"저 건너 산에서 누가 보요."

"산에 아무도 없어."

만득이는 짓궂게 껴안고 있었다.

"밑에서 누님 누님 하네."

"아이고, 이 염치코치도 없는 것!"

유월례는 만득이 사타구니를 꽉 쥐어 비틀었다.

"그놈은 건드리먼 더 성나."

"아이고, 그만 노씨요."

유월례는 만득이 다리를 꼬집으며 앙탈이었다. 만득이는 다시 한번 우악스럽게 껴안으며 입술을 빨았다. 유월례는 힘이 빠진 듯 잠시 가만히 있었다. 만득이는 이내 풀어줬다.

"누가 보면 으짤라고 이런 디서 그라요?"

유월례는 곱게 눈을 흘기며 매무새를 가다듬었다. 만득이는 헤프게 웃으며 옷을 털고 일어섰다.

일하던 데로 가 다시 돌을 쌓기 시작했다.

"그로코 큰 독으로 싸사 실하기는 실하겄소."

만득이는 들돌만한 돌을 해깝게 들어다 제자리에 놓고 몇 번 굴려 제대로 앉혔다.

"이러코 높은 석축이면, 그래도 이만한 놈으로 밑을 앉혀놔야 지대로 심을 쓰제, 저런 새알만한 것이 여그 앉어갖고 어뜨코 심을 쓰겄어?"

만득이는 자기 아내가 보는 앞에서, 남달리 힘을 써서 일을 하는 자기 모습이 몹시 자랑스런 모양이었다. 만득이는 아이들 앉은 몸피만한 돌덩이를 예사로 들어다 제자리에 앉혔다.

"이 석축만 싸면 일은 다 돼요?"

유월례는 자잘한 돌을 날라다 주며 물었다.

"보도 말짱 손을 봐사 쓰겄드만. 보 석축도 새로 해야 할 데가 여러 군데요."

"날짜가 쪼깨 걸리는 상관이 있더래도, 손볼 만한 디는 다 손을 봐사 쓰겄어. 논을 논같이 맨들어갖고 농사를 지어도 지어사제. 이런 논둑만 하더래도, 물을 실어서 모를 심어놨다가 우르르 허물어지는 날에는 그 꼴이 먼 꼴이 되겄어?"

"하기사, 그라겄소."

"세안에 이 일만 끝나면 설 쇠고는 저그 저 날맹이 밑에 있는 저 논도 일굴 참이구만."

만득이는 허리를 펴고 저 위쪽 산등성이 밑에 있는 논을 가리켰다.

"저러코 높은 데도 논이 있었구만이라잉."

"물꼬를 생판 하늘에다 대고 있는 천둥지기라, 농사를 지어도 묵고 못 묵기는 처음부터 하늘에 매었는디, 가죽은 두 마지기가 넘겄등만. 그래도 젤 밑에 있는 두 *다랑치는 물기가 찌죽찌죽한 것이 웬만치 가물어도 씨나락은 건지겄어."

"그래도 너무 욕심내지 마시오. 몸도 생각해사제라우."

"그것이 먼 소리여. 우리같이 몸뚱이 하나 부래묵고 사는 사람들이 몸이 성할 때 몸뚱이를 부릴 만치는 부래사제, 놀고 있는 땅을 보고 몸 아끼자고 손 개고 앉았을 것이여? 시절이 좋아서 두 마지기를 제대로 묵기만 하면 그것이 얼마여?"

"하기는 그러요마는……."

유월례는 부지런히 돌을 날라왔다.

여기 와서 새살림을 차리고 소작까지 얻게 되자, 만득이 내외는 세상에 새로 태어난 것같이 마음이 들뜨고 말았다. 이제 자기들도 어엿한 한 몫의 사람으로 사람대접을 받고 살 수 있게 되었다 생각하면, 이게 정말일까 도무지 얼얼하기만 했다. 더구나, 이방언은 만득이 내외한테 '남원 양반' '남원댁'이라는 택호까지 지어 동네 사람들이 모두가 그렇게 부르고 있었다. 이래도 괜찮을까, 꼭 무슨 도둑질이라도 하고 있는 기분이었었다. 이방언은 동네 솔치 양반이란 집

행랑채에다 방을 하나 얻어주며 살림을 차리게 한 다음, 자기 논에서 소작 서 마지기를 떼어주고 또 이 묵정논을 일궈보라 했던 것이다. 이방언은 논이 백오십 마지기나 되는 부자로 그중 백여 마지기는 남한테 소작을 주고 있었다.

만득이가 일구고 있는 묵정논은 하학동 이세곤과 김칠성이 일궜던 묵정논처럼 지금부터 사오 년 전 두 해에 걸쳐 연거푸 든 가뭄 때부터 묵은 것으로 주인은 그때 흉년을 견디다 못해 고향을 등지고 떠나 지금까지 돌아오지 않고 있었다. 그 가뭄이 어찌나 무서웠던지, 나무뿌리, 풀뿌리를 캐먹고 살재도 캐먹을 나무뿌리, 풀뿌리마저 동이 나서 도무지 어떻게 부스대고 살아볼래야 살아볼 재간이 없었던 것이다. 이 동네서만도 여러 사람이 굶어죽고 40호 중 너댓 집이 마을을 뜨고 말았다. 흉년이 덜한 데를 찾아 정처 없이 떠난 것이다. 그중 섬으로 떠난 사람들은 다시 돌아왔다. 그래도 섬은 흉년을 견디기가 한결 낫더라고 했다. 파래, 톳, 미역, 우뭇가사리 등 해초와 게, 고둥, 소라, 고막, 바지락 같은 갯것이며, 솜씨따라 물고기 같은 것도 고루 낚아다 연명을 할 수 있더라는 것이다. 육지 쪽에서 헤맨 사람들은 얻어먹다 못하면, 스스로 남의 종이 되어 목숨을 부지하기도 했는데, 육지 쪽으로 간 사람들은 그 뒤 모두 어떻게 되었는지, 지금까지 다시 돌아온 사람은 한 사람도 없었다.

만득이는 지금 한 달째 논을 치고 있었다. 여기 오자마자 이방언이 소작을 떼어주고 묵정논을 일구라 하자 만득이는 정말 꿈만 같아 몸을 아끼지 않고 밤낮으로 논에 붙어 씨름을 했다. 만득이는 전에 지허 스님이 말한 대로 정말 개벽이 된 새 세상에 태어난 것 같았다. 여태 이런 논밭때기는 고사하고, 돈 한 푼 제 것으로 가져보지 못했던 만득이였다. 자기가 입는 옷이나 신이 그게 자기 것이고 제가 지고 다니는 지게가 그게 자기 것이라고 이름 붙은 것이었지만, 그런 것을 어찌 이런 전답이나 집에 비할 수가 있을 것인가? 그는 누구보다 힘이 세고 일손도 쌌지만 아무리 뼈가 무르게 일을 해도 여태까지 머슴들이 받는 새경 한 푼 받아본 적이 없었다.

"잘 일궈서 농사를 지어보게. 봉천지기라고 하제마는 그래도 보명색이 있어논게 *보맥이만 단단히 하면, 평지 논 반 수확은 묵을 것이네. 오래 묵었던 것인게, 무너진 논둑을 잘 쌓고 보를 손봐서 논같이 맨들어노면 바로 자네 논이 되네. 삼 년이나 던져놨던 논인디, 임자가 돌아온다고 먼 염치로 내노라 하겠는가?"

이방언 말에 만득이는 숨이 가빠올 지경이었다. 서 마지기가 소작이 아니라 내 논이 된다 생각하니 온 세상을 얻어버린 것 같은 기분이었다. 만득이는 죽을 둥 살 둥 모르고 논에만 붙어서 살았다. 달이 밝은 밤이면 밤에도 나와서 일을 했다. 논둑이 높은 것은 한 길도 넘었으나 만득이는 조금만 시원찮아 보이는 데는 허물어제끼고 다시 쌓았다. 기왕 손댄 것 논둑을 실하게 만들자는 것이기도 했지만, 논같이 만들어놓으면 전에 벌던 임자가 오더라도 내놓으라고 할 염치가 없을 것이라는 이방언의 말 때문이기도 했다. 아주 밑바닥에서부터 뒤집어엎듯 새 논을 만들 셈이었다.

보도 황토를 져다 바닥을 두껍게 뒤발을 해서 물이 한 방울도 새지 않게 잡도리를 할 참이었다. 일은 뼈가 빠지면서도 일 자국이 나지 않는 게 흙일이었으나 밤낮을 가리지 않고 한 달 가량 일을 해놓으니 논두렁들이 어지간히 제 모양새를 갖추는 것 같았다.

고부에서 조병갑이 했던 그런 무지막지한 결세 소동은 여기서는 없었다. 여기서도 3년 결세 않는다는 균전사의 약속은 어겼으나 결세 자체는 방불했고 인정 같은 것은 안 했던 것이다. 만득이는 산 중턱에 있는 두 마지기마저 욕심대로 일굴 작정이었다. 그것까지 일구면 소작을 합쳐 농사가 여덟 마지기나 되는 셈이었다.

보릿동까지 먹고 살 마련은, 이방언이 색갈이를 내주어 그때까지 입격정도 여의었으니, 금년 시절만 방불하면 대번에 힘을 잡을 수 있을 것 같았다. 명년에는 동네 뒤에다 움막을 치자고 이미 자리까지 봐두고 있었다. 매년 시절만 엔간하면 입이 우선 단출하니 해마다 논밭을 살 수 있을 것 같았다. 이렇게 살림을 이뤄갈 꿈이 무지개같이 눈앞에 아른거렸다. 그러지 않아도 부지런한 만득이는 창에 동살만 잡혔다 하면 퉁기듯 일어나 논으로 뛰었다. 산등성이에 있는 *높드리까지 일굴 작정을 하고부터는 달밤에도 나가 일을 하기 시작했던 것이다.

만득이는 힘이 장사인데다 일손이 쌌는데 유독 농사일에는 예사 사람 두 배는 쌌다. 힘이 센 사람은 힘이 센 만큼 일솜씨는 굼뜬 법인데 만득이는 그게 아니었다. 논매기, 벼 베기, 풀베기 등 들일은 말할 것도 없고 장작을 패도 두 사람 몫을 거뜬히 팼다. 풀 베는 솜씨는 풀치는 낫이 번개 같았을 뿐만 아니라 풀주먹 또한 엔간한 사람 한 깍지만 했다. 만득이의 이런 일솜씨 중 무엇보다 신통한 것은 가을에 벼 훑는 솜씨였다. 그 번개 같은 솜씨는 동네 사람들 구경거

46

리가 될 지경이었다.

일본서 개량 *홀태가 들어오자 벼 훑는 일이 전보다 훨씬 수월해
졌고, 그만큼 일도 빨라졌는데, 만득이는 그 홀태로 예사 사람 두 몫
세 몫의 일을 후렸다. 예사 사람들은 홀태 귀에 지게를 엎어 거기 볏
단을 풀어놓고, 자기 힘으로 훑을 수 있을 만큼 볏 모숨을 잡아 그것
을 홀태 날에 펴 물린 다음, 두 손으로 당겨 훑어냈다. 그렇게 훑고
나서 덜 훑어진 볏낟을 두 번 세 번 거푸 훑었다. 그런데 만득이는
달랐다. 홀태 양쪽에다 볏단을 풀어, 다른 사람이 볏 모숨을 떼어주
게 한 다음, 한 손에 한 주먹씩 볏 모숨을 쥐고 두 손을 빙글빙글 돌
리듯 대거리로 홀태에다 벼를 훑어냈다. 다른 사람들이 한 모숨을
두 손으로 쥐고 훑는데 만득이는 한 손에 한 모숨씩 쥐고 훑는 것이
었다. 힘이 그만큼 세기 때문에 그럴 수가 있었는데, 손놀림이 어찌
나 빠르든지 양쪽에서 떼어주는 사람이 되레 쫓길 지경이었다. 꼭
기계가 그렇게 볏 모숨을 물고 돌아가는 것 같았다. 더러 만득이 흉
내를 내보려는 사람이 있었으나, 아무도 제대로 흉내를 내지 못했
다. 우선, 한 손으로는 볏 모숨을 홀태 날에 고루 펴 물리기도 어려
웠고, 그렇게 펴 물린다 하더라도 그것을 한 손으로 잡아당기자니
힘이 부쳐 몇 번 하다 지치고 말았다.

만득이가 이렇게 벼를 훑을 때는 양쪽에서 떼어주는 사람 말고
또 한 사람이 거들어야 했다. 볏단을 날라다 지게에 풀어주고, 벼를
훑고 던져놓은 짚을 묶고 또 홀태날 사이에 끼는 벼이삭과 *검불을
뽑아내는 일이었다. 그 일만도 한 사람 몫이 너끈했다. 그러니까, 홀
태 하나에 네 사람이 붙어 일을 하는 셈이었으나 그 네 사람이 따로

따로 홀태 하나씩을 차지하고 훑는 것보다 일을 배나 했다.

이런 일솜씨 때문에 이주호 집에서는 만득이를 끔찍이도 위했고, 동네 사람들도 만득이를 감역 댁 업이라고 부러워했다.

남의 집 종살이를 할 때도 이렇게 몸을 아끼지 않고 일을 하던 사람이라 이제 제 살림을 차리게 되었으니 손에 날파람이 날밖에 없었다. 이런 산골 논은 들녘 논에 비해 일은 두 배나 많았지만, 소출은 그 절반 요량밖에 되지 않았다. 우선 논두렁이 많아, 지금 만득이가 일구고 있는 논만도 서 마지기란 게 논배미가 스무 개도 넘었다. 논배미 하나가 서 마지기, 큰 것은 너덧 마지기도 더 되는 들녘 논에 비하면, 논두렁 붙이는 일만 하더라도 하루 이틀 일이 고스란히 공짜인 셈이었다. 또 쟁기질을 할 때는 너덧 발 가다 소를 돌려세워야 할 뿐만 아니라, 오불꼬불한 논두렁을 따라 골을 내야 하니 이만저만 *감사납지가 않았다. 작은 다랑이는 그나마 쟁기를 댈 수가 없어 따비로 이겨야 했다. 지금 이 논만도 따비배미가 예닐곱 다랑이나 되었다.

산골 논은 거의가 살이 옅은 박토인데다, 큰 강줄기에서 물을 잡아오는 들녘 논에 비하면 물길이 짧아, 조금만 가물면 물이 끊겨 볏잎이 꼬였으며, 또 조금 비가 잦았다 하면 찬물이 져 냉해를 입었다. 더구나, 골짜기에 박혀 있으니 들녘보다 햇볕 쪼이는 시간이 짧아, 벼 포기들이 햇볕 그리기를 가난뱅이 밥 그리듯 하여, 들녘보다 여물이 좋게 보름은 늦게 들었다. 여름에 비라도 찔끔거렸다 하면, 깊이 박힌 다랑이는, 꼭 벼 베어낸 그루에서 돋아난 움벼 꼴로, 벼 포기는 자라다 말고 *풋대에 서리가 맞기 십상이었다.

48

만득이는 시절이 방불해서 물길만 끊어지지 않으면 이런 논에서도 들녘 논 못지않게 소출을 낼 자신이 있었다. 봄풀 칠 때는 다른 사람이 한 짐 넣으면 자기는 두 짐을 넣을 작정이었고, 다른 사람이 세 벌 매면 자기는 네 벌 맬 작정이었다. 더구나 사오 년 묵었던 논이라 제절로 지니고 있는 땅 힘만도 밑거름 한 벌 푼수는 너끈할 터였다. 그리고 명년에는 객토를 해서 쟁기 들어가는 대로 깊숙이 한 번 갈아엎을 작정이었다.

"단단히 잘 쌓네."

돌을 굴리던 만득이가 뒤를 돌아봤다. 월림 양반이라는 동네 영감이었다. 그는 달랑 낫만 한 자루 들고 있었다.

"어디 가시오?"

"손 놀 때 도리깻열이나 몇 개 틀어놀라고 나왔네."

"저쪽 중턱에 유니리나무(*윤노리나무)가 쪽쪽 곧은 것이 많습디다."

"자네도 맞춰놨던가?"

영감이 웃었다. 그런 것까지 벌써 봐놨다니 살림 속으로 이골이 났다고 감탄을 하는 것 같았다. 이 영감도 부지런한 영감이었다. 젊었을 때 머슴살이로 시작해서 지금은 열닷 마지기까지 살림을 늘렸다는데, 환갑이 훨씬 넘은 지금까지도 일손을 놓지 않고 있었다. 만득이가 동살이 잡히기가 무섭게 집을 나서면 으레 이 영감과 골목에서 부딪쳤다. 개똥망태를 걸치고 곰방대를 빨며 나오던 것이다.

"허허, 이 동네서 나보다 먼저 들길 서리 터는 사람이 생겼네그랴."

영감은 새벽부터 부지런히 서두는 만득이를 여간 대견하게 여기지 않는 듯했다. 덤덤한 영감이었으나, 몇 번 그렇게 골목에서 부딪치고 난 다음에는, 자기 며느리한테 장무새며 김치 등속을 만득이 집에 들려 보냈고, 산에서 나무라도 해가지고 올 때는, 만득이 일머리에 앉아 담배를 피우며 한참씩 말동무가 되어 주기도 했다.

사십여 호가 넘는 이 동네는 이방언 때문인지 동네 사람들이 거의가 동학도라는데, 본디부터 동네 사람들 인심이 후하기도 했던데다 동학으로 뭉쳐 있어 사람들이 모두가 살갑고 따뜻했다. 만득이 내외는 꼭 옛날에 자기들이 한번 살았던 동네에 다시 돌아온 것 같은 느낌이었다. 그중에서도 이 월림 영감은 유독 푸근했다.

영감은 더러 자기가 젊었을 때 고생하고 살아온 이야기를 되새기며 만득이 내외한테 세상 살아가는 물정을 한가하게 늘어놓기도 했다.

"부지런 부자는 하늘도 못 막는 걸세. 내외가 마음을 합해서 부지런히 살아가면 크게 욕심 안 부려도 다 적저금 타고난 몫은 돌아오는 걸세. 허지만, 무작정 부지런히 나댄다고 살림이 제절로 붙는 것은 아녀. 웬만큼 계책을 세워서 해나갈 일을 저만큼 앞을 봐놓고 일을 해도 해가야 하네. 내 말이 지금 무슨 말이냐 하면, 살림을 불려나갈 때도 순서가 있다 이 말이네. 금년 농사지어서 걷어들인 것이 웬만하거든 집칸부터 마련하게. 언덕 밑을 파고 움막을 치거나 막치로 귀틀집을 얽더라도, 그것이 내 집이래사 마음부터가 매인 데가 없으니 그만치 활발하고, 마음이 그로코 활발해사 매사에 걸리는 것이 없는 법일세. 마음도 마음이제마는 농사짓는 사람이 남의 집에서 살면 우선 거름자리부터가 어슬프잖은가? 절로 싸는 똥만도 그것이 어디여? 두 사람이 일 년 싸는 똥이면 보리밭 두 마지기 *웃거름은

50

뒤집어씌우지 않겠어? *채전이야 뭐야 촌살림은 첫째가 집이네. 동네 뒤에 집 뜯어낸 자리가 두 자리나 있은께 형편이 웬만하거든 홍정은 나한테 맡기게."

"고마우신 말씀이오. 명심할라요."

내외는 깊이 고개를 숙였다.

2. 지리산

전봉준은 보성, 흥양, 순천을 돌아 경상도 하동으로 빠졌다. 하동
에는 전봉준이 젊었을 때 그를 따라 천하를 떠돌아다녔던 후암이란
이가 있어 그이를 만나고 구례로 해서 남원으로 빠질 참이었다. 후암
의 아들 김시만과는 *너나들이를 하는 사이기도 했다. 동방동 나루
에 오르자 지리산이 손짓하듯 다정한 모습으로 내려다보고 있었다.

지리산智異山을 방장산方丈山이라고도 하는데, 이 방장산은 금강
산, 한라산과 함께 삼신산三神山 중의 하나로 일컬을 때 부르는 이름
이다.

중국 전설에 동해에 세 개의 *영산이 있어 삼신산이라 하되 봉래
산(금강산), 방장산, 영주산(한라산)이 그것으로, 거기에는 황금과 백
은으로 지은 궁궐이 있고 산속에는 불로불사약이 있다는 것이다. 그
래서 진시황과 한무제가 동남동녀 수천 명을 보내 그 신비의 불사약

52

을 찾기도 했다고 전해진다.

이 지리산이 삼한시대는 마한과 진한의 국경이요, 삼국시대는 신라와 백제의 국경이라, 그때마다 이 산을 사이에 두고 분쟁이 그치지 않았고, 또 남해로 침입하는 왜구들은 유독 이쪽으로 많이 몰려 약탈이 심했다.

섬진강을 60여 리 거슬러 올라가면 화개장이 나온다. 거기서부터 구례 쪽으로 10여 리의 산협을 석주관이라 하는데 여기는 양쪽 산줄기가 돌기둥처럼 치솟으며 강을 옥죄어, 그 형상이 병 모가지 꼴이라 전쟁 때는 천연의 요새가 되기도 한다. 그래서 임진왜란 때는 구례 의병장 왕득인 부자가 여러 명의 의병장들과 함께 여기서 숱한 왜병을 무찌르고 수백 명의 의병들과 옥쇄를 하기도 했던 곳이다.

이 지리산에는 태고 때 성모 마고가 내려와 반야도사와 혼인, 여덟 명의 딸을 낳아 모두 무당으로 기른 다음 그들 여덟 명을 전국 팔도에 하나씩 보냈다는 전설이 있다. 그래서 지금도 천왕봉 밑 할미당에는 마고할미 제를 지내느라 날마다 무당들의 발길이 끊이지 않으니, 연중 몰려드는 무당의 수가 수백 명에 이른다.

한때는 석가여래 어머니 마야 부인을 이 산의 신선으로 모셔 제를 지냈다는 이야기도 전해오고, 삼국시대 때는 박혁거세 어머니 선도성모를 이 산의 산신으로 모셔 제를 지냈고, 고려 때는 왕건의 어머니 위숙왕후를 역시 이 산의 산신으로 모셔 제를 지냈다. 조선왕조에 들어와서는 이성계의 즉위를 이 산신이 반대했다는 전설이 있기도 하나, 역시 지금도 산신제를 지낼 때는 조정에서 제물을 보내는 등 이 산신을 모시는 데 성의를 보이고 있다.

이 산의 산신은 모두가 국모급의 여성으로, 이 산은 생김새도 그렇거니와 항상 어머니처럼 너그럽다. 이 지리산에는 사오십 리가 넘는 큰 계곡만도 피아골 계곡, 뱀사골 계곡, 한신 계곡, 칠선 계곡, 쌍계사 계곡 등 다섯이나 되는데, 이런 골짜기에는 예로부터 평지에서 별바르게 살기 어려운 사람들이 많이 몰려와 살았다. 역모에 연루되어 멸족의 화를 당하게 생긴 사람, 민란에 가담하여 모가지가 위태로운 사람, 임진왜란이나 병자호란 같은 병란 때 마누라가 겁간을 당하여 얼굴 들고는 살 수 없게 생긴 사람, 남의 여편네나 친척 혹은 상전의 딸과 눈이 맞아 야반도주한 사람, 환자나 빚에 살림이 거덜이 난 사람, 지겨운 종살이에서 제 세상을 찾아 튕긴 노비 등등, 하여간 이런저런 일로 남의 눈을 크게 *기이어야 할 사람들이 밤봇짐을 싸 짊어지고 몰려들던 것인데, 이 산은 항상 어머니처럼, 세속의 구지레한 온갖 허물을 가리지 않고 그런 사람들을 골짜기 골짜기마다 너그럽게 싸안아 깊이깊이 감추어주었다. 더구나 요사이 같은 난세에는 그런 사람들이 한층 더 많이 꾀어 골짜기마다 쇠다리에 진드기 붙듯 손바닥만한 평지만 있어도 초막을 얽거나 움막을 쳐 지리산 안통이 초만원을 이루고 있다.

이 지리산에서 흐르는 물은 동서로 두 개의 큰 강을 이루어 흘러내리는데, 서쪽을 흐르는 강이 섬진강이요, 동족을 흐르는 강이 남강이다. 섬진강은 진안과 장수 사이의 팔공산에서 발원하여 임실, 남원, 순창, 곡성, 구례, 하동, 광양 등 5백여 리를 누비며 흘러와 남해로 빠지고, 남강은 경상도 함양의 서상에서 발원하여 산청, 진주, 함안, 의령을 지나 역시 5백여 리 가까이 흐르다가 낙동강으로 들어

54

간다.

섬진강 하구에서는 크고 작은 배들이 화개까지 60여 리를 거슬러 올라가니, 화개는 금강에 발달한 강경처럼 수륙 교통의 중심지가 되어 여러 가지 물화들이 여기에 몰려 교역이 번창했다. 지리산에서 나는 갖가지 목물이며 화목, 숯, 산피, 약재며, 곶감, 밤, 대추랑 과일 등이 쌍계산 골짜기와 피아골 골짜기 그리고 구례 방면에서 쏟아져 나오고 소금, 해초, 생선, 건어, 젓갈 따위 해물이며 솥, 식칼, 덫 그리고 각종 농기구 같은 공산품과 갖가지 생필품이나 방물 등이 배를 타고 올라온다.

황새머리에서 오순녀가 동네 총각한테 시집을 가자 그 길로 집을 나온 전봉준이 곧바로 찾아간 사람이 후암이었다. 후암은 이름난 풍수인데, 전봉준 아버지 전창혁과는 오랜 친구 사이로 전봉준이 철들기 전부터 전봉준 집에 드나들었다. 그는 인품도 중후했거니와 학식도 대단한 사람으로 전봉준 집에 올 때마다 총명한 전봉준을 끔찍이 귀여워했다. 전봉준이 그를 찾아가자 그는 기다렸다는 듯이 반가이 맞았다. 자기 아들 김시만과 함께 그를 데리고 다니며 산세를 가려 주산과 안산, 좌청룡 우백호의 형국을 풀이하며 혈을 짚어 자상하게 설명을 해주는가 하면 틈틈이 시국을 논하며 나라 형편을 개탄했다.

후암은 산서山書 같은 술서術書를 읽기 전에는 과거 공부를 꽤나 열심히 했던 사람으로 경학에도 그만큼 밝았지만, 나중에는 다산의 실학에 심취하기도 했던 사람이었다. 그래서 후암은 나라를 구하고 민생을 도탄에서 건지는 길은 경세치용과 이용후생으로 치세의 근본을 삼아야 한다고 역설했다.

후암은 환갑을 넘은 나이였으나, 나라 안팎의 정세에 밝았고 그런 정세를 보는 눈이 여간 예리하지가 않았다. 전봉준은 후암을 만나면 다른 데서는 전혀 들을 수 없는 조정 안팎의 이야기며 나라 밖의 소식을 접할 수가 있었는데, 그는 그런 견문을 바탕으로 시국의 추이를 여러 각도에서 예리하게 풀이하고 앞날을 멀리 내다보며 나라를 걱정했다. 청국과 일본이 조선을 사이에 두고 어떤 야심을 드러내고 있으며, 미국과 불랑국은 어떻고 독일과 아라사는 또 조선에 어떤 야심을 가지고 있는가, 후암은 유독 외국 이야기가 나오면 여각의 등잔불 밑에서 밤이 깊은 줄을 몰랐다.

김시만은 후암의 외아들이었는데, 전봉준이 후암을 따라나설 때, 이미 후암은 그 아들을 데리고 다니면서 산에 대한 지식을 전해 주고 있었다. 김시만은 전봉준과 나이도 비슷했지만, 의기도 투합하여 금방 너나들이하는 *옴살이 되고 말았다. 두 사람은 꼭 친형제 같았고 후암은 그 두 사람의 아버지 같았다. 전봉준은 3,4년간 후암을 따라다니다 그만두었지만, 그들과의 관계는 지금까지 20여 년 내리 한결같아 지금도 그들은 1년에 한두 번씩 서로 찾아다녔다.

김시만은 자기 아버지의 대를 이어 지금까지 풍수 일로 일관하여 그 아버지와 함께 경상도 서부 일대에서는 대단한 명성을 얻고 있었다. 그런데 김시만은 5,6년 전부터는 묏자리 이야기보다는 곧잘 병담을 늘어놨다. 그는 어느새 병서를 탐독하여 그 방면에 일가견을 가지고 있었다. 그때부터 그는 전봉준과 산에 오르면 묏자리 이야기보다 산세를 가리키며 용병술을 늘어놓기에 정신이 없었다. 그 아버지 후암도 젊었을 때 이따금 그런 병담을 그럴싸하게 늘어놓는 일이

56

있었는데, 김시만은 그런 정도가 아니라 거기 흠뻑 빠져버린 것 같았다. 그가 그런 이야기를 할 때면 정말 적진을 내려다보고 용병을 논하는 장수처럼 사뭇 입침을 퉁겼다.

"저쪽 산등성이에다 매복을 시켜놓고 적을 골짜기로 유인한 뒤 저쪽 산줄기를 돌아 퇴로를 차단한 다음 이쪽에서 밀물같이 내려치면 적이 어떻게 되겠어?"

전봉준도 김시만의 이런 이야기를 자주 듣다 보니 어렴풋이 그쪽으로 눈이 뜨이는 것 같아 나중에는 그도 김시만이 읽은 병서들을 모두 가져다 읽었다. 그 뒤부터 전봉준은 산에 가면 전에는 묏자리 형국으로만 보이던 산이 모두가 전쟁터로 바뀌어 보이기 시작했다. 똑같은 지세가 보는 눈에 따라 이렇게 달리 보이는가 스스로 놀랄 지경이었다. 사냥하는 포수에게는 경치가 보이지 않는다는 말이 정말이었다.

김만수한테 견마를 잡히고 전봉준이 하동읍내로 들어서고 있을 때였다. 읍내 들머리 주막 근처에서 사람들이 와자지껄했다.

"일본 놈들 패 죽여!"

젊은이들이 웬 일본 사람 하나를 떼밀고 오며 소리를 지르고 있었다. 일본 사람은 요사이 어디서나 흔히 볼 수 있는 잡화장수 같았다. 조그마한 잡화 궤짝을 어깨에 메었고, 일본인 옷차림에 신도 일본인들 신인 조리를 발에 꿰고 있었다.

"와다구시노 일본노 사라무 이로몬 안 돼 마시다."

젊은이에게 험하게 등을 떠밀려오면서도 작자는 기가 죽지 않고 소리를 질렀다.

"이 도둑놈의 협잡꾼노 새끼야. 협잡꾼노 새끼한테도 이로몬 안 되마시다냐?"

등을 떼밀고 오는 젊은이가 일본 사람 말을 흉내 내며 한층 우악스럽게 떼밀었다. 뒤에 졸졸이 따라붙은 조무래기들이 신이 나서 깔깔거렸다.

주막에서 도포 입은 사람이 하나 나왔다.

"잡아왔구마요. 이놈아가 거그서도 그 가짜 시계를 팔고 있잖은기요."

일본 사람을 떼밀고 온 젊은이가 도포에게 의기양양하게 말했다.

"당신들 어제 이 시계를 이 사람한테 팔았지요?"

도포는 곁에 서 있는 젊은이를 가리키며 시계를 내밀었다. 손바닥 반나마 크기의 회중시계였다. 금빛이 찬란한 금시계였다. 곁에 서 있는 젊은이는 그 도포의 아들인 듯했다.

"이런 물건을 가지고 와서 팔려면 제대로 된 물건을 팔아야지 이런 가짜를 가지고 와서 판단 말이오?"

도포가 점잖게 따졌다. 구경꾼들은 말없이 시계와 일본 사람 얼굴을 번갈아 보았다.

"이 시계가 오째서 가짜 마스까?"

처음부터 저런 장사나 해먹게 좀상으로 생긴 자가 제법 눈을 오끔하게 뜨고 대들었다.

"이것 보시오. 이렇게 백통이 하얗게 드러나는데 가짜가 아니란 말이오?"

도포는 시계를 뒤집어 뒷면을 보였다. 송곳 같은 것으로 긁힌 자국이 있었다. 거기 그어진 줄이 흰색이었다. 도금을 한 것이 분명했다. 일인은 시계를 들여다봤다.

"이래도 가짜가 아니란 말이오?"

"와다구시노 고래노 가짜 몰라 했소다네."

자기도 그것을 다른 데서 사다가 팔았기 때문에 가짜인 줄 모르고 팔았다고 발뺌을 했다.

"야, 이놈우 자슥아, 이것이 가짜인 중 모르고 팔았다꼬? 그러면 이것을 그로코 싸게 폰 까닭은 뭐꼬?"

젊은이가 쥐어박을 듯이 다그쳤다. 도포가 젊은이를 말리며 말했다.

"이것을 물러주시오. 어서 돈 내시오."

"지그무 돈이노 없소 합니다."

지금 자기들한테는 돈이 없고 다른 패거리들한테 있으니 거기서 가져다주겠다고 했다.

"그놈 아아새끼들, 퍼덕 관가로 끗고 가 발고를 해뿌소!"

곁에서 구경꾼이 말했다.

"뭐라 했노? 발고를 하라꼬? 발고를 하면 관가 아아덜이 돈을 자알 찾아주겠데이. 꿩도 매도 다 노칠라꼬 발고를 하라꼬?"

"그러면 저놈 아아를 집으로 끗고 가서 돈 가져올 때까장 잡아뒀다가 돈 가지고 온 담에 발고를 하면 안 되나?"

도포는 그 작자를 끌고 저쪽으로 사라졌다.

전봉준은 주막 술청으로 들어섰다. 김만수는 나귀를 매놓고 따라 들어왔다.

"저놈 아아들 당장 안 쫓아내면 이눔의 나라 망하고 말끼다. 저놈 아아들이 남의 나라에 들어와갖꼬 동네마둥 지 안방매이로 쑥쑥 들 어댕기며 물건 파는 것도 밸이 꼴리는디, 이 사가지 없는 것덜이 가 짜 물건까지 가지고 댕기며 조선 돈을 긁어가는구마."

전봉준은 술잔을 앞에 놓고 말없이 앉아 술꾼들 이야기를 듣고 있었다. 전봉준은 어디를 가든 이렇게 술청에서 술꾼들과 이야기를 하거나 곁에서 그들 이야기를 듣는 버릇이 있었다. 장에 가면 장판 을 고루 한 바퀴 휘지르고 나서는 으레 주막에 들어가 술꾼들과 이 야기를 했다. 그는 자기 스스로는 별로 말을 하는 법이 없었으나, 남 의 이야기를 시키는 데는 솜씨가 있었다.

"나라 꼴 한번 잘 되아가는구마. 제 나라 백성은 죄가 있으나 없 으나 국 쏟은 며느리 잡죄듯 건듯하면 잡아다 조지는 놈들이 저런 놈 아아들 한 잡아다 닦달을 몬하니 이것이 나라 꼴이가?"

"들어보이 지금 아까 저놈 아아들매이로 조선 땅에 나와서 저로 코 장사하며 돌아댕기는 놈들 말이다, 저것들이 즈그 나라에서는 숭 악한 날탕패 부시래기들이라 안 하나? 그런디 저런 놈들한티 관가 놈들이 서얼서얼 기는 까닭이 도대체 뭐꼬?"

"왜놈들이라면 거렁뱅이도 지 할애비로 보이이 안 그러나?"

"지 나라에서는 쥐도 아이고 개도 아인 저런 반거치기들이 *쥐엄 나무에 도깨비 꼬이듯 꼬여 저리 설치고 댕기이 큰일이라. 지금 일 본 놈들이 저런 장사만 하는 중 아나? 광양서는 염전에도 손을 대고 남해에서는 배까지 지어 폰다꼬 안 그러나? 가아들이 그런 것까지 다 해삐리면 조선 사람 해묵고 살 것은 뭐꼬?"

"소금이나 배뿐이가? 당장 우리 하동서는 우짜노? 돈놀이하는 야마나시란 놈아아가 그냥 돈놀이만 하는 중 아나? 그놈이 지금 빚으로 채들인 전답만도 백 마지기가 넘었을 거라 안 그러나?"

"그럴끼다. 이자가 한 달에 삼 할이니 석 달이면 본전이 배가 되고 일 년이면 4배가 안 되나? 거기다가 갚을 날짜가 하루만 늦어도 잡은 전답을 채들이는 판 아이가? 그놈 아아가 여기서 돈놀이한 지가 벌써 얼마노?"

전봉준은 주막을 나왔다. 물론 일본 사람이 직접 하는 것은 아니고 조선 사람을 앞에 내세워서 그런 고리대금까지 하고 있었다.

"여기서는 일본 놈들이 더 설치는 것 같지라우?"

김만수가 나귀 고삐를 잡고 가며 말했다.

"여기는 부산이 가까운 데라 일인들이 전라도 지방보다 먼저 뿌리를 내렸다. 그들이 연비연비 찾아들어 아까 그런 잡화장수에서부터 돈놀이까지 손을 안 댄 것이 없는 것 같다. 요사이는 바로 이 섬진강 포구에다 배를 대고 마음대로 상품을 푸고 실어가는 모양이다."

"아까 들으니 일본서는 거렁뱅이 같은 작자들이 여기 나와 저러코 설치는 모양이구만이라."

"여기 나와서 저런 자잘한 장사를 하는 사람들은 7,8할이 대마도 사람들이라는 것 같다. 일본 사람들도 대마도 사람들은 한풀 얕보는 모양이더라."

"지금 나라가 우아래로 고루 일본에 먹히고 있는 것 같습니다."

"큰일이다."

김시만 집은 읍내를 조금 지나 지리산 쪽에 있는 월동이란 마을

이었다.

"아이구, 어서 오게. 그러지 않아도 오늘 아침에 아버님께서 자네 춘부장이 꿈에 뵈더라고 하시더니 자네가 올라고 그랬구만."

"춘부장께서는 안녕하신가?"

"잘 계시네."

"그런데 나귀를 타고 다니는 것을 보니 신수가 크게 편 모양일세 그려."

김시만은 김만수한테서 나귀 고삐를 받아 머슴한테 넘기며 농을 했다. 전봉준은 후암 앞에 정중하게 인사를 하고 나서 김만수를 소개했다.

"춘부장께서도 평안하신가?"

"예."

"어디서 오는 길인가?"

"일이 좀 있어 나주, 함평, 무안을 거쳐 남도 일대를 주욱 돌아오는 길입니다."

"그럼 장흥도 들렀겠구만."

"예, 이방언 접주께서 안부 살피십디다."

"그 사람, 그 근방에서 요새 동학 세를 크게 떨치고 있다는 소식을 듣고 있네."

"그렇습니다. 해남, 강진, 보성까지 그분네가 돌보고 계시지요. 요사이는 교세가 크게 늘어나 날마다 바쁘십니다."

"잘한 일일세. 나는 하는 일 없이 소일하고 있으니 모두 그렇게 고생들 하고 있는 사람들을 보면 민망스럴 따름이네. 지금 형편으로는 동학밖에 아무것도 기대할 것이 없네."

"요사이 백성이 동학으로 쏠리는 기세를 보면 저희들도 놀랄 지경입니다."

"엊그제 산청으로 해서 문경까지 한 바퀴 다녀왔네마는 어디를 가나 마찬가질세. 이 난국이 뚫릴 향방이 잡힌 게 아닌가 싶네. 민심이 온통 동학으로 쏠리고 있어. 그 기세가 예사롭지 않구만."

"실은, 제가 이번에 남도 일대를 돌고 온 것은……."

전봉준은 상소 이야기를 했다.

"상소? 조정에서 들어줄까?"

"들어주든 안 들어주든 한번 거치고 넘어가야 할 일인 것 같습니다."

"법소에서 작정을 한 일인가?"

"작정을 해서 통문을 돌린 것은 아닙니다마는 그리기로 대충 의논이 된 것 같습니다."

"들어주든 안 들어주든 거치고 넘어가야 할 일이라는 건 무슨 소린가?"

김시만이 끼어들었다.

"그 까닭은 여러 가질세. 우선 법소나 그쪽 접주들은 거개가 이제 상소밖에 길이 없다고 모두 거기다 기대를 걸고 있네. 유독 유생 냄새가 덜 가신 접주들일수록 그렇게 생각하고 있어. 그러니 조정에서 들어줄 리가 없다는 것을 그들이 몸으로 부딪쳐 알아야 할 것 같고, 두 번째는 그래야 우리를 탄압하고 있는 것이 바로 조정이라는 것을 모든 교도들이 알게 될 것 같네. 그렇게 사실을 사실대로들 알게 된 연후래야 다음 계책을 제대로 세울 수 있지 않겠는가?"

"그렇기는 한데 잘못하다가 상소한 사람들을 몽땅 잡아들여 버리기라도 하면 어쩔 참인가?"

"그러면 교도들이 가만있지 않을 걸세. 그때는 삼례집회 정도가 아니고, 모든 교도들이 대창을 들고 한양으로 밀고 올라갈지도 모르네."

"하하, 그러고 보니 되레 깊은 속셈은 바로 거기 있는 게로구먼."

김시만은 이제야 그 속셈을 제대로 알아차렸다는 듯이 껄껄 웃었다.

그러나 전봉준은 웃지 않고 말을 이었다.

"조정에서도 동학의 기세를 대충 짐작하고 있으니 그렇게까지 나오지는 않을 것 같네."

"그럼, 그 다음 계책이란 뭔가?"

"지금 이렇다 할 무슨 계책을 세우고 있는 것은 아니네. 허나, 그렇게 움직이다 보면 조정의 허가 보일지도 모르고, 한편으로는 우리의 힘도 스스로 알게 될 것이니, 그러는 사이 저절로 무슨 계책이 나오지 않을까 싶네. 지금 법소나 접주들은 밑바닥 교도들에게 밀려가고 있는 셈일세. 어떻게든 무슨 계책을 세워서 지금 당장 교도들한테 떨어지고 있는 곤장을 피해야 하고 또 교도들이 재산을 지킬 활로를 찾지 않을 수가 없는 형편일세."

"삼례집회 때처럼 모여 힘으로 몰아붙이는 것 말고는 수가 없을 것 같아."

"지금 동학도들이 관에 몰리고 있는 형편이 궁지에 몰린 쥐 꼴이라 막판에 가서는 그렇게 나오지 않을까 싶네. 허지만 교도들의 힘을 그렇게 모으기에는 여러 가지 어려움이 없지 않네."

"지금 가는 데마다 교도들이 바글바글 끓고 있던데 그 어려움이란 뭔가?"

"우선 접주들이 문젤세."

"접주들이 왜?"

"접주들은 대부분 우선 밑바닥 교도들하고는 형편들이 다르지. 거개가 밥술이나 먹는 사람들이고 또 식자들도 웬만해서 그 지역에서는 그만큼 명망도 있는 사람들이거든. 설사 그들이 교도들하고 함께 잡혀간다 하더라도 그들은 연비연비 관가에 끈이 닿으니 매 하나가 떨어지더라도 사정이 낄밖에."

"그건 중요한 일인 것 같네."

김시만은 고개를 끄덕이며 말을 이었다.

"지금 동학도들이 몰리고 있기는 해도 접주들은 밑바닥 교도들보다는 덜 몰리고 있다는 이야긴데, 그렇게 형편이 달라노면 설사 삼례집회 같은 것이 또 있다 하더라도, 마지막 몰아쳐야 할 때는 밑바닥 교도들의 열기가 접주들한테 막혀버리고 말겠지. 밑바닥 교도들은 이판사판 목숨을 걸고 나서겠지만, 접주들은 앞뒤 형편을 다 살필 것이니 일이 제대로 될 리가 없을 것 같아. 벌써 30년 전인가 보네마는 임술년(1862년) 진주민란이나 3년 전 광양민란 같은 것이 크게 번지지 못한 까닭도 바로 그것이었네. 그때는 형편이 거꾸로였는데, 그 사람들은 식자들만 위에서 고래고래 악을 쓰고 치달았지 밑에서는 그들을 따라가지 못했거든. 광양서는 미리 면밀하게 계책을 세우고 그만큼 준비를 한 다음 70명이 총칼로 무장을 하고 나섰지만 밑바닥 사람들이 제대로 움직여주지를 않아 실패를 했잖은가? 진주에서는 초군을 동원했는데, 그들을 돈으로 샀으니, 그런 사람들이 제대로 움직이겠는가? 이렇게 상하가 위각이 났으니 그 결말은 뻔했지."

"나는 그렇게 보지 않는다."

여태까지 두 사람 말을 조용히 듣고만 있던 후암이 나섰다.

"진주나 광양 민란 때 대가리 따로 손발 따로, 상하가 위각이 나서 그게 성공을 못했다는 이야긴데, 그 말은 맞다마는 지금 동학의 형편은 여러 가지로 그와 다르다."

후암은 차근히 이야기를 시작했다.

"동학에도 상하가 위각이 있는 듯하다마는, 진주나 광양서는 앞으로 치달을 것이 위였지만, 지금 동학에서는 그게 위가 아니라 아래다. 위각이 있다 하더라도 이 점이 달라. 지금 동학 접주들이 바닥 교도들한테 밀려가고 있는 형편이라 했는데, 이 바닥 교도들이 거세게 밀어붙일 때는 어정쩡한 접주들은 저절로 한쪽으로 재껴지고 그러지 않는 접주들만 남을 것이다. 예사 때는 제방이 물길을 잡아 제 길로 흘러가게 다스리지만 홍수가 나서 물길이 거세지면, 물이 제방을 무너뜨리고 가는 것하고 같은 이치다. 홍수는 크게 흘러야 하니 그 큰 흐름을 감당 못하는 제방은 뭉개버리고 흘러가는 것이다. 아마 지금 상소를 주장하는 접주들은, 모르긴 해도 그런 어정쩡한 접주들일 게다. 너희들은 가만있어라. 우리가 한다, 이러고 큰소리를 치겠지만 상소를 해보았자 조정에서 내칠 것은 뻔한 일이니 그렇게 되면 그 사람들은 어떻게 되겠느냐? 바닥 교도들의 기세를 타고 앞장을 서든지 비켜서든지 양단간에 결단을 내려야 할 것이다. 그런데 앞장을 서는 일은 목숨을 거는 일이다."

"상소를 꼭 조정에서 내친다고는 할 수 없지 않을까요?"

김시만이었다.

"두고 봐라마는 지금 조정 형편이 들어주자도 들어줄 수가 없게 되어 있다. 지금 조정에서는 실학까지도 이단으로 보고 있는데, 양묵과 같은 혹세무민의 좌도난정이라 규정하여 교주까지 처단했던 동학을 어떤 명분으로 용납을 할 수 있겠냐? 우선 이 명분을 세울 수 없다. 설사 서학처럼 사세에 밀려 조정에서 용납을 한다 하더라도 그렇게 되면 전국에 깔려 있던 유생들이 가만히 있지 않는다. 그 사람들은 난정이라면 마치 자기들 상투라도 붙잡힌 것같이 날뛰는 사람들이다. 두 번째는 지금 조정에 결진하고 있는 민가들은 대원군이라면 자다가도 퉁겨 반자받이를 하는 사람들인데, 혹시 대원군이 동학하고 무슨 상관이 없는가 의구심을 품고 있는 것이 틀림없다. 대원군이 파락호 시절에 주유천하를 하면서 만나고 다닌 사람들이 거개가 궁벽한 촌에 낙백한 잔반들이었는데, 지금 그런 사람들이 많이 동학에 들어가 우두머리가 되어 있기 때문이다. 당장 장흥 이방언 접주만 하더라도 그렇다."

"이방언 접주가 그렇습니까?"

"이만저만 가까운 사이가 아니다. 지금은 별로 상종을 않는 것 같더라마는 보통 사이가 아니었다. 그리고 세 번째는, 지금 조정은 외국의 손아귀에서 꼭두각시놀음을 하고 있는 셈인데, 외국인들은 무엇보다 조정이 백성한테 밀리는 것을 싫어한다. 그렇게 되면 백성 때문에 조정을 자기들 마음대로 주무를 수가 없기 때문이다. 더구나 지금 동학은 천주학이나 야소교 같은 서학하고는 상극이어서 이름 부터가 동학 아니냐? 뿐만 아니라 서양인들은 50년 전 중국의 태평천국의 난 때 백성한테 혼쭐이 난 적이 있다. 그 난을 평정한 것이 서양 놈들이었던 것만 봐도 알 수 있는 일이다."

두 사람은 고개를 끄덕였다. 특히 전봉준이 깊이 끄덕였다. 양묵 이란 양자와 묵자 사상으로 양자는 노자의 무위독선설에 따라 무아 방종 쾌락을 주장했으며, 묵자는 형식과 계급, 사욕을 타파하고 사회 겸애를 주장했는데 주자학에서는 특히 이들 사상을 전형적인 사도로 보고 있었다. 전봉준은 이방언이 대원군과 가깝다는 사실은 알고 있었으나 민가들이 그 때문에 동학을 경계할 것이라는 점은 미처 상상하지 못한 점이었다. 후암은 계속했다.

"상소를 올려봤자 이렇게 퇴짜를 놀 것이 뻔하니 그렇게 되면 아까 자네 말대로 달리 계책을 세우는 도리밖에 없을 걸세. 이제 계책이라면 힘으로 밀어붙이는 계책밖에 없는데, 그렇게 되면 여기서 필경 접주들은 두 패로 갈라지고 말 것 같더구만. 교도들의 기세를 업고 밀어붙이자는 패와 엉거주춤하는 패, 이렇게 길이 갈릴 것은 뻔한 일인데, 이리 되면 교도들은 자기들 편에 서지 않는 접주들은 옆으로 재껴버리고 치달을 건 당연지사고, 이렇게 한번 봇물이 터지는 날에는 걷잡을 수 없을 것 같아. 나는 요사이 우리나라 형편을 볼 때 금방 말했던 중국의 태평천국의 난을 항상 떠올리네. 나라가 처한 형편뿐만 아니라 실로 여러 가지가 그때 사정과 비슷하네. 동학은 그때 홍수전이 주창한 상제회와 비슷하고, 인내천은 그대로 그들이 내세웠던 평등사상이 아닌가? 따지고 보면 인내천은 평등사상이되 그들처럼 막연한 소리가 아니고 훨씬 실이 있는 소리라 이 점은 또 그들보다 한 계단 위지. 나는 이 인내천 사상은 위대한 사상이라고 보네. 설사 동학이란 종교가 쇠퇴하더라도 그 사상만은 오래 남아 만고에 빛날 것 같아. 사람은 하늘이다. 양반도 하늘이고 임금도 하늘이고, 또 상놈도 하늘, 백정도 하늘, 여자도 어린이도 하늘이다. 인간은 누구나 이렇게 하늘이니 모두가 다 평등하되, 하늘같이 귀한 상태로 평등하다 이것이거든. 저 사람들처럼 인간은 평등하다고 그냥 공소하게 말을 한 것이 아니고, 여기서는 평등하되 하늘인 상태로 평등하다는 것이니 그 정신도 위대하지만, 평등하다는 사실을 설파한 논법 또한 얼마나 탁월한가? 이런 소리가 우리 같은 사람 귀에는 그저 그렇고 그렇게 들리지만, 사람이면서도 지금 사람 취급을 못 받고 있는 백정들이나 무당 등 천인들의 귀에는 어떻게 들리겠어? 그 사람들한테는 이런 세상이야말로 바로 후천개벽이 아니고 무엇이겠는가?"

김만수는 윗목에 저만치 앉아 후암을 뚫어지게 건너다보며 이야기를 듣고 있었다.

"이야기가 잠깐 빗나갔네마는 홍수전이 나는 야소(예수)의 동생이다, 상제의 명을 받고 이 세상을 고치러 왔다고 했는데, 그런 허황한 소리가 먹혀들었던 것은 바로 그 평등사상 때문이었을 걸세. 헌데 동학의 평등사상은 그보다 한 단계 위니 그 소리가 얼마나 깊이 먹혀들겠는가? 수운 최제우가 큰 병을 고치면 작은 병은 저절로 낫는다고 했는데, 그는 반상과 빈부 격차를 제일 큰 병으로 보지 않았는가 싶어. 홍수전이 중국 대륙을 휩쓸었던 것을 볼 때 지금 동학에 쏠리고 있는 백성의 이 기세를 누가 제대로 휘어잡기만 하면, 이 조그마한 땅덩어리 하나쯤 휩쓸어버리기는 어려운 일이 아닐 걸세. 근자에 여기저기서 숱하게 일어나고 있는 민란만 보더라도 이미 시세는 무르익을 대로 무르익었거든. 건드리면 떨어지는 과일 꼴로 지금 무르익을 대로 무르익은 것 같아. 그런데 그것이 터져도 한 고을에서 터지면 그것은 도깨비불 한가지고, 그걸 한군데로 모아야 하네. 열 골 물이 열 골로 흐르면 열 개의 개울에 불과하지만, 그 열 골 물이 한 골로 모이면 홍수가 되거든.”

“아버님께서는 꼭 난이라도 선동하고 계시는 것 같습니다. 그런 말씀을 하실려면 소리라도 좀 낮추십시오.”

김시만의 말에 모두 웃었다.

“지금 동학에 전국을 휘어잡을 그런 인물이 있을까요?”

김시만이 물었다.

“인물? 지금 동학의 기세면 그렇게 큰 인물이 아니어도 된다. 팔도에 동학이 거미줄처럼 늘어져 있으니 마치 투망으로 고기를 싸논 꼴이 아니고 뭐냐? 이렇게 싸논 고기라면 벼리 당기는 일만 남았는데, 그 벼리를 당기는 데야 얼마나 큰 솜씨가 필요하겠냐?”

“그럼 동학의 우두머리면 된다는 말씀도 되는데 해월 최시형은 조금……”

김시만은 조금 마뜩찮다는 표정이었다.

“아니다. 그 사람 그렇게 볼 인물이 아니다. 30년간 숨어다니면서

70

동학을 이만큼 키워논 인물이라면 그게 보통 인물이겠냐? 그 사람은 자꾸 때를 이야기하는데 때를 언제라고 판단하느냐에는 문제가 있는 것 같다마는, 때가 이르지 않았다는 소리가 뭐냐? 안 일어나겠다는 소리가 아니고, 때가 되면 언젠가는 일어난다는 소리니 거기에 묘미가 있지 않느냐?"

후암은 전부터 최시형을 크게 보고 있는 사람이었다.

"일해는 어떻습니까?"

"아 참, 지난번 무장 선운사 그 비결 말일세. 자네도 거기 간여했던가?"

후암은 엉뚱한 데로 말머리를 돌렸다.

"저는 잡혀간 접주들 꺼내는 데만 조금 거들었을 뿐이고 손화중 접주가 앞장을 섰습니다."

"그랬던가? 나는 그때 그 이야기를 듣고 혼자 무릎을 쳤네. 동학 거두들이 민심을 그쯤 휘어잡아 제 것으로 챙길 수 있고, 백성을 그만큼 움직여 그 힘을 조종할 수 있다면 그 경륜도 경륜이거니와 *국량도 대단한 국량들이었네. 흐르는 물을 홍수로 몰아 언덕 하나쯤 무너뜨린 묘미였지. 일해는 그 일에 혹시 간여하지 않았던가?"

"직접 간여하지는 않았습니다마는 그 무렵 저를 만났을 때 그 이야기를 꺼내기는 하셨지요. 아마 손접주하고도 그 이야기를 하지 않았나 싶습니다."

"자네를 만났을 때 일해가 뭐라고 하던가?"

"구슬은 보는 족족 꿰어야 한다며, 더구나 그것은 백성이 만들었으되 임자가 없는 구슬이 아니냐고 하시더군요."

"구슬이라고? 그러니까, 일해 눈에는 그것이 진직부터 구슬로 보였던 모양이구만. 그걸 구슬로 알아본 일해 눈은 역시 혜안 아닌가? 그랬으면 그랬지."

후암은 감탄해 마지않았다.

"그래서 나는 그 구슬은 손접주 발밑에 있으니 손접주 구슬이 아니냐고 했지요."

전봉준이 가볍게 웃으며 말했다.

"손접주 발밑이란 그것이 손접주 관내 무장현에 있다는 소린가? 하하, 구슬이 저기 있다고 자네보고 챙기라고 했는데, 자네는 또 그것은 내가 챙길 구슬이 아니라고 양보를 했구먼. 하하."

후암은 한참 웃었다.

"하여간, 그 일은 이만저만 대단한 일이 아니었네. 그 일로 해서 동학은 이미 수레가 고개를 넘는 격이 되지 않았나 싶어. 이제 절로 굴러가는 수레를 어디로 몰고 나가느냐 그 향방만 남은 것 같네."

"그럴까요?"

김시만은 고개를 갸웃거렸다.

"두고 보아라. 그 한 가지 일로 동학은 이 세상에 수없이 흘러다니는 참언을 모두 한손에 뭉쳐서 거머쥐어버렸다. 정감록, 미륵신앙, 그리고 남조선사상, 남해진인설 그런 것을 모두 그 비결 하나로 다 싸서 지금 동학도들이 주머니에 챙겨 넣었어. 바로 그것은 백성을 움직이는 요술방망이가 되고 말 것이다."

김시만은 모르겠다는 듯 고개를 갸웃거렸다.

"지금 백성이 살아가고 있는 꼴이나 관에서 늑탈하는 꼴을 보아

라. 이제 동학도들뿐만 아니라 일반 백성도 더 견딜래야 견뎌낼 재간이 없다. 어떻던가? 남도 쪽을 돌아왔다니 말이지만, 백성 사는 꼴이 점점 꼴이 아니지?"

"봄 다르고 가을 다릅니다. 낙안서는 죽은 아이를 낳았는데 관에서 불러다 일부러 죽였다고 태장을 쳤다더니, 이쪽 광양에 오니 요사이 불알 발른 사내들이 많아 관에서 단속을 하고 있다지 않습니까?"

군포 때문에 요사이는 아이를 낳으면 몰래 죽여버리는 일이 허다했고, 또 아예 아이를 낳지 않으려고 돼지불알 발르듯 *불알을 발라버리는 사람이 많아 관에서 그것을 단속하고 있었다.

"광양서 그런 단속에 나선 데는 까닭이 있구만."

김시만이 나섰다.

"지금 이쪽에는 일인들이 자기가 서양 의술을 배운 양의라고 설치고 다니는 가짜 양의가 한둘이 아닐세. 이자들이 다른 것은 모르지만, 불알 발르는 솜씨 하나는 대단하다는구만. 별로 아프지 않게 감쪽같이 발라낸다는 걸세. 그자들이 이쪽에서 유독 설치고 다니는 모양인데, 모두 쉬쉬하지만, 그렇게 불알을 발른 사람이 한둘이 아닌 것 같네."

"그건 또 처음 듣는 소릴세."

"일본 사람들은 이런 데서까지 재미를 보고 있으니 이놈의 나라 꼴이 뭔가?"

전봉준이 어이없다는 듯 가볍게 웃었다. 세 사람 이야기는 밤늦게까지 그치지 않았다.

해거름이었다.

"남원 양반!"

저 아래서 누가 만득이를 불렀다. 이방언 집 꼴담살이 막둥이였다.

"멋이냐?"

만득이가 옮기려던 돌을 든 채 눈을 크게 뜨고 물었다. 만득이는 누가 이렇게 갑자기 부르면 가슴이 쿵 내려앉았다. 마치 나졸들이 들이닥치기라도 하는 것 같아서였다. 이렇게 멀리 도망쳐 와서 사는 것을 어느 귀신이 알겠느냐고 스스로 마음을 누그리려 했지만, 그게 생각처럼 쉽지가 않았다. 잠을 자다가 개만 좀 거칠게 짖어도 가슴이 옥죄어 왔다. 사실, 만득이가 낮에는 두말할 것도 없고 밤에까지 산골에 골박혀서 논일을 하는 것은 첫째는 일 욕심 때문이지만, 한편으로는 이런 산속에 박혀 있어야 그만큼 안심이 되기 때문이기도 했다.

"마님께서 얼른 오시락 하요."

"뭔 일인디?"

"손님이 온 것 같그만이라우."

"손님?"

"중 한나하고 젊은 사람 둘이 왔그만이라우."

만득이 내외는 눈을 크게 뜨고 서로를 건너다봤다.

"월공 스님이까?"

"두 도련님하고 그 스님인 것 같소."

"알았다, 금방 가마."

내외는 냇가로 가서 대충 손을 씻고 연장과 밥그릇을 챙긴 다음,

74

바삐 산길을 내달았다.

"우리 집이서 밥이래도 한 끼니 해사 쓸 것인디, 으짜께라우?"

유월례는 대접할 걱정부터 했다.

"강아지한테도 손들 날이 있다등마는 우리한테도 손님이 왔구만잉."

만득이는 혼자 허허 웃었다.

"손님이래도 보통 손님이 아닌디, 밥그릇이나 상 같은 것은 빌래오면 되제마는 반찬을 멋에다 해드리까라우?"

"돈 쪼깨 남은 것, 그것 여기다 써. 큰방 댁에서 닭 한 마리 꿔다 잡어서 국 끓애디리고, 돌아온 장에 사다 드려."

"스님은 육물을 못 잡수실 것 아니오?"

"허허, 또 그라네."

내외는 아퀴를 못 짓고 동네까지 오고 말았다.

"아이고 오셨소? 그간에 별일이나 없으셌는가라?"

만득이는 반색을 하며 방 안으로 들어섰다. 월공 앞에 너부죽이 큰절을 했다.

"남원 양반 신수가 훤하시오."

이방언한테서 들었던지 용배가 만득이 택호를 부르며 반농조로 수작을 걸었다.

"아이고, 무신?"

남원 양반이란 소리에 만득이는 몸을 오그라뜨리며 어린애처럼 골을 붉혔다.

"여기서 만난께 정말 반갑소."

"아이고 도련님, 도련님 자당님이랑 다 무고하신게라?"

만득이는 달주를 보며 어쩔 줄을 몰랐다.

"예, 잘 있소."

"아이고 기냥."

달주도 만득이 손을 잡으며 반겼다. 달주는 존대를 하기가 아직
도 혀끝이 뻣뻣했으나 흔연스럽게 말했다. 만득이도 그게 황송스런
모양이었으나 그냥 고추 먹은 소리를 하다 말았다.

"멋하고 있어? 얼른 들어와서 스님한테 인사드려!"

만득이가 유월례한테 지금까지 무얼 하고 있느냐는 듯 소리를 질
렀다. 남자들만 있는 방에 들어가도 괜찮을 것인지 밖에 서서 엉거
주춤 고개만 안으로 주억거리고 있던 유월례는 만득이 말에 용기를
얻어 방으로 들어왔다. 월공 앞에 곱게 절을 했다. 이렇게 살아갈 마
련을 해준 월공은 만득이 내외한테는 그대로 살아 있는 부처였다.
여기 앉아 있는 세 사람이 다 마찬가지였지만 유독 월공한테 고마운
마음이 더 했다.

"형님, 여기 올 때는 별탈이 없었소?"

달주가 스스럼없이 형님이라 불렀다.

"하이고, 행님은 무슨?"

만득이는 황송해 못 견디는 표정으로 제 손가락을 잡아 비틀며
굽실거렸다. 달주도 형님이란 소리에는 혓바닥이 더 뻣뻣했으나, 자
주 놀려 부드럽게 해야 한다고 스스로 다짐했다. 달주는 지난번 갈
재에서 김확실한테 *목침뜸질을 당하고 나서 자기는 정말 말 따로
행실 따로였다는 사실을 깊이 뉘우쳤던 것이다. 그러나 마음으로는

그래야 한다고 생각하면서도 한번 버릇된 것이라 그것을 고치기가 이만저만 어렵지가 않았다. 이런 일 하나가 이렇게 어려울 때 이해 관계가 얽힌 좀 더 큰일은 어떻겠는가 생각하며 세상의 변혁에다 개벽이란 말을 쓴 최제우를 비로소 이해할 수 있을 것 같았다. 따지고 보면 너무도 빤한 일을 목침뜸질을 하며 욱대겨서야 겨우 깨달았으면서도 실천하기가 이렇게 어렵다는 사실을 생각하면 동학에서 내세운 후천개벽의 꿈이 어느 세월에 이루어질 것인가 달주는 그저 아득하기만 했다. 달주는 이 세상을 개벽하자면 그 목침뜸질을 할 수밖에 없겠다는 생각이 들며, 세상에 대한 목침뜸질은 어떤 방식이어야 하는가 늘 그 궁리였다. 우선 만득이 같이 당하고 사는 사람들이 김확실처럼 확고한 신념을 가지는 것이 무엇보다 중요하다는 생각이었다. 그러나 만득이가 김확실이 되려면 얼마나 오랜 세월이 걸릴 것인가? 세월이 간다고 되기나 할 것인가?

"새로 맺은 연인디 멀 새삼스럽게 그러시오? 우리한테나 동네 사람들한테나 남원 양반답게 의젓해야 하요. 여기 접주 어른은 한다는 양반인데, 그런 이가 형님한테 택호를 지어준 것은 그것이 그만큼 당연한 일이라 그랬을 거요. 아까 용배가 남원 양반이라 부른 것도 장난으로 부른 것이 아니오."

달주가 의젓하게 말했다.

"여기 와서 어려운 일은 없소?"

월공은 조용한 목소리로 물었다.

"예, 아무 어렴이 없그만이라."

만득이는 고개를 사뭇 주억거리며 말을 이었다.

"접주 어른께서 방도 얻어주시고, 소작도 서 마지기나 주시고, 묵정논도 일구라고 하시고, 그래서 요새는 그 묵정논 일을 하고 있그만이라. 그라고 명년 보릿동까장 묵고 살 색갈이도 내주시고……."

"색갈이는 얼마나 냈소?"

"쌀 두 말하고 좁쌀 두 말하고, 그라고 감자 두 가마니는 공짜로 주셨그만이라. 또 세간 살 돈도 주셔서, 솥이랑 밥그릇이랑 세간도 엔만치 샀그만이라."

만득이는 하나하나 주워섬겼다.

"묵정논은 몇 마지기나 일구고 있소?"

"지금 일구고 있는 것은 서 마지긴디, 그 우게 있는 높드리 두 마지기도 일굴 작정이구만이라. 그것까장 일구면 묵정논만 다섯 마지긴께, 소작까장 합치면 야달 마지기가 되는 심이지라."

"아이고, 여덟 마지기요? 허허 대번에 부자 되어버렸소그랴."

용배가 끼어들었다. 모두 웃었다. 만득이도 따라 웃었다.

"금년 농사만 방불하게 짓으면, 동네 뒤에 빈 집터가 있은께 그것을 사서 쬐깐하게 움막이래도 하나 칠 작정이그만이라."

"벌써 명년 계책까지 세우고 있구만요. 잘한 일이오. 세간 살 돈은 처음부터 내가 갚아 드리겠다고 접주 어른께 꾸어달라고 했으니, 그것은 처음 약조대로 갚아 드리겠고, 색갈이 낸 것도 내가 갚아주겠소."

"아이고, 기냥 두씨오. 그것은 농사진께 얼마든지 갚을 수 있겄그만이라."

만득이는 손사래까지 치며 사양을 했다.

"우리같이 비천한 사람을 여그까장 돌봐주신 은혜만 갚는데도 평생을 갚아도 못 갚겄는디, 어뜨코 또 은혜를 입겄소. 우리가 모도 갚을란께 쪼끔도 염려 마십시오."

유월례가 끼어들었다.

"그것까지만 내가 갚겄소. 이렇게 자리를 잡아 사는 것을 보니 곁에서 보기도 흐뭇해서 그럽니다."

월공은 웃으며 말했다.

"웬만하면 명년에 사겄다는 집터까지 사 드리면 어쩌겄소?"

용배가 한술 더 뜨고 나섰다.

"그것은 명년 일이니 보아가면서 하기로 하자."

"하긴 그렇소."

"여그서 은제 가실라요?"

만득이가 물었다.

"내일 아침 일찍 가겄소."

"우매."

만득이 내외는 서로 얼굴을 봤다.

"그라면 내일 아침진지나 우리 집이서 드시고 가십시오."

유월례가 수줍게 말했다.

"지금은 내외 밥 끓이기도 궁색할 것인데, 밥은 무슨 밥이오?"

월공은 사양했다.

"그래도 여까장 오샜는디, 우리 집이서 진지라도 한 끼니 잡수고 가세사제라."

월공이 한사코 사양을 했으나, 내외가 우기는 바람에 그러자고 승낙을 하고 말았다.

만득이 내외가 돌아갔다.

"스님, 중생 구제가 따로 없소그랴?"

월공을 보며 용배가 웃었다.

"이 일에 일등공신은 너 아니냐?"

월공이 웃었다.

"그것 가지고 공이랄 것까지야 있소?"

용배가 비쩨는 가락으로 웃고 나서 말을 이었다.

"하기야, 처음 답답하게 굴 때는 정말 때려죽이고 싶습디다. 그때 비하면 지금은 정말 용 된 것 같소. 그런데 여기 접주님은 한술 더 뜨지 않았습니까? 숭악한 바닥 상놈한테 남원 양반은 또 뭡니까?"

세 사람은 한바탕 웃었다.

"종이 양반이 되어버렸으니, 이것은 그냥 구제가 아니고 천지개벽입니다. 불가의 구제가 아니라, 동학의 개벽이라 이 말씀입니다."

달주가 월공을 보며 웃었다.

"동학의 후천개벽은 만득이부터 했다 이 말이구나. 맞다. 달주 너도 건뜻하면 은근히 양반을 내세우던데, 그런 너도 종을 형님으로 모셨으니 개벽치고도 큰 개벽이다. 천지가 우당탕한다더니, 천지 우당탕 개벽이구나."

세 사람은 크게 웃었다.

여기 묵촌에는 저 윗동네 어산과 함께 내로라하는 인천 이씨들이 몰려 살고 있었으므로 이 동네 상민들은 그들 눈치 보느라 함부로 택호를 사용하지 못했다. 그런데, 이방언은 만득이한테 대뜸 택호부터 붙여주며 자기 집안사람들부터 그렇게 부르라 했다. 이방언의 아내부터 만득 내외를 남원 양반, 남원댁이라 부르자, 그 집 사람들은 두말할 것도 없고, 동네 사람들도 대번에 그렇게 따라 불렀으며, 또 그만큼 대접을 해주었다. 이 동네 사람들은 만득이처럼 거지부처로 들어온 사람들한테는 웬만해서는 택호로 불러주지 않았으나 이방언 위세도 있었지만, 동네 사람들은 만득이 내외가 전에 살던 데서부터 그런 택호로 불렸던 줄 아는 것 같았다.

문이 열렸다. 이방언이 좋지 않은 안색으로 들어섰다.

"고부에 일이 생긴 것 같네."

아랫목에 자리를 잡아 앉으며 무겁게 입을 열었다.

"일이라니요?"

월공이 물었다.

"전접주 춘부장께서 크게 다친 모양이구만."

"전봉준 접주님 춘부장께서요?"

달주가 놀라 물었다.

"그분이 장두를 서서 감세소를 올렸던 모양일세. 헌데, 그 군수란 놈이 곤장을 쳐 지금 목숨이 경각에 달렸다지 않는가?"

"어디서 들으셨습니까?"

"거기서 전접주 찾으러 사람이 왔네."

이방언이 문을 열고 막둥이를 불렀다. 막둥이 달려왔다.

"저쪽 방에 가서 북도서 온 손님 이리 오라 해라!"

막둥이 쪼르르 달려갔다.

"그 무지한 놈들이 칠십객 노인을 그럴 수가 있단 말씀이오?"

용배가 주먹을 쥐며 흥분했다. 그때 문밖을 내다보던 달주가 소리를 질렀다.

"느그들 왔냐?"

"달주, 너는 여그 웬일이냐?"

달주보다 더 놀란 것은 저쪽이었다. 동접계원인 김승종과 장진호였다. 김승종이 경위를 늘어놨다.

"옥에서 숨을 거둘 것 같은께 내논 것 같소. 운신을 못해 동네 사람들이 업어왔습니다. 사색을 뒤집어쓰고 미음도 제대로 못 넘기는 것을 보고 왔는디, 지금쯤 숨을 거두시지나 않았는지 모르겠습니다."

모두 입을 떡 벌렸다. 그때 이방언이 나섰다.

"전접주가 여기서 칠팔 일 전에 떠났으니, 지금은 광양이나 하동쯤에 계시잖을까 싶네. 하동서는 구례를 지나 곡성으로 해서 남원으로 빠질 것 같던데 어쨌으면 좋겠는가?"

"어쩔까요?"

달주가 월공을 보며 물었다.

"뒤만 쫓다가는 따라잡을 수 없을 것 같고, 곡성 쪽으로 앞지르는 수밖에 없을 것 같다. 우리는 그러잖아도 행보가 보성, 순천 쪽이나 우리하고 같이 가다가 장흥읍내서 곡성으로 길을 무지르게. 곡성 접주 집에 안 왔거든 구례로 가서 광의면 구만리란 동네를 물어 임춘봉이란 이를 찾아가게. 그이가 거기 접줄세."

두 젊은이는 구만리와 임춘봉을 뇌었다. 그들은 그날 밤을 이방언 집에서 자고 다음날 월공 일행과 길을 떠났다.

자기 어머니 초상을 치르고 한 달 만에 돌아온 조병갑은 바로 전창혁과 김진두를 잡아들이라고 영을 내렸다.

"죄인 전창혁은 한 달 전에 순박한 백성을 선동하여 관문에 작변한 일이 있으렷다?"

동헌 마루에 의자를 내놓고 높다랗게 틀거지를 튼 조병갑은 그 특유의 저음으로 의젓하게 물었다. 전창혁은 뒷결박을 진 채 마루 밑 마당에 꿇려 앉혀 있고 그 양쪽에는 집장사령들이 곤장을 들고 서 있었으며 그 뒤로 아전들이 늘어서 있었다.

"작변을 한 것이 아니라 진황지 결세 인징은 부당하니 그것을 고쳐달라고 소를 올렸던 것이오. 엄연히 소장을 올렸고, 같이 온 사람들은 아문 앞에 정숙히 무릎을 꿇고 고개를 숙여 애소의 뜻을 보였습니다. 백성이 관아에 원정이 있을 때 소를 올리는 것은 너무도 당연한 일이오. 소는 고을 수령에게뿐만 아니라 상감에게까지도 올리는 것이오. 소장이 엄연하고 태도가 그렇게 정중하였는데 어찌 그것이 작변이라 하시오?"

전창혁은 눈썹 하나 까딱하지 않고 당당하게 말했다.

"소를 올렸다고? 그래 겉으로는 소장을 써서 소를 올렸지. 그런데 소를 올리는 것이 본뜻이라면 소장에다 사연을 적어 올리면 그만이지 백성을 3, 4백 명이나 끌고 온 까닭은 무엇인고?"

조병갑은 말꼬리를 빼듯 올렸다.

"아문 앞에 엎드린 사람들은 모두가 자기들의 간절한 뜻을 그렇게 사또 나리께 보여 드리자는 것이었고, 구경 온 사람들도 그것이 모두 자기들의 일이라 제사가 어떻게 내리는가 보자고 왔을 뿐입니다. 모두가 숨을 죽인 채 벌벌 떨며 부복을 하고 있었으며 골목에서 구경을 하던 사람들도 마찬가지였소. 작변이라니 천부당만부당한 말씀이오."

전창혁도 목소리를 높였다.

"개구리가 가만히 움츠리는 것은 뛰자는 속셈이 아니고 무엇인가? 그렇게 많은 사람들을 모아서 끌고 온 속셈이 환하거늘 개구리가 움츠리는 것을 가리켜 부복이라고 기어코 관장을 희롱할 작정인가?"

"천부당만부당한 말씀이오."

전창혁이 단호하게 말했다.

"천부당만부당?"

조병갑은 허옇게 웃었다. 조병갑이 돌아오자마자 전창혁을 잡아들인 까닭은 물을 것도 없이 민부전 까탈이었다. 지난번 민부전 의논 때 전창혁이 앞장서서 향교 장의 몇 사람과 함께 자리를 차고 나가버리자 좌수나 별감 등은 난감한 표정으로 서로 눈치를 보다가 저렇게 거세게 반대하는 사람이 있으니, 민부전이 제대로 걷어지겠냐며 열 섬 값만 보내자고 했다. 거기에는 그들대로 그만한 속셈이 있었다. 첫째는 요사이처럼 수령들의 체개가 빈번한 때도 없으니 그가 아무리 뒷배가 든든하다 하더라도 십중팔구는 갈려갈 것인데 그런 사람한테 무리를 해서 부조를 할 게 무어냐는 생각이었고, 두 번째는 설사 다시 온다 하더라도 거세게 반대하는 사람이 있어서 그것밖에 못 보냈노라고 핑계를 댈 데가 생겼으니 자기들 책임은 아니라는 생각이었다. 그런데 설마 했던 조병갑이 다시 와버린 것이다. 그러자 자기들 입장을 변명하자니 전창혁의 행동을 과장할 수밖에 없었

고, 그날 소 올리러 온 것을 들어 그런 자는 본때를 보여야 한다고
흥분을 했던 것이다.

거기다가 은근하게 모함까지 했다. 그때 전창혁이 민부전 문제로
향청 놈들을 쏘아붙여 놓고 나왔다는 소문은 그날로 고부 전 고을에
널리 퍼지고 말았다. 사람들은 전창혁의 그런 행동이 통쾌해서 그를
추켜올리다 보니 엉뚱한 소문까지 났다. 기생년 죽음에 민부전은 무
슨 민부전이냐고 쏘아붙이고 나왔다고 사뭇 엉뚱한 소리가 퍼졌던
것이다. 그전부터 고부에는 조병갑의 어머니가 기생 출신의 첩이라
는 소문이 나 있었는데, 그런 소문을 바탕으로 엉뚱하게 전창혁이
그날 그런 소리까지 했다는 소문이 났던 것이다. 그런데 전창혁을
모함하던 자들은 그런 소리까지 조병갑한테 꼬아 바치고 말았다. 조
병갑이가 전창혁한테 유독 이를 사리문 것은 그 때문이었다.

"당장 얼마 전에 동학도들이 앞장서서 전주 감영에까지 몰려가
작변을 한 일이 엄연한데 천부당만부당? 나잇살이나 처먹은 것이
늙어도 더럽게 늙었구만."

조병갑이 잔뜩 모멸에 찬 표정으로 쏘았다.

"사또!"

전창혁은 조병갑을 똑바로 쳐다보며 큰 소리로 불렀다. 조병갑은
어디 아가리를 놀리려면 한번 놀려보라는 본새로 이윽이 전창혁을
내려다보고 있었다.

"나잇살이나 처먹은 늙은이가 사또 앞에 소나 올리고 있으니 내
가 생각해도 한심스럽소. 헌데 엊그제 올린 그 소장에서 개쇠발괄
원정을 한 소리는 제대로 읽어보셨겠지요? 어명으로 삼 년간 결세

않는다는 논에 결세를 한 것도 그렇거니와 그런 터무니없는 결세를 인징으로 물리는 것은 또 무엇이오? 백성의 통한을 보다 못해 이것을 하소연한 이 늙은이가 나이를 처먹어도 더럽게 처먹었는지, *기군망상까지 하며 백성 골을 때는 당신이 나이를 처먹어도 더럽게 처먹었는지 잘 한번 생각해 보시오."

전창혁은 끝내 침착함을 잃지 않고 담담한 소리로 쏘아붙였다.

"그래, 그만한 배짱이면 관문에 작변을 해도 열 번도 하겠구만. 사령!"

조병갑은 이를 앙다물며 역시 나직한 목소리로 사령을 불렀다.

"이에, 대령이옵니다."

양쪽에 섰던 사령들이 허리를 주억거리며 소리를 맞춰 대답했다.

"그 늙은 것을 형틀에 묶으렷다."

"이에, 분부대로 거행하겠나이다."

사령들은 허리를 굽히며 또 소리를 맞춰 대답했다.

"사또!"

전창혁은 또 침착하게 사또를 불렀다.

"내 이미 당신의 강퍅한 성미를 알고도 소두로 나설 때는 죽음을 각오한 터이오. 지난번 당신 내간상 때 민부전 거출에 반대할 때부터 당신의 이런 보복을 각오했소이다. 험한 세상에 태어나 이 나이토록 천한 목숨을 이어오며 그 동안 한 가지 소원이라면 백성의 고통을 대신하여 당신 같은 탐관오리의 곤장 밑에서 목숨이 끊어지기가 소원이더니 비로소 오늘 그 소원이 성취되는 것 같소이다. 이 늙은이 천한 목숨까지 그 더러운 탐욕의 보따리 속에 잘 챙겨가시오."

86

전창혁은 조병갑을 똑바로 건너다보며 카랑카랑한 목소리로 말해 놓고 여유 있게 웃었다.

"사령들은 무얼 꾸물거리고 있느냐?"

조병갑이 버럭 악을 썼다. 비로소 조병갑은 얼굴이 새파래지며 침착함을 잃었다. 여태 표정 하나 변하지 않고 저음이기만 하던 목소리가 깨뜨러진 것이다.

사령들은 조병갑 목소리에 퉁기기라도 하듯 후닥닥 움직였다. 전창혁의 몸을 형틀로 끌어다 엎은 다음 손발을 묶기 시작했다. 전창혁은 그대로 몸을 내맡기고 있었다. 얼굴이 새파래진 조병갑은 숨을 씨근거리며 내려다보고 있었다. 손발을 묶고 난 사령들은 전창혁의 허리끈을 끌러 엉덩이의 바지춤을 까내렸다. 늙은이 젖가슴처럼 홀쭉한 볼기가 허옇게 드러났다.

"죄인 전창혁은 듣거라. 죄인 전창혁은 등소를 빙자하여 선량한 백성을 선동, 지엄한 관문에 작변을 도모하였으니 그 죄는 역률로 다스림이 마땅하다. 더구나 관장을 능멸한 죄 또한 용서할 수가 없느니라. 달게 형을 받으렷다."

조병갑은 가까스로 위의를 갖춰 소리를 질렀다.

"사령!"

"이에, 대령이옵니다."

"곤장 이십 도를 쳐라."

"이에, 분부대로 거행하겠나이다."

곤장 치는 데 이골이 난 집장사령들이었지만, 오늘은 목소리부터 떨리는 것 같았다. 곁에 시립한 아전들도 얼굴이 샛노래졌다.

사령들은 곤장을 꼬나쥐고 용을 쓰는 것 같았다. 곤장 자루를 맵슬러 잡으면서도 조병갑 얼굴을 흘끔거렸다. 영을 취소하지 않나 하는 눈짓들이었다.

곤장을 오래 쳐서 곤장 치는 것이 버릇이 된 집장사령들 가운데는 곤장을 휘둘러 볼기에서 딱 소리가 나고 죄수가 비명을 지르면 마치 포수가 짐승을 맞혀 쓰러뜨렸을 때의 쾌감을 느끼는 자가 많았다. 더러 비명을 지르면서도 늘어지지 않다가 몇 대를 사정없이 휘둘러대면 그제야 축 늘어지는 사람도 있었는데, 그때는 총을 헛맞고 도망치던 짐승이 제대로 총을 맞고 쓰러져 버르적거리는 것을 보는 기분이었다. 더러 곤장을 끙끙 이겨내는 놈이 있으면, 마치 짐승이 도망치지 않고 되레 자기한테 대들기라도 하는 것 같아 제물에 화가 나서 그때는 마치 자기들한테 대드는 짐승이라도 갈기듯 있는 힘을 다해 곤장을 휘둘렀다. 그들의 귀에는 매에 못 견뎌 내지르는 비명이 그렇게 통쾌할 수가 없었다. 예사 사람들 눈에는 저런 놈이 사람일까 싶지만, 그들이 곤장을 치는 것은 포수가 짐승을 사냥하는 것하고 똑같았다. 포수라고 자기 자식이 귀엽지 않을 수가 없듯이 그런 사람들도 자기 식구들이나 자식들은 예사 사람과 똑같이 귀여운 것이고, 자식들이 가시에라도 찔리면 자기가 찔린 듯 아파하는 것도 예사 사람과 똑같았다. 그것은 곤장을 치는 사람들만 그러는 것이 아니었다. 조병갑 같은 자도 마찬가지였다. 전창혁 같은 사람의 이런 모멸도 그저 자기에 대한 모진 항거일 뿐이었다.

그러나 그렇게 곤장 치는 데 이력이 난 집장사령들도 전창혁한테는 선뜻 신명이 나지 않는 모양이었다. 전창혁이 도망치는 짐승처럼 벌벌 떨지 않고 의젓하게 대거리를 하고 있으니 마치 호랑이가 으르렁거리는 것 같아 겁이 나는 듯했고, 한편으로는 늙어 쪼그라진 엉덩이를 보니 곤장을 대잘 데가 없어 *파리 보고 총 겨누는 기분인 듯했다.

전창혁은 예닐곱 대에 까무러치고 말았다. 사령들은 *헐장을 친다고 쳤지만 원체 빼빼 마른 늙은인데다 자기 성미를 못 이겨 까무러친 것 같았다. 찬물을 뒤집어씌우자 살아나기는 했다. 조병갑은 더 치라는 말을 하지 않고 안으로 들어가 버리고 말았다.

3. 화개장

전봉준은 다음날 아침 일찍 후암의 집을 나섰다. 그날은 마침 화개장花開場날이어서 장배를 얻어탈 수 있었다. 장배에는 가지가지 행색의 장꾼들과 장짐이 잔뜩 실려 있었다. 한쪽에는 일본 상인도 두 사람 타고 있었다. 자세히 보니 어제 그 상인들이었다. 일인들은 자기들끼리 뭐라 웃고 떠들었다.

"자아들 가짜 시계 폴다가 관가에 발고당했다카더이 그새 풀려나온 모양이구만."

장꾼 중에서 누가 말했다.

"관가에서 자아들 보기를 제 상전 보듯 하는디 자아들을 제대로 닦달할 이치가 있노?"

"관가 아아들이 그 꼬라지가 되아노이 자아들이 우리 조선 사람을 어찌 보겠노? 자아들 이런 디서도 떠벌리는 꼬라지 봐라. 처음부터 *뱀뱀이하고는 담싼 아아들이지만, 그만큼 조선 사람을 깔보는 기 아이고 뭐겠노?"

장꾼들은 작자들을 모두 노려봤다. 그러나 작자들은 아랑곳없이 일본말로 뭐라 떠들어대고 있었다.

배에는 노가 두 대 걸려 강바람을 거스르고도 방불하게 속력을 내고 있었다. 배는 오른쪽에 높이 솟은 백운산 줄기를 끼고 올라갔다. 백운산 줄기의 갈미봉, 매봉을 뒤로 하고 배가 거무나루터를 지나 직금이란 동네 앞에 조금 못 미쳤을 때였다. 그쪽 강가에서 조그마한 거룻배 한 척이 강 복판으로 나오고 있었다. 배가 나오기에는 좀 엉뚱한 곳이었다. 그 배에는 장정들이 대여섯 명이나 타고 이쪽 배를 향해 다가오고 있었다. 거기 타고 있는 사람들이며 배가 다가오는 기세가 예사롭지 않았다.

"배를 이쪽으로 대시오!"

한 놈이 갑자기 시퍼런 환도를 뽑아들며 소리를 질렀다. 사공은 노를 멈추고 멍청하게 그들을 건너다보고 있었다.

"저쪽 강가로 배를 대란 말이여!"

이쪽 배에 뱃전을 부딪치며 악을 썼다. 사공은 하는 수 없이 시키는 대로 뱃머리를 돌렸다.

"강돈가?"

"그런 것 같네."

장꾼들이 속삭였다. 배가 강가에 가까워지자 그 배에 탔던 놈들이 모두 이쪽 배로 뛰어올랐다.

"쪽바리 새끼도 두 놈이나 탔구나. 이리 내놔!"

키가 껑충하게 큰 작자가 일인의 잡화 궤짝을 거칠게 나꿔서 뒷사람에게 넘겼다.

"우리노 일본노 사라무 간도하몬 단신들 큰일이노 나요."

일인은 다급하게 말하며 궤짝을 꽉 끌어안았다.

"씨발놈, 염불하고 자빠졌네."

작자는 경황 중에도 픽 웃으며 또 하나 작자의 궤짝을 사정없이 나꿔챘다.

"돈 가진 것도 전부 이리 내."

키다리는 일인 두 사람의 주머니까지 샅샅이 뒤져 돈도 전부 털었다. 저쪽에서도 장꾼들을 털고 있었다. 강도들은 매무새로 보아 밥술깨나 먹겠다 싶게 보이는 사람만 털었다.

"그 나귀도 끌어와!"

전봉준의 나귀를 가리키며 소리를 질렀다. 그때 김만수가 나귀를 가로막고 나섰다.

"이분은 전라도에서 오신 동학 접주님이시오. 동학 일로 하루에도 백 수십 리씩 걸으시는데 발을 빼앗아가면 어쩌란 말이오?"

"댁네 형편을 내가 어뜨코 알아. 잔소리 말고 이리 내!"

김만수 손에서 고삐를 나꿔챘다. 김만수는 놓지 않았다.

"가릴 것은 가려야지 이건 너무하지 않소?"

김만수가 만만찮게 버티며 소리를 질렀다.

"이 자식이 배때기에 맞창이 나야 알겠냐?"

작자는 눈알을 부라리며 칼을 꼬나잡았다.

"주어라!"

전봉준이 말했다. 김만수는 하는 수 없이 고삐를 놓고 말았다. 돈까지 털기는 너무하다 싶었던지 작자는 돈을 내노란 말은 하지 않고 전봉준을 흘끔 한번 돌아보기만 할 뿐이었다. 일인 말고는 세 사람만 털었다. 장짐은 손대지 않고 저쪽 배로 건너가기 시작했다. 마지막 건너려던 키다리가 무슨 생각을 했는지 뒤를 돌아봤다. 일인을 보고 히죽 웃었다.

"야, 이 씨발놈아. 느그노 일본노 사라무 간도하먼 으째?"

키다리는 일인 말을 흉내 내며 작자의 멱살을 움켜쥐었다. 멱살을 흔들며 일으켜 세웠다.

"야, 이 새꺄, 나는 느그들 일본 놈들만 보면 뱃속에서 화가 동하는 놈이다. 니놈들은 섬놈들인께 헤엄은 잘 칠 거이다. 어디 헤엄 솜씨나 한번 구갱하자!"

키다리는 칼을 놓고 작자 멱살과 허리띠를 잡아 공중으로 해깝게 치켜들었다. 무서운 힘이었다. 일인이 죽는다고 악을 썼다.

"여보게!"

그때 전봉준이 점잖게 소리를 지르며 일어섰다.

"가져갈 것 가져갔으면 그만이지 그 무슨 짓인가?"

전봉준이 낮으나 힘진 소리로 나무랐다.

"여보시오, 당신은 이 쪽바리 새끼들한테 멋을 얻어묵었간디, 이것들 역성을 들고 있소?"

작자는 감때사납게 따졌다. 다시 그 작자를 홀껑 치켜들어 물속으로 사정없이 처박아버렸다. 배가 휘청했다.

작자는 돌아서려다 말고 한쪽에 새파랗게 질려 있는 다른 일인한

테로 눈이 갔다. 그 자는 몸뚱이를 한줌이나 조그맣게 오그라뜨리고
발발 떨며 키다리를 쳐다봤다.

"이 새끼 너도 들어가!"

작자는 그자도 해깝게 들어 올려 물속에다 거꾸로 처박아버렸다.
전봉준이 말리는 바람에 이 작자한테까지 심통을 부린 것 같았다.
키다리는 다시 전봉준을 향했다.

"이따 저 새끼들이 묻거든, 모가지를 콱 안 짤라불고 목욕만 시킨
걸 고맙게 알라더라고 하시오."

작자는 잔뜩 비꼬는 표정으로 전봉준을 보며 히죽 웃어놓고 저쪽
배로 훌쩍 뛰어 건넜다. 일인들은 어푸어푸 헤엄쳐 뱃전을 잡았다.

장꾼들이 달려들어 그들을 건져냈다. 겨울 강물에 빠졌다 나온
일인들은 물에 빠진 생쥐보다 더 처참했다. 강도들은 마을을 피해
백운산 골짜기로 사라졌다.

"해상 강도 있다는 소리는 들었어도 강상 강도 소리는 내 몬 들었
드마 세상이 험해 노이 강상 강도꺼정 나타나는구마."

나이 먹은 사공이 천연덕스럽게 탄식조로 익살을 부렸다. 일인들
은 새파랗게 오그라들어 발발 떨고 있었다. 사공은 젊은 사공을 불
렀다.

"저 동네로 저 사람들 데꼬 가서 옷부터 벗겨사 안 얼어죽겄다.
동임 찾아서 강도 만났다고 발고부터 하라 하고, 저 작자들도 거들
어달라고 맡긴 담에 너는 걸어서 오이라!"

"동임이 안 맡아줄라꼬 하면 우짤 기오?"

"일본 놈들한테 잘몬했다가는 큰난다고 일본 놈 위세를 업고 얼

94

러메라. 요새 일본 놈 위세라면 안 먹혀드는 데가 있더냐?"

사공은 껄껄 웃었다. 나이 젊은 사공이 발발 떨고 있는 일인들을 데리고 동네로 들어가고, 배는 그대로 장을 향했다. 장꾼 중에서 젊은이 하나가 나서서 같이 노를 저었다.

"허 참, 이거 남의 빚 갚을 돈을 당했으니……."

늙수그레한 사내가 혀를 찼다.

"그래도 물에 안 들어간 것만도 다행으로 알게."

곁에 있는 도포가 위로를 했다. 모두 웃었다.

배가 화개 가까이 갔을 무렵이었다. 백운산 쪽 길에서 누가 소리를 질렀다. 사람들의 눈길이 모두 그리 쏠렸다.

"나귀 가져가시오!"

열서너 살 먹어보이는 아이 하나가 나귀를 끌고 오며 소리를 지르고 있었다.

"웬 나귀냐?"

"그 배에 나귀 임자 없소?"

"그 작자들이 나귀를 도로 보낸 모양이로구만. 생각해 보이 너무 했던 모양이제."

장꾼들이 웃었다. 아이는 강을 향해 벼랑길로 내려오고 있었다.

"저쪽 나루터로 오이라. 거그는 배 몬댄다."

화개 건너 나루터에다 배를 댔다.

"어째서 보낸다더냐?"

김만수가 물었다.

"그런 것은 모르요. 나는 심바람만 왔소."

"고맙다더라고 해라!"

"그 사람들은 폴새 가뿌렸소."

말마다 퉁기는 소리에 장꾼들은 모두 웃었다. 나루터에는 장작 벼늘이며 섶나무 벼늘이 무더기무더기 쌓여 있었고, 숯섬도 여기저 기 쌓여 있었다.

"저기 저 주막에 나귀를 매놓고 기다려라."

전봉준은 김만수한테 일러놓고 저만치 있는 산피점으로 들어갔 다. 꽤나 큰 점포였다. 산피가 잔뜩 걸려 있었다. 전봉준은 주인과는 잘 아는 사이인 듯 한참 이야기를 하다 나왔다.

"장판이나 한번 구경하자."

전봉준은 평소 버릇대로 김만수를 데리고 장판을 한 바퀴 빙 돌 았다. 약재나 산피가 많았다. 오소리, 족제비, 너구리껍질이며, 산피 중에서도 호피 다음으로 치는 수달피도 두 장이나 있었다. 사로잡아 온 오소리도 팔고 있었고, 한쪽에서는 멧돼지고기도 생으로 팔고 있 었다.

"아니, 접주님 아니시오?"

젊은이 하나가 알은체를 했다.

"접주님께서 여그까장 으짠 일이신게라?"

젊은이는 반갑게 인사를 했으나 전봉준은 눈만 씀벅이고 있었다.

"뉘신고?"

전봉준이 물었다.

"접주님께선 저를 잘 모르실 것입니다마는 저는 접주님을 잘 알 그만이라. 고부 하학동서 살다가 엊그제부텀 여그 와서 살고 있그만이라."

"하학동서 살았다고?"

"예, 김칠성이라고 하는디라, 말목장터 지산약방에서 선생님한테
약도 지어온 적이 있그만이라."

"그랬던가? 그런디, 여그는 어떻게?"

전봉준이 눈을 씀벅이며 물었다.

"부끄러운 일이옵니다마는 진황지를 일궜다가 그만 엉뚱하게 세
미가 나오는 바람에……."

김칠성은 버릇인 듯 또 뒤통수를 긁적였다.

"그럼 여그서는 생계를 어떻게 꾸려가고 있는가?"

"도깨비 살림이라 생계랄 것도 없그만이라. 막치로 엉덩이 들이
밀 움막은 마련을 했고, 거그서 올 때 식량은 쪼깨 빼돌래 와서 보릿
동까장 근근히 목구녁에 풀칠은 하겄그만이라."

"저리 가서 막걸리나 한잔 하세."

전봉준은 김칠성을 주막으로 끌었다. 시래기 술국에 막걸리가 나
왔다. 한잔씩 따랐다.

"들게!"

전봉준이 잔을 들며 권했다.

"그럼 앞으로 어떻게 살아갈 참인가?"

"거기서 같이 온 사람이 있는디, 그 사람은 전부터 여그 살다 갔
던 사람이라 숯 굽는 일이야 머야 여러 가지로 여그 물정에 밝그만
이라. 그 사람하고 여그 와서 첨으로 숯을 궜는디, 숯이 고르게 궈져
서 오늘 지고 나왔그만이라. 여그 와서 첨으로 돈을 맨치게 되았그

만이라."

"잘했네. 그럼 숯 굽는 일말고는 어떤가?"

"골짜기가 넓기는 한다라 우리같이 거덜이 나서 들어온 사람들이 어찌케 많은지 논 같은 것 일굴 자리는 손바닥만한 디도 없그만이라. 이런디서 논 일구는 대로 논을 일군다면 고부 같은 디는 천태산 꼭대기까지 논을 일굴 것 같그만이라. 꼭 도리방석 크기만한 논 한 배미를 일굴라고 논둑을 두 길 가까이 싸올린 디가 수두룩하그만이라."

"그래도 농사를 안 지으면 살아가기가 어려울 것인데⋯⋯."

"화전을 일굴 작정이그만이라. 솜씨 좋은 사람은 목기 같은 것을 깎기도 하는디, 나는 그런 솜씨가 없은게 *저실에는 숯이나 굽고 여름에는 화전을 일구면 그럭저럭 살아갈 것도 같그만이라."

전봉준은 전대를 끌러 엽전을 꺼냈다. 스무 냥이었다.

"이것 얼마 안 되네마는 살림에 보태 쓰게."

"아니 시방 먼 돈을 이런 돈을 주시오?"

김칠성은 눈이 둥그레졌다.

"살림에 요긴하게 보태 쓰라고 주는 것이니 받아두게."

"시방 지가 막걸리 한 잔도 대접을 못해서 죄송한디⋯⋯."

김칠성은 한사코 사양을 했으나 전봉준이 억지로 맡겼다.

"혹시, 자네들같이 형편 딱한 사람이 있으면 자네한테로 보낼 테니 그런 사람 오거든 잘 거들어주게. 내중에 따로 보답을 하겠네."

"그러다마다요. 여그서 구례 쪽으로 댓 마장 가면 외곡이란 데가 나오그만이라. 거그서부터 그 안통 골짜기를 피아골 골짜기라 하는 디 그 산골짜기를 이십 리 가까이 올라가면 연곡사란 절이 나오그만

98

이라우. 그 아랫동네가 평도란 마을인디, 거그서 쳐다보면 연곡사 뒤로 한참 올라간 산중턱에 집이 다섯 채 있그만이라우. 아래서는 집이 안 뵈고 논두렁만 뵈지라. 거그가 우리가 사는 딘게 보낼 사람이 있으면 그로코만 갤쳐주면 영락없이 찾을 것이그만이라."

"알았네."

전봉준은 김칠성과 작별하고 돌아서려다 다시 그를 불렀다.

"여기서 급하게 돈 빌려 쓸 일이 있거나 달리 무슨 일이 있거든 저기 저 산피점에 가서 말하게."

전봉준은 김칠성을 데리고 산피점으로 들어갔다. 주인에게 김칠성을 소개한 다음 잘 거들어달라는 부탁을 했다. 주인은 그러니마니 하며 굽실거렸다.

"오매, 접주님은 으뜨코 이런 디 사람까장 그로코 잘 아시오?"

김칠성이 고맙다고 거듭 인사를 하며 대견한 듯 이죽거렸다.

전봉준은 그날 저녁 구례 임춘봉 집에서 김승종과 장진호를 만났다. 아버지 이야기를 듣자 전봉준은 잠시 두 젊은이만 멍청하게 건너다보고 있었다.

남원 임진한 집에서는 주인 임진한과 김덕호 그리고 대둔산 임문한 등 세 사람이 심각한 얼굴로 속삭이듯 말을 하고 있었다.

임진한 집 바깥채는 길가에 면한 산피점이고 안채는 널찍한 오칸 집이었다. 임진한은 지리산에서 나오는 산피를 사들여 파는 산피 도가를 내고 있었다. 그는 산피뿐만 아니라 엽총이며 화약 등도 취급하고 있었다. 그는 여기뿐만 아니라 화개에도 산피점이 있었다. 전봉준이 들른 집이었다.

임진한이 산피점을 내고 있는 것은 단순히 장사만을 하자는 것이 목적이 아니고 더 큰 목적이 있었다. 첫째는 포수들 가운데서 의기 있는 사람을 점찍어 자기 사람을 만들자는 것과 민란이나 다른 관재로 쫓기는 사람 가운데 역시 의기 있는 사람이 있으면 포수한테 딸려 산속으로 안전하게 피신을 시키는 한편 총질을 배우게 하자는 것이었다. 둘째는 산골에 깊이 박혀 사는 사람들 가운데는 역시 민란이나 다른 관재로 고향에서 도망쳐 나와 숨어 사는 사람들이 많았으므로 올가미나 덫, 함정 혹은 굴 사냥을 하여 그런 짐승 가죽을 가져오는 사람들을 통해서 그런 데 박혀 사는 역시 의기 있는 사람들을 자기 사람으로 만들어두자는 것이었으며, 셋째는 포수들을 상대로 장사를 한다는 것으로 눈을 가려 총을 확보해 두자는 것 등이었다. 임진한의 산피점은 이렇게 이문만이 목적이 아니었으므로 다른 산피점과는 비교가 안 되게 항상 사냥꾼들이 북적거렸다. 요사이는 김덕호 주선으로 일본을 통해서 서양의 엽총이 들어온다는 소문이 나자 포수들은 벌써부터 입침을 삼키고 드나들었다.

"여기 두 분을 합쳐 갈재 임두령까지 세 분이 모아들이면 군사들을 몇 명이나 모을 수 있겠소?"

김덕호가 물었다. 임진한은 잠시 눈을 씀벅이며 생각에 잠겼다. 그는 전봉준처럼 작달만한 키에 몸피가 팡파짐했으며 얼굴이 가무잡잡했다. 환갑이 가까운 나이였으나, 살갗이 팽팽했고 꾹 다문 입술에 옛날 민란 주모자다운 협기가 엿보였다.

"3백은 되겠구만. 그 중에서 대둔산하고 갈재패 60여 명에다 다

100

른 패 40명을 합해 백 명쯤은 칼이야 태견이야 솜씨들이 일당백이지요."

그의 목소리는 카랑카랑했다.

"그렇지만, 칼이나 태견 같은 무술 솜씨 가지고는 양총을 당할 수 없습니다. 3백 명으로는 부족합니다마는 그런 대로 한판 벌려보자면 우선 3백 명 중 반은 양총으로 무장을 해야 합니다. 그런데 그게 어디 쉽습니까? 잘해야 50정입니다."

김덕호였다.

"야음을 타 일을 할 것인데 깜깜한 밤중에 총이 어뜨코 맥을 춘다는 말이오?"

"궁궐 문을 처들어갈 때는 총이래야 하고 들어가서도 총으로 갈겨대야 기를 죽일 수 있잖겠습니까? 그리고 떼로 몰려오는 놈들한테는 총 밖에 방도가 없습니다. 낮에 방어를 할 때도 그렇고 총하고 칼이 반반은 되어야 할 겝니다."

"그렇지만 이런 기회가 다시 오기 어렵습니다."

여태 말이 없던 대둔산 임문한이었다.

이번에 한양으로 동학도인들이 상소하러 올라가는 것은 기정사실이므로 이 기회에 무력으로 조정을 점령하여 민가 일당과 조정 간신들을 전원 목을 베어버리고 동학도들이 권력을 잡아버리자는 것이었다. 이번 한양 상소는 2월 봄 과거가 있을 무렵 삼남의 도인들이 과거꾼으로 위장하여 한양으로 몰려가자는 쪽으로 남접 두령들 의견이 대충 모아지고 있었다. 과거꾼으로 한양 장안이 어수선하고 또 동학도들이 그렇게 몰려갔을 때 일을 벌여 명망 있는 원임(전임)대신들을 불러들이는 한편 접주들 가운데서 웬만한 사람을 내세워 권력을 장악하자는 것이었다. 민란을 일으켰던 사람들답게 상소 같은 방법은 성에 안 차는지 상소 자체에는 별반 관심이 없고, 어디까지나 무력으로 대번에 세상을 뒤바꿔버리자는 것이다.

이들 세 두령들이 이때가 절호의 기회라고 보는 것은 지난번 삼례집회 때 모였던 것으로 보아 적어도 2,3천 명은 올라갈 것 같으므로 거사 직전에 계획을 선포하면서 따라나설 사람은 따라나서라 하면 상당한 수가 합세할 것이고, 또 거사가 일차 성공했을 때 접주급의 유식한 거두들을 불러들여 조정의 각 부서에 참여를 시켜 정사를 맡길 수가 있기 때문이라는 것이다.

"궁궐을 점령하는 데는 일단 성공을 한다 하더라도, 아무리 썩었지만 5백 년이나 이어온 왕조가 그렇게 쉽게 무너지겠습니까? 조정의 군사도 만만치 않고 우리 동학도들이 일을 일으켰다 하면 팔도 유생들이 벌떼같이 일어날 것입니다. 더구나 일본, 청국 등 외국 놈들에게 좋은 기회를 줄 수도 있습니다."

김덕호가 담담하게 말했다.

"상감만 우리가 차지하고 있으면 우리한테서 나가는 영은 모두가 어명이니 군대의 움직임은 어명으로 막을 수가 있고, 팔도 유생들이 어쩐다고 하지마는 우리한테는 동학도들이 있지 않소?"

임문한이었다.

"8년 전 갑신정변 때도 임금만 차지하면 무엇이든지 될 줄 알고 그것을 너무 과신한 나머지 그 점에만 주력했기 때문에 삼일천하로 끝이 났던 것입니다. 그 주역들은 거개가 상감이 총애하는 사람들이었지만 그래도 실패를 했는데 우리가 그렇게 나선다면 유생들이나 예사 백성의 눈에 어떻게 보이겠습니까? 그건 그런다 치더라도 그렇게 해서 일을 성사시키자면 군사도 천여 명은 넘어야 하고, 또 전국의 동학도들이 우리 편으로 움직여 주어야 합니다. 그러려면 적어도 동학 법소가 동조해 준다는 보장이 있어야 할 것입니다. 그러나 우리가 오래 겪어보았으니 말이지만, 교주는 그만두고 그 주변 사람들 가운데서 누가 그럴 만한 사람이 있습니까?"

"일이 어느 만큼 성사가 되면 그들도 틀림없이 따라올 것입니다. 더구나 이 일이 만약 실패하면 당신들도 다 죽는다고 들이대면 어쩔 수 없이 따라나설 것입니다. 이 일은 상소를 기화로 일어났으니 조정에서는 처음부터 동학 교문과 관계가 있다고 보고 그쪽으로 몰아칠 것이고 관계가 없다는 사실이 밝혀지더라도 조정에서는 그쪽으로 몰아붙여 차제에 동학의 씨를 말릴 빌미로 삼을 것이다, 일이 이렇게 된 판에는 어차피 이판사판 아니냐? 이러고 욱대기는 것입니다."

"바로 내가 반대하는 것도 그 점인데, 이 일이 실패하면 정말 동학은 작살이 나고 말 것입니다. 그렇게 되면 그나마 마지막 우리가 기댈 수 있는 희망이 사라져버리고 말지 않겠습니까?"

"허허."

그때 임진한이 가볍게 웃었다.

"그럼, 김선생은 지금 동학이 이 썩은 세상을 고칠 수 있다고 생각하신단 말이오? 도대체 동학도들한테 무얼 기대하겠다는 거요? 주문만 외고 있으면 후천개벽이 제절로 된다는 것입니까? 대둔산한테 미안한 말이지만, 내 귀에는 그 주문이라는 것이 무당 푸닥거리만큼도 *실답잖게 들립디다."

임진한은 웃으며 고개를 절레절레 저었다.

"그렇지 않습니다. 지금 밑바닥 교도들은 접으로 단단히 묶여 있습니다. 더구나 밑으로 내려가면 동학도가 따로 없고 일반 백성이 따로 없습니다. 동학도가 일어나면 일반 백성도 그 접으로 섞여 움직일 것입니다. 동학의 주문이 무슨 힘을 발휘하는 것이 아니고 바로 이 접과 포로 동학도들을 묶고 있는 동학의 조직이 말을 한다 이 말씀입니다. 지금 밑바닥 백성은 당장 목숨을 부지할 땅이 없고 거기다 탐학에 못 견뎌서 세상이 뒤바뀌기를 얼마나 간절히 바라고 있습니까? 지난번 삼례집회는 겉으로 내세운 명분이 교조 신원이었지만 관의 늑탈에 항거하자는 목적이었고, 그 더 밑바닥에 깔린 것은 땅 한 뙈기 없는 사람들의 이 세상에 대한 불만 때문이었습니다. 이번 한양 상소에서 무슨 규정이 나지 않으면 그때는 백성이 들고일어날 것 같습니다. 그때 그 기세는 감결 한 장이나 윤음 한마디로 수그러뜨릴 수 없을 것입니다. 그러니까 지금 동학은 백성을 접으로 그렇게 크게 묶어놓고 있고, 그 접으로 묶인 백성이 지난번 삼례집회 같은 큰 덩어리로 모여 엄청난 힘을 낼 수 있습니다. 솔직히 말해서 고부 전봉준 접주나 나는 동학의 이 조직, 바로 그것 때문에 동학을 크게 보는 것입니다."

김덕호 말에는 힘이 있었다.

"잘못 보신 것입니다. 깨이지 못한 백성은 아무리 많이 모여보았자 뜬구름이나 마찬가집니다. 구름이 아무리 많이 모여도 바람이 불면 날아가 버리지요. 무너질 때의 기세는 모여들 때의 기세보다 더

104

허망한 것이 백성입니다. 나는 백성이 당하고 있는 고통을 덜기 위해서는 생명을 내걸고 싸웠던 사람입니다마는, 그 백성을 믿지는 않는 사람입니다. 모두 나설 때는 구름이 일어나듯 서로서로 운김에 싸여 하늘이라도 무너뜨릴 듯 무섭게 일어나지만 기세가 조금만 불리해지면 쥐구멍을 찾는 것이 백성입니다."

임진한은 고개를 절레절레 저었다.

"진주 봉기 때 겪어보시고 하신 말씀이니 저희들보다야 잘 아실 것입니다. 그렇지만, 이번 경우는 진주민란 때하고는 다를 것 같습니다. 그때도 백성이 일어나기는 했으나, 백성이 스스로 일어난 것이라기보다 앞에 선 사람들이 이끌었으며, 더구나 초군들을 돈으로 샀다는 말도 들었습니다. 그러나 지금은 밑바닥 백성이 견디다 못해 제절로 일어나서 밀어붙이고 있습니다. 백성을 구름에 빗댔습니다마는 지금의 기세는 구름이 아니라 홍수에 빗댈 수 있을 것 같습니다. 앞에 나선 사람들은 그 홍수의 물길을 잡아주기만 하면 될 것입니다. 기왕에 있는 동학이라는 둑 안으로 물길을 잡아 한골로 모이게 하여 쏟아붓는 것이지요. 비록 깨이지는 않았다 하더라도 조직으로 묶어놓으면 그들의 힘을 제대로 이용할 수가 있습니다. 조직은 소로 치면 고삐하고 같습니다. 고삐가 있는 소하고 없는 소하고는 하늘과 땅 차입니다."

김덕호는 진지하게 말했다.

"내 눈에는 지금도 그때 쥐구멍 찾던 모습들만 눈에 선하게 박혀 그런 말이 믿어지지가 않습니다. 나는 지금까지 30년을 은인자중 칼을 갈며 때를 기다려 왔습니다. 그런데 아무리 생각해도 이번만한 기회는 다시 오기 어렵습니다. 사냥꾼도 사냥꾼에 따라 짐승 잡는 길속이 다르듯이 우리도 마찬가집니다. 굴속에 틀어박힌 짐승을 잡는 굴사냥꾼은 바위 속에 들어 있는 오소리나 너구리를 굴속에서 잡아낼 궁리만 하는 법이고, 덫으로 잡는 사냥꾼은 짐승이 다니는 길목만을 노려 덫을 놓아 짐승을 잡고 또 포수는 보이는 대로 쏘아죽입니다. 나는 저놈들한테 소장으로 호소해서 마음을 돌리게 하거나 백성의 힘을 빌려 몰아붙이자는 생각보다는 정예군으로 *단병접전을 해서 깨부수자는 생각만을 30년 동안이나 해온 사람이오. 그런 눈으로 보면 이때가 절호의 기회로 보입니다. 사냥꾼은 짐승을 보면 자기가 익힌 방도대로 잡는 법입니다. 성패는 하늘에 맡기고 나는 내 방도대로 이번에 일을 벌일 것이오. 이것은 이미 저 대둔산하고도 의논이 끝난 일이고 갈재도 우리가 하자는 대로 따를 것이오."

임진한은 단호했다. 김덕호는 말이 막히고 말았다. 은인자중 칼을 갈며 기다렸다는 30년의 세월이 바윗덩어리 같은 무게로 덮쳐왔고, 그 결단은 마치 면벽 30년의 수도승의 입에서 처음으로 터져 나오는 법담만큼 단호했다. 진주민란 30년, 영해·문경 민란 20년, 임오군란 10년, 우리의 가까운 역사에서 가장 컸던 사건들을 어깨에 한 짐씩이나 무겁게 짊어지고 살아온 이들의 생애가 갑자기 소리를 지르며 벌떡벌떡 바윗덩어리같이 일어서는 것 같았다. 김덕호는 두 임가의 얼굴에서 의인의 화신 같은 위엄을 느끼며 입을 다물고 말았다.

"아이고, 늦었구만. 웬만하면 자고 오제 이로코 늦게 오는가?"
김한준이 들어오자 이주호가 반색을 했다. 김한준은 이주호의 청을 받고 줄포 가서 이갑출을 만나고 오는 길이었다.

"웬만해서는 안 누그러질 것 같습디다. 전에 말목서 건들거리고 댕길 적에 봤던 이갑출하고는 전혀 딴판이었습니다. 그놈이 그로코 배짱을 부리고 나올지는 몰랐소."

김한준은 어이없다는 듯 가볍게 웃었다.

"머라든가?"

이주호는 튀어나올 것 같은 눈으로 김한준을 건너다보며 물었다.

"생각보다는 너무 엉뚱한 소리를 하고 있습디다."

그때 이주호는 문을 열고 행랑아범을 불렀다. 이상만을 불러 오라 했다.

"옛날 자기 어무니한테서 뺏어간 논을 합쳐서 50마지기를 내놔야 하고, 전에 살던 집도 그대로 찾아주어야 한다고 함시로 한 마지기래도 깎자는 소리를 하면 더 이야기 않겠다고 딱 자르고 나오잖겠소?"

"50마지기? 숭악한 날강도놈 하나 보겠네."

이주호는 헛웃음을 쳤다. 그때 행랑아범이 이주호를 불렀다.

"안 계십니다요. 혹시 사랑방에라도 가셨는지 모르겠어서 가서 모셔오라고 애를 보냈습니다요."

"새꼽빠지게 사랑방에 다 갔단 말인가?"

"안 계시글래 혹간에 몰라서 보내봤습니다요."

이때 이상만은 예동댁한테 가 있었다.

"오매 오매. 자꼬 이라고 오면 나는 으짜라고 이라요? 이라다가 들키기라도 하는 날에는 시상에 이것이 먼 꼴이 되겠소? 가시오. 시방 내 신세를 꼭 망칠라고 이라시오?"

예동댁은 바직바직 애가 닳는 소리로 이상만 몸뚱이를 밀어내며 하소연을 했다.

"시방 춘동이는 정읍 가 있는디, 멋이 으짠다고 그래?"

이상만이 천연스럽게 이죽거렸다.

"그래도 우리 집에 들오시그나 나가실 적에 누가 볼지도 모르지라잉. 그라면 좁은 동네서 소문이 어뜨코 나겠소? 어서 가씨오. 지발 덕분에 어서 가시오. 밸일이 있어도 오늘 저녁에는 안 돼요."

예동댁은 가슴으로 들어오는 이상만 손을 밀어내며 다급하게 내뱉었다.

"들어올 때나 나갈 때나 조심을 한게 염려 말란 말이여."

"참말로 존 일 합시다. 이라다 소문이 나면 쟁우 양반 체면도 체면이제마는 나는 멋이 되겄소. 나는 멋이 되겄냐 말이오? 가시오. 참말로 이라지 말고 가시오. 소문이 나는 날에는 나는 죽소. 이라지 말고 어서 가씨오. 존 일 합시다. 예."

예동댁은 이상만을 밀어내며 애원을 했다.

"동네 사람들이 모두가 눈치를 챈 것만 같아서 날마둥 나는 똑 죽겄소. 어지께도 댁에 일하로 가서 본게 쟁우댁이 꼭 눈치를 챈 것만 같습디다."

예동댁은 이상만 손을 밀어내며 징징 우는 소리를 했다.

"눈치를 채기는 어뜨코 눈치를 챈단 말이여? 이라고 있으면 시간만 가잖여?"

이상만이 성난 소리로 채근했다.

"오매 오매, 이라다가 소문나면 나는 으째사 쓰꼬?"

예동댁은 이상만 손을 놓으며 주저앉듯 몸뚱이를 *퍼더버리고 말았다. 이상만은 정신없이 예동댁 몸뚱이로 파고들었다.

이상만은 오늘도 장춘동을 정읍에 심부름을 보냈다. 이번에는 정읍을 다녀 산외면까지 편지를 전하고 오라 한 것이다.

지난번 그 일이 있은 뒤로 예동댁은 밖에만 나가면 가슴이 벌렁거려 견딜 수가 없었다. 모두 빤히 알고 귓속말을 수군거리면서도 겉으로는 시치미들을 떼고 있는 것만 같았다. 골목에서 누구를 만나도 흘끔흘끔 눈치가 살펴졌으며, 물을 길러 가도 그랬으며 물레방에 가도 마찬가지였다. 더구나, 이상만 아내 쟁우댁 앞에서는 도무지 부접 못했다. 이게 도둑놈 제 발 저리는 격이라고 아무리 마음을 다져먹어도 그러면 그럴수록 흘끔흘끔 눈치만 보아지고 터질 듯이 가슴이 벌렁거렸다. 가슴에서 쿵쿵거리는 소리가 쟁우댁 귀에라도 들릴 것만 같아 그럴 때는 실없이 부엌으로 들어가 물을 한 바가지씩 떠 마시며 가슴을 진정시키려 했다. 그 점 아무리 그러고 나도 쟁우댁 눈이 자기한테 와 닿는 것 같은 느낌이 들면 화덕이라도 뒤집어 쓴 것같이 얼굴이 달아오르고 다시 가슴이 쿵쿵 방아를 찧었다.

남편 앞에서는 또 다르게 숨이 가쁘고 가슴이 쓰렸다. 철석같이 자기를 믿고 있을 것을 생각하면 죄를 지어도 너무 큰 죄를 진 것 같았다. 자기가 그런 짓 했을 줄은 꿈에도 생각 못할 것이다 생각하면 가슴을 찍고 싶었다. 예동댁은 그때마다 이제는 천금을 주어도 받아들이지 않겠다고 몇 번이나 다짐을 했다.

오늘도 이상만이 자기 남편을 불러 심부름을 보내자 예동댁은 그

때부터 가슴이 뛰었다. 그러나 오늘은 목에 칼이 들어와도 이상만을 받아들이지 않겠다고 다짐을 했다. 그래서 이상만이 자기 집으로 오든 말든 그대로 물레방으로 가버리고 말까 하다가 말로 단단히 타일러 돌려보내자고 집에 있었던 것이다.

그가 오는 발자국 소리가 나자 예동댁은 문고리를 잠근 채 꽉 붙잡았다. 문을 끄르라고 낮은 소리로 다그쳤으나 예동댁은 문고리를 꽉 붙잡고 앉아서 가라고 애원을 했다. 그러나 끈질기게 문고리를 잡아당기며 버티는 바람에 누가 들을까 봐 방에서 말을 하려고 문을 열어주었던 것이다.

"인자 참말로 오지 마시요잉. 이 담부텀은 그대로 물레방으로 가불 것인게 처음부텀 그런 맘 잡수지 마시오."

"예동댁 몸이 너무 존게 맨날 나는 예동댁 생각뿐이여."

이상만이 천연스럽게 이죽거렸다.

"오매 오매, 그것이 시방 먼 소리라요? 인자부텀은 참말로 오시지 마시요잉. 그대로 물레방으로 가불 것인게 그리 아씨오."

예동댁은 말에다 힘을 꾹꾹 주어 다졌다.

"허허."

내나 옷을 입던 이상만이 다시 예동댁 상체를 껴안으며 옆으로 뉘었다.

"왜 또 이라시오?"

"가만있어."

이상만이 능글맞게 속삭였다.

그때였다. 저쪽 골목에서 누구를 찾는 것 같은 소리가 났다.

"사랑방에도 가봤는디 없단 말이오."

이상만 집 종 모종순 소리였다. 모종순 말에 누가 뭐라 대꾸를 하는 것 같았다.

"그래서 시방 가실만한 디는 다 가봤는디 없소."

"오매 오매, 쟁우 양반 찾고 있소. 어서 가보시오."

밖에 귀를 기울이던 예동댁이 질겁을 하며 이상만을 훌쩍 밀어냈다.

"지금 어디라고 여그서 나가? 한참 뒤에 가사 써. 김한준이 왔구만. 줄포서 자고 올 중 알았등마는, 빌어묵을."

"오매, 이라다가 누가 알면 나는 으째사 쓰꼬? 동네 갈만한 집은 다 찾고 댕긴 것 같은디, 어디 갔다 왔냐고 하면 멋이라고 대답하실라요?"

예동댁이 잔뜩 겁먹은 소리로 물었다.

"염려 말어, 둘러댈란게."

"손바닥만한 동네를 시방 집집마동 다 찾고 댕긴 것 같은디 둘러대기는 멋이라고 둘러대겄소?"

"염려 말란게."

예동댁은 모종순이 금방 자기 집에도 올 것만 같아 애가 닳았으나 이상만은 다시 차분하게 예동댁 젖가슴을 만지며 천연스러웠다.

이주호 집에서는 김한준이 줄포 갔다 온 이야기가 계속되고 있었다.

"그래서 그 옛날 논 열닷 마지기에다 댓 마지기만 더 보태면 으짜겄냐고 했등마는, 픽 웃음시로 50마지기도 깎아 준 것이라고 하잖겄소?"

"깎아주다니?"

"그 동안 그 열닷 마지기에서 소작료 받은 것만 촘촘히 따져도 얼마냐고 함시로 그것으로 색갈이 났다고 생각해 보락 합디다."

"미친놈!"

"여러 가지로 구슬러봤는디 더는 *이빨이 안 들어가겄습니다. 내가 이라고저라고 할 처지는 아니제마는 20마지기라면 한번 말씀을 잘 디래 보겄다고 해도 소작료 타령만 함시로 한 마지기도 깎을 수 없고, 집도 꼭 그 집이래사 쓴다고 어거지를 씁디다."

"왜 꼭 그 집이래사만 쓴다는 소리여?"

"다시 여그 와서 살겄다고 합디다."

"여그 와서 살겄다고?"

이주호는 입에 물었던 담뱃대를 빼며 눈을 크게 떴다.

"예, 닷새 동안 기다리겠다고. 그때까지 먼 말이 없으면 지가 다시 이리 오겠다고 합디다."

"이 일은 자네가 이라고 나섰은게 기왕에 벌린 춤 자네가 아퀴를 짓게. 서른 마지기쯤으로 다시 말을 한번 잘 해보게."

"이놈이 갯갓에서 궁글어서 그란가 으짠가 말하는 것 본게 보통내기가 아니등만이라. 말끝마등 칼을 들맥임시로 팔뚝을 걷어보이다 가슴팍을 내밷기다 하는디 나는 그 칼자국만 봐도 몸서리가 처집디다. 그 칼자국 보면 두 번 만날 정 없드만이라."

김한준이 몸서리를 치며 고개를 저었다.

"그놈이 겁을 줄라고 그라제 지놈도 목숨 아까운지를 아는 놈인디 아무 다나 칼이사 쓰겄는가? 하애간, 이삼 일 새에 한 번 더 발걸음을 해주게. 내가 전생에 먼 죄를 져서 그런 놈을 만났는가 모르겄네."

이주호는 한숨을 쉬며 한참 동안 장죽만 빨았다.

"그것은 그것이고, 섣달이 다 돼간게 정초에는 동계를 개릴 것인디, 그 농긴가 멋인가 그 일이 말이시……."

이주호는 눈살을 찌푸리며 허두를 뗐다.

"아무리 두레 농기가 으짠다고 하제마는, 술김에 잠깐 실수한 것을 갖고 나잇살 묵은 사람이 그만치 말을 했으면 접어줄 법도 한디 으째서 그래싼단가? 그러잖아도 동네 애런 일 있으면 쌀섬이래도 내놀 생각이네. 한 동네서 삼시로 그로코 가시세게 나오기로 하면 먼 정으로 한 동네서 살겄어. 자네같이 트인 사람이 쪼깨 잘 일러보게."

"들을란가 모르겄소마는 말이나 한번 해봅시다."

김한준은 이주호 집을 나왔다.

"이 양반이 어디 갔을까, 동네 집집마둥 안 가본 집이 없는디 으짠 일이까?"

강쇠네였다. 대문 앞에서 초롱불을 들고 몰려서서 두런거리고 있었다. 행랑아범이며 찬모에다 사랑방에 갔던 청룡바우까지 이상만을 찾고 다녔던 모양이다.

김한준은 그들을 지나쳐 자기 집 골목으로 들어섰다. 어쩐 일인지 기분이 지저분했다. 이주호를 만나고 날 때마다 느끼는 기분이었다. 오늘도 사실은 내키지 않는 발걸음이었다. 이 동네서 이런 일에 나설 사람이 누가 있냐며 이주호가 통사정을 하는 바람에 하는 수 없이 이갑출을 만나고 왔으나 새삼스럽게 달주 얼굴이 떠오르며 떫은 감 씹은 기분이었다. 값비싼 비단까지 두 필이나 받은 처지에 가볍게 물리칠 수도 없어 나섰지만, 이러다가는 너무 깊이 말려드는 것이 아닌가 싶었다. 농기 사건까지 슬그머니 떠맡아버린 게 여간 후회스럽지가 않았다. 모질지 못한 스스로가 너무 하찮은 사람으로 느껴졌다.

달주는 오랜만에 한가한 기분으로 설을 맞았다. 제 집이 이렇게 안온하고 살붙이가 이토록 정다운 것인지 집에 온 감개가 새삼스러웠다. 연엽하고 용배는 군식구로 끼였지만 자기들 스스로도 그렇거니와 어머니나 남분이 조금도 스스럼없이 대하는 바람에 꼭 한 식구 같았다.

달주는 아침 일찍 아버지 산소에 성묘를 나섰다. 용배도 따라나섰다. 세사는 어지러워 인심은 점점 흉흉해 가고 있었으나, 천지의 운행은 어김이 없어 산천에는 벌써 봄기운이 그윽이 감돌고 있었다. 어느새 피어오르기 시작한 버들강아지 털북숭이 잔털에도 봄기운이 부옇게 감돌았고, 다문다문 흰 눈을 이고 있는 산자락에도 봄기운이 따스했다.

자랏고개를 넘어섰다. 산소에 들어서자 달주는 과일이며 명태 등 간단한 제물을 진설하고 술을 따랐다. 달주가 절을 하려고 자세를 취하자 용배도 곁으로 다가와 나란히 섰다. 두 사람은 정중하게 절을 했다.

달주가 묘 앞에 따라놨던 술을 마시고 용배한테 잔을 넘겼다.

"돌아가실 때는 연세가 어떻게 되셨더냐?"

"서른일곱."

"뭐, 서른일곱? 그렇게 젊은 나이에?"

용배는 낮은 소리로 가져가던 잔을 멈추며 놀랐다. 달주는 덤덤하게 고개를 끄덕였다.

"순전히 곤장 맞은 장독으로?"

"달리 병도 없으셨고, 몸은 작은아버지보다 더 강단지고 우람하셨다."

"개새끼들."

용배는 낮은 소리로 입속에서 말을 씹었다. 두 사람은 가지고 간 막걸리를 다 비우고 일어섰다.

"우리 할머니 이장은 언제쯤 할까?"

"접주님 만나거든 의논해 보자. 지난번에 말했던 그 묏자리가 바로 저기다. 저 큰 바위 옆 편편한 곳."

달주는 자기 아버지 묏등이 있는 등성이의 다음 등성이를 가리켰다. 용배 할머니 묏자리로 약속했던 자리다.

달주는 동네로 들어오다 작은아버지며 해봉 선생, 그리고 두레 영좌 김이곤 등 몇 사람에게 세배를 하고 오겠다며 용배더러 먼저 집으로 들어가라 했다.

용배는 골목으로 들어서려다 발을 멈췄다. 골목 어귀 담장 밑에 아랫도리를 모두 내놓은 두 아이가 막 떠오르고 있는 햇볕을 받으며 오들오들 떨고 있었다. 양쪽 콧구멍에는 누에만한 코가 들락거리고 있었다. 설빔은 고사하고 아침에 떡국도 못 먹은 것 같았다.

"한울님!"

용배는 갑자기 최제우 얼굴이 떠올라 실없이 한울님을 뇌며 골목을 들어섰다. 요사이 저렇게 험한 꼴을 한 아이들은 거리거리 골목골목마다 수없이 득실거리지만, 유독 설날 아침에 저런 아이들을 보니 새삼스럽게 가슴이 저려 왔다. 이 세상의 위쪽이 아니라 항상 아래쪽만 보았던 최제우가 가장 가슴 아파했을 것이 저런 아이들의 고통이었을 거라는 생각이었다.

연엽이 남분하고 무슨 이야기를 하며 웃고 있다가 자리를 내주었다.

"나는 말이요, 어렸을 때 제일 부러운 게 원두막 주인이었어요. 그래서 나는 커서 원두막 주인이 되는 것이 소망이었지요. 그 많은 참외하고 수박이 몽땅 내 것이라 생각하면……."

용배가 느닷없는 소리를 했다. 두 처녀는 깔깔거렸다.

"그런데, 요새는 그 원두막 주인보다 더 부러운 사람이 있소."

"그게 누구지요?"

연엽이 웃으며 물었다.

"바로 거기."

용배가 장난스럽게 웃으며 손가락으로 연엽을 가리켰다.

"우머."

연엽은 깜짝 놀라며 남분이를 봤다.

"이 세상에 갓도 끝도 없이 널려 있는 참외하고 수박을 몽땅 따고 있는 사람이 거기 같소."

용배는 계속 장난기 어린 표정으로 말했으나 두 처녀는 무슨 소리를 하고 있느냐는 듯 어리둥절한 표정이었다.

116

"생각해 보시오. 가는 데마다 귀를 쫑그리고 있는 사람들한테 동학 이야기를 해서 모두 동학도를 만들고 있으니, 그게 주인 없는 수박, 참외를 따는 것하고 무엇이 다르겠소?"

사뭇 엉뚱한 소리에 두 처녀는 잠시 어리둥절한 표정이었으나 이내 윗물이 도는 듯 빙긋이 웃었다. 연엽이 웃으며 골을 붉혔다.

"참말로 연엽 언니는 가는 데마당 칙사 대접이네요."

남분이 나섰다.

"칙사 대접까지 받으며 수박, 참외를 따고 있으니 무엇이 부럽겠소?"

"하기는 그래유. 꼭 배고픈 사람한테 밥 주는 것 같기도 하고……"

연엽은 그 동안 창동, 말목, 도매다리 등 물레방을 찾아다니며 동학 포교를 열심히 하고 있었다. 동네 집강들이 다투어 데려가는 바람에 연엽은 가는 데마다 환영을 받았고, 그 동안 이야기하는 요령에도 미립이 나서 말솜씨도 늘었다. 처녀가 집안이 거덜이 나서 이렇게 객지에 와 있으면, 더구나 이런 명절이면 고향 생각이 날 법도 했으나, 연엽은 동학 포교에만 정신이 쏠려 다른 생각할 짬이 없는 것 같았다.

겨울에는 여자들이 모두 길쌈에만 매달려 낮이나 밤이나 명만 자았고 거개가 한 방에 모여 품앗이를 하고 있으니 포교하기에는 이런 자리를 부러 만들재도 쉽지 않을 것 같았다. 연엽은 아침부터 밤늦게까지 물레방을 찾아다녔다. 하루에 보통 세 군데를 돌았다.

여인들이 그렇게 부지런히 물레를 돌려 길쌈을 해도 그것으로 살림을 불린다거나 옷을 해 입는 것이 아니고, 거개가 군포 내기도 빠듯할 만큼 가혹했기 때문에 그 일 자체가 동학의 교리를 빗대 말하기에도 안성맞춤이었다.

"백성이 있으면 나라가 있고 그 나라는 그 나라 백성이 지켜사 쓸 것인게 군포는 백성이 응당 내야겠지유. 그런디 나라 지키라는 군포가 지대로 나라 지키는 디 쓰여지고 또 그것을 이치에 맞게 걷고 있는가유? 황구징포, 백구징포는 무엇이고 백골징포는 무엇이어유? 그리고 으째서 양반들은 군포를 안 냅니까유. 군포를 상민들만 내고 양반들은 안 낸다는 소리는 상민들만 나라를 지키고 양반들은 나라를 안 지킨다는 소린디유, 그람 상민들만 이 나라 백성이고 양반들은 이 나라 백성이 아닌감유. 그럼시로도 양반들은 상민들을 천대하고 큰소리를 치고 사니 이런 시상이 지대로 된 시상이겄이유. 이 시상은 양반들하고 부자들하고 권세 있는 사람들 시상이지유."

동학의 본지를 이야기한 다음에는 으레 군포 문제로 사회에 대한 비판을 했다.

황구징포란 어린아이들한테서도 군포를 징수한다는 뜻이며 백구징포란 노인들한테서도 군포를 징수한다는 뜻이었다. 법으로는 16세부터 병역의무를 지게 되어 있기 때문에 그때부터 군포를 내게 되어 있었으나 사내아이를 낳았다 하면 낳은 해부터 군적에 올려 징포를 했다. 황구라는 말은 금방 깨인 새 새끼의 부리가 누런 데서 새 새끼를 일컫는 말로, 갓난아이를 새 새끼에 빗대 귀엽게 일컬을 때 쓰는 말이었으며, 백구는 황구에 대응하는 뜻으로 노인을 일컫는 말이었다. 55세면 군역에서 벗어나야 하는데 그것 역시 무시하고 있었다. 그나마 살아 있는 사람은 약과고 죽은 사람까지도 군적에서 빼주지 않고 그대로 징포를 했다. 그걸 백골징포라 했다. 죽어 백골이 되었는데도 백골한테서까지 징포를 했던 것이다.

"인내천이란 소리는유, 양반이나 상놈이나 모두가 똑같이 하늘이다. 그러니 양반, 상놈 갈라 양반이 상민을 천대하는 세상은 잘못된 세상이다, 이 소린디유, 세상이 제대로 되면 이런 군포 같은 것도 상민이나 양반이나 다 똑같이 내겠지유. 그러면 상민들은 반 필만 내도 될 것이고, 세상이 지대로 발라지면 황구징포가 어디 있고 백구징포가 어딨겠이유? 징포 같은 것은 아예 없어지는 시상이 될런지도 모르지유."

연엽의 이야기는 으레 이렇게 끝이 맺어지고 있었다.

점심을 먹고 두 사람은 전봉준 집에 세배를 가려고 길을 나섰다.

"김승종하고 같이 가게 산매로 다녀서 가자. 어차피 승종이 할아버지하고 김도삼 씨한테도 세배를 해야 한다."

두 사람은 도매다리를 지나 산매를 향했다.

"나는 접주님 춘부장 영감님을 일생 동안 잊을 수가 없을 것이다."

달주는 길을 걸으며 말했다.

"우리 아버지가 살아 계실 때는 아버지를 꼭 친자식같이 생각하셨는데, 아버지하고 이야기하는 것을 들어보면 그 영감님은 과격하기가 젊은 놈들 뺨칠 지경이었어. 관가 놈들이 썩어빠진 것이 아니고 백성이 병신이라고 자꾸 흥분을 하셨다. 백성이 사람 같아 봐라. 관가 놈들이 어찌 저렇게 설치겠냐? 개도 짖는 개를 돌아보는 것이다. 소 올릴 때 못 봤느냐. 예사 때는 호랑이 잡을 소리를 하던 놈들이 정작 나서자고 하면 마포 바지에 방귀 새나가듯 요리조리 다 새나가고 없다. 횃대 밑에서야 누군들 호랑이 못 잡느냐? 못난 것들. 그것으로 세상이 다 좋아진다고 해도 제 잔털 하나 뽑지 않을 것들만 몰려 사니, 끌끌."

달주는 영감 목소리를 흉내 내며 말했다. 두 사람은 같이 웃었다.

"우리 아버지가 옥에서 업혀 나오시자, 영감은 날마다 우리 집에서 사시다시피 하시면서 병구완을 도맡아 하셨다. 날마다 약을 지어 오시고 또 돈도 가지고 오셨어. 그런데 돈을 가지고 오셔도 늘 꽤나 많은 돈을 가지고 오시더라구. 자기 집 형편도 찢어지는 영감이 어디서 나서 저렇게 많은 돈을 자꾸 가지고 오시는가 했더니, 돈을 마련하는 방도가 따로 있더라구. 누구든지 살림 형편이 웬만한 사람을 만나면 빚을 내노라고 손을 내민다는 거야."

"빚?"

"들어봐. 그 사람이 자기 사리사욕으로 일을 하다가 지금 저 꼴이 된 것이냐? 고부 사람들 전부를 위해서 일을 하다가 지금 목숨이 경각에 달렸다. 그러면 고부 사람들은 모두 그 사람한테 빚을 진 것이 아니고 뭐냐? 약 한 첩 값이라도 내놓아야 그것이 사람의 도리다. 이렇게 큰소리를 치시며 돈을 뜯어냈다는 거야."

"하하, 말인즉 옳구나."

두 사람은 한참 웃었다.

"그렇게 호통을 쳐서 돈을 받아내셨는데, 돈을 받아가지고 돌아서면서도 또 큰소리를 치시는 거다. 누구를 도와줬다고 생각하지 말어. 빚을 갚은 거여, 빚."

두 사람은 또 한참 웃었다.

"이 이야기는 한때 이 근방 사람들 사이에서 화제가 됐다."

"대단한 영감이셨구나."

"그러다가 정작 아버님이 숨을 거두시자, 영감은 관을 붙잡고 통곡을 터뜨리시더라구. 나는 그때까지 노인네들이 눈물을 흘리는 것도 처음 보았지만, 그렇게 서럽게 우시는 것도 처음 봤다. 내중에는 또 내 손을 꼭 잡고 오래오래 눈물을 걷잡지 못하시는 거야."

두 젊은이는 숙연한 표정이었다.

"김도삼 씨 댁부터 들러 가자."

김도삼 집에는 지해계원들이 여러 명 몰려와 있었다. 정길남, 장진호 그리고 그 동네 김승종도 끼여 있었다.

"이야기를 하던 참이니 마저 하겠네."

김도삼은 두 사람의 세배를 받은 다음 이야기를 계속했다.

"지금 조병갑이란 자가 고부 사람들을 아주 가죽을 벗기기로 작정을 하고 차근히 그루를 앉힐 참이네. 설 쇠고 군아에서 저기 만석보 아래다가 새로 보를 막는다는 걸세. 그 속셈이 무엇이겠는가? 늑대가 토끼 골에 덤벙거리는 속셈이 무엇이겠어? 작자들이 촌사람들 농사 걱정해서 그러겠는가? 그렇게 새 보를 막아 수세를 받아내자는 수작일세. 두고 보게. 내 말이 틀리면 내 손에다 장을 지지겠네."

"보를 막다니, 어디다 보를 막는다는 말입니까?"

달주가 물었다.

"만석보 바로 밑에다 더 높이 새 보를 막는다는 것이네. 멀쩡한 보를 놔두고 그 밑에다 또 보를 막는다는 것이어. 뱃속이 환히 들여다보이지 않는가?"

"그러면 조병갑은 금년 추수할 때까지도 갈려 가지 않는다는 무슨 첩지라도 따로 받아놨다는 말인가요?"

요사이 수령들이 잘해야 반 년, 더러는 한 달 만에 체임이 된 경우도 있었다.

"조정에 조병갑 뒷배가 세곡선 닻줄보다 더 든든한지 모르는가? 전운사 조필영 등 모두가 조대비 떨거지들 아닌가? 이번 어머니 상을 당했는데도 갈리지 않고 다시 오는 것을 보게."

멀쩡한 보를 놔두고 그 밑에 엉뚱한 보를 막는다니 아무리 무지막지한 놈들이기로서니 설마한들 그럴 수가 있을까 싶은 표정들이었다.

"이 소리는 아전들 입에서 흘러나온 소리라 틀림없네. 지금 앵성리 조성국이 김봉현을 밀어내고 좌수 자리를 차지하려고 눈에다 불을 켜고 있네. 조성국도 조병갑하고 같은 조가라 그 끈으로 지금 군아 내사에 드나들기를 제 안방 드나들 듯하면서 벼라별 알랑수를 다쓰고 있다지 않는가? 바로 이 계책도 그 작자가 비벼내서 진언을 한 것이라네. 그 계책을 들은 조병갑은 입이 바지게가 되어 있다지 않는가?"

"허허, 그런께 그 때려죽일 놈이 좌수 자리 하나가 탐이 나서 계책을 비벼내도 그런 무지막지한 계책을 비벼냈단 말이오?"

김승종이 홍분을 했다.

"그자뿐만 아닐세. 김봉현은 김봉현대로 좌수 자리를 지키려고 또 얼마나 험하게 날뛰는가? 지난번 민부전 같은 것도 시새워서 그자가 앞장을 섰고, 그 때문에 접주님 어르신께서 지금 저 꼴이 아닌가?"

"고래싸움에 새우가 등이 터져도 유분수제, 이 때려죽일 놈들 자리싸움 등쌀에 백성만 죽어나야 한단 말이오? 이것들 그냥 뒀다가는 고부 사람들 살림 다 결딴나게 생겼소."

달주가 다시 흥분을 했다.

"이번에는 참말로 우리 젊은 놈들이 가만있어서는 안 될 것 같습니다. 고희를 눈앞에 두신 접주님 춘부장께서 저 지경이 되고 본게 시방 우리 젊은 놈들은 어디다 고개를 두를 데가 없소."

정길남이 굳은 표정으로 진지하게 말했다. 만석보 신축 문제로 이러쿵저러쿵 한참 이야기가 오갔다. 대부분 반신반의하는 표정이었으나, 만약 그런 무지막지한 짓을 하면 이번에야말로 가만있어서는 안 된다고 주먹을 휘둘렀다.

"다른 데도 가봐야 할 데가 있는게 오늘은 이만 일어서겠습니다."

정길남이 일어섰다. 모두 따라 일어섰다.

네 사람은 김승종 아버지와 할아버지한테 세배를 하고 나서 김승종 방으로 갔다.

김승종 집은 농사가 50여 두락으로 살림이 유족했고, 그 할아버지 별산 영감은 하학동 해봉 영감과 함께 이 근방에서는 유식하기로 손꼽히는 노인이었다. 해봉 영감은 얼마 전부터 거의 바깥출입을 하지 않았고, 별산 영감은 얼마 전까지도 향교 출입을 했다.

서당 다닐 때는 김승종이 접장이었다. 그는 사람됨이 그만하기도 했지만, 무엇보다 동배들에 비해 글이 한참 앞서가고 있었기 때문이었다. 그가 글이 그렇게 앞선 것은 머리가 그만큼 총명한 탓도 있었으나, 어렸을 때부터 할아버지 밑에서 글을 읽었고, 다섯 살 때부터 도매다리에 있는 도계서원 서당에 다녔기 때문이었다. 그는 서원의 서당을 다니다 말고 이쪽 지산서당으로 옮겨왔는데, 그것은 이만저만 파격적인 일이 아니었다. 도매다리에 있는 도계서원은 임진왜란 때 출전하여 순국한 의성 김씨 선조를 배향한 서원으로, 김승종도 그 후손이었는데, 이 서원은 그 동안 인재를 많이 배출하여 이 근방에서는 첫손가락을 다투는 서원이었다. 그에 비하면 말목장터에 있는 지산서당은 그 격부터가 그 서원과는 하늘과 땅 차이였다. 여기에는 거의 상민들의 아이들이 다니고 있었고, 양반이랬자, 달주 집같이 명색만 남은 잔반집 아이들이었다. 그리고 글 배우는 단계로 따지더라도 이런 데서 배우다가 글이 어느 정도에 이르면 그런 데로 가는 것이 순서라면 순서였는데, 김승종은 거꾸로 거기서 이로 오고만 데다가, 더구나 자기 동네 바로 곁에 자기 선조를 배향한 서원의 서당을 놔두고 10리 가까이나 떨어진 이 서당으로 옮기고 말았으니, 예사 사람들은 고개를 갸웃거리지 않을 수 없었다.

거기에는 그만한 까닭이 있었다. 그것은 김승종 할아버지 때문이었다. 김승종 할아버지 별산과 여기 지산은, 이웃 고을인 부안의 반계 유형원을 배향한 동림서원 출신이었다. 실사구시가 사상의 뼈대인 반계는, 토지는 천하의 근본이니 중농사상을 기반으로 토지개혁을 실시하여 조세, 역, 공, 과거, 교육, 관료, 군사 등 내정 전반에 혁신을 해야 하며, 특히 자영 농민을 많이 육성해 부국강병을 도모해야 한다고 주장하는 실학의 대가였다. 2백여 년 전에 부안에서 살았던 반계는 거기서 제자를 길러 그 학맥이 지금까지 이어지고 있었는데, 별산이나 지산 같은 사람들도 그 학맥을 이어오고 있는 셈이었다. 별산은 지산과의 관계도 있었지만, 전봉준하고도 의기가 투합했던 터라 손자를 이 서당으로 보냈던 것이다.

"여기서 한잔하고 접주님 댁에 가자."

술상이 들어오자 김승종이 말했다.

"양반집 자제가 초하룻날 어디를 싸다니냐고 서원에서 회초리 들고 쫓아오는 것 아니냐?"

달주가 핀잔을 주었다.

"또 양반 핀잔이냐? 제 놈도 양반이라고 은근히 내세우고, 더구나 양반집 규수를 넘보고 있는 놈이 그렇게 자꾸 양반 핀잔이면 그입으로 어떻게 양반 처갓집 밥을 먹을래?"

김승종 말에 모두 웃었다. 달주는 김승종한테는 항상 내놓고 상민 행세를 하면서 양반을 비꼬았다.

"양반 댁 규수를 넘보다니, 그것은 또 무슨 엉뚱한 소리냐?"

달주가 웃으며 퉁겼다.

"엉뚱한 소리라니? 그럼 남의 양반 댁 규수를, 만들어도 그렇게 험하게 만들어놓고 이제 와서 걷어차 버리겠다는 소리냐?"

"허허, 그 집에서 나한테 맡긴다고 어디다 방이라도 내걸었단 말이냐?"

"고부 천지가 그만큼 들썩들썩했으면 그만이지 거기다 또 방이뭐야?"

"허 참."

달주는 어이없다는 표정이었다.

"대궁상도 유분수지, 너 아니면 그 처녀 갈 데가 어디야?"

모두 따라 웃었다. 달주는 어색한 표정으로 히죽거리고 있었다.

"듣고 보니 그 처녀 인물이 천하일색이라던데 그런 처녀를 어떻게 낚았냐? 그 재주 한번 배우자."

김승종이 짓궂게 구슬리고 나왔다.

"실없는 소리 작작해라."

"너는 원래 의뭉한 구석이 있기는 하지만, 이번에 그 처녀 후려낸 솜씨 본께, 그 솜씨 한번 알아줘야겠더라. 그런데 말이다, 실은 그 일에 나도 한몫 크게 거들었다. 이 이야기는 너한테만 귀뜸을 할라고 했는디 모두 터놓고 지내는 사인게 말해버리지."

김승종이 새삼스럽게 웃으며 달주를 건너다봤다.

"거들다니?"

달주는 또 무슨 실없는 소리냐는 표정이었다.

"그 정읍 김진사라는 사람이 우리 일가붙이 아니냐?"

"아, 그 집도 의성 김씨냐?"

달주는 이제야 알겠다는 듯 고개를 끄덕였다.

"그 처녀 소문이 하도 야단법석이자 그 김진사 댁에서 이쪽으로 염탐꾼을 보냈던 모양이더라. 그 사람이 처음에는 도매다리로 갔던 모양인데, 거기서 내가 너하고 친구 사이라는 것을 알고 나를 찾아왔어."

모두 놀라는 표정들이었다.

"그 처녀 어머니하고 딸이 천주학에 미치다시피 한 사람들이라는

126

데, 그것이 사실이냐고 묻더라구. 그래서, 애초에 그 처녀가 그 총각하고 눈이 맞은 것은 천주학 때문인 것 같더라고 슬쩍 둘러댔지."

김승종이 장난스럽게 웃으며 말했다. 달주가 눈을 크게 뜨고 용배를 돌아봤다. 용배도 눈이 둥그레지며 회심의 미소를 지었다.

"그 처녀하고 그 총각 사이에 얼마나 깊은 일이 있었는지 친구 사이지만 그것까지는 알 수 없으나, 실은 나도 그 여자가 천주학쟁이라는 것 때문에 그 처녀하고 그 친구하고 맺어지는 것을 좋게 보지 않소. 천주학쟁이들은 조상 제사도 안 지내는 숭악한 상것들이라는데, 비록 가난하기는 하지만, 그래도 명색 반명을 내세우는 집안에서 그런 천주학쟁이를 며느리로 맞아들이면 집안 꼴이 머가 되겠소? 지금은 며느리지만, 며느리가 백 년까지 며느리요? 며느리가 늙어서 시어머니가 되는 것은 올챙이가 자라서 개구리가 되는 것만큼 확실한 일인데, 그런 천주학쟁이가 시어머니가 되어 집안을 좌지우지하게 되는 날에는 죽은 조상들은 어디 가서 제사를 받아묵겠소? 더구나 자식을 낳으면 품안에서부터 천주학 물을 들일 것이니, 그렇게 되면 조상 제사는 그만두고, 사당이 제대로 남아나겠으며, 조상 묏등인들 온전하겠소? 그래서 나는 그 친구가 쓸개 빠진 놈이라고 생각하고 있소. 이런 조로 너를 빗대서 정신없이 쏘아댔지."

좌중은 배를 쥐고 웃었다.

"혼사에 *반간 놓은 놈은 만중 앞에서 목을 베렸지만, 기왕에 벌린 춤, 목이 날아갈 때는 날아가더라도 반간을 놀 때는 제대로 놓자고 입 벌어지는 대로 내뱉었다. *갓 쓰고 똥 누는 것도 제멋인게, 천주학쟁이를 며느리로 맞이하든지 절간 중년을 며느리로 맞이하든지 김진사 댁에서도 알아서 하라고 하시오. 알아서 하되, 그렇게 되면 진사가 아니라 진사 할애비래도 우선 여기 서원 출입부터 만만치 않을 것이오. 이라고 정신없이 쏘아댄게, 이 작자가 아가리를 열어논 대문 꼴을 하고 고개를 쳇머리 흔드는 할망구매이로 흔들고 앉았등마는 두말 않고 일어서더라구."

모두 박장대소를 했다.

"정말 잘했소. 그리고 보니 이 일에는 김형이 공신도 큰 공신이구려."

용배가 김승종 손을 잡고 흔들었다.

"저 작자 하는 짓이 곁에서 보기에도 답답해 죽겠더니 김형이 일판을 야무지게 후렸구려. 이 담에 내가 술 한판 크게 사리다."

용배는 신이 나서 못 견뎠다.

"한턱도 한턱이지만, 이 혼사가 이루어지면 나보고 작은장인이라 해야 할게요."

김승종 익살에 좌중은 다시 한 번 호들갑스럽게 웃었다.

"자, 달주 작은장인 한잔 드쇼."

용배가 김승종에게 잔을 넘기며 익살을 부렸다. 젊은이들은 경옥 이야기를 놓고 한참 웃고 떠들었다. 실은 이 사건은 용배의 계책대로 된 것이다. 용배가 김진사 앞으로 편지를 써서 도부꾼을 시켜 그집에 들여보냈던 것이다. 그 처녀는 동네에 죽자사자하는 총각이 있을 뿐만 아니라 천주학쟁인데 그런 처녀를 며느리로 맞겠다는 것이냐, 당신 집안을 생각해서 이런 편지를 쓰는 것이니 잘 알아본 연후에 후회 없도록 하라고 정중하게 써서 보냈던 것이다.

"실은 내가 너희들하고 의논할 일이 있어서 그렇지 않아도 설에는 달주 너도 올 것 같아 기다렸다."

정길남이 진지한 표정으로 입을 열었다.

"아까 김도삼 씨 집에서도 잠깐 말을 하다 말았다마는 이번에 훈장님 춘부장께서 저 꼴을 당하고 나니 우리 젊은이들은 이로코 죽어 있을 것이냐고 말하는 사람들이 많다. 만약 이번에 그분이 돌아가시기라도 하는 날에는 가만히 있어서는 안 되겠다는 것이다. 우리 젊은 놈들이 앞장을 서서 군아로 몰려가야 한다는 이야기들이다."

"그런다면 몇 사람이나 따라나서겠냐?"

달주가 물었다.

"따라나서는 사람이 몇 사람이 되든지 이러고 가만히 앉아 있을 수는 없는 일 아니냐?"

김승종이 대들 듯이 말했다.

"전에 소 올릴 때 안 봤냐? 고개 숙이고 기어드는 그런 일에도 따라나서는 사람이 많아야 50명이 넘을까말까 했는데, 몽둥이 들고 관에 대들자고 해봐라. 내 생각에는 나설 사람이 몇 사람 안 될 것 같다."

달주가 고개를 저으며 말했다.

"그럼 생사람이 저로코 험하게 죽어가는 것을 보고도 모두 손 개얹고 있어야 옳단 말이냐?"

"손 개얹고 앉아 있자는 소리가 아니라, 그런 생각이 있으면 많은 사람들이 그런 일에 따라나설 수 있도록 길게 계책을 세워야 할 것 같다. 우선 쉬운 일부터 하는 것이다."

"쉬운 일이라니?"

"나도 그런 생각을 많이 해봤는디, 내 생각은 이렇다."

달주가 차근히 이야기를 시작했다.

"이번에 영감은 회복하지 못하고 돌아가실 것 같다. 돌아가시면 조문객이 올 것인데, 내 생각에는 우선 이 조문객부터 많이 오게 해야 할 것이다. 조문을 오든지 말든지 각자의 처분에 맡겨놓을 것이 아니라 올 만한 사람은 다 오도록 뒤에서 은근히 밀어내야 한다. 그 영감님께서 이런 데 두고 쓰시던 말마따나, 그이가 저 꼴을 당하신 것은 영감님 사사로운 일을 하다가 저 꼴을 당한 것이 아니고, 고부 사람들을 위해서 일을 하시다가 저 꼴이 되었으니, 고부 사람들은 그 영감한테 모두 그만큼 빚을 진 것이다. 그러니 그 초상에 조문 오는 것으로나마 조금이라도 빚을 갚아야 할 게 아니냐고, 은근히 등을 밀어내야 한다."

달주는 자기 아버지가 그런 꼴을 당했을 때 했던 영감의 말을 되새기고 있는 셈이었다.

"그렇게 해서 천 명이나 이천 명만 모여 봐라. 우선 관에서 깜짝 놀랄 것이고, 또 그 조문객들이 처음에는 무슨 생각으로 거기에 왔든 조문을 와놓고 보면 집에 있을 때하고는 달리 영감의 죽음에 새삼스럽게 분이 치솟을 것이다. 지난번에 동학도들 삼례집회 때 봐라. 그로코 많이 모여노니 기세가 달라지지 않더냐?"

"그러면 여기서도 그렇게 조문만 하고 말지 않을 것이라는 소리냐?"

김승종이었다.

"내가 말하고 싶은 골자가 바로 그 점인데, 그 사람들이 당장 군아로 몰려가지는 않는다 하더라도 그 자리에 와노면, 아까 말한 것 같이 새로 분이 치솟기도 할 것이고, 또 고희가 가까운 분이 이 지경을 당했는데, 우리는 그냥 이대로 있어도 되는가, 스스로에게 묻는 자리가 되기도 할 것이다. 평소에는 몸조심하느라고 그런 데 나오는 것마저 벌벌 떨던 사람들이 그로코 한발 나서놓고 보면 그만큼 파겁을 하게 될 것이고, 곁에서 부추기면 두 발 세 발 더 내딛게 될지 모른다. 그래서 모두가 제대로 걸음발을 탔을 때, 바로 그때가 그 사람들과 더불어 소를 올리든지 몽둥이를 들고 군아로 몰려가든지 할 수 있는 땔 것이다."

모두 고개를 끄덕였다. 용배는 처음부터 남의 이야기처럼 듣고만 있었다.

"네 말이 옳은 것 같다. 이번에 보니, 세상인심이 말라버린 것은 아니더라. 여기저기서 생각지도 않은 사람들이 약을 지어오기도 하고, 쌀을 싸온 사람도 있고, 어떤 이는 그 비싼 웅담까지도 어디서 구해 왔더란다. 그리고 두전서는 두레에서 쌀을 적잖이 한 섬이나 보냈다잖냐?"

김승종이었다.

"바로 그것이 중요한 것이다. 그렇게 살아 있는 인심은 살아 있는 인심대로 더욱 북돋우고 더 살려야 한다. 제절로 자라는 곡식도 거둬줘야 제대로 자라는 이치하고 같은 것이다. 그렇게 약을 지어오고 웅담까지 제 손으로 가져오는 사람도 있지만, 생각은 있어도 미처 거기까지 나서지 못하는 사람들이 많다. 전창혁 씨 같은 사람은 으레 그런 사람이거니 이렇게 생각하는 사람이 태반이다. 조문을 오도록 하면 조문을 옴시로 빈손으로 오는 사람은 없을 것이다. 꼭 그렇게 무엇을 가져오게 해서 그것으로 그 댁 살림에 보태주자는 것이 아니고, 바로 그렇게 만드는 것이 그런 사람들을 이 세상일에 한발한발 나서게 하는 일이 된다는 소리다."

달주 말에 모두 고개를 끄덕였다.

"그날 그로코 조문객이 많이 오면 쇠뿔은 단김에 빼랬더라고 그날 당장 그 수를 끌고 군아로 몰려가면 으짜겠냐?"

장진호였다.

"그런 일은 우리 동문들끼리만 단독으로 결정할 일이 아니다. 동학 두령들도 있고 한게 그것은 그날 형편을 보아서 심중하게 여러 사람이 결정할 일이고, 우리가 몬자 할 일은 달주 말대로 그날 조문객이 많이 나오게 하는 일 같다."

김승종이었다.

"그래, 이런 일에는 우리보다 니가 한발 앞서는 것 같다."

정길남이 고개를 끄덕이며 말했다.

그들은 전봉준 집으로 갔다. 전봉준은 얼굴이 조금 초췌한 것 같았으나 평소하고 크게 다름없이 담담한 표정이었다. 처음에는 세배객들을 영감 방에서 안 받는다고 하더니, 무슨 생각을 했는지 얼굴이나 보고 가라고 그 방으로 들여보냈다. 영감은 거의 사색을 뒤집어쓰고 있었다. 그러나 겨우 사람은 알아보는 것 같았다.

"음, 하학동 김한수."

영감은 달주 쪽으로 손을 내밀었다. 달주가 손을 갖다 대자 손을 꼭 쥐며 달주 아버지 이름을 우물거렸다.

"젊은이들, 젊은이들이 정신을 채래사 써, 젊은이들이."

영감은 가래를 끓이며 겨우 몇 마디를 뱉어냈다. 젊은이들은 침통한 표정으로 영감을 내려다보고 있었다.

4. 만석보

    용배 할머니 묘 이장을 하기로 한 날이었다. 달주하고 용배는 날
이 새기가 바쁘게 칠석동을 향해 길을 나섰다. 뼈 담을 석작에는 *개
토제 지낼 술과 재물을 담아 멜빵을 해서 달주가 짊어졌다. 이장이
지만, 용배로서는 초상이나 마찬가지라 그는 이런 음식 마련이라도
섭섭잖게 하고 싶은 것 같아, 달주 집에서는 용배가 하자는 대로 제
물을 푸짐하게 장만했다. 이쪽에서도 역시 개토제와 평토제를 지내
야 하기 때문에 웬만큼 준비를 했다. 이쪽에서 묏자리를 파고 봉분
을 하는 굿일은 달주 작은아버지 김한준이 사람을 얻어 일을 해놓고
기다리기로 했다.

    해가 오르기 시작하자 이 동네 저 동네서 풍물소리가 요란을 떨
었다. 이 근방에는 농사가 거의 논농사뿐이라, 어느 지방보다 두레
가 성했다. 정초에 치는 풍물은 반은 재미고 반은 액막이였으며 풍

134

물이 본때 있게 제몫을 하는 것은 농사철이었다.

풍물은 일할 때는 일할 때대로 그렇게 일손에 신명을 돋우었고, 그냥 놀 때는 그것이 그대로 놀이였으며 또 이런 정초에는 동네 골목골목을 돌고 집집마다 구석구석을 뒤지고 다니며 액과 살을 몰아냈다. 부엌이며 뒤란이며 변소며 장광이며 구석구석 후미지고 음침한 곳에 도사리고 있는 액이며 살을 찾아 꽹소리, 북소리로 정신없이 두들겨 내쫓았다.

전국 어디를 가나 두레 없는 동네는 없고, 또 풍물 없는 두레는 없었다. 유독 농사가 많은 이 지방에서는 지금보다 옛날에는 더 극성을 떨었던지, 어떤 암행어사가 여기 부안에 내려왔다가 풍물 치는 것을 보고 깜짝 놀라 웃지 못할 짓을 저지른 일까지 있었다.

그 작자는 한양내기라도 되어 풍물 치는 것을 생전 처음 보았던지, 두레꾼들이 농기를 앞세우고 풍물을 치고 가는 것을 보고 깜짝 놀랐다. 어디에 전쟁이라도 일어나서 군사들이 출진을 하는 줄 알고 눈이 휘둥그레진 것이다. 한참만에야 그것이 농부들의 단순한 놀이란 것을 알고 후유 한숨을 내쉬기는 했으나, 아무래도 풍물의 그 요란스럽고 드센 기세가 안심이 안 되었다. 군기하고 똑같은 농기를 펄럭이며 귀가 멍멍할 지경으로 꽹과리를 두들겨 기세를 올리는 게, 어쩌다가 나라에 무슨 변괴라도 생기면 그것이 금방 군사로 돌변할 것만 같았다. 농기는 그대로 군기가 되고, 꽹과리는 군사들의 사기를 돋우고 싸움을 독려하는 소리가 되어, 몽둥이와 괭이를 둘러메고 저렇게 풍물로 기세를 올리며 몰려가기로 하면, 그 기세가 얼마나 험할 것인가 소름이 끼쳤던 것이다. 그래서 당장 농악을 없애라고 부안 군수에게 추상같이 영을 내린 다음, 당장 임금에게 장계를 올렸다. 호남에 오니 농악이라는 아주 불온한 풍속이 있어 당장 금지를 시켰노라고 무슨 민란이라도 이미 예방을 한 것같이 의기양양했다. 한양 궁중에만 박혀 있는 임금은 더구나 농악이 무엇인지 알 까닭이 없어 임금은 임금대로 그게 잘한 일인 줄만 알고 있었다.

농부들한테는 간밤에 홍두깨도 이런 홍두깨가 없었다. 날이면 날마다 풍물소리에 맞춰 일을 하던 사람들이 맨숭맨숭하게 일을 하자니 손발에 신명이 풀려 일을 할 수가 없었다. 풍물소리에 맞춰 서로서로 신명에 뜨이고 운김에 싸여 모를 심을 때는 모 심는 손에서 날파람 소리가 나고, 논을 맬 때는 그 풍물소리에 얹혀 논 한 배미를 큰애기 젖가슴 주무르듯 쉽게 휘질렀는데, 그냥 맨정신으로 모를 심자니 모 심는 손은 *삶아놓은 개다리같이 뻣뻣하고, 논 매는 손은 꽉꽉하기가 가위눌린 손이었다. 논 한 배미 매기가 흙짐 지고 영광 이앙당재 넘어가기였다. 마치 숨 쉬는 콧구멍을 막아버린 꼴이었고 일하는 손발이 마치 일에라도 묶여서 끌려가는 것 같았다.

날마다 상소가 빗발쳤다. 조정에서는 농악이라는 것이 도대체 무엇인데 이 야단인가 어전회의가 열렸다. 시골 출신 대신들이 여러 가지로 설명을 해서야 겨우 그런가보다 하고 다시 농악을 풀어줬다.

그런 터무니없는 짓을 한 암행어사는 영조 때(1738) 원경하라는 사람이었다. 그때가 동짓달이었는데 그때 무슨 일이었던지 한겨울에도 풍물을 쳤던 모양이었다.

두 젊은이가 지나가는 동네마다 풍물소리가 요란을 떨었다. 풍물소리는 이들 일행이 가는 행로를 따라 마을에서 마을로 이어지고 있어, 온 세상이 온통 풍물소리에 들썩거리고 있는 것 같았다. 두 사람은 풍물소리에 얹혀 둥둥 떠가는 기분이었다. 쇳소리와 북소리로 높고 낮게 어우러져 멀리멀리 울려가고 있는 풍물소리는, 어쩌면 새해를 맞는 세상 사람들이 무얼 그렇게 소리 높이 외치는 함성 같기도 하고, 또 멀리 하늘 끝까지 무얼 그렇게 호소하는 소리 같기도 했다.

칠석동에 이르자 거기서도 풍물을 치고 있었다. 이 동네서는 그냥 풍물을 치는 것이 아니라 제대로 걸립을 꾸며 골목을 누비고 있었다. 농기와 영기를 앞세우고 상모에 고깔이며 조리중에 포수까지 구색을 제대로 갖추고 나선 것이, 한판 제대로 놀아보자고 마음먹고 꾸민 것 같았다.

낯선 사람들이 들어가자 동네 사람들이 모두 웬 사람들인가 건너다보았다. 풍물패도 흘끔흘끔 이들을 돌아보았으나, 풍물을 그치지는 않았다. 그치기는커녕 더 극성스럽게 두들겨대고 있었다. 항상 듣는 풍물소리지만, 이렇게 남의 풍물판에 들어가면 실없이 가슴이 벌렁거리고 기가 죽고 말았다. 원경하라는 암행어사가 부안에 갔을 때도 이랬을 것이니 풍물 치는 것을 처음 본 그로서야 얼마나 놀랐겠는가?

풍물패는 벌써 손바람이 나서 신명나게 휘돌아가고 있었다. 절름발이도 하나 소고를 치며 절름거리는 다리를 한껏 익살스럽게 놀려 흥을 돋우고 있었다. 구경꾼들은 절름발이 익살에 깔깔거리고 있었다. 저런 사람들이 저렇게 풍물판에 끼여 어울릴 때 보면 저런 사람은 처음부터 풍물판의 저런 구색에 맞춰 태어난 것이 아닌가 싶을 지경으로 여기서 비로소 온전한 한 사람으로 제 몫을 하는 것 같았다. 이런 사람들일수록 한번 흥이 나서 어우러지기로 하면 제정신들이 아니게 온 판이 제 것인 듯 휘젓고 다녔다. 풍물판은 저런 절름발이는 절름발이대로 절름거리는 다리로 익살을 부려 판에 얼리고 솜씨가 없는 사람들은 굿을 보아 치는 사람들의 신명을 돋웠다.

두 사람이 걸립패에 눈이 팔려 있을 때, 김업동 영감이 이들을 알아보고 다가왔다. 영감이 뭐라 했으나 귀청이 떨어질 것 같은 꽹과리 소리에 무슨 말인지 알아들을 수가 없었다.

"오늘 일을 하자고?"

"가던 날로 날 잡는 이한테 물어봤더니, 오늘 일을 해도 좋답니다. 이렇게들 재미있게 노시는데 일을 해달라기가 조금 멋합니다마는, 제 형편이 오늘 일을 해야겠습니다."

"개릴 것만 없다면 파는 일이사 일이랄 것이 있겠는가? 나 혼자해도 한게 그런 것은 상관 말게."

영감이 선선하게 나왔다.

"개토제 지낼 술하고 안주는 장만해 왔습니다."

"그람, 몬자 가세. 연장 챙겨갖고 따라감세. 창호지 같은 것은 마련해 왔제?"

"예."

"그럼 몬자 건너가!"

영감은 골목으로 사라지고, 두 사람은 풍물소리를 등지고 들길을 건넜다.

"미리 손을 봐놨구나."

달주가 묘를 건너다보며 말했다. 영감은 그 사이 묏등의 잡목을 베어내고 널찍하게 벌초를 해서 묏벌 구색을 갖춰놓고 있었다. 그렇게 주변을 다듬어놓으니 봉분이 더 땅바닥으로 잦아져버린 것 같아 한층 초라하게 느껴졌다. 거리부정난 송장을 묻을 때의 그 영감 으등그러진 상판이 떠올라 달주는 혼자 웃었다.

"그렇게 묻었어도 묏자리는 볕바르게 앉은 것 같다. 니가 지금 그만한 장부로 세상을 누비고 다니는 것도 저 묏자리 덕분인지 몰라."

달주가 농을 하자 용배는 멋쩍게 웃었다.

"원래 명당이란, 태산준령에 있는 것이 아니고 개천가 물이 질척이는 데도 그것이 명당이자면 한 삽 밑이 마른땅이라더라. 허튼소리가 아니라, 그런 데를 파보면 위에는 질척이던 흙이 속흙은 떡고물같이 고슬고슬하다는 거야."

봉분 꼴이 하도 초라하다 보니 용배의 기분을 쓰다듬자는 소리였다. 영감이 들길을 건너오고 있었다.

"개토제부터 지내세."

영감의 말에 달주가 안주 석작을 열어놨다. 영감은 그릇에다 안주를 담아 봉분 앞에 늘어놨다. 돼지고기에 찐 명태며 과일 등 제물이 푸짐했다. 영감은 오지병을 기울여 술을 딸려다 말고 허리에 찬 주머니를 끌렀다. 쇠불알만한 주머니에서 무얼 꺼냈다. 손가락 두 개 크기의 향나무 쪼가리와 주머니칼, 그리고 부시 등속이었다.

영감은 접시 바닥에다 향나무를 잘게 깎았다. 담배 한 대 부피가 되자 그걸 한군데 모은 다음 부시를 쳤다. *수리치에 불이 댕기자 향나무 밑에 넣었다. 수리치 냄새에 섞여 향내가 싸하게 피어올랐다.

영감은 잔에 술을 따랐다. 향불 위에다 술잔을 휘휘 두어 바퀴 두른 다음 묘 앞에 놨다.

"절하게!"

용배를 향해 말했다. 용배가 신을 벗고 한 발 앞으로 다가갔다. 용배는 절을 두 자리 곱게 했다.

"음복을 하게!"

영감은 잔을 들어 용배한테 건넸다.

"할무니 앞에 따라놨던 술인게, 마실 줄 알면 쭉 다 들어!"

용배는 단숨에 술을 들이켰다.

"자네도 할란가?"

달주도 절을 한 다음, 역시 음복을 했다.

"영감님께서도 한 잔 하십시오."

용배가 영감한테 가득 술을 따라주었다.

"이런 일은, 일을 하는 사람이건 굿 보는 사람이건 모두 얼큰해사 쓰네. 모두 주량 따라 마실 만큼들 마시게."

영감이 잔을 용배한테 권하며 말했다. 안주가 걸쩍하다 보니 서너 잔씩 했다. 이런 일은 곁에서 구경만 하는 것도 처음 구경하는 사람한테는 끔찍한 일이라 술이 얼큰해야 할 것 같았다.

"첫 삽은 상주가 찌르는 법이네."

영감은 용배한테 삽을 건넸다. 용배는 삽을 받아들고 영감을 건너다보았다.

"그냥 아무데서나 시늉으로 한 삽만 떠내게."

용배는 삽을 받아 봉분의 뗏장에 삽을 찔러 한 장 떠냈다. 영감이 삽을 받아 뗏장을 걷어내기 시작했다. 제대로 삽질을 하자 삽 끝에서 나무뿌리 잘라지는 소리가 요란스러웠다.

"나무뿌리란 것이 원래 눈이 없는 것이라 남의 안방까지 멋대로 침노를 했구만."

영감은 허리를 펴며 멋적게 웃었다. 뗏장을 걷어내고 삽을 눕혀 표토를 걷어내기 시작했다.

"20년 동안이나 빈집이나 마찬가지였는데, 그래도 나무뿌리만 침노하기 다행이오."

달주가 받았다. 용배는 웃지 않고 내려다만 보고 있었다. 영감은 어지간히 표토를 걷어내고 나서 호미로 긁적이기 시작했다. 호미 끝을 내려다보고 있는 두 사람의 눈은 마치 맹수라도 들어 있는 굴을 건너다보고 있는 것 같았다.

"아이고, 나오는구만."

영감이 한 군데를 손가락으로 *오비작거리며 말했다. 해골인 듯 민틋한 뼈가 드러났다. 영감은 자리를 넓적하게 잡아 주변의 흙을 걷어냈다. 해골이 나왔다. 조금 삭았으나 형체는 그대로 남아 있었다.

"이만하기 천만다행일세."

영감은 해골을 내려다보며 비로소 환하게 웃었다. 그는 뼈가 아주 삭아버리지 않았나 속으로 그만큼 걱정을 했던 듯했다. 뼈가 제대로 나오기 시작했다. 거진 파냈다.

"창호지 가져오게."

영감은 뼈를 하나하나 집어 닦기 시작하며 말했다. 달주가 창호지를 가져다 한쪽에 펴놨다. 영감은 뼈에 묻은 흙을 말끔히 닦은 다음 뼈를 제 위치대로 창호지 위에 놓았다. 해골만 놔두고 뼈를 하나 하나 집어내서 정성스럽게 닦았다. 달주도 뼈를 닦기 시작했다. 그는 뼈를 만지기가 끔찍한지 처음에는 어설프게 뼈를 주워들었으나, 이내 제대로 만지기 시작했다. 멀거니 구경만 하고 있던 용배도 끼어들었다. 해골과 등뼈만 놔둔 채 뼈를 거진 걷어냈다.

조그마한 뼈를 하나 집어 흙을 닦던 영감이, 무슨 일인지 흙을 닦다 말고 고개를 갸웃거렸다. 그걸 짚신바닥에 쓱쓱 문질렀다.

"어, 이것이 멋이여?"

영감은 눈이 휘둥그레졌다. 신바닥에 문지른 부분에서 번쩍번쩍 광채가 나고 있었다. 그걸 본 두 사람도 눈이 휘둥그레졌다.

"뭐지요?"

두 사람은 영감 곁으로 갔다.

"무슨 쇠붙이구만."

영감은 그 쇠붙이와 젊은이들을 놀란 눈으로 번갈아 보고 있었다. 달주가 받아들었다. 십자 모양이었다. 달주는 흙을 더 걷어내고 자기 신바닥에 쓱쓱 문질렀다. 십자 모양의 가운데 부분에서 사람 형상이 드러났다.

"그게 머냐?"

"이게 말이다, 천주학쟁이들이 가지고 다니는 십자가다."

달주가 말했다.

"멋이, 천주학쟁이들이 가지고 다니는 뭐?"

용배가 물었다.

"틀림없다. 이것이 십자가란 것인데, 바로 이게 야소가 십자가란 형틀에 못 박혀 죽은 형상이다."

달주가 가운데 부분의 예수 고상을 가리키며 말했다.

"십자가?"

용배가 받아들며 새삼스럽게 눈이 주발만해졌다. 용배는 튀어나올 것 같은 눈으로 달주와 십자가를 번갈아 보았다.

달주가 십자가를 다시 받아 자기 짚신바닥에 한참 문질렀다. 신바닥에 거멓게 녹물이 묻어나며 예수 고상이 제 모습을 드러냈다. 20년 가까이 땅속에 묻혀 있었는데도 겉에만 녹이 났을 뿐 한 꺼풀 벗겨내니 맑게 광채가 났다. 길이가 세 치에 폭이 두 치 크기의 십자가는 가운데 있는 예수 고상이 마치 다시 소생이라도 한 듯 빛을 발하고 있었다.

"야소가 죽을 때 이렇게 십자가에 못 박혀 죽었다고 해서 천주학에서는 그가 그렇게 죽은 일을 아주 크게 친다."

용배는 고개를 끄덕이며 다시 십자가를 받아들었다. 그는 십자가의 녹을 벗겨내기 시작했다.

영감은 등뼈를 드러내서 흙을 닦아 제자리에 놓고, 등뼈를 중심으로 다른 뼈를 다시 제자리에 맞춰 놨다. 전체의 골격이 제대로 잡혔다.

"허허, 버린 자리가 명당이라더니 그래도 묏자리가 웬만했던 모냥일세."

영감은 대견한 듯 뼈를 내려다보며 너털웃음을 웃었다.

"고맙습니다."

용배가 고개를 굽실거렸다.

"아이고, 인자 내가 큰 짐을 하나 벗은 것 같네. 뼈가 제 꼴이 아니면 내 체면이 멋이 되까 싶어서 잠이 안 오등마는 천만다행이네."

"뼈가 이만한 것 영감님의 그 심성 덕분인 것 같습니다."

달주가 치사를 했다.

"천만의 말씀일세. 돌아가신 이 복이네."

영감은 남은 창호지를 펴며 웃었다. 그는 뼈를 하나하나 창호지에 싸서 석작에 담기 시작했다. 뼈 하나하나를 무슨 보물 다루듯 정성스럽게 다루었다. 뼈를 다 담은 다음, 석작을 묶어 멜빵을 만들었다.

"수고 많이 하셨습니다. 술 남은 것 마저 듭시다."

남은 술을 나눠 마신 다음 달주가 뼈 석작을 졌다.

"감사합니다. 이 은혜 오래 잊지 않겠습니다. 이것 얼마 안 됩니다마는 가용에 보태 쓰십시오."

용배가 미리 마련해서 창호지에 싸두었던 은자 뭉치를 내밀었다. 영감은 한사코 사양을 했으나 용배가 억지로 맡겼다.

칠석동에서는 종일 풍물이 기승을 부리고 있었다. 일행은 동네 앞에서 영감과 작별했다. 올 때처럼 동네마다 여전히 풍물소리가 낭자했다.

"묏등에서 십자가가 나온 것을 본게 느그 할무니는 천주학을 믿은 것이 틀림없는데, 어디서 사시던 분일까?"

달주가 고개를 갸웃거렸다.

"천주학쟁이들이 모두 이런 것을 가지고 다니냐?"

용배가 다시 십자가를 꺼내 보며 물었다.

"그것이 귀한 물건이라 천주학을 믿는다고 그것을 다 가지고 다니지는 못할 것이다. 크기로 보더라도 보통 물건이 아닌 것 같다. 나도 그런 것을 한두 개 봤는데, 그렇게 큰 것은 처음이다."

달주는 경옥이가 가지고 있는 것을 본 적이 있었다.

"음."

"그것이 목 부분에서 나온 것을 보면 평소 그것을 목에 걸고 다니셨던 것이 틀림없다. 그것을 천주학 믿는 사람들한테 보여보면 혹시 느그 가족을 찾을 수 있을런지도 모르겠다. 십자가 중에서도 보통 크기가 아니고 유별나게 큰 것이라 그렇게 유별난 것을 지니게 되신 데는 그만큼 사연이 있을지도 모르잖아? 천주학 믿는 사람들을 찾아댕기며 물어보면 그런 것을 가진 사람이 누구였는지 아는 사람이 있을지도 모르겠다."

"정말 그렇겠구나."

용배는 걸음을 멈추고 튀어나올 것 같은 눈으로 달주를 건너다봤다.

"너희 동네는 감역 댁 말고 또 천주학 믿는 사람 없냐?"

"감역 댁 말고는 없어. 이쪽 전라도 중에서도 여기 북도 일대는 다른 데보다 천주학 믿는 사람들이 많다는 것 같더라. 전에 박해가 심할 때 한양이나 경기도에서 피해 온 사람들이 북도 일대에 여기저기 박혀 있다는 것 같아. 옛날에는 천주학 닦달이 요새 동학 닦달보다 더 험했다는 것 같더라. 천주학 믿는 사람이라면 잡히는 대로 잡아 죽일 때가 있었다는데, 그때 충청도나 한양 등지에서 이쪽으로 그렇게 도망쳐 와서 산골에 박혀 산다더라."

"그러면 우리 선조들도 그렇게 도망쳐 와서 박혀 살던 사람들일까?"

용배가 웃으며 물었다.

"그러고 보면 이 근처 어디에 네 아버님이나 어머님, 그리고 형제들이 살아 계실지도 모르잖겠어?"

용배는 어리둥절한 표정이었다.

"안노인이 애기까지 업고 그렇게 멀리 원행을 하셨을 리는 없고, 잘 찾아보면 이 근처 어디에서 뜻밖에 너의 가족을 찾을 수 있을린지도 모르지."

"그렇기는 한데, 꼭 그렇다고만 할 수도 없을 것 같다. 이 근처가 집이었다면, 그렇게 거리부정이 나셨는데, 아이까지 업고 나가신 할머니를 안 찾아보았을 리가 없잖아?"

용배가 고개를 갸웃거리며 말했다.

"그러기도 하겠다. 그런데 그 천주학 믿는 사람들이 무엇을 제일 많이 하고 사는 줄 아냐?"

달주가 물었다.

"무슨 소리야?"

"장사로는 옹기장사를 제일 많이 하고, 농사로는 담배농사를 제일 많이 짓는다더라."

"옹기장사하고 담배농사?"

용배가 뇌었다.

"지금은 천주학을 버젓이 믿는 세상이고 그 사람들이 되레 큰소리치는 세상이 되었지만, 옛날에는 천주학 믿는 사람은 때려죽여도 살인이 없었다더라. 그런 사람들이 당장 벌어먹고 살 것이 무엇이었겠냐? 손쉬운 일이 그런 일이 아니었을까 싶은데, 옹기는 꼭 손쉬워서만이 아니고, 따로 그만한 까닭이 있었다더라. 관가의 닦달이 그렇게 심하니 그런 사람들이 한 군데 모여서 예배드릴 곳이 없었거든. 그래 그 *옹기굴에서 모였다는 거야."

"옹기굴에서?"

"옹기굴은 항상 옹기를 굽는 것이 아니고, 옹기를 굴 때만 불을 때고 예사 때는 비어 있을 게 아니냐? 빈 옹기굴 속에 모여 있으면 그런 답답한 속에 사람들이 들어 있으리라고 누가 쉽게 생각하겠냐? 그래도 위험하면 굴 아궁이에는 미리 나무를 재어놨다가 수상한 사람이 오면 아궁이에다 슬쩍 불을 당겨버리는 거야. 그러면 그 속에 사람이 들었을 거라고 누가 꿈이나 꾸겠어? 연기 나갈 데는 미리 따로 내놨겠지."

두 사람은 한참 웃었다.

"그리고 옹기를 팔 때는 옹기굴에서 파는 것이 아니고, 이리저리 이고 지고 다니면서 팔거나, 또 장에 따로 옹기전을 가지고 있었겠지. 그러니까, 그렇게 이고 지고 다니면서 자기들끼리 *연통을 하기도 하고, 또 장에 나오면 슬쩍 그 옹기전에 들러 소식을 듣고, 소식을 전하고, 장관의 옹기점은 그런 연통 장소이기도 했던 모양이야."

"그럴 듯하구나."

용배는 고개를 끄덕였다.

"산중으로 들어간 사람들은 대부분 담배 농사를 지었던 모양이다. 그렇게 도망쳐온 사람들이 돈 싸 짊어지고 와서 알뜰하게 귀바른 논밭 장만했을 리는 없고, 산전 일궈먹고 살았을 건 뻔하잖아? 그런데, 좁은 땅에서 소득 많이 내기로는 담배농사 만한 것이 없었을 것이다. 담배농사란 것이 그만큼 잔손이 많이 가기도 하지만, 상등품을 만들려면 이만저만 정성이 드는 게 아니다."

"그러냐?"

용배가 고개를 끄덕였다.

"그러면 이것을 가지고 장판으로 돌아다니며 옹기전부터 훑어볼까?"

용배가 십자가를 내보이며 말했다.

"그 사람들이 지금은 옛날처럼 자기들을 숨기고 사는 것도 아닌데 군이 옹기전으로 갈 것도 없겠지. 천주학쟁이들을 만나 대충 더 알아보고 작정을 하는 것이 졸 것 같다. 그런디, 네가 부모를 찾는 날에는 멀쩡한 동학도 하나가 숭악한 천주학쟁이가 되잖으까 싶어 나는 지금 그것이 걱정이다."

달주 말에 두 사람은 크게 웃었다.

"어서들 울력 나오씨요오."

강쇠가 소리를 길게 빼며 외쳤다. 하학동 사람들은 점심 보자기와 삽이며 괭이 등 연장을 들고 한 사람씩 나오기 시작했다.

"시상을 오래 안 살아도 밸꼴을 다 보겄구만. 제청에 복재기가 덤벙그래도 유분수제. 지놈덜이 은제부터 촌놈덜 농사 물정을 알았다고 새해 갓밝이부터 촌놈덜 농사일에까장 이로코 호령이여?"

조망태가 핀잔을 주며 나왔다.

"이놈덜이 정초부터 농사일에 이로코 설치는 것이 금년 농사는 기냥 통째로 들어가자는 수작 아녀?"

148

박문장이었다.

"어야 찬오, 시주를 해도 어느 절에 하는 중이나 알고 하게. 시방 일 나가는 속이나 지대로 알고 나가세. 시방 만석본가 천석본가 그 것을 더 크게 막는다는 것 같은디 말이어. 보를 막는다면 그것은 논 에 물들 대자는 일인께 그런 일은 그 보를 막아서 자기 논에 물댈 사 람덜 소관 아녀?"

"그야, 두말할 것이 있는가?"

"그러면, 그 보에 논이 달린 사람덜이 보를 막든지 둑을 쌓든지 해사제, 회 추럼에 중놈도 아니고, 그 보하고는 아무 상관도 없는 우 리덜이 으째서 그 봇일에 나가냐 말이여?"

조망태가 언성을 높였다.

"허허, 이 사람아, 저 사람덜이 은제는 그런 이치 발라서 촌놈덜 닦달하던가?"

"그래도 방불해사 샌님하고 벗하더라고, 이런 봇일은 즈그덜하고 상관이 없는 일이고 촌놈들끼리 상관인께, 발를 이치는 웬만하게 발 라감시로 먼 일을 시캐도 시캐사 쓸 것 아녀. 중놈들 공사에 재 너머 산지기가 먼 상관이라고 아무 상관도 없는 사람들을 몽둥이로 소 몰 대끼 몰아붙이냐 이것이여?"

"허허, 이 사람아, 미친놈보고 인사불성이라고 따지게."

양찬오는 허허 웃었다. 동네 사람들도 맥살없이 웃고 있었다.

"지리산 호랭이는 멋을 묵고 사는디 저런 놈들을 가만 보고만 있 으까?"

조망태가 화를 삭이지 못하고 손에 들었던 괭이를 홱 집어던지며 곁에 있는 들돌 위에 앉았다.

"지리산 호랭이뿐이간디, 하늘은 벼락 됐다가 어디다 쓸라고 저런 놈들을 보고도 겨울이고 여름이고 늘 파랗기만 한지 모르겄어."

곁에서 거들고 나왔다.

"따지고 보면 호랭이나 벼락 탓할 일이 아녀?"

여태 듣고만 있던 김이곤이 나섰다.

"모두가 우리가 못난 탓이여. 지난번에 안 봤어? 전창혁 씨가 앞장서서 감세 소장 올릴 적에 보라고. 그때 우리 동네서 몇 사람이나 나갔는가 생각해 봐. 백지장도 맞들면 가볍더라고 그런 일이 있으면 그것이 다 우리 일인께 방불하면 나가얄 것 아녀? 그럴 때는 니 미룩 내 미룩, 빠져나갈 구멍만 보고 있다가 이럴 때는 호랭이 찾고 벼락 찾어? 지리산 호랭이는 할 일 없간디, 지리산 근방에도 쌔고 쌨는 사람들 놔두고, 누가 이쁘다고 고부읍내까장 와서 그런 놈을 물어갈 것이여?"

김이곤은 원래 성격이 무던하기도 하려니와, 요사이는 이 동네 동학 집강인데다 두레 영좌까지 맡고 있는 터라 웬만하면 그렇게 모난 소리를 하지 않는 편이었는데 오늘은 어쩐 일인지 한마디 뼈아픈 소리를 하고 있었다.

"가닥을 추리고 탓을 하기로 하면 한정 없고 못 이긴대끼 가세. 당장 우리 것 뺏어가는 것도 아니고, 또 마침 손이 놀고 있을 땐게 노는 입에 염불하는 셈쳐."

양찬오는 너울가지 있게 달랬다.

"한 번 더 외라!"

강쇠는 동네 쪽을 향해 나팔손을 하고 소리를 질렀다.

"얼른 얼른들 나오시오. 지금 다 나왔소."

강쇠는 한쪽으로 잔뜩 재껴진 목에다 한껏 힘을 주고 소리를 질렀다.

동네 사람들이 거진 나오자 모두 만석보萬石洑를 향했다. 여기저기서 동네마다 사람들이 쏟아져 나오고 있었다. 만석보 밑 배들에 논이 있는 동네 사람들은 말할 것도 없고, 천태산과 두승산 이 안통 사람들은 다 나오고 있었다.

나오라니까 나가기는 하면서도 그 보에 논이 달린 동네 사람들은 모두가 의붓아비 장짐 진 상판으로 얼굴들이 으등그러져 있었다. 새로 보를 막는다고 이렇게 설치는 것은 그렇게 보를 막아 수세를 받아먹자는 배짱이 환히 들여다보였기 때문이다. 제절로 흘러나오는 물을 물길만 따로 내어 돈을 받아먹자는 것이니, 대동강 물 팔아먹은 봉이 김선달보다 한 수 더 뜨고 있는 셈이었다. 그러나 그 보에 논이 달리지 않은 사람들은 아까 양찬오 말마따나 노는 입에 염불하기로 노는 손에 봇일만 며칠 나가고 나면 그만이지만, 그 보에 논이 딸린 사람들은 봇일은 봇일대로 하고 엉뚱한 수세를 물어야 할 판이라 형틀 지고 가서 형문 받기도 아니고 골탕을 먹어도 여러 벌로 먹을 판이었다. 그러나 당장은 수세를 받느니 마느니 하는 이야기가 없는 터라 그걸 따지고 나설 계제도 아니었다.

호남평야는 두 개의 강이 들판을 가로지르고 있었다. 만경강과 여기 동진강이 그것이었다. 만경강은 진안, 장수와 고산 쪽에서 발원하여 전주와 삼례를 거쳐 호남평야 북부를 적시고, 여기 동진강은 정읍과 칠보 쪽에서 흘러내려와 배들평야를 적시고 있었다.

이 동진강은 정읍 쪽에서 흘러내려오는 정읍천과, 칠보 쪽에서 흘러내려오는 태인천이 바로 여기 예동 앞에서 서로 만나는데, 지금 있는 보는 그 두 줄기가 만나기 직전의 정읍천을 막은 것이었다. 이 보는 배들 만석지기 들판을 적시는 보라서 만석보라기도 하고 예동 앞에 있대서 예동보라기도 했다. 그런데 새로 막겠다는 보는 정읍천과 태인천이 만나는 그 아래다 두 강줄기를 싸잡아 막겠다는 것으로, 그래놓으면 그만큼 수량이 많아 웬만한 가뭄에도 끄떡없지 않겠느냐는 것이다.

"이러코 넓은 강을 어뜨코 막겄단 것이여?"

강가에 몰려선 사람들은 강폭을 보며 새삼스럽게 어리둥절한 표정들이었다.

"방천하대끼 나무를 박아서 그 안쪽으로 흙을 쌓는다는 것 같어."

"그럼 그 나무는 어디서 다 비어올 것이여?"

"저기 두승산이나 천태산에 빽빽이 들어찬 것이 나무 아니고 멋이여?"

"아무리 나무가 빽빽하다고 다 임자는 있는디, 아무 나무나 비어온단 말이여?"

"이 사람들 걱정도 팔자네. 섣달 머슴 주인네 마누라 속곳 걱정한다등마는 그짝 났구만."

모두 와크르 웃었다.

저쪽에서 호방과 이방 등 이속들이며 장교와 포졸들이 모두 나와 웅성거리고 있었다.

이내 사람들을 둑 안쪽 강변으로 모이라 했다. 나온 사람들은 얼추 천 명이 넘을 것 같았다. 사람들이 몰려들었다. 이속이며 벙거지들이 강둑에 늘어서고 그 한가운데로 호방이 섰다. 호방이 한발 앞으로 나섰다.

"이로코 모두들 나와 주셔서 감사하요. 오늘부터 봇일을 하는디, 이 일에 관이 나선 것은 일이 하도 커논게 여기 논 가진 사람들 힘만 갖고는 안 될 것 같기 때문이오. 나라에 역사가 나면 백성덜이 전부 나서서 일을 하대끼 이 일도 우리 군 생기고 나서 제일 큰일이라 옴니암니 니 일 내 일을 가릴 수가 없게 되었소. 여기다 보를 지대로 막아만 논다치라면 저재작년 같은 큰 가뭄이 오더래도 물 걱정은 없을 것이오."

"말은 곱다, 제미랄 놈들."

군중 속에서는 여기저기서 두런거리는 소리가 났다.

"보는 이쪽 둑에서 저쪽 둑으로 막는디, 이쪽에서 저쪽으로 구뎅이를 넉 줄 파고 거기다 나무를 촘촘히 박은 뒤에 짚으로 섬을 엮어 갖고 그 섬에다 흙을 담아서 그 사이를 채울 것이오. 이쪽하고 저쪽에 꽂아둔 말뚝이 구뎅이 팔 표시로 꽂아논 말뚝이오."

군중은 뒤를 돌아봤다. 이쪽과 저쪽 제방에 길쭉한 대막대기가 대여섯 자 간격으로 네 개씩 꽂혀 있었다.

"구뎅이는 저 막대기 꽂힌 대로 니 줄을 팝니다. 그렇게 판 뒤에 그 구뎅이에다 말뚝을 촘촘히 박고 구뎅이를 메운 다음에, 말뚝하고 말뚝 사이를 아까 말한 대로 흙 담는 섬으로 메웁니다. 말뚝을 박을 때 제일 아랫줄은 조금 짧은 말뚝을 박고, 그 다음 줄은 조금 긴 말뚝, 그리고 나머지 두 줄은 제일 긴 말뚝을 박습니다. 그러면 층이 시 계단이 될 것인게 보가 그만치 실할 것이오."

호방은 우리 계책이 어떠냐는 듯 웃었다.

"그러면, 더 자세하게 말씀을 드릴 텐게 잘 듣고 일하는디 위각이 안 나게 하시오. 구뎅이를 팔 때 제일 아래쪽 구뎅이는 조금 짧은 말 뚝을 박을 것인께, 보통 사람 가슴 깊이로 파고, 그 다음 구뎅이는 목 높이까지, 그라고 마지막 두 줄은 키 높이로 파시오. 알겠지라?"

군중은 웅성거렸다.

"내 말 더 들으시오. 이것은 미리 말씀을 드리는디, 오늘 저녁에 섬을 한나씩 엮어놨다가 내일 나오실 적에 가지고 나오시오. 볏섬보 다 조금 작게 엮으면 되요."

호방은 이방 등 이속들이며 장교들하고 잠깐 속닥였다.

"그럼 지금부터 일을 하요. 한쪽에서는 구뎅이를 파고 한쪽에서 는 나무를 비어와사 쓰겠은께, 천태산 이쪽 동네 사람들은 이쪽으로 서고, 천태산 저쪽 동네 사람들은 저쪽으로 서시오."

호방은 손짓으로 군중 한가운데를 무 토막 가르듯 가르며 말했 다. 군중은 웅성거리며 제자리를 찾아갔다. 호방은 아래쪽으로 조금 자리를 옮겨 섰다.

"당신들은 다시 집으로 가서 연장을 놔두고 톱이나 도치를 가지 고 가서 나무를 비어옵니다. 아무 산이나 가까운 산에 가서 나무를 비어오되 길이는 일곱 자, *말구는 시 치여야 하요. 시 치면 보통 사 람 개뼘으로 한 뼘이 조금 못 되겄지라우?"

"아무 산에나 가서 비어온단 말이오?"

154

군중 속에서 누가 소리를 질렀다.

"아무 산에나 가서 시 치에 일곱 자짜리만 비어오시오."

"산 임자가 못 비게 하면 으짤 것이오?"

또 군중 속에서 누가 소리를 질렀다.

"못 비게 하기는 누가 못 비게 한단 말이오? 이것이 누구 개인 좋자고 하는 일이오? 산 임자가 멋이라고 하거든 이것은 사또 나리 영인께 따질라면 사또한테 가서 따지라더라고 하시오. 그래도 잔소리하는 사람이 있거든 포교덜이 따라갈 것인께 포교한테 말하시오."

호방은 고압적으로 말했다.

"한 말씀 묻겠습니다."

군중 속에서 큰소리로 손을 드는 젊은이가 있었다. 산매 김승종이었다. 군중의 눈이 김승종 쪽으로 쏠렸다.

"아무리 관에서 나서서 하는 일이제마는 논밭에 임자가 있대끼 산에도 임자가 있고 산에 자란 나무도 논밭에 자란 곡식하고 마찬가진디, 그 나무를 주인 승낙도 없이 무작정 비어온단 말입니까?"

김승종이 당당하게 따졌다. 직접 자기 산이 피해 대상이기도 했다. 군중은 물을 뿌린 듯 조용해졌다.

"그것을 따지고 싶으면 사또 나리한테 가서 따지시오."

호방은 눈을 부라리며 말했다.

"저는 바로 저 천태산에 산을 가지고 있는 사람이오. 사또 나리한테 가서 따지기 전에 여기서 일을 시키시는 분이 알아듣게 말씀을 해주셔야 그것이 순서 아닙니까?"

"이 사람아, 아까 말을 할 때는 귀에다 말뚝을 막고 있었는가? 나라에 역사가 나면 니것 내것을 따지는 것이 아녀. 경복궁 지을 때 안 봤어?"

호방은 버럭 고함을 질렀다.

"이것이 나랏일하고 같은지 어쩐지는 모르겠습니다마는, 아무리 나랏일이라도 임자 있는 물건을 그냥 가져가는 법이 있습니까? 경복궁 지을 때 원납전 받은 것만 보더래도 남의 것을 가져갈 때는 돈을 치르자고 그런 돈을 걷은 것이 아니고 뭡니까? 제절로 자란 개똥참외도 임자를 따지기로 하면 그것은 밭 임자 것인디, 자기 땅에서 *간벌해 주고, *도벌 말려 키운 나무를, 임자한테 말 한마디도 않고 무작정 비어간단 말인가요?"

"말 잘한다."

군중 속에서 누가 소리를 질렀다. 호방은 김승종을 잡아먹을 듯이 노려봤다.

"멋이, 개똥참외가 으짜고 으째? 이놈, 그것이 어디서 배워묵은 말버르장머리냐?"

호방이 발을 구르며 고함을 질렀다. 군중은 다시 물을 뿌린 듯 조용해졌다.

대신 댁 종놈은 왕방울로 행세하더라고 호방은 이치가 딸리자 말꼬리를 잡고 호령을 하고 있었다.

"저 작자가 가만 본게 초장부터 이 일에 훼방을 놓자고 나온 작자구만. 포교는 저 작자를 군아로 끗고 가서 으째서 나무를 비어가는가 똑똑히 알려주시오!"

호방은 포교를 향해 큰소리로 악을 썼다. 군중은 다시 웅성거렸다. 포교가 시퍼런 서슬로 나졸들을 달고 김승종을 향해 군중 속을 헤치고 들어갔다. 그때 또 나서는 젊은이가 있었다.

"저도 한 말씀 합시다."

예동 정길남이었다.

"뭐여?"

호방은 지레 눈부터 부라렸다.

"저 젊은이가 이 일에 훼방을 놓자는 것이 아니고 일을 제대로 하자고 하는 소리 같습니다."

정길남이 침착하게 말했다.

"멋이 으짜고 으째?"

호방은 연기 쐰 괭이상으로 상판을 으등그리며 잡아먹을 듯이 정길남이를 노려봤다. 한마디만 잘못 나갔다가는 저놈도 끌고 가라는 호령이 튀어나올 판이었다.

"데려가더라도 말씀을 듣고 데려가시오."

김승종을 끌고 가려는 포교를 향해 정길남이 침착하게 말했다.

"맞소. 말을 들어보고 데려가시오."

군중 속에서 역성을 들고 나왔다. 포교는 주춤했다. 정길남이 다시 호방을 향했다.

"저 젊은이가 하는 말은 나무를 비어가더래도 산 임자하고 의논이 있어야 할 것 아니냐, 이 소리 같습니다. 비어올 사람들 입장에서 보더래도, 산 임자가 말리고 나오면 날마다 얼굴 맞대고 사는 한동네 사람들끼리 빈다 못 빈다 시비할 수가 없는 일입니다. 그러니 우리가 일을 하더래도 활발하게 하도록 할라면 몬자 산 임자하고 군아

하고 의논이 되아사 쓰잖겄냐, 지가 듣기에는 이 말 같습니다. 그런 말을 갖고 사람까장 저로코 잡아간다면 우리 일하는 사람들은 일을 하더래도 일하는 손이 무거울 것 같습니다."

김승종이 당장 잡혀가는 것을 모면하게 하자는 소리라 말을 곱게 빗어서 하고 있었다. 군중은 숨을 죽이고 호방만 건너다보고 있었다.

"하여간, 산주들은 우리가 책임질 것인께 당신들은 그런 것은 걱정 말고 일이나 하시오. 그리고 아까 그 젊은이는 나 좀 봐!"

호방은 소리는 크게 질렀으나 조금 누그러진 것 같았다.

"자, 그럼 어서들 갑시다."

포교가 군중을 향해 소리를 질렀다.

김승종이 군은 표정으로 호방한테로 갔다. 정길남도 따라갔다. 다른 젊은이들이며 그 동네 사람들은 저만치 서서 그쪽을 보고 있었다.

"이 사람아, 그런 소리를 할라면 따로 조용히 하든지 하제 개똥참외가 으짜고 쇠똥참외가 으짜고 만중 앞에서 꼭 그렇게 관속 체면을 깎아사 맛인가?"

호방은 김승종을 아니꼽게 노려보며 닦달이었다.

"그런 소리는 제가 잘못했는가 모르겠소마는, 그래도 나무를 비어갈라면 산주들한테는 미리 의논이 있어사 쓸 것 아니오?"

김승종이 끝내 숙이지 않았다.

"상여 나가는디 보리밭 밟히는 것쯤 예사여. 이로코 큰일을 함시로 일일이 산주 찾아댕김시로 계제 찾고 깨묵 찾고 하겄어? 따지고 보면 산주들한테 미리 안 알린 것도 아녀. 군아에서 각 동네 동임들을 모아놓고 이 봇일을 말할 적에 나무는 천태산하고 두승산에서 비

158

어다 쓴다고 말을 했은께, 산주들은 그 소리를 다 들었을 것이고, 그 소리를 들었으면 나무 내놓기 싫은 산주는 미리 군아에 와서 말을 해사 쓸 것 아닌가? 저 큰 산에 산주가 한나둘이 아닐 것인디, 군아에서 산주가 누구누군지 알아서 일일이 찾아댕김시로 의논하고 타협하고 하겄어? 오늘이래도 존께 정 못 내놀 사람은 사또 나리한테 가서 따지라 이것이네. 으째, 내 말이 틀렸어?"

호방은 입침을 튀겼다.

"예, 잘 알았습니다. 가자!"

정길남이 김승종 옆구리를 찌르며 팔을 잡아끌었다. 빤한 것 더 따져 무얼 하겠느냐는 소리였다. 김승종도 못이긴 듯 정길남한테 끌려 돌아섰다.

정길남의 너름새 있는 솜씨로 김승종은 위기를 모면했다. 저쪽에는 서당 동문들이 여러 명 몰려서서 두 사람을 기다리고 있었다.

"무사했냐?"

"무사 안 하면 제놈이 생사람 배를 따겄냐?"

김승종이 튀겼다.

"개새끼들, 백성 것이라면 무엇이든지 제 주머니 것으로 아는구만."

곁에서 중얼거렸다.

지해계 계원들은 요사이 신경이 곤두서 있었다. 전창혁의 병세가 위급했기 때문에 전봉준은 그이한테 붙어 있어야 했으므로 전봉준 곁에서 가까이 호위하는 일이 무엇보다 중요한 일이었다. 그래서 한나절에 열 사람씩 나와 대거리로 호위를 하고 있었다. 몇 사람은 동네 입구에서 망을 보고 나머지는 전봉준 집 근처에 있었다. 한나절씩 대거리를 하는 것은, 전봉준 집에서 그들 밥까지 해대려면 병자까지 있는 집에서 너무 번거로울 것 같았기 때문에 끼니때를 피하자는 것이었다. 오늘은 만석보 일 나가는 것을 계원들끼리 어떻게 조절하는 것이 좋을까 하여 형편을 보려고 정길남 등이 먼저 만석보 일에 나왔던 것이다.

산매 뒷산에는 벌써 부역꾼들이 올라붙고 있었다. 창동, 예동, 말목 등 가까운 동네 사람들이었다. 그때 동네 노인들이 쫓아나왔다.

"이놈들, 누구한테 물어보고 나무를 비러 가냐?"

노인들은 시퍼렇게 악을 쓰며 쫓아올라가고 있었다. 그중에는 김승종 할아버지 별산 영감도 끼여 있었다. 부역꾼들은 무춤했다.

"영감님!"

포교 하나가 김승종 할아버지 곁으로 갔다.

"머여?"

별산 영감은 눈알을 부라리며 노려봤다.

"사또 나리 영입니다. 사또 나리께서 말씀하시기를, 나무 비어가는 것 따지실라면 사또 나리한테 오셔서 따지라고 하십디다."

"멋이 으짜고 으째? 이 날도적놈들 같으니라구."

별산 영감은 포교 앞에 담뱃대를 휘두르며 악을 썼다.

"내 산에서는 나무 못 빈다. 어디 잘난 놈 있으면 한번 비어봐라!"

별산 영감은 부역꾼들을 향해 을러멨다.

"부역꾼들은 들으시오."

포교가 부역꾼들을 향해 크게 소리를 질렀다.

"아까 호방 나리께서도 말씀하셨소마는, 뒷감당은 군아에서 할 것인게, 여러분들은 아무 염려 마시고 일만 하시오. 조금도 염려할 것 없소. 어서 비어요!"

포교는 이어서 소리를 질렀다.

"나졸들은 들어라. 나무를 못 비게 방해하는 사람은 누구든지 군아로 사또 나리께 끗고 간다. 사정 두지 말고 끗고 가!"

포교는 악을 썼다. 그러나 부역꾼들은 아무도 선뜻 나무에 손을 대는 사람이 없었다. 포교하고 산주들 사이에 끼여 엉거주춤 구경만 하고 있었다. 부역꾼들로서야 일을 해도 그만 안 해도 그만이었다.

"왜 꾸물거리고 있소. 빨리들 일을 하시오!"

"어느 놈이든지 나무에 손만 대봐라!"

"저기 저 사람 군아로 끗고 가!"

포교가 그중 나이가 젊은 산주 한 사람을 가리키며 악을 썼다. 나졸들은 그쪽으로 몰려갔다. 대번에 양쪽에서 그 사람 어깨를 껴안았다. 그는 고래고래 악을 썼으나 소용없었다. 나졸들은 그를 단단히 끼고 산 아래로 내려가고 있었다. 산주들은 기가 조금 꺾이는 것 같았다.

"어서 일들 하시오!"

포교가 거듭 악을 쓰자 한 사람씩 움직이기 시작했다.

"평택이 깨지든지 과천이 무너지든지, 우리가 알 것이 멋이여? 시키는 것인게 비어냉겨."

여기저기서 톱질, 도끼질이 시작되었다. 주인들 싸움은 종놈한테는 구경거리더라고, 네놈덜이야 군아로 끌려가든 감영으로 끌려가

든 우리가 알 바 아니라는 심사들이었다.

"먼 디까장 올라갈 것 있어? 가까운 디서 한나씩 비어가세."

부역꾼들은 아무데서나 나무를 툭툭 잘라 넘겼다. 그들은 산주들한테 앙갚음을 하는 심사도 있었다. 평소에 산주들이 어찌나 극성스럽게 산을 말리든지, 아무리 요긴하게 쓸 데가 있어도 부지깽이 하나 만만하게 못 베어다 썼던 터라 나무를 베어 넘기는 손길들이 그만큼 거칠었다.

"이놈아, 그것은 선산 지키는 *도래솔이다. 니놈 눈구먹에는 도래솔도 안 뵈냐?"

저쪽에서 악을 썼다. 누가 묏벌 도래솔을 질지심이 베어 넘긴 것이다. 관의 위세를 업은 김에 산주들한테 심술이나 제대로 한번 부려버리자는 속내가 역연했다.

잠깐 사이에 부역꾼들은 나무를 한 주씩 베어 어깨에 메고 나섰다. 나무를 멘 부역꾼들이 들길에 개미떼처럼 늘어섰다. 모두 강가에 나무를 부려 놨다. 삽시간에 나무가 잔뜩 쌓였다.

"점심들 먹고 합시다."

포교가 소리를 질렀다. 부역꾼들은 동네별로 몰려갔다. 하학동 사람들도 양지바른 데로 자리를 잡아 앉았다. 점심 보자기들을 폈다. 강쇠는 사람들이 몰려 앉은 데서 저만치 뒤쪽으로 혼자 앉았다.

동네 사람들 밥은 가지가지였다. 밥그릇 하나로 그 집 살림속을 환하게 알 수 있을 것 같았다. 모두가 잡곡반지긴데 그중에서도 보리나 좁쌀은 양반이고, 고구마며 잡곡 속에서 쌀알이 제대로 보이지 않는 사람도 여럿이었다. 어떤 사람은 고구마만 두어 덩어리 싸온

162

사람도 있었다. 그러나 여기 나온 사람들은 끼니라도 이어가는 사람들이었고 굶는 사람들은 아예 부역에 나오지 않았다. 동임도 그런 형편을 아는 터라 그런 사람들은 굳이 나오라고 채근하지 않았다.

하학동에서만도 굶는 집이 예닐곱 집이나 되었다. 색갈이를 내다 겨우 멀겋 흰죽으로 연명을 하는 사람도 있었으나, 어디서 색갈이 낼 형편도 못되는 사람들은 하릴없이 굶는 수밖에 없었다.

"허허, 강쇠 밥이 제일로 맛있겠다. 나하고 한 숟구락 바꿔 묵자!"

조망태가 강쇠 곁으로 가며 말했다. 강쇠는 밥이 아니고 쑥범벅이었다. 지금까지 묵은 쑥을 남겨뒀던지 보릿가루에 섞어 찐 것이었다. 조망태는 강쇠 쑥범벅 한 덩어리를 가져가고 자기 밥을 한 숟가락 듬뿍 덜어주었다.

"그냥 잡수시오."

"느그 각시 음식 솜씨가 여간이 아니구나. 꼴같잖게 맛이 구뜰하다."

조망태는 범벅을 먹으며 엉뚱하게 강쇠 아내 음식 솜씨를 치사했다. 알량한 쑥범벅이 솜씨 따라 별나게 맛이 날 까닭은 없었지만, 조망태가 그런 치사를 하는 것은 꼭 음식 솜씨 치사가 아니었다. 새 쑥이 날 때인 지금까지 이렇게 묵은 쑥을 남겨두었다가 이럴 때 남편 점심을 싸 보낸 그 알뜰한 살림 솜씨가 기특해서 하는 소리였다. 가난한 살림이었지만, 강쇠 아내는 입이 잰 만큼 살림 솜씨가 여간 짭짤하지 않았다.

겨울 날씨가 풀리자 여자들은 낮에는 물레방에서 나와 보리밭을

매기 시작했다. 보리밭을 맬 때도 대부분 품앗이를 하고 있었으므로
연엽은 호미를 들고 보리밭으로 나섰다.

"오매 오매, 손 곤 것 본게 이런 거친 농사일은 안 해본 것 같구마
는, 밭에까장 나왔어?"

연엽의 소문은 이 근방에 너무 널리 났기 때문에 모두 알고 있었
고 서로 데려가려고 야단이었는데, 그가 호미를 들고 보리밭에까지
나서자 연엽에 대한 치사는 전과는 또 달랐다. 연엽은 부자로 살았으
나 연엽 아버지는 농사철이면 아들이고 딸이고 머슴들과 똑같이 논
밭으로 내몰았다. 그때마다 살림을 모은 할아버지 이야기를 했고 사
람이 손에서 일을 떼면 근기根氣가 사라진다고 이르기를 잊지 않았
다. 근기란 사람의 근본이 되는 힘으로 일을 참아내는 정신력을 말하
는 것이니 그는 노동에 대한 가치를 보다 높은 데서까지 찾고 있었던
것이다. 성실하게 살아오면서 체험을 통해 얻은 교훈인 듯했다.

"해월 최시형 선생은 이런 이야기가 있구만유. 그 양반은 지금까
지 30년 동안을 관가 사람들 눈을 피해 댕김시로 숨어 사샜는디 그
로코 거지부처로 떠돌아댕길랑게 이것저것 보따리가 크잖겄이유.
그래서 항상 그 양반은 큼직한 보따리를 메고 댕겼는디, 그래서 그
양반 별명이 최보따리구만유."

"최보따리?"

여인들은 최보따리라는 소리에 모두 한참 웃었다.

"아무리 그란다고 그런 이를 최보따리라고 부르다니, 아조 못된
사람들이구만."

여인들은 또 한바탕 웃었다.

"그 보따리 속에는 갈아입을 옷이나 그런 것뿐만 아니고, 책이야 문서야 별의별 것을 다 담고 댕기시는 모양인디, 이 양반이 어뜨코 부지런하시든지 어디를 가시든지 손을 놀릴 때가 없그만이라. 머슴 같은 사람들 하고 이야기를 할 때는 머슴들하고 같이 신을 삼음시로 이얘기를 하시고."

"아니, 그런 양반도 신을 삼는단 말이여?"

"그런 것만 그러신 것이 아니라, 잡수시는 것도 한나도 개린 것이 없이 가난한 집이 가면 그 집 형편에 따라 죽 묵으면 같이 죽을 잡수시고, 감자로 끼니를 때우는 집이면 같이 감자로 때우시고 그런 것은 한나도 안 개린 이셨구만유."

"오매, 그래잉. 나는 높게만 노시는 분인 중만 알았등마는 진짜로 난 사람은 그란 모냥이구만잉."

"아까 그 보따리 이얘기를 하다 말았는디, 늘 그로코 손을 안 놀리고 일을 하시는디, 일감이 없으시면 쓰다 버린 창호지로 종이 노끈을 꼬시기도 하고, 종이가 떨어지면 그것을 다시 풀어서 새로 꼬시고 그란다요."

"허허, 부지런을 타고 나신 분이구만."

"아닐 것이여. 꼭 부지런을 타고 나서만 그런 것이라기보담, 느그덜도 이로코 부지런해사 쓴다 이라고 교도들을 개유할라고 그랬을 거이여."

"맞네. 자네가 말을 해도 옳게 한 것 같네."

"하루는 그 최보따리 양반이 머슴들 꼴망태만한 보따리를 지고 늘 찾아댕기는 교도집에 들어갔그만이라. 들어간게 마침 행랑채에서 매누리가 베를 짜고 있거든이라. 그 양반이 주인한테 묻는 말이, 저그 베를 짜고 있는 이가 누구신고, 이라고 물었그만이라."

연엽이 말주변이 여간이 아니어서 이런 대목에서는 최시형의 말을 흉내 내어 흥미를 돋우었다.

"그로코 물은게 주인 대답이, 예 지 매누리가 짜고 있습니다요, 이라고 정중하게 대답을 하시는구만이라. 그러자 이 양반이 고개를 설레설레 저으시며, 틀렸다고 하그만이라. 틀림없이 자기 매누리가 베를 짠게 매누리가 베를 짠다고 대답을 했는디 틀렸다고 하는구만이라. 주인이 어리벙벙하고 있은게 으째서 내가 자꼬 가르쳐주어도 그로코 모르시오. 다음부터는 매누리가 짜고 있다고 하지 말고 한울님이 짜고 있다고 대답하시오, 이러시구만이라."

여인들은 잠시 어리둥절한 표정들이었다.

"그것이 무슨 말이냐 하면이라, 세상 사람들은 매누리라면 종같이 꼼짝을 못하게 한게 그 매누리도 시아버지인 당신하고 똑같이 한울님으로 귀한 사람이니 그로코 귀하게 생각하라, 이 소리지라."

여인들은 그제야 모두 고개를 끄덕였다.

연엽은 이야기는 이야기대로 하면서도 일은 그들과 똑같이 했다. 동네 여인들이 보리밭 고랑을 세 고랑 잡으면 자기도 세 고랑을 잡고 네 고랑 잡으면 네 고랑 잡아 밭을 매가면서 이야기를 했다.

연엽은 이렇게 낮에는 밭에서 이야기를 하고 밤에는 또 물레방으로 가서 지칠 줄을 모르고 동학 이야기를 했다. 그러면서 자기는 동학도 동학이지만 그만큼 열심히 전봉준을 도와준다는 생각에 뿌듯한 보람을 느끼고 있었다. 연엽에게는 전봉준의 인상이 너무도 강하게 머리에 박혀 있었다. 엄격한 듯하면서도 자상한 그가 자기의 이런 노력을 알아주고 있다 생각하면 세상에 나서 처음으로 값진 일을 하고 있는 것 같았다.

연엽이 여기를 처음 와서 전봉준을 보았을 때 얼핏 너무 무뚝뚝한 것 같았으나 이야기를 끝내고 돌아서며 월공한테 하던 말을 잊을 수가 없었다. 그는 방을 나가다 걸음을 멈추고 돌아보며, 처자 몸이니 어려운 일을 시킬 것이 아니라 어디서 편하게 살 데를 지시해 달라고 이르며 자기를 다시 한 번 봤던 것이다. 순간이었지만 그의 눈에는 딱한 처지에 있는 사람에 대한 깊은 연민의 정이 짙게 드러나고 있었다. 연엽은 전봉준의 그 눈에서 느껴지던 그 감정의 깊이만큼 그에게 깊은 인간적인 신뢰가 느껴졌었다. 그 뒤 그를 다시 만났을 때 연엽은 가슴이 뛰고 실없이 숨이 가빠왔다.

"처자가 기특한 일을 하고 있소. 여자들이 가정에서 아이 기르고 집안일하는 것도 중요하지만, 처자는 보다 큰일을 찾은 것이오. 처자 같은 사람이 너무도 필요하지만 엄두를 내지 못하고 있었는데, 처자가 스스로 그런 일을 찾았다니 참으로 장한 일이오."

진정에서 우러난 말이었다. 그는 몸뚱이 전체가 그만한 진실의 덩어리로 느껴질 지경이었다. 그의 입에서는 조금이라도 마음에 없거나 허튼소리는 나올래야 나올 수가 없을 것같이 느껴졌다.

"제가 멀."

연엽은 전봉준 앞에 나서니 실없이 몸이 얼어붙어 뭐라 말이 되어 나오지 않았다.

"객지에 와서 고생을 하고 계시오만, 글도 많이 읽었다는 것 같고 동학도 그만큼 깊이 깨닫고 있다니, 고향 생각이며 뭐며 예사 여염집 여인들하고는 크게 다르리라 믿소. 지금 하고 있는 일이 얼마나 소중한 일인지 스스로 잘 아실 테니, 열심히 해주시오."

"글 읽었다는 것은 헛소문이 많이 났사옵니다. 아는 것이 없어 부끄럽사오나 성심껏 하겠습니다."

연엽은 겨우 말이 한마디 제대로 되어 나온 것 같아 조금은 안심이 되었다.

그 뒤부터 연엽은 항상 자기 곁에서 전봉준이 자기 말을 듣고 있는 것 같은 착각에 사로잡혀 신들린 사람처럼 열심히 물레방을 찾아다니고 밭고랑을 찾아다니며 포교를 했다.

5. 두레

만석보 일로 느닷없이 나무를 빼앗긴 산주들은 펄펄 뛰었다. 모두 군아로 몰려가서 군수한테 한바탕 따지기로 했다. 주로 늙은이들이 나섰다. 이럴 때 두고 쓰는 말마따나 뺨맞는 데는 구레나룻이 한 부조더라고 늙은이들이 나서야 함부로 못할 것 같았기 때문이다. 여남은 명의 산주들이 몰려갔다.

"어서들 오십시오."

조병갑은 능글맞게 웃으며 산주들을 맞았다.

"봇일도 좋지마는, 그 보하고는 아무 상관도 없는 산에서, 산주들한테 말 한마디도 없이 나무를 마음대로 비어가다니 이럴 수가 있단 말이오?"

별산 영감이 따지고 나섰다.

"아니, 각 동네 동임들이 말을 하지 않던가요?"

조병갑은 그럴 법이 있느냐는 표정이었다.

"동임이 먼 말을 했단 말이오?"

"군아에서 일일이 찾아다니면서 양해를 구할 수가 없으니, 동임들이 산주를 찾아가서 사전에 양해를 구하라고 몇 번이나 말을 했는데, 아무 말도 없었단 말인가요? 이런 고얀 놈들이 있나?"

조병갑이 마룻장을 깡 구르며 눈을 부릅떴다. 새빨간 거짓말이었다.

"양해를 구한다 하더래도 그렇지라. 나무가 한두 주도 아니고, 산을 몽땅 뱃겨가는디 그것이 말로 양해가 될 일이오?"

별산 영감이 만만찮게 대들었다.

"여보시오!"

조병갑은 굳은 표정으로 별산 영감을 빤히 건너다봤다.

"무자년 가뭄 안 겪어보셨소? 술객들 이야기를 그대로 믿는 것은 아닙니다마는, 금년에는 무자년 가뭄보다 더 무서운 가뭄이 닥칠 것이라 해서 지금 백성은 걱정이 태산이오. 그런 가뭄이 또 들어보시오. 논에서 벼가 자라야 밥을 먹지 산에 서 있는 나무가 밥을 먹여주던가요? 지금 거기다 보를 막는 것은 여기 앉아 있는 조병갑이 보를 막는 것이 아니고, 바로 당신들 고부 사람들이 가뭄에도 안심하고 농사를 짓게 하자고 막고 있소. 농사에는 치수가 으뜸인데, 저런 큰 공사는 한두 동네 사람의 힘으로 할 수가 없는 일이라 내가 나선 것이오. 이런 큰일에는 자잘하게 이해가 엇갈리기 마련이라 이런 일에는 서로서로 양보를 하지 않으면 일을 할 수가 없소. 산을 가지고 있는 사람들은 다 그만큼 살림속이 웬만한 사람들이니, 이런 일에 옴니암니 이해를 따질 것이 아니라 한재 때 기민 먹인다 생각하시고 마음들을 한번 크게 쓰시오."

조병갑은 그럴싸한 명분을 내세워 고압적으로 말했다.

"한두 주도 아닌데 어디 그럴 법이 있단 말씀입니까?"

다른 노인이었다.

"세상만사가 마음 하나 먹기에 달린 것인데 무얼 그러시오. 그러지 않아도, 이 공사가 끝이 나서 농사를 잘 지으면, 여기에 나무 냈던 산주들 이름을 빠짐없이 적어 큼직하게 공덕비를 하나 세울 작정입니다. 농사를 잘만 지으면 굳이 관이 나서지 않더라도 백성이 먼저 나설 것 같소, 하하."

조병갑이 너털웃음을 웃었다.

"지금 이 일은 그런 공덕비 가지고 될 일이 아닙니다."

별산 영감이었다.

"그러면 저렇게 시작하던 공사를 중도에서 작파를 하란 말씀이오? 그것은 안 됩니다. 나는 무슨 일이든지 일을 하자고 한번 마음을 먹으면 기어코 끝장을 보고 마는 성미올시다."

조병갑이 벙글거리며 산주들을 둘러봤다. 네까짓 것들이 대들면 어쩌겠냐는 표정이었다. 산주들은 어이없다는 표정으로 서로를 건너다봤다.

"모두 글줄이나 읽은 분들 같아서 알아들을 만하게 말을 해도 못 알아듣는 것 같으니, 그러면 아랫것들이 쓰는 상말로 쉽게 말씀을 해드리리다. 아랫것들이 쓰는 속언에 기왕 줄라면 꽤 활딱 벗고 주라는 말이 있소. 그것들이 무식한 것 같아도 세상 쓴맛 단맛 고루고루 맛보고 사는 터라 그것들이 빚어낸 속언은 씹어보면 씹을수록 깊은 뜻이 있소. 기왕에 주게 생긴 형편이면 한번 주라고 할 때 두말없이 꽤 활딱 벗고 짝 벌려주어야 주어도 준 본정이 있지, 치마끈 끄를 때 사정하고 고쟁이 벗을 때 사정하고, 주어도 그렇게 주면 생색이 안 난다 이 소리지요. 어떻소? 이제 좀 알아듣겠소?"

조병갑이 껄껄 웃으며 다그쳤다. 노인들은 입이 떡 벌어지고 말았다. 명색 고을 수령이라고 동헌에 틀거지를 틀고 앉은 작자가 상소리를 해도 너무 험한 소리를 했기 때문이었다. 갓망건에 도포까지 낭창하게 걸치고 나왔던 노인들은 느닷없이 똥벼락이라도 맞은 상판들이었다.

"아니."

노인들은 기가 막혀 말이 안 나오는지 벼락 맞은 상판으로 서로 건너다볼 뿐이었다.

"하여간 안 돼요."

아까 말했던 영감이 숨을 씨근거리며 단호하게 말을 뱉었다.

"어허, 말을 하면 알아들으실 만한 영감들이 어찌 그리 말귀들이 어둡소. 그럼 그 말씀을 자세하게 새겨 드려야 알아듣겠소?"

조병갑은 정색을 하며 말꼬리를 빠듯 추켜올렸다.

"가세!"

멍청하게 조병갑을 건너다보고 있던 별산 영감이 그대로 돌아서며 말했다. 이런 놈한테 더 무슨 말을 했다가는 늙은이 체신에 또 얼마나 더 험한 똥바가지를 뒤집어쓸지 모른다고 생각한 모양이었다. 늙은이들은 똥 집어먹은 곰 상판으로 말없이 군아를 빠져나왔다.

조병갑은 그들이 돌아가는 뒷모습을 보며 빙긋 웃고 있었다.

그런데, 셋째 날에는 일판이 더 험하게 벌어지고 있었다. 이번에는 말구 다섯 치에 길이가 열다섯 자나 되는 나무를 베어오라고 했기 때문이다. 네 사람이 한 패가 되어 한 동가리씩 베어오라고, 사람 수에 맞추어 동네별로 할당을 했다. 그러나 그렇게 큰 나무는 양쪽 산을 통통 털어봐야 몇 주 되지 않았다.

"그러코 큰 나무를 어디서 비어온단 말씀이오?"

군중 속에서 누가 소리를 질렀다.

"어디서 비어오다니? 저런 동넷갓에 쌔고 쌨는 것이 나무 아니고 무엇이오?"

호방이 동넷가 묏벌 도래솔을 가리켰다. 부역꾼들은 입이 떡 벌이지고 말았다. 백 년 가까이 묵은 소나무가 태반이었기 때문이다.

"저런 것은 묏벌 도래솔인디, 도래솔을 비어오란 말이오?"

"사람이 농사지어 밥 묵고 사는 일이 중하제, 묏벌 도래솔이 밥 믹애준답디까?"

호방은 큰소리로 핀잔이었다.

"묏등 임자들이 못 비게 하면 으짤 것이오?"

"허허, 이 사람들이 걱정도 팔자네. 몇 번이나 말을 해야 알겠소? 그런 것은 조금도 걱정 말고 아무 데나 가서 비어오란 말이오!"

포교들은 부역꾼들을 몰고 갔다. 여기까지는 미처 아무도 상상을 못했던 일이라 묏등 임자들은 환장한 꼴이 되었다. 늙은이 젊은이 할 것 없이 악을 쓰고 나왔다.

"방해하는 놈은 누구든지 군아로 끗고 가!"

포교는 고래고래 악을 썼다. 그러나 묏등 임자들은 마른땅에 숭어 뛰듯 서 발 너 발 뛰었다. 나졸들은 덤비는 족족 잡아끌고 갔다.

"어서들 비시오!"

묏등 도래솔은 삽시간에 작살이 나고 말았다. 대개 이런 묏벌들은 모두 밥술깨나 먹는 부자나 양반들 산소였다. 그것을 조병갑이 모를 리가 없었다. 그의 눈에는 이런 시골구석에서 큰기침하며 거드럭거리는 양반쯤 왼눈에도 안 보이는 것 같았다. 자기들은 양반입네 큰기침하고 있지만 5대째 벼슬을 못하면 양반이 아니니, 따지고 보면 제대로 양반이라고 할 만한 사람은 고부군을 통통 털어보아야 몇 사람 되지 않았다.

아늑하게 묏벌에 그늘을 드리우며 위세를 뽐내고 있던 도래솔들이 베어져 나가자 묏벌 꼴은 상투 잘려나간 맨대가리 꼴이 되고 말았다. 상민들 앞에 내노라고 뽐내던 양반들 위세도 그들 선산 꼴과 함께 쇠발에 짓밟힌 망건 꼴이 되고 말았다.

양반들은 분을 참지 못해 이를 부득부득 갈았지만 어디다 대고 호소할 데도 없었다. 당장 잡혀간 사람들한테 손 하나 제대로 쓰지 못했다.

부역꾼들은 그 꼴이 고소해서 일하는 손에 한결 신바람이 나는 것 같았다. 나무를 쿵쿵 눕히는 손길도 한결 신명이 나는 것 같았고, 목도를 해서 나무를 메고 가는 발걸음도 한결 가벼웠다.

어야어야 발맞춰라　　어야어야 어어야
천년만년 도래솔도　　어야어야 어어야

톱날에는 추풍낙엽   어야어야 어어야

위세 좋던 낙락장송   어야어야 어어야

허리토막 댕강 잘려   어야어야 어어야

시궁창에 박힐라고   어야어야 어어야

맥 살없이 떠메간다   어야어야 어어야

오뉴월에 메뚜기도   어야어야 어어야

여름철이 한철이다   어야어야 어어야

목도꾼들 어야소리   어야어야 어어야

신명나게 잘도 한다   어야어야 어어야

바삐 가서 멋 하겄냐   어야어야 어어야

숨 가쁜데 쉬어가자   어야어야 어어야

목도꾼들은 나무를 내려놓고 흐드러지게 웃었다.

"불구경 않는 군자 없다등마는 인심 한번 고약하구나. 묏등 임자
들은 속에서 불이 나는디……."

김승종이 신명 난 부역꾼들을 원망스런 눈으로 건너다보며 이죽
거렸다. 김승종 집은 산이 민둥산 된 것은 둘째고, 선산이 두 군데나
맨대가리가 되고 말았다.

"조병갑 저놈을 어떻게 찢어죽이지?"

김승종은 이를 갈았다.

"오늘 본게 조병갑이 백성 편이고, 백성도 조병갑 편 같은 걸."

정길남이 시치미를 떼고 능청을 떨었다.

"그것이 다 못돼먹은 심술이제 멋이여?"

"임마, 산주한테 백성 인심이 왜 저로코 돌아갔는지 오늘 같은 날 똑똑히 봐둬. 양반이나 부자 놈들이 평소에 거드럭거리는 것이 그만 치 미웠던 거여."

"허 참."

김승종도 느낀 것이 있는 듯 허텅지거리를 하며 고개를 돌렸다.

"우리는 훈장님 댁으로 다녀가겠다."

그날 일이 끝나고 집에 가는 길에 김승종과 정길남, 장진호 등 동 접계원 몇 사람은 조소리로 향했다. 전봉준 집에 이르자 전봉준 큰 딸 옥례가 부엌에서 나왔다.

"영감님께서는 멀 쪼깨 드셨소?"

정길남이 물었다.

"오늘 낮에는 미음을 몇 숟갈 드샜그만이라."

"다행이오. 훈장님께서는 어디 가셨소?"

"아까 태인서 사람이 와서 같이 가셨는디, 오늘 저녁에 못 오실 것 같다고 하시등만이라."

젊은이들은 전봉준 집을 나왔다.

"어제 우리 할아부지가 말이다."

무슨 일인지 김승종이 지레 웃었다.

"김도삼 씨를 부르등마는 그이한테 상당히 많은 돈을 넘긴 눈치 다. 이번 일로 우리 할아부지는 화가 머리끝까지 치솟았다. 무슨 난 리래도 터지면 맨 앞장을 서실 기세다. 그런디 오늘은 또 산소가 두 군데나 저 꼴이 되어부렀으니 그 양반 지금 돌아가시지 않고 살아 계신지나 모르겠다."

김승종이 남의 일처럼 말하며 웃었다.

그들이 조소리 고개를 넘어 창동에 이르자 조만옥이 나오다가 깜짝 반겼다. 아까 만석보 일을 하고 같이 오다가 갈렸다.

"자네들도 서당으로 쪼깨 가보세."

"먼 일인디라?"

"지산 영감이 얼릉 오라고 사람을 보낸 것이 먼 일이 있는 것 같네."

"먼 일이까라?"

그들은 바삐 말목을 향했다.

"자네들 간 뒤로 태인서 금방 이것이 왔네."

지산 영감은 편지 한 통을 내놨다. 법소의 경통 즉 통문이었다. 한자로 되어 있는 통문의 내용은 이랬다.

경통

빙하의 맑음이 오히려 더디고 한울걸음은 어려움이 많아 서교(천주학)는 바야흐로 성하고 우리 도는 잠을 자고 쇠하도다. 우리 선사께서는 무극의 대도를 펼쳤으나 아직도 세상에 제대로 빛을 떨치지 못하고 도리어 화를 입고 있으니 그 정상을 어찌 차마 말로 다 하리요. 무릇 우리 사문에 몸을 담아 도를 배우는 자, 선사의 신원을 어찌 감히 잠시라도 잊을 수 있으리요. 바야흐로 우리 염원을 진소하고자 그 의거를 논의하기 위하여 이로써 널리 알리는 바이니 각 지방의 도유들은 일제히 와서 협상에 응할지어다.

통문을 읽는 사이 김도삼이 들어섰다.

"할 수 없이 조정에 상소하기로 결정이 난 모냥이그만이라."

김승종이 말했다.

"그런디, 은제 으디로 오라는 말은 없네요."

조만옥이 김도삼을 건너다봤다. 모두 예상하고 있던 일이지만 언제 어디로 오라는 말은 없어 잠시 모두 어리둥절했다.

"통문을 받는 대로 올라오라는 것 같소. 장소는 법솔 텐게 보은 장내리로 가면 될 것이오. 전에 말을 했지만 이번에는 도인들이 모두 가는 것이 아니고 웬만한 사람들만 과거꾼 행색으로 가기로 했은게 그런 사람들한테 빨리 알려서 끼리끼리 보은으로 떠나는 것이 좋을 것 같소."

김도삼은 조만이한테 말을 끝내고 젊은이들을 향했다.

"자네들도 한양 갈 사람 의논들 해봤겄제. 동접계에서는 몇 사람이나 갈 수 있을까?"

"우리 중에서는 많이 나서라면 여남은 명도 가겄소마는 지금 맘묵고 있는 사람은 댓 사람 되그만이라. 접주님은 못 가시겄지라?"

정길남이었다.

"춘부장 병환이 저로코 위독하신디 어뜨코 원행을 떠나겄는가?"

"그라면 우리도 영감님 병환이 어쩌실지 모른게 엔간한 사람들은 여그 남고 서너 명만 가는 것이 으짜겄소?"

"그라겄네. 그새에 초상이라도 난다면 여그서 일할 사람들이 남아사 쓰겄구만. 그라면 그것은 자네들끼리 갈 사람이나 수를 의논을 하게. 갈 때는 과거꾼 행색으로 원행 차림을 하고 나서야 한게 모도 도포에다 갓 망건을 써얄 것이고 식량은 길양식으로 쌀 서 되에다 미숫가루 한 되씩은 마련을 해야 할 것이로구만. 그라고 눈을 속이고 가야 한게 우리 골 사람들이 한꺼번에 몰려갈 수 없고 따로따로 가얄 것이네. 자네들은 몇 사람이 가든 모레 나하고 같이 떠나세."

"알겄소. 그람 고부에서는 몇 사람이나 갈 것 같소?"

"사오십 명은 되잖을란가 모르겄구만. 여그서는 접주님 대신 나하고 정익서 씨가 갈 것이네."

정길남 등 동접계원들은 따로 모여 한양 갈 의논을 했다. 한양은 김승종이 세 사람을 데리고 가기로 했고 정길남하고 장진호는 여기 남아 전접주 일을 돌보고 초상이 날 것에 대비하기로 했다. 사실은 초상에 대한 대비도 대비였지만 전봉준을 호위하는 것이 더 중요한 일이었다.

"그러지 않아도 동회를 열려던 참인데, 짬 맞게 오늘 비가 오글래 모이기로 했소."

묵촌 동임 김삼주가 좌중을 돌아보며 허두를 뗐다. 동각 방에는 아무리 촘촘히 죄어 앉아도 동네 사람들이 반도 앉을 수가 없어 마루에까지 빽빽이 앉았다. 그래도 자리가 좁아 젊은 축들은 주춧돌 가장자리에 걸터앉기도 하고 섬돌에 앉기도 했다. 만득이도 마루 귀퉁이에 앉아 있었다.

"실은, 오늘 이약할 것은, 두레쌀 쓰임새가 조금 달라져서 그것하고, 징이니 머니 풍물 사들일 이약하고 대충 이런 것이그만이라우.

졸가리를 제대로 쳐서 이약을 하기로 하면 두레꾼들끼리만 모여서 할 이약도 있고, 동학 도인들끼리만 따로 모여서 할 이약도 있고 그라요마는, 안방 공사가 사랑방 공산께 한 꾼에 이약을 해봅시다. 그라면 두레 좌장이 두레쌀 쓴 이약부터 하실라우, 으짤라우?"

동임은 두레 좌장 이주언을 보며 말했다. 이주언이 나섰다. 두레 우두머리는 고을에 따라 영좌라 부르는 데도 있었고 좌장이라 부르는 데도 있었다.

"두레쌀은 작년 동계 때 그 씀씀이를 웬만치 정해 놨는디, 금년에는 다 알다시피 행팬이 많이 달라져서 다른 디다 쓴 디가 있기 찌울래 오늘 그것을 말씀드리고 양해를 얻어사 쓸 것 같소."

동계란 동네 계란 소리니 두레의 다른 호칭이기도 한데 이때는 두레의 운영을 논의하는 회의를 뜻했다. 이 동계는 1년에 한번 정초에 열렸다. 이 동계서는 그해에 두레에 새로 들어올 사람을 정하고, 나가는 사람을 확인했으며, 좌장 등 임원을 선출하고, 그해 1년 살림살이, 즉 예산을 세우고 결산을 했다.

"애초에는 여그저그 쓸 데 웬만히 쓰고도 풍물을 몇 가지만 더 사들이면 작년같이 시절이 방불할 때 다문 몇 섬이래도 쌀을 쪼깐 앞세워 보겄다 했등마는, 뜽금없는 일이 생개서 쌀이 적잖이 한 섬이나 들어가 부렀소. 대강 알고 기시는 일이오마는, 젤로 큰 것은 삼례 간 이들한테 노자 보태준 것이지라우. 여그서 삼례까지 사백 리가 넘어는게 오고 가는 길양식만도 열흘칩디다. 이것이 질로 큰 덩어린디, 그 씀씀이는 조목조목 이따 유사가 말을 할 것이오마는, 우선 그로코 쓴 것부터 양해를 해주셔야 쓰겄소."

180

"그런디, 두레 쌀이든 동네 쌀이든 그런 디다 쌀을 쓴 것은 쪼깐 따지고 넘어가사 쓸 것 같소."

이안준이란 젊은이였다. 재작년까지 거푸 3년 동안이나 두레 총각대방을 맡았던 젊은이였다.

"이런 말씀을 드리면 으떻게 생각하실란가 모르겠소마는, 괴기는 씹어야 맛이고, 말은 해야 맛이더라고 쪼깐 껄쩍지근한 구석이 있글래 하는 말씀이오. 이것이 이번 한 번만 있고 말 일이 아닌 것 같은께 계는 계대로 치고 넘어갑시다. 다른 동네보담 우리 동네는 동학도인덜이 많애논게 태반이 도인덜이제마는 동학에 입도 안한 집도 여남은 가호 될 것이오. 동학이 좋은 일을 하자는 것인 줄이사 누가 모르겠소마는, 그래도 삼례 가신 일은 동학교조 신원을 해달라고 가신 것인께 동학 일인디, 두레쌀로 그 여비를 쓴다면 아무래도 이것이 아구가 안 맞은 일 아니오?"

"내가 몬자 그 점을 말씀드렸어사 쓸 것인디, 어려운 말을 하게 해서 미안하구만. 동학교조 신원은 동학교문 일이고, 또 우리 동네로 치면 우리 동네 동학도인들끼리 일이 분명하지라우. 그런디, 관에다 금포를 하라고 대든 것은 우리 동학도인들한테만 금포를 해라 이런 소리가 아니고 온 백성을 다 싸잡아서 금포를 하라고 대든 것이오. 나는 이 동네 두레 좌장하고 동학 집강을 겸하고 있는 사람이라 시방 내 손이 너무 안으로 굽는지는 모르겠소마는, 그런 일은 백성 전부가 나설 일인디 그러들 못 한게 동학도인덜이 앞장을 서서 관에 맞서고 있는 것이오."

이주언이 조리 있게 말했다. 그때 어산 영감이 나섰다.

"나도 입도를 안 했은께 동학하고는 상관이 없는 사람이제마는, 좌장 말씸이 한나도 흠잡을 디가 없는 말씸이구만. 백성덜이 다 나서서 해사 쓸 일을 시방 동학도인덜이 앞에 나서서 하고 있은께 십시일반으로 그런디 오가는 길양석이래도 보태주는 것이 도릴 것이네. 그런게, 이것은 더 안 따지는 것이 졸 것 같그만. 품 베리고 댕기는 것만이래도 고맙다고 해사 써."

"그로코 말씸을 해서 듣고 본께 가닥이 잽히기는 잽히요마는, 그래도 그로코 많은 쌀을 쓸 적에는 미리 말씸을 하고 써사 쓸 것 같소. 도인들끼리는 늘상 만나서 이얘기를 한께 속을 알제마는, 우리는 장이 끓는지 죽이 끓는지 알 수가 있어야제라우."

"맞네. 우리가 일에 쫓기다 본께 거그까지 생각이 못 미쳤는구만."

이주언이 솔직하게 실수를 인정하고 나왔다.

"생각이 못 미쳤다기보담도라우, 두레 좌장이 되아갖고 그만치 떳떳한 일에 그런 것도 혼자 못 한단 말이여?"

다른 젊은이였다.

"아무리 좌장이라고 쌀이 한 섬이면 그것이 적은 것이여?"

이안준이 발끈하고 나섰다.

"좋자는 일에 이것 갖고 이라고저라고 더 따질 것 없네."

동임이 말리고 나섰다.

"이것도 두레 일이오마는 김만득이란 이가 새로 우리 동네 와서 살게 되었는디, 우리 동네 사람이 되면 동답 혜택을 볼 것이오. 그라면 다문 얼마라도 동네다 쌀이든 돈이든 내놔사 쓸 것인께 그 의논을 해봐사 쓰겄소."

동네 사람들 눈이 만득이한테로 쏠렸다.

"본인을 앞에 두고는 말하기 거북한 대목도 있겄는디 으짜겄소?"

총각대방 이또실이었다.

"그러겄구만. 그럼 김만득 씨는 잠깐 자리를 떴다가 이따 소리하거든 오시제."

"그러지라우."

이주언 말에 만득이는 자리에서 훌쩍 일어섰다. 두레 유사 이태주가 나섰다.

"우리 동네 동답이 32마지기요. *걸궁을 쳐서 나오는 것도 있제마는 그것은 많아야 석 섬인께 새발에 피고 동네 사람덜이 모두가 혜택을 보는 동네 쌀은 전부가 동답에서 나온 것이나 마찬가지요. 우리 동네가 45가호인께, 32마지기에 45가호면 시 집에 두 마지기, 한 집으로 치면 일곱 되지기 꼴이그만이라우. 그로코 촘촘히 따지면 새로 이사 오는 사람은 일곱 되지기 값을 내놓고 들어와야 한다는 소리가 돼요."

그때 어산 영감이 나섰다.

"꼬치꼬치 따지면 그러기는 한디, 자기 땅이라고는 벼룩 한 마리 쭈그려앉을 디도 없는 사람한테 일곱 되지기 값을 내란다면 너무 무리한 소리고, 금년 농사지어 갖고 한 섬만 내라고 하면 으짜까?"

"전에 이사 온 사람들은 어쨌던고?"

"가만있자, 우리 동네 질 난중에 이사 오신 이가 관지 양반이지라우?"

"멋이, 내가 이 동네에 들어온 지가 10년이 가까워오는디 먼 소리

여? 내 뒤에 들어온 사람이 박석만도 있고, 살다가 나갔제마는 정일
출도 있잖았어?"

"하애간에 관지 양반은 그때 으쨌습디여?"

"그때도 한 섬 내라고 하기는 했는디, 그해 숭년이 들어부러서 시
지부지 말어뿐 것 같구마."

"그러고 본께 시방 자네는 여태까장 동네를 공짜로 들어와서 살
았네그랴."

어산 양반 말에 모두 와 웃었다.

"그럼 석만이는 어쨌어?"

"나보고는 처음부터 내라 마라 소리가 없었소."

박석만은 이 동네서 4,5년간 머슴을 살다가 살림을 시작했던 사
람이었다.

"그로코 따지고 본께 지금 제금난 사람도 입장이 똑같은디, 안준
이 자네도 제금날 때 아무 소리가 없었제?"

이안준이 고개를 끄덕였다.

"그것을 지대로 따지기로 하면 이사 간 사람한테는 그만치 내줘
사 쓴다는 소리도 될 것 같구만."

"이사야 누가 가라고 해서 가간디?"

모두 웃었다.

"그래도 금년에 이사 올 때 그만치를 내고 들어왔다가 바로 맹년
에 이사를 간다면 그것이……."

"골치 아프게 멀 그런 것을 다 따져."

"그래도 따질 만한 것은 따져놓고 봐사제."

"내가 한마디 해사 쓰겠구만."

솔치 양반이었다.

"내가 그 사람하고 한 집서 산께 한 집서 산다고 동네 것 갖고 인심 쓴다고 할란지 모르제마는, 그 사람 행팬을 빤히 암시롱 입 봉하고 있을 수가 없그마."

솔치 양반은 차분히 뜸을 들이고 나섰다.

"동답이란 것이, 거그서 나온 소출을 갖고 자잘한 물읍도 그것으로 대봉을 치고, 이것저것 동네 사람덜이 고루 혜택을 보는 것인께, 새로 들어오는 사람은 그만치 내고 들어와사 쓴다는 소리는 열 번 이치에 맞는 소리고 전에도 그랬어. 그런디, 근자에 들어온 사람들 에도 있제마는 당장 만득이란 사람 행팬만 보드래도, 밥 떠먹을 숟가락 몽댕이 한나도 밴밴찮은 살림에 누가 돌아보지도 않는 묵전 일구고 있는디, 금년 농사를 지어갖고 내노란다제마는, 그런 사람한테 멋을 내노란다면 그것이 쪼깐 야박할 것 같어. 다행히 근자에 이사 온 사람덜이나 제금난 사람들한테서도 안 받았고 동네서 근래 나간 사람도 여럿 있었은께, 그로코 나간 사람 중에서 누가 한 사람 안 나갔다치고 김만득이란 사람 이약은 기냥 냉기는 것이 으짜까 싶구만."

솔치 영감은 또박또박 말을 했다. 이런 자리에서 별로 말이 없던 사람인데 모처럼 말을 한 것이다.

"그 사람 행팬을 보면 그런 사람보고 멋을 내노란 소리가 자칫하면 동네 인심 궂힐 소리는 소리여. 솔치 영감이 늘 한 집서 삼시롱 곁에서 본께 더 안쓰런 모양인디, 이런 자리에서 별로 말씀이 없던 분이 모처럼 말씀을 했은께 그 사람한테 낯도 한번 내줄 겸 그냥 넘어가는 것이 으짜겄소?"

동임 김삼주였다.

"모두 점잖은 말씀이시. 이치로 따지면 내사제마는, 그 사람 행팬을 생각하면 꼭 손자 밥그릇 힐끔거린 것매이로 동네 체면이 안 서겠구만."

어산 영감이었다.

"그려. 존 것이 존 것인께 그로코 해뿔드라고. 오래 안 겪어봤제마는 그 사람들 내외가 다 심성도 방불할 것 같등만."

역시 나이 든 영감이었다.

"나도 반대할 생각은 없소마는 이 다음에 또 이사 오는 사람이 있으면 그때는 으짤 것이오?"

유사 이태주였다.

"그때는 또 그때 행팬 보아서 의논을 하제, 으째?"

어산 영감이었다. 좌장 이주언이 만득이를 데려오게 했다. 만득이가 왔다.

"당신한테서는 아무것도 받지 말고 그대로 두레에 들이자고 의논이 돌았소. 아까 우리 동네 두레 행팬은 들어서 알 것이오마는, 댁네 행팬을 보아서 옴니암니 따질 것 없이 그냥 들이기로 한 것인께, 동네 사람들 그런 정이나 아씨요잉."

"참말로 감사하그만이라."

만득이는 동네 사람들을 향해 고개를 깊숙이 숙여 인사를 했다.

"두레에 들어오는 것은 공짜제마는 진서술까장은 공짜가 아닌께 그리 아씨요."

이안준이었다. 모두 웃었다.

"예, 잘 알겄그만이라."

만득이는 거듭 고개를 주억거렸다.

"그람, 기왕 두레 들이는 일을 의논했은께 쫄맹이덜 들이는 일도 해치우고 다른 이약을 해도 합시다. 모도 손들이 갠질갠질해서 죽겄는가 어서 돌 들 란 소리 쪼깐 해주라고 곁에 앉어갖고 어뜨크롬 내 옆구리를 찔러쌌는가 이라다가는 내 옆구리에 생구먹이 나도 여러 개가 나게 생겼소."

총각대방 이또실이었다. 모두 웃으며 밖을 내다봤다. 마당에 섰던 젊은이들이 비슬비슬 웃었다. 들돌을 들어 두레에 들어올 열여섯 살짜리들이었다. 금년에 묵촌에서 열여섯 살짜리는 세 명이었다.

"죽은 사람 원도 들어줄라고 굿을 하고 야단인디 산 사람 원을 안 들어줘사 쓰겄어. 들어들 보라고 해!"

모두 밖을 내다봤다.

"어디 들어들 봐라."

좌장 이주언 입에서 허락이 떨어졌다. 저만치 정자나무 밑에 둥그런 들돌이 비에 젖어 웅크리고 있었다.

두레에 들어올 수 있는 나이는 16세였고, 나가는 나이는 55세였다. 나갈 때는 55세만 되면 그냥 나갔지만, 들어올 때는 16세가 되었다 해서 그대로 들어오는 것이 아니었다. 정자나무 밑에 있는 저 들돌을 들어보게 하여 그 들돌을 들고 허리를 펴야 들어올 수 있었다. 사람에 따라 일되고 늦되는 사람이 있기 때문에 16세가 되었다 하더라도 고된 두레 일을 할 수 있는지를 그렇게 가늠해보는 거였다. 어느 동네나 마찬가지였다. 들돌의 크고 작기에 따라 어떤 동네는 들돌을 껴안고 허리를 펴면 자격을 인정했고 어떤 동네는 들돌을 어깨 너머로 넘겨야 인정을 했다. 그래서 동네 아이들은 열서너 살 때부터 이 들돌을 껴안고 씨름을 했다. 그런데 이 들돌은 이만저만 답답한 물건이 아니었다. 몸뚱이가 민틋하기만 하여 우선 손 잡을 데가 도무지 만만찮았다. 얼터귀가 방불해서 손만 붙어주면 힘을 써보겠는데, 손이 제대로 붙지 않으니 미칠 지경이었다. 그러나 동네 아이들은 그 답답한 들돌을 껴안고 씨름을 하는 사이 들돌이 차츰 몸에 붙기 시작했다.

동네 아이들 가운데 두레에 들어갈 열여섯 살 나이가 찬 아이들은 동계 날이 다가오면 어른들 앞에서 들돌을 들고 허리를 쭉 펼 자랑스러운 모습을 상상하며 잠을 설쳤고 그 나이가 되도록 허리를 못 하는 아이들은 기를 펴지 못했다. 병신도 상병신 꼴이어서 그런 아이들은 나이를 먹어서도 두고두고 한풀 죽어 지냈다. 그런 집에서는 동계 때가 가까워 오면 닭을 고아먹이기도 하고 보약까지 지어다 먹이는 사람도 있었다.

들돌을 들어 두레에 들어간다는 것은 단순히 두레에 들어가는 것만으로 끝나는 것이 아니었다. 그때부터 어른 취급을 받아 품일을 나가도 비로소 한 사람 장정 몫을 쳐주었고 담배 같은 것을 피워도 어른들 앞에서 되바라지게 빨아대지만 않으면 모르는 척 눈을 감아주었다. 그래서 들돌을 들어 처음 두레에 들어가면 그해 백중 만물 논매기가 끝나고 쎄레씻임(호미씻이)을 할 때 어른이 됐다는 인사로 술을 한 동이 내서 인사치레를 했다. 이걸 진서턱이라 했다.

"을만이 니가 몬자 들어봐."

이또실이 한 놈을 가리켰다.

을만은 허리띠에서 수건을 뽑아 들돌에서 물기를 닦아냈다. 그는 수건을 허리춤에 다시 찌르고 들돌 양쪽에 적당한 간격으로 발을 나눠 디뎠다. 들돌 위에 가슴을 대고 양쪽 팔로 들돌을 싸안았다. 들돌을 잔뜩 싸안더니 다시 발을 적당히 옮겨 디뎠다. 빠듯이 힘을 쓰기 시작했다. 들돌이 땅에서 뿌리가 떨어졌다. 뽑아 올렸다. 오만상을 찌푸린 얼굴이 시뻘겋게 달아 펑 터질 것 같았다. 이내 양쪽 무릎 위로 끌어올렸다. 숨을 한번 발라 쉬었다. 다시 손을 옮겨 단단히 싸안았다. 허리를 펴기 시작했다. 다시 얼굴이 시뻘겋게 달아올랐다. 허리가 반쯤 펴졌다.

"더 뽑아라."

방에서 소리를 질렀다. 그는 마지막 모질음을 썼다. 구경꾼들은 손에 땀을 쥐고 있었다.

"와!"

곁에 섰던 조무래기들이 환성을 질렀다. 을만이 들돌을 안고 허리를 쭉 편 채 사람들 쪽으로 몸을 돌렸다. 틀림없이 이렇게 허리를 폈으니 똑똑히 보라는 듯 들돌을 안고 두어 번 몸을 휘둘렀다. 아직도 힘이 남았다고 뽐내는 가락이었다. 이내 텅, 들돌을 내려놨다. 모두 와 웃었다.

두 번째 놈도 쉽게 들었으나 세 번째 놈은 허리를 반쯤 펴다 딱 멈춰버렸다.

"한 본만 더 뽈강 심을 써라."

곁에서 응원을 했으나, 끝내 못 들고 말았다. 놈은 고개를 갸웃거렸다. 한참 숨을 씨근거리고 나서 다시 다가섰다. 그러나 그는 끝내 허리를 못 펴고 말았다.

"모 싱길 때까장 아직도 날짜가 있은께 그때까장 살살 들어봐라."

이주언이 웃으며 달랬다.

"자, 그라면……."

동임이 자리를 추스르며 회의를 계속하려 했다.

"또 한 사람 있소."

이또실이 웃으며 동임의 말을 채뜨렸다.

"누구?"

"저 양반이 덕대는 저렇게 엄부렁해도 우리하고 손 맞춰 일을 하게 심을 쓸란가 모른께 저 양반도 들독을 들려봐사제라."

이또실이 만득이를 가리키며 능청을 떨자 모두 웃었다.

"웃을 일이 아니라 맞는 말이구만. 심쓰는 것을 못 봤은께 들독을 들려봐사 지대로 한몫 심을 써서 일을 하겠는가 으짜겄는가 알 것 아녀."

어산 영감이 웃으며 거들고 나섰다. 만득이는 헤프게 웃고만 있었다.

"그것 어렵잖은 일 같네. 지난번 논일함시롱 독 후리는 것 본께 집채 같은 독을 애기덜 콩독 놀리대끼 하등만. 기왕 얘기가 나온 것인께 말대접삼아서 심 한번 써봐."

솔치 영감이었다.

"들어보시오."

"어서 나가시오."

곁에서 떼밀어내듯 재촉을 했다.

"있는 심 한번 쓰라는디, 무엇을 비쌔고 자시고 할 것 있어."

솔치 영감이 거듭 채근했다. 그러나 덕대 같잖게 잔부끄럼을 타는 만득이는 선뜻 나서지 못하고 웃고만 있었다. 여러 사람 앞에서 들돌을 들고 나대기가 좀 당돌하다 싶은 모양이었다.

그때 솔치 영감이 마루에서 성큼 내려서며 신발을 뀄다.

"이리 오게. 작은 들독 말고 기왕이면 저 큰 들독을 한본 들어봐. 지난참에 자네 심쓰는 것 본께 이 큰 들독도 영락없이 후리겄데."

솔치 영감은 짚더미에서 짚을 한 주먹 뽑아가지고 와서 큰 들돌 몸뚱이의 물기를 닦으며 어서 오라고 손짓을 했다. 동네 사람들은 잔뜩 호기심에 찬 눈으로 보고 있었다.

이 큰 들돌은 작은 들돌하고는 비교가 안 되게 컸다. 이 동네서 여태까지 이 큰 들돌을 들고 허리를 편 사람은 두 사람뿐이었다. 어산 영감이 젊었을 때 허리를 폈고, 금년 봄에 이또실이 겨우 허리를 폈다. 그리고 옛날 이방언 접주 증조분가 고조부가 힘이 장사여서, 어깨 너머로 넘겼다는 전설 같은 이야기가 전해오고 있었다. 들돌에 관한 이런 전설 같은 이야기는 동네마다 있었다.

만득이는 하는 수 없다는 듯 자리에서 일어섰다. 솔치 영감은 을만이 수건까지 빼앗아다 물기를 말끔히 닦아내며 설쳤다.

이 들돌은 아무리 힘이 센 사람도 이것을 붙들고 여러 번 나대보지 않은 사람은 쉽게 들 수가 없었다. 늘 붙안고 씨름을 해보지 않고는 제대로 힘을 쓸 수가 없었다. 생김새가 메주덩어리처럼 뭉툭하게 둥글기만 해서 들돌 생김새에 따라 손 붙일 얼터귀를 제대로 찾아 손을 붙이는 등 요령을 터득해야 했으므로 들돌을 많이 들어봤더라도 다른 들돌을 들려면 여러 번 붙안고 몸에 익혀야 했다. 만득이도 하학동에서 들돌을 들어 장사 소리를 들었으나, 이 들돌은 그렇게 들어질지 자신이 없었다.

"얼터구가 여그가 쪼깐 있고, 또 이쪽이 쪼깐 불룩한게 여그다 손을 붙이고 심을 써."

솔치 영감은 그 부분의 물기를 유독 말끔히 닦아내며 요령을 말했다.

"전에 살던 디서 들어봤겄제마는 뚝머슴 장작 패대끼 무작정 들어올릴라고만 하덜 말고, 손을 지대로 붙인 담에 손이 붙은 성부르면 그때부텀 지그시 심을 써야 혀. 살살 달래서 들어올린다 생각하고 지그시 들어, 지그시."

만득이는 고개를 끄덕이며 들돌을 한번 맵쓸러 봤다. 한참 맵쓸러 본 다음, 이내 들돌 앞에 두 발을 적당한 간격으로 나눠 디뎠다. 가슴팍을 들돌에 붙였다. 들돌 몸뚱이를 두 팔로 싸안았다. 솔치 영감이 말한 대로 얼터귀와 불룩한 데를 더듬어 손을 붙였다.

"맞아, 그로코 착 손을 붙인 담에, 마누래 쪄안대끼 조심조심 쪄안아갖고 손이 지대로 붙은 성부르면 지그시 심을 써. 그러다가 심이 지대로 걸랐다 할 적에 뿌드득 모질음을 쓰게."

"킥킥."

조무래기들이었다. 꼴에 수컷들이라고 마누라를 어쩐다는 소리가 우스웠던 모양이다. 동네 사람들은 솔치 영감이 설치는 것이 우선 재미있어 모두 눈을 밝히며 웃고 있었다.

들돌을 안은 만득이가 이내 힘을 쓰기 시작했다. 들돌이 해깝게 땅에서 뿌리가 떨어졌다.

"와!"

조무래기들이 가볍게 탄성을 질렀다. 그러나 만득이는 고개를 갸웃거리며 들돌을 다시 제자리에 텅 놔버렸다. 새로 손을 발라잡았다. 숨을 한번 깊이 들이쉬었다. 이내 힘을 썼다. 만득이는 아까 을만이가 그랬던 것처럼 들돌을 무릎 위에 올려앉혔다.

"와!"

조무래기들이 또 탄성을 질렀다. 나이 든 축들도 놀라는 표정이었다.

"옳제, 다시 손을 발라잡고 꽉 쪄안어!"

솔치 영감은 들돌 바닥에 묻은 흙을 닦아내며 설레발이었다. 만득이는 들돌을 가슴에 바짝 껴안았다. 다시 숨을 깊이 들이쉬었다. 빠듯이 힘을 쓰기 시작했다. 얼굴이 벌겋게 달아올랐다.

"쪼깐만 더! 쪼깐만 더!"

만득이는 이를 앙다물며 힘을 썼다. 허리를 펴고 말았다.

"우와!"

구경꾼들이 모두 탄성을 질렀다.

"놓지 말고 그대로 어깨 욱으로 한번 올려봐. 아직도 심이 많이 남은 성부릉만 쪼깐 쉬었다가 어깨로 올려뿌러."

솔치 영감은 두 손으로 들돌을 떠올리는 시능을 하며 소리를 질렀다. 만득이는 잠시 멈춰 숨을 발라 쉰 다음 다시 깊이 숨을 들이마섰다. 윗몸을 잔뜩 뒤로 재끼며 힘을 쓰기 시작했다. 들돌이 서서히 어깨 위로 뽑혀 올라가고 있었다. 만득이는 오만상을 찌푸리며 힘을 썼다. 충혈된 얼굴이 터질 것 같았다.

"쪼깐만 더! 쪼깐만 더!"

솔치 영감은 사뭇 들돌을 떠올리는 시늉을 하며 소리를 질렀다.

"히야아!"

드디어 들돌이 덩실하게 만득이 어깨 위로 올라앉았다. 만득이는 마치 어린아이를 어깨 위에 무동이라도 태운 듯 들돌을 한쪽 어깨에 얹고 있었다. 여태까지 그야말로 오랜 세월 땅바닥에만 웅크리고 있던 들돌이 오랜만에 임자를 만나 공중에 덩실 떠올라 호사를 하고 있었다.

"참말로 무서운 심이구만."

마루에 앉아 있던 동네 사람들은 모두가 그대로 넋 나간 꼴들이었다. 뒤쪽에 앉았던 사람들은 일어서서 내다보며 입을 떡 벌리고 있었다.

"어허, 심 한번 조오타!"

솔치 영감은 멀찍이 서서 이윽이 만득이를 건너다보며 자랑스러운 듯 감탄을 하고 있었다. 그런데 만득이는 들어올린 들돌을 내려놓을 생각을 하지 않았다. 그냥 가쁜 숨만 발라 쉬고 있었다. 웬일인가 하여 동네 사람들이 새삼스럽게 놀란 눈으로 만득이를 건너다보고 있었다. 여태 설레발이 요란스럽던 솔치 영감도 갑자기 뚤럼한 눈으로 만득이를 건너다보고 있었다.

만득이는 무슨 생각을 했는지 윗몸을 다시 잔뜩 뒤로 재끼며 두 손을 들돌 밑으로 가져갔다. 다시 한 번 크게 숨을 들이켰다. 들돌이 위로 올라가고 있었다. 구경꾼들은 완전히 넋 나간 꼴이었다.

"허!"

만득이는 들돌 밑에 떠받친 두 팔을 쭈욱 펴버리고 말았다. 들돌을 공중에 떠받친 채 만득이는 상체를 한번 빙글 돌렸다. 다시 반대편으로 돌렸다.

사람들은 너무 엄청난 꼴에 탄성도 제대로 지르지 못하고 있었다. 솔치 영감도 몽둥이 맞은 사람처럼 만득이만 멀거니 건너다보고 있을 뿐이었다. 만득이는 이내 들돌을 땅에다 텅 내려놨다.

"장사구만. 장사도 그냥 장사가 아녀."

겨우 어산 영감이 입을 열었다.

"그런께, 저런 사람이 여그까지 올 적에는, 음."

어산 영감은 말을 하다 말고 뭐가 크게 짚이는 것이 있다는 듯 몇 번이고 고개를 끄덕였다. 동네 사람들은 어산 영감 말에 새삼 놀라는 눈으로 만득이를 건너다봤다.

그때였다.

"누구 잡으러 오요."

조무래기들이 동구 쪽을 보며 소리를 질렀다. 벙거지들이 큰길에서 동네로 들어오고 있었다. 셋이었다. 장교는 방망이를 차고 앞을 서고, 포졸 둘은 창을 들고 뒤를 따르고 있었다. 철릭자락을 휘뜩이며 걸어오는 걸음걸이에는 살기마저 풍기고 있었다.

"저자덜이 동학도인덜을 잡으러 오는 것이 틀림없소."

자리에서 일어서서 벙거지들을 건너다보던 이주언이 낮은 소리로 말했다.

"어지께는 남아서 도인들을 잡아갔다등마는 오늘은 여그 차롄 것 같그만. 저 작자덜이 도인을 잡아가면 모두 달려들어서 막자고 했는디, 다른 디서는 맥살없이들 무너져 잡혀가고 말았소. 우리 동네서는 절대로 잡혀가면 안 돼요. 어지께도 말했제마는, 우리 동네는 이방언 접주님이 계시는 동네라 여그서 무너졌다 하면 끝장이오. 운림이나 솔치, 누룩쟁이 같은 동네 사람들하고 단단히 귀를 짜놨은께 마음을 든든하게 묵고 버팁시다. 저 새끼덜한테 단단히 본때를 한본 보여야겠소."

이주언이 단호하게 말했다.

"저 작자덜이 우선 나부터 포박을 할라고 할지 모른께, 지금 여그 이로코 앉은 대로 그대로 앉아서 저자덜이 이리 올라올 틈을 내주지 마시오."

그때 이또실이 마루 앞쪽을 막아 앉았다.

"남원양반도 이리 오시오."

이또실은 자기를 중심으로 젊은이들더러 몸뚱이를 꽉 죄어 앉게 했다.

"을만이하고 막둥이는 지금 바로 솔치하고 누룩쟁이로 달려가거라. 그 동네 집강들한테 여그 벙거지덜이 들이닥쳤다고 하면 동네 사람덜을 뫄갖고 득달같이 달려올 것이다."

이주언이 말이 떨어지자 을만과 막둥이가 발딱 일어나 담 구멍 빠져나가는 족제비처럼 재빠르게 자리를 빠져나갔다. 벙거지들이 동각 마당으로 들어서고 있었다. 살기등등한 표정들이었다.

"이주언이 누구요?"

포교는 동네 사람들을 향해 다짜고짜 내질렀다. 이 작자는 장흥 포교들 가운데서 표독스럽기로 호가 난 손달문이란 자였다.

"왜 그러시오?"

이주언이 방 한가운데 떡 버티고 앉아 태연하게 물었다.

"왜든 수박이든 대답이나 하시오!"

손달문이 눈알을 부라리며 소리를 질렀다.

"먼 일인지 알아사 가르쳐 주든지 대답을 하든지 할 것 아니오? 이 자리에는 관에서 찾아 존일 본 사람이 한나도 없는디, 창 들고 찾는 사람을, 이 사람이 그 사람이오 하고 찍어내란 소리요?"

이주언은 늘어진 소리로 당돌하게 맞섰다. 동네 사람들은 튀어나올 것 같은 눈으로 손달문을 건너다보고 있었다.

"멋이?"

손달문은 지금 저 작자가 제정신 가진 놈인가 하는 표정이었다.

"멋이 아니고, 먼 일로 찾는가 물었소?"

이주언이 눈썹 하나 까딱하지 않고 맞받았다.

"먼 일이시오? 나는 이 동네 동임이오."

저쪽에서 김삼주가 마루에서 내려와 신을 꿰며 말했다.

"야, 이 쌍녀러 새꺄, 동임이란 새끼가 만중 앞에서 포교가 훼욕을 당해도 구경만 하고 있어? 야, 이 새꺄, 포교를 뭘로 아냐, 뭘로?"

손달문은 이를 앙다물고 육모방망이로 김삼주 배를 사정없이 질러버렸다. 거푸 두 번이나 질렀다.

"윽!"

김삼주는 두 손으로 배를 싸안으며 앞으로 고꾸라질 듯하다가 옆 사람의 부축을 받고 겨우 기둥에 기댔다.

"이주언이 어떤 새꺄?"

손달문은 제물에 악이 받쳐 이를 갈며 좌중을 노려봤다.

"내가 이주언이오. 왜 그러시오?"

이주언의 태도는 여전히 태연자약했다.

"야, 이 새끼, 바로 너였구나. 저 새끼를 당장 끌어내!"

손달문은 이를 앙다물며 포졸들을 향해 악을 썼다.

"잠깐 내 말을 듣고 끌어내든지 잡아내든지 하시오."

너무도 태연한 이주언의 태도에 포졸들은 무춤했다.

"지금 어째서 나를 잡아갈라고 하는가, 그 까닭부터 말을 하시오. 그 까닭을 들어보고 잘못이 있으면 잡혀가제마는 잘못이 없으면 여그 이 사람들이 잡아가라고 가만히 앉았들 않을 것이오."

"멋이?"

손달문은 좀 어리둥절한 표정으로 이주언과 동네 사람들을 번갈 아 보았다. 여태까지 벙거지 앞이라면 고양이 앞에 쥐 꼴이던 놈들 이 느닷없이 어깨판을 벌리고 나오니, 이것들이 외골뼈가 퉁겼으면 어떻게 퉁겼길래 이 모양인가 어리둥절한 모양이었다.

"아직 소식 못 들은 것 같은디, 내가 그 까닭을 소상히 말씀드리 리다. 일전에 우리 동학도덜이, 삼례서 크게 취회를 했다는 소식은 익히 들었을 것이오. 그 취회가 끝나고 옴시로 남도 사는 우리 동학 도덜이 크게 약조를 한 것이 한 가지 있소. 그 약조가 무엇이냐 하 면, 지금까지 우리 동학도들은 아무 죄진 것도 없이 관에서 잡아가면 잡아가는 대로 개 끌리대끼 끌려가서, 곤장에 살이 터지고 뼈가 부러지고 재산을 강탈당하고, 하여간 당해도 험하게는 당해왔다, 그런디 팔모로 생각을 해봐도 우리는 죄진 것이 없다, 죄라면 동학 믿는 것밖에는 죄가 없는디, 동학이란 것이 그 본지가 남의 것 돌라묵자는 것도 아니고, 나라를 들어묵자는 것도 아니고, 마음을……."

"여보시오, 지금 무슨 변설을 풀고 있는 거여?"

손달문이 이주언 말을 채뜨리며 악을 썼다. 표독스럽게 악을 쓰기는 했으나, '이 새끼'가 '여보시오'로 바뀌고 있었다.

"내 말 딜 끝났소. 말을 다 들은 다음에 호령을 해도 하시오. 동학이란 것이 남의 것 돌라묵자는 것도 아니고, 나라를 들어묵자는 것도 아니고, 마음을 바르게 가지고 사람 섬기기를 하늘같이 섬기자 이것인디, 이것이 도대체 무슨 죄냐? 죄라면 죄 없는 사람들을 잡아다가 조지는 사람덜이 죄다. 그렇게 차후로는 관에서 잡으러 오면, 만중 앞에서 동학도인덜이 잘못한 것이 무엇인가, 그것을 조목조목 물어보고, 그로코 물어본 연후에, 잘못이 있으면 그때는 두말없이 잡혀가고, 잘못이 없으면 처음부터 절대로 잡혀가지를 말자, 이로코 약조를 했소."

이주언은 말가닥까지 잘잘 째며 손달문 말마따나 차분하게 변설을 풀고 있었다. 어찌 들으면 약 오르라고 비아냥거리고 있는 것 같기도 했다.

"멋이 어쩌고 어째? 잡으러 와도 잡혀가지 말자고?"

손달문은 같잖다는 듯 표독스럽게 얼굴을 일그러뜨리며 피글 웃었다.

"그렇소. 당신덜이 방금 우리 동네 들어온 것을 다른 동네 동학도 덜도 봤을 것인께, 이 동네에 먼 일을 잘못한 사람이 있는가 하고 금방 모두 몰려올 것이오. 그 사람덜이 몰려올 때까장 기다릴 것 없이, 으째서 나를 잡으러 왔는가 말씀을 한번 해보시오. 잡혀갈 일이라면 두말없이 잡혀가리다."

손달문은 다른 동네 사람들이 몰려온다는 소리에 얼핏 뒤를 한번 돌아봤다. 순간 손달문은 저도 모르는 사이에 무른 꼴을 보였다 싶었던지 더 표독스럽게 눈초리를 추켜올렸다.

"하룻강아지 범 무선지 모른다등마는 보다가 겁 없는 하룻강아지 한나 보겄네."

손달문이 어처구니없다는 표정으로 한번 웃었다.

"당신 변설을 잘 들었은께, 그러면 이번에는 내가 똑똑히 말씀을 해드리지. 모두 내 말을 똑똑히 들어야 할 것이오. 보시다시피 나는 국법을 시행하는 장흥 부사 나리 영을 거행하는 포교요. 내가 지금 여기 멋하러 왔냐 하면, 이주언을 잡아들이라는 부사 나리 영을 받들고 왔소. 만약, 이주언 당신이 이 영을 거역하면 그것은 거역관장하는 죄가 되어 갖고, 기왕에 있는 죄에다 이 죄가 한나 더 붙게 되고, 또 여그서 내가 저자를 잡아가는디 방해를 하는 자들이 있으면, 그자들은 작당하여 관에 작변하는 죄가 되요. 관에 작변하는 죄가 얼마나 큰지 그것은 내가 말을 안 해도 잘 알 것인께 그것은 말할 것이 없고, 똑똑히 하나 명심해 둘 것이 있소. 그것은 내가 여그서 그런 것이 죄가 된다는 것을 이로코 분명하게 말을 했다는 사실이오. 이것은 지엄한 국법인디, 내가 국법이 어떻다는 것을 말했는디도 그것을 범하면 죄가 더 커진다는 사실을 똑똑히 말해 두 겠소."

손달문은 한껏 위의를 가다듬어, *외수 잡은 놈 *골패짝 세어놓듯 마디마디에 힘을 꼬아 내질렀다. 서당 개 3년이면 풍월을 하더라고 호령소리 하나로 행세하는 수령 놈 밑에서 뼈마디가 굳은 놈이라 말 본새가 제법 가닥이 잡혀 있었다.

"국법이 지엄하다는 것은 잘 알고 있소. 헌디, 그 지엄한 국법을 업고 생사람을 개 패대끼 패서 재산을 강탈해 가면, 그 지엄한 국법 이 개 잡는 몽둥이제 멋이께라우? 그것은 국법을 크게 잘못 쓰고 있 는 것인게 그로코 잘못 쓰고 있는 국법에는 안 따를라요."

이주언이 여전히 늘어진 소리로 내뱉었다.

"멋이 국법이 개 잡는 몽둥이? 허허, 죽기로 환장을 했구나. 그래 죽기로 작정을 하면 호랑이 앞에서 웃통인들 못 벗을 리 없지."

손달문은 픽 한번 웃고 포졸들을 향했다.

"포졸들은 듣거라. 저 이주언은 다른 죄도 죄려니와 상감께서 내 리신 국법을 개 잡는 몽둥이라고 능멸한 자다. 저 작자를 사정 두지 말고 포박을 해라. 곁에서 방해하는 놈이 있거든 그 자리에서 당장 응징을 한다. 그 창으로 찌르라는 소리다. 사정 두지 말고 찌른다. 자, 포박을 해라."

손달문이 고함을 질렀다. 포졸들이 마루로 올라가려 했다. 그러 나 발 들여놓을 틈이 없었다.

"비켜!"

포졸들이 창을 들이댔다. 창끝이 하나는 이또실, 또 하나는 만득이 가슴을 겨냥했다.

"비킬 수 없소."

이또실이였다. 만득이는 창끝을 피해 윗몸을 뒤로 재꼈으나, 이또실은 끄덕도 않고 버티고 앉아서 태연하게 말했다.

"이 병신 새끼들아, 창은 뽄보기로 들고 댕기냐? 찔러!"

손달문이 육모방망이로 포졸 등짝을 사정없이 후려갈겼다. 등짝이 갈라지는 소리가 났다.

"비켜!"

등짝을 얻어맞은 포졸은 오만상을 찌푸리며 정말 찌를 듯이 악을 썼다. 만득이는 몸을 피해버렸으나, 이또실은 창대를 잡아버렸다.

"이 새끼, 안 놔?"

손달문이 육모방망이로 창 잡은 이또실 팔을 사정없이 내리쳤다. 순간, 이또실이 창을 놔버렸다. 방망이가 포졸 창자루를 치고 말았다. 화가 머리끝까지 치솟은 손달문의 방망이가 이또실을 향해 사정없이 날아왔다. 이또실이 들어오는 방망이를 날쌔게 붙잡아버렸다.

"안 놔!"

손달문은 악을 쓰며 방망이를 잡아챘으나 이또실이 놓지 않았다.

"이 새끼!"

포졸의 창이 쑥 들어왔다. 이또실은 포졸의 창도 거머쥐어 버렸다. 두 놈은 방망이와 창을 뽑으려고 있는 힘을 다해서 잡아당겼으나 이또실은 놓지 않았다.

"이놈의 새끼 죽고 싶어 환장했냐?"

손달문은 시퍼렇게 독기를 뿜으며 악을 썼다. 그때 곁에 섰던 포졸 창이 사정없이 이또실을 향해 들어왔다. 만득이가 깜짝 놀라 그 창자루를 잡아버렸다.

작자들은 마치 발목 붙잡힌 날짐승 꼴이었으나, 두 사람 다 놓지 않고 버텼다.

"잡아가는 까닭을 말하시오."

이또실이 차근하게 말했다.

"네놈들은 관속한테 작변을 한 놈들이다. 이러고도 살기를 바랄까?"

포교는 헛증난 *엇부루기 *뜸베질하듯 미쳐 날뛰었다.

그때였다.

"때려죽여!"

저쪽에서 솔치 사람들이 몰려오며 고함을 질렀다. 열댓 명이 손에 몽둥이까지 들고 살기등등하게 몰려오고 있었다. 손달문과 포졸들이 얼핏 뒤를 돌아봤다. 금방 눈이 둥그레졌다.

그때 이또실이 창을 놨다. 만득이도 놨다. 솔치 사람들은 마당 한쪽으로 그들을 빙 둘러쌌다. 그러나 솔치 사람들은 일판이 어찌 된 것인가 잠시 어리둥절한 표정들이었다. 난장판이 벌어져 있을 줄 알았다가 모두 방과 마루에 태연하게 앉아 있으니 놀랄 법도 했다.

"나를 잡아갈 까닭을 제대로 못 대겄으면 돌아가시오. *뺑아리가 발 벗었은께 항상 오뉴월인 줄 알제마는, 인자부텀 우리도 전하고는 다를 것이오. 몰려온 사람들 눈 보시오."

이주언이 여전히 침착한 목소리로 말했다.

"나는 사또 나리 영을 받들고 온 포교다. 국법이 지엄한 줄을 모르는가?"

손달문은 발작적으로 고함을 질렀다. 그러나 이미 기가 꺾인데다 이치 또한 감겨놓으니 허궁에 주먹질처럼 맥살없이 들렸다.

그때 또 동구 쪽이 소란스러웠다. 누룩쟁이 사람들이 몰려오고 있었다. 그들은 몽둥이는 들지 않았으나 수가 30명이 넘어보였다.

"어떤 새끼들이 껍죽거리냐?"

누룩쟁이 사람들도 상기 등등하게 들이닥쳤다.

"으음, 단단히 작당을 했구만."

손달문이 픽 웃으며 이죽거렸다.

"작당을 했은께 으쩐단 말이냐?"

솔치 사람들 속에서 악다구니가 터졌다.

"잘들 논다."

손달문은 얼굴이 알아보게 질려 있었으나, 원체 타고난 악바리라 군중을 노려보며 허세를 부렸다. 그러나 위세가 먹혀들지 않으니 작자의 꼬락서니는 헛가게 걷어낸 빈 말뚝같이 덩둘했다.

"포교 나리, 다시 말씀드리리다."

이주언이 차근하게 나섰다.

"굼벵이 같은 미물도 제 살아나갈 궁리로는 지붕에서 궁글어 떨어지는 재주가 있고, 뱀장어도 그 작은 눈으로 한 길 앞을 본다고 했소. 국법이 지엄한 줄도 알고 국법을 어기면 어떤 벌을 받는다는 것도 잘 알고 있소. 그런디, 그 지엄한 국법이 어뜨크롬 쓰이고 있소? 어서 돌아가시오. 돌아가서 사또 나리한테 이놈덜이 작당을 해서 덤비는 통에 도저히 잡아올 수가 없더라고 곧이곧대로 말을 하시오.

여그 더 있어봤자 존 일 없을 것 같소."

이주언은 두 동네 원군까지 오자 마치 수천 군사를 거느리고 적장과 담판하는 장수처럼 의젓했다.

"두고 보자. 관에 대적하고도 무사한가 두고 봐!"

손달문은 두고 보자는 소리를 모래 씹어뱉듯 뱉으며 휙 돌아섰다. 누룩쟁이 사람들이 길을 내주었다. 손달문이 꽁지 빠진 강아지처럼 나졸들을 달고 총총걸음으로 동네를 빠져나갔다.

"허허, 한판 붙을라고 왔등마는 모구 보고 칼 뺐네."

누룩쟁이 사람들 속에서 누가 익살을 부리자 와 웃음이 터졌다.

"저놈의 새끼들 꼴랑지 내린 것을 본께 작년 추석에 묵다가 목구멍에 얹힌 송편이 스르르 내려가는 것 같네."

모두 웃었다. 세 동네 사람들 웃음소리가 합쳐놓으니 동네가 떠나갈 듯 요란스러웠다.

하학동에도 동계가 열리고 있었다. 다른 고을에서는 정초부터 동학도들을 잡아들이는 바람에 모두 써늘하게 얼어붙어 있었으나, 만석보 일을 시작하면서부터 고부는 조용했다. 하학동 동계는 해마다 정월 보름에 열렸는데, 만석보 일이 시작되었지만 보름날은 하루 놀기로 되어 안성맞춤이었다.

"감역 나리, 농기 사건은……."

두레 쌀 쓰임새며 의논할 것 의논이 거진 끝나자 김이곤이 무겁게 입을 열었다. 모두 숨을 죽였다.

"감역 나리를 며칠 전에 뵈었는디, 농기 사건은 당신도 크게 실수를 저지른 줄을 잘 알고 미안하게 생각하고 있은게 웬만하면 이야기를 여그서 덮어달라고 합디다. 당신이 여그 나와서 저저히 사과를 할라고 했는디, 불가피한 일로 오늘 원행을 나갈 일이 있어서 미안하다고 함시로, 성의 표시로 쌀을 한 섬 내놓겠다고, 작제마는 두레 일에 요긴하게 쓰라고 하글래 내 맘대로 이라고저라고 할 수 없는 일이라고 했소. 어뜨코 했으면 쓰겠는가 말씀들을 해주시오."

김이곤이 말을 마치고 좌중을 돌아봤다. 그러나 아무도 얼른 말을 하고 나서지 않았다. 한참 동안 침묵이 흘렀다. 모두 조망태 얼굴을 흘끔거렸다. 그 사이 조망태 소문이 나 있었던 것이다. 이미 소작한 자리가 조망태한테로 가기로 되어 있다고 곧이곧대로 소문이 난 것이다.

"이런 이야기는 서로 말하기가 거북한 일인디……."

엉뚱하게 박문장이 침묵을 깨고 나왔다.

"원행 나갈 일이 먼 일이 이 일보담 그로코 큰일이 있는지는 모르겠제마는, 그래도 이것이 전부텀 이야기가 있어온 일인게 본인이 나와서 선은 이로코 후는 이로코 되었다고 말을 한 담에 덮어주라고 하든지 물어주라고 하든지 해사 쓸 것 아니오? 두레 영좌는 멋하는 사람인디, 오라면 오고 가라면 가서 그 사람 말이나 듣고 와서 전하고 있는 것이오? 두레 영좌가 그 사람 심바람꾼인가?"

박문장이 만만찮게 핀잔을 주고 나섰다.

"말을 해서 듣고 본게 그로코 되기는 되었소마는, 웃는 낯에 침 못 뱉더라고 나잇살이나 묵은 이가 그래싸는디 야박스럽게 잘라불 수도 없고 나도 새중간에서 거북한 점이 한두 가지가 아니오."

김이곤이 고추 먹은 소리를 했다.

"거북하더래도 할 말은 지대로 하고 지킬 체통은 지켜얄 것 아
니오?"

박문장은 툭 쏘며 고개를 돌렸다. 평소 그답지 않게 싸늘한 표정
이었다. 좌중은 또 한참 말이 없었다.

그때 조망태가 입에서 곰방대를 뽑았다.

"내 생각에도 이 일은 그것이 그로코 쉽게 넘어갈 일이 아닐 성부
르요. 감역 나리가 전부터 미안하다는 말은 이 사람 저 사람한테 여
러 번 한 것 같고 오늘 쌀을 내논 것도 성의가 방불하다고는 하겠소
마는, 이 일은 이웃 동네까장 소문이 난 일이라 잘못했다가는 우리
동네 사람들이 모두 웃음거리가 될 것 같소."

모두 놀라는 눈으로 그를 건너다봤다.

"그람, 어뜨코 했으면 쓰겠는가 그것까장 말씀을 해주시오."

"이런 일은 영좌가 말을 잘 해사 쓰겠는디, 지금 감역 댁에서 소
작을 몇 자리 내논다는 소문이 났소. 그 소작을 서로 벌라고 동네 사
람들이 너나없이 눈에다 불을 쓰고 눈치를 보는 통에 동네 인심이
사나워져도 크게 사나워질 것 같소. 그 집에서는 그 소작은 누구한
테 내놔도 내놀 소작인게, 그 소작을 누가 벌 것인가 그 작인은 두레
에서 의논해서 정하도록 해달라고 하면 으짜겠소? 그로코만 해주면
두레 체면도 서고 동네가 쳥할 것 같소. 까놓고 말해서 시방 동네 사
람들이 너나없이 그 소작을 벌라고 하는 통에 손바닥만한 동네가 인
심이 시방 말이 아닌 것 같소."

엉뚱한 제안에 모두 어리둥절한 표정들이었다.

"그런 소리가 이 일하고 길속이 다른 일이라 그로코 해줄란가 모르겄는디, 설령 그 작인을 두레에서 정하라고 한다 하더라도 서로 벌라고 하는 논을 우리는 그 작인을 어뜨코 정하겄소?"

"살림 형편 봐서 정하면 정하제 못 정하겄소?"

조망태는 여러 가지로 생각해 보고 한 소리였다. 이주호는 자기한테 한 자리 주겠다고 못을 박았으나, 그것이 농기 사건에 걸려 있는 것이라 달랑 받을 수도 없고, 또 안 받겠다고 거절하기도 어려웠다. 평소 이 사건에 제일 열을 올린 것은 자기였는데, 소작 한 자리로 입을 다문다면 자기 체면이 말이 아니고, 그런다고 소작을 받으면서 그 일은 그 일대로 따질 수는 없는 일이었다. 더구나 안 받는다고 내치면서 마음먹었던 대로 살 세게 따질 수도 없었다. 그것은 영영 원수가 되겠다는 소리였기 때문이다. 그래서 자기는 소작을 포기하기로 작정하고 두레의 체통이나 세워보자고 생각한 것이 이 의견이었다.

"그것이 좋은 의견 같소. 꼭 우리가 땅 임자매이로 이러고저러고 한다기보다, 그 일로 동네 인심이 궂혀도 크게 궂혀질 것 같은게 이런 사람을 주면 수원수구가 없겄는디 으짜겄냐고 하는 것이 좋 것 같소."

김한준이 동의를 하며 조건을 조금 완화시켰다. 일이 일이라 동네 사람들은 귀를 곤두세우고 있었으나 누가 더 입을 열지 않았다.

"으짜겄소? 감역 나리가 그로코 하자고 할지 으짤지는 모르겄는디, 기왕에 그런 의견이 나왔은게 말씀들을 더 해보시오."

모두 눈이 박문장한테로 쏠렸다.

"그라먼 기왕에 이얘기가 그로코 나왔은게 영좌야 도감이야 총각 대방이야 이런 사람들이 가서 말이여, 그 양반이 오늘 여그 안 나온 것부텀 단단히 따지고 나서 그런 소리를 해도 해사 쓸 것 같소."

박문장이 누그러지기는 하면서도 쐐기를 박았다.

"으짜겄소?"

"그래둡시다."

조망태였다.

"그람 그러기로 하겠소. 그라면 그 자리에는 유사까장 니 사람이 가겄소. 그런디 소작을 누구를 줬으면 쓰겄다고 정하기는 어뜨코 정하께라우?"

"그것은 동네 회의를 붙일 일도 못되고 한게 대강 의논할 만한 사람들하고 의논을 한 담에 영좌가 알아서 하면 으짜겄소?"

김한준이었다. 그러기로 결정을 했다.

이주호가 그 사이 신경을 썼던 것이 효과를 내어 농기 사건은 그런 대로 위기를 넘긴 셈이었다. 그러나 내막은 그것이 아니었다. 이주호 사정이 사뭇 달라진 것이다. 요사이 이주호는 속이 속이 아니었다. 경옥이 일이 묘한 데서 짜드락이 나서 혼사가 영영 틀려버린 것 같았기 때문이다.

며칠 전에 느닷없이 조성국이 서리 맞은 호박 상판을 해가지고 편지를 한 장 들고 왔다.

"도대체 이게 뭐요?"

용배가 김진사 앞으로 쓴 편지였다. 그 편지를 읽고 난 이주호는 상판이 노래지고 말았다.

하학동 이주호 딸은 그 동네 달주라는 총각하고 죽자살
자하는 사이다. 그것은 김진사 당신 집하고 혼담이 처음
오갈 때부터 그 처자가 밥을 먹지 않고 버티고 있다는 소
문으로 보더라도 확실하다. 그리고 그 처자는 천주학쟁이
이다. 그 어머니가 천주학쟁이라 딸도 천주학쟁이가 된
것이다. 사대부 집안에 천주학쟁이가 며느리로 들어오면
집안 꼴이 무엇이 되겠느냐. 그 처자가 천주학쟁이인지
아닌지 알아보는 방법은 간단하다. 본인한테 천주를 믿
는가 안 믿는가 물어보면 대번에 알 수가 있다. 제대로
천주학을 믿는 천주학쟁이들은 천주학을 믿는 것 때문
에 아무리 어려운 처지에 처하더라도 안 믿는다는 소리
는 하지 않는다. 전에 천주학을 금할 때 안 믿는다는 소
리 한마디만 하면 살려준다고 해도 그 사람들은 그 소리
를 하지 않고 기꺼이 죽음을 택했다. 이것은 당신 집안을
생각해서 하는 소리니 깊이 생각하여 후회 없도록 하라.

이런 내용이었다.
"천주학을 믿는다는 것이 사실이오?"
조성국이 물었다.
"허허, 이놈의 천주학이 결국 집안 망해묵는구만."
이주호는 한숨이 땅이 꺼졌다. 천주학 까탈로 여태까지 하도 많
이 속을 끓여왔기 때문에 이주호는 편지를 읽는 순간 마치 바위벽에
라도 부딪치는 것 같은 절망감을 느꼈다. 화가 머리끝까지 솟은 이

주호는 마누라를 잡아먹을 듯이 잡줬으나 허공에 주먹질이었다. 다른 일에는 무슨 일에나 고분고분한 마누라가 천주학 대목에만 이르면 나 죽여라 하는 꼴이었다. 절벽도 그런 절벽이 없었다. 이번에도 그럴 줄 뻔히 알면서 마누라를 쥐 잡듯이 족쳤지만, 그런다고 무슨 방도가 나올 까닭이 없었다.

이주호는 별의별 궁리를 다 했으나 뾰족한 방법이 없었다. 조성국하고 머리를 맞대고 이틀 사흘 의논을 했지만, 슬수에 능한 조성국도 천주학 대목에 이르러서는 *옴나위를 못했다.

이 혼사를 성사시키려고 김진사 집에는 돈을 만 냥이나 보내고, 말썽을 없애려고 이갑출한테는 논을 30마지기나 준 다음이었다. 김진사 집에 보낸 돈은 혼사가 이루어지지 않으면 다시 돌아오겠지만, 이갑출한테 준 논은 돌아올 까닭이 없었다.

이주호는 얼마나 울화가 치밀었던지 요사이는 매일 술로 울화를 삭혔다. 그제는 그 일로 조성국 집에 갔다 오다가 멀쩡한 길에서 넘어져 돌에다 이마까지 깨고 말았다. 그것은 그날 이갑출을 만난 탓도 있었다.

"아이고, 행님 어디를 댕개오시오?"

바글바글 속을 끓이며 천치재를 막 넘어오는데 이갑출이 불쑥 나타나며 인사를 했다.

"이놈아, 나는 니놈 형님이 아녀!"

이주호는 턱없이 큰소리로 악을 썼다. 속이 *여름 두엄벼늘 속 홍어속인데 이쁘잖은 놈이 갑자기 넉살을 떨고 나오자 대번에 오장이 뒤집혀버렸던 것이다. 이주호 눈에는 살기마저 감돌고 있었다.

"아따, 왜 또 이라시오?"

이갑출은 이주호의 호령에 눈을 오끔하게 떴다.

"한번만 더 형님이라고 했다가는 니놈 아가리가 찢어질 줄 알어."

이주호는 악을 썼다.

"인자 나도 이리 이사를 오기로 했은께 사흘걸이로 볼 것인디, 꼭 그로코 웬수 보대끼 해사 쓰겠소?"

이갑출은 일이 제대로 풀리자 이쪽으로 이사를 오기로 작정을 했다. 집까지 옛날 집을 찾아달라고 했던 것은 양보를 했기 때문에 요사이는 집을 구하느라 뻔질나게 말목을 오가고 있었다.

"잔소리 말어!"

"허허, 참말로 환장하겠네잉. 인자 칼하고는 여영 연을 끊어뿔라고 줄포를 뜰 작정인디, 참말로 미치고 폴딱 뛰겄그만잉."

이갑출은 할긋이 이주호를 노려보며 이를 앙다물었다.

"멋이 으짜고 으째?"

이주호는 제정신이 아니었다.

"어디서 한잔 하신 것 같은디, 어서 가시오. 낸중에 젱이 한본 찾아뵐라요."

이갑출은 착 가라앉은 소리로 말을 던져놓고 재를 넘어가버렸다. 이주호는 숨을 씨근거리며 나귀에서 내려 비탈길을 휘청거리며 내려오다가 그만 발이 삐끗하는 바람에 그대로 굴러 떨어지고 말았다. 하도 울화가 치밀어 눈에 뭐가 제대로 안 보였던 것이다. 이마가 한 치 가까이나 찢어지고 말았다. 쇠똥에 미끄러져 개똥에 입 맞춘 꼴이었다. 그러지 않아도 괴곽스런 성질에 안암팎으로 얼마나 천불이

나는지 건듯하면 고래고래 악을 쓰는 바람에 집안사람들이 그 앞에 서는 부접을 못했다.

김이곤이 이주호를 만난 것은 조성국이 그 편지를 가져오기 바로 전날이었다. 어제는 그 상판을 해가지고도 어디를 갔다가 밤중에 돌아온 것 같고, 오늘 아침에도 새벽같이 어디를 가고 없었다. 이주호는 조성국 집으로 어디로 정신없이 싸대고 있는 참이었다.

6. 복합상소

갈재서 삼례까지의 대도에는 과거꾼들이 줄을 서고 있었다. 모두가 갓망건에 도포 차림의 양반 행색이었다. 말이나 나귀에 견마를 잡히고 거드럭거리고 가는 사람도 있었으나, 거개가 괴나리봇짐의 거뜬한 차림들이었다. 괴나리봇짐도 가지각색이었다. 갈아입을 옷 한 벌씩만 싸서 짊어진 것도 있었고, 쌀이나 미숫가루 등 길양식까지 싸 짊어진 듯 꽤나 큼직한 것도 있었다. 모두 똑같은 점은 미투리가 한두 켤레씩 봇짐에 대롱거리는 것이었다.

과거꾼으로 꾸민 소꾼들이 꽤나 많았지만 대부분은 과거꾼들이었다. 이렇게 과거 때면 한양 장안에 모여든 과거꾼들이 5,6만 명은 되었기 때문이다.

텁석부리는 시또와 기얻은복 등 졸개 네 명을 달고 원평으로 들어서고 있었다. 텁석부리와 시또는 갓망건에 도포를 쓴 양반 차림이

214

었고 나머지는 바지저고리에 배자를 입은 배행꾼 차림이었다. 새로 맞춰서 처음으로 입고 나선 듯 새물내가 자르르한 진솔이었으나 두 사람 차림은 여간 어색하지 않았다. 옷도 옷이지만 갓망건을 쓴 꼴은 어른 갓을 장난으로 쓰고 나선 어린애들 꼴들이었다. 백정이 가마를 타면 동네 강아지가 짖는다더니 이들 모양새도 강아지가 알아보고 짖을 것 같았다. 그러나 작자들은 제법 양반 본새로 앞가슴을 잔뜩 내밀고 걸었다.

"성님, 씨발, 도포 이놈의 것 벗어서 싸 짊어졌다가 보은이나 한양 가서 입읍시다. 씨발놈의 도포가 홑이불 뒤집어쓴 것매이로 벌렁벌렁 영판 지랄이오."

시또가 울상을 지으며 텁석부리한테 이죽거렸다.

"야, 이 새꺄, 니 같은 새끼가 은제 이런 도포 입어보겄냐? 배행꾼까지 달고 가는 양반 놈의 새끼가 채신머리없이 자꼬 지랄이여."

텁석부리 핀잔에 모두 킬킬거렸다.

"대가리에다 씨발놈의 갓까장 써논께 차꼬라도 찬 것매이로 미치겄구만잉."

"야, 그람 얻은복하고 바꿀래? 너는 얻은복 종으로 저것 짊어지고 따라가고?"

"바꿉시다."

텁석부리 말에 얻은복이 달랑 나섰다. 모두 와 웃었다.

"씨발놈, 칵 쥐애부러."

시또는 얻은복을 향해 주먹을 을렀다.

"그람, 아가리 닥치고 진득어니 가!"

텁석부리 일행이 원평 문만호 주막에 당도하자 문만호가 반색을 했다. 일행을 뒤쪽 후미진 방으로 안내한 다음 문만호는 텁석부리를 한쪽으로 따내 한참 귓속말을 주고받고 있었다.

저녁밥을 먹고 나자 텁석부리는 다시 도포를 걸치더니 짐 속에서 칼을 챙겼다.

"너도 따라가자!"

텁석부리는 시또한테도 칼을 한 자루 주었다.

"나도 도포 입고라?"

"그래."

"잠깐 다녀올 일이 있은게 느그덜은 잠 오면 자거라."

텁석부리는 시또를 달고 밖으로 나갔다.

"이태백은 가는 디마당 술이고 장비는 가는 디마당 쌈이라등마는 우리는 가는 디마당 일이구나."

텁석부리가 대문을 나서며 이죽거렸다.

"먼 일인디라?"

"저승사자 노릇 한번 하고 와야겄다."

텁석부리가 낮은 소리로 속삭였다.

"음매, 어뜬 씨발놈이오?"

시또는 대번에 들떴다.

"해남 김남호다."

"응, 그 씨발놈, 알 만하요."

시또는 실없이 낄낄거렸다.

김남호는 해남 사는 부자로 월공이 돈을 울궈내려고 점을 찍어 일을 하고 있는 자였다. 이자한테는 일이 상당히 무르익어 이자가 박승치라는 그 집 땅박이를 데리고 도승을 찾아다니고 있는 참이었다. 물론 문만호는 박승치의 정체를 알 까닭이 없었다. 그는 며칠 전부터 금산사 골짜기 암자와 토굴을 뒤지며 그 도승을 찾고 있는데 오늘 저녁에 이리 내려오기로 되어 있다는 것이다.

그 김남호 집에도 작년 여름에 도승이 하나 나타나 예언했던 대로 큼직큼직한 액이 연달아 닥쳤다. 그런 액이 닥칠 것을 예언한 도승이면 액을 방지할 방법도 알 게 아니냐며 김남호는 두 달 전부터 그 도승을 찾아 지리산 속을 뒤지고 나서 얼마 전에 이리 와서 요사이는 날마다 금산사 골짜기를 뒤지고 있었다. 여기서도 못 찾으면 계룡산을 뒤지고 금강산까지 갈 참이었다. 그 집 땅박이 박승치가 그렇게 끌고 다니고 있었다. 그들한테 텁석부리가 여기서 일을 하게 된 것도 월공의 지시에 따라 모두 예정된 일이었다.

그들은 금산사 가는 길로 한참 가다가 산길이 나오자 길을 멈췄다.

"여그서 기달르자."

두 사람은 숲속으로 들어갔다. 한참 만이었다. 저쪽에 초롱불이 하나 나타났다.

"온다. 너는 여그서 가만히 구경하고 있어."

초롱불이 가까이 오고 있었다. 텁석부리가 손에 칼을 쥐고 혼자 성큼 길로 나섰다. 시또는 만약의 경우에 대비해서 몸을 숨긴 채 지켜보고 있었다.

"이놈, 어서 오너라!"

텁석부리가 칼을 쑥 뽑아들며 소리를 질렀다.

"뉘, 뉘시오?"

깜짝 놀란 김남호가 한발 뒤로 물러서며 뇌었다. 뒤따르고 있던 박승치도 뒤로 물러섰다.

"이놈, 네놈이 해남 사는 김남호란 놈이렷다?"

텁석부리는 여유만만하게 말했다.

"당신은 누구요?"

김남호는 잔뜩 겁에 질린 소리로 물었다.

"너를 저승으로 보낼 저승사자다."

"아니 왜 이러시오?"

"왜 이러는가 그 까닭을 말해 주마. 해남 사람 가운데서 니 애비한테 걸렸다 하면 살림이 거덜 안 난 사람이 없었다. 그것은 너도 잘 알 것이다. 그중에는 걸려도 험하게 걸려 논밭전지 다 날리고 피를 토하고 죽은 사람도 여럿이었어. 나도 그렇게 죽은 사람 아들이라는 것만 알아둬라. 그러지 않아도 해남으로 쫓아가서 원수를 갚으려고 하던 차에 며칠 전 너를 봤다. 하늘이 너를 보내준 것 같다. 니놈 목을 비어갖고 우리 아버님 원혼 앞에 피를 뿌려야겠다. 니 애비 땀새 죽은 원혼이 한둘이 아닐 것인게 그런 원혼들도 한 꾼에 달래줘사 쓰겄어. 순순히 목을 늘여라."

텁석부리는 차근하게 주워섬겼다.

"여, 여보시오."

김남호 목소리가 사뭇 떨렸다.

"어디 할 말이 있거든 아가리를 놀려봐라. 유언삼아 들어주마."

"이러시지 말고 말로 합시다. 댁에서 재물을 빼앗겼다면 그 재물을 돌려 드리겠소."

김남호는 떨리는 소리로 다급하게 말했다.

"이놈아!"

텁석부리는 갑자기 칼끝을 김남호 가슴에다 들이댔다. 김남호는 흠칫 뒤로 물러섰다.

"재물은 산 사람 소관이제 죽은 귀신한테 재물이 무슨 소용이냐? 재물이 아무리 산더미래도 죽은 원혼한테는 *제비한테 *노적가리다. 오늘 내가 니 모가지를 짤를라고 하는 것은 내가 니놈 대가리를 짤라서 돼야지 대가리 쌂대끼 쌂아갖고 내가 소금 찍어 묵을라고 짜를 란 것이 아녀. 너는 니 애비 뿌리에서 떨어진 종잔께 너라도 모가지를 짤라갖고 그 피를 뿌려서 원혼을 달래자 이것이여. 알겠냐?"

텁석부리는 깡 고함을 질렀다.

"아이고, 형장, 말로 합시다."

"이놈아, 나는 너하고 할 말이 없다. 죽은 사람은 산 사람 말을 알 아들을 귀가 없은께 백날 말해봤자 소용없다. 잔소리 말고 목이나 니래라!"

"아이고, 샌님, 제 말씀 한마디만 들어보씨오."

그때 뒤에 섰던 박승치가 앞으로 나섰다. 작자는 텁석부리한테 코가 땅에 닿게 절부터 했다.

"너는 멋인디, 헌 바지에 좆대가리 볼가지대끼 쏙 볼가지냐?"

"소인은 우리 마님을 배행하고 댕기는 놈이올시다요. 우리 마님 은 요새 좋은 일만 하고 댕기는 참이웁니다. 오늘도 이 야밤중에 부처님을 찾아 절에 갔다 오는 길입니다요. 돌아가신 마님이 어쨌는지는 모르겠사오나, 이 마님께서는 지난번 숭년에 집에 있는 곡식을 있는 대로 풀어 굶은 사람들한테 나눠준 일도 있사옵니다. 그래서 해남서는 생불 났다고 칭송이 자자하신 분이옵니다요. 이런 분을 이러신다면 이것은 너무하신 일이옵니다요."

박승치가 징징 우는 소리로 주워섬겼다.

"이놈아, 내가 니까짓 놈 알랑수에 넘어갈 것 같냐? 니놈 말솜씨부터가 *모주할미 열 바가지 내두르듯 하는 것이 대갓집 알랑쇠로 *야살깨나 까는 놈이구나. 이놈아, *씨도둑질은 못하는 법이다. 그 아비가 어떤 놈인디 그런 놈 뿌리에서 부처님이 떨어진단 말이냐?"

텁석부리가 잔뜩 핀잔을 주었다.

"아닙니다요. 바로 우리 아버님만 하더라도 억울한 관재를 입어서 영락없이 돌아가시게 되아뿌렀는디 우리 마님께서 살려주셨습니다요. 우리 마님은 저한테는 아버님을 살려주신 은인입니다요. 죽일라면 저를 죽여주씨오."

박승치는 징징 우는 소리로 능청을 떨며 텁석부리 발아래 넓죽 엎드렸다.

"이놈의 새끼, 안 비켜?"

"저를 대신 죽여주씨오."

"이 자식아, 어서 비켜!"

그 순간이었다.

"마님, 얼릉 내빼시오."

텁석부리 발아래 엎드렸던 박승치가 꽥 소리를 지르며 느닷없이 텁석부리 다리를 덥석 끌어안아 버렸다. 텁석부리는 그 자리에 털썩

220

엉덩방아를 찧고 말았다.

"이런 때려죽일 놈!"

텁석부리가 악을 썼으나, 박승치는 그대로 다리를 끌어안고 늘어졌다.

"마님, 이랄 때 얼릉 내빼란 말이오!"

박승치가 다시 악을 쓰자 그때까지 미치적거리고 있던 김남호가 후닥닥 튀었다.

"이놈의 새끼, 죽고 싶어 환장했냐?"

텁석부리가 나자빠진 채 악을 썼다.

"저를 죽여주씨오."

"이놈의 새끼, 안 놔?"

텁석부리는 고래고래 악을 썼고, 박승치도 그만큼 크게 우는 소리로 애원을 했다. 한참 동안 실랑이가 벌어지고 있었다. 이내 텁석부리가 발을 뽑았다.

"그 새끼 어디로 갔냐?"

텁석부리는 악을 쓰며 김남호가 사라진 쪽으로 쫓아갔다. 김남호는 소나무 숲 속으로 사라지고 없었다.

"이 때려죽일 놈, 어디 숨었냐?"

텁석부리는 숲 속으로 들어가 이리저리 헤매며 악을 썼다. 한참 동안 헤매고 다녔으나 종적을 찾을 수 없었다. 다시 한참 헤맸다.

"이놈, 두고 보자. 내가 이대로 그냥 두고 말지는 않을 것이다. 한번 먹은 마음을 내가 쉽게 풀 것 같냐? 니놈 집구석에까지 쫓아가서 요절을 내고 말 것인게 그리 알아라."

턱석부리는 부득부득 이를 갈며 숲속을 향해 악을 써놓고 제자리로 돌아섰다. 박승치도 어디론가 도망치고 없었다. 턱석부리는 또한 번 숲 속을 향해 소리를 지른 다음 돌아섰다. 원평 쪽으로 한참 내려가자 저만치 뒤따라오던 시또가 따라붙었다.

"성님, 호령소리 한번 간 떨어지겠습디다. 알고 들어도 간에 금이 쩍쩍 가는 것 같습디다."

시또가 낄낄거렸다.

"사람 속이기가 쉬운 줄 아냐?"

턱석부리가 웃으며 받았다.

"박승치 그놈 능청도 도가 텄지라우?"

"세상에 능청꾸러기도 그런 놈은 첨 봤다. 주문해 온 짱박이더라."

턱석부리는 허허 웃으며 말했다.

"지리산에서 산전 일구다 온 놈이라는디, 그놈 능청에는 안 넘어가는 놈이 없거이오. 그놈하고 같이 있으면 심심한 줄 모르요."

"그놈이 아까 내 다리를 끌어안았을 때 먼 짓을 한 줄 아냐?"

"먼 짓을 했간디라?"

"이놈이 내 다리에다 간지럼을 먹이잖냐?"

턱석부리는 지금도 그 간지럼이 살아나는 듯 한참 웃었다.

"거 보시오. 씨발놈이 그 속에서도 장난기가 동한 거요."

두 사람은 한참 웃었다.

"그 씨발놈, 이번 일로 쥔한테는 능청이 또 얼매나 흐드러질란지 모르거이오. 지 생명을 내던져서 주인을 살렸은께 생명의 은인이 돼부렀잖소. 인자부텀 쥔놈을 발아래 깔고 앉아서 쥔놈을 종놈 부리대끼 하거이오."

시또는 제물에 신이 나는지 한참 낄낄거렸다.

보은 장내리에는 엄청나게 많은 사람들이 몰려들고 있었다.

김덕명, 이방언, 손여옥 등 남접 거두 몇 사람이 장내리에 이르렀다. 그들은 원평에서 만나 일행이 된 것이다. 고부 김도삼과 정익서도 끼여 있었다. 동네 어귀에 방이 하나 붙어 있었다.

> 우리가 법헌의 지휘를 좇아 팔역의 도유들을 포괄하고,
> 육임의 명을 차출하여 도소를 여기에 설치한 것은 대신
> 사의 신원 한 가지가 시급한 때문입니다. 그러므로 장차
> 중의를 널리 모아 의논을 하고자 하였더니 각지의 도인
> 들이 풍문을 듣고 운집하여 대단히 복잡한지라 종일 손
> 님맞이에 일할 틈이 없습니다. 이 뒤로는 그 고을 두령의
> 인서가 없이는 도소에 들어오는 것을 불허하겠으니 이
> 약속을 꼭 지켜주기 바랍니다.

"허허, 엄청나게 몰려든 모양입니다."

손여옥이 일행을 돌아보며 웃었다. 일행은 도소로 향했다. 도소는 조그마한 기와집이었다. 마당에는 사람들이 북적거리고 있었다.

남접 접주들이 왔다고 하자 안에서 두령들이 나왔다. 손병희, 김연국, 손천민 등이었다. 먼저 와 있던 손화중도 같이 나왔다. 그들은 남접 접주들을 최시형의 방으로 안내했다. 최시형은 아랫목에 앉아

있다가 일어서며 이들을 맞았다.

"그간 평안하셨습니까?"

남접 접주들이 한꺼번에 최시형에게 큰절을 했다.

"원로에 오시느라고 수고가 많았소."

"환후는 쾌차하셨다는 말씀 들었습니다마는 뒤탈이나 없으셨습니까?"

이방언이었다.

"예, 염려해 주신 덕분에 다 나았습니다. 원로에 고생들이 많았소."

최시형은 깡마른 얼굴에 빛이 번쩍이는 눈으로 접주들을 돌아보며 인사말을 했다. 그는 얼핏 예사 시골 노인 같았으나, 깡마른 몸피하며 좀 지친 듯한 표정이 인상적이었다. 그 몸피나 지친 듯한 표정이 30여 년 태백산맥 산속을 피해 다니며 포교를 한 신산의 표상 같아 교도들은 그 앞에 나서면 그의 이런 몸피와 표정에 제절로 고개가 숙여지고 말았다. 지금 도인들이 폭압과 늑탈에 허덕이고 있다지만, 산속 동굴 속에서 잠을 자고 풀뿌리로 연명을 했던 그의 기나긴 고초에는 비할 것이 못 되었다. 그는 그런 신산의 고초를 이겨오는 사이 희노애락의 감정을 초탈해 버리기라도 한 듯 항상 표정이 굳어 있었다. 복숭앗빛으로 밝고 환한 동안이 도인의 일반적 모습이라면 최시형의 이런 모습은 형극을 형극으로 끌어안아 피나는 고초를 이겨내고 모든 원념을 곰삭혀버린 또 다른 모습의 도인상일런지 모를 일이었다. 말 한마디를 할 때마다 한마디를 하고 나서 다음 말을 생각해보고 하는 듯 한마디 한마디를 또박또박 씹어서 하는 말씨에서도 그의 조심성과 끈질긴 의지를 보는 것 같았다.

"염려가 많으십니다."

김덕명이었다.

"피차에 다 마찬가집니다. 지난번 삼례집회 때는 그 추위에 고생들이 많았습니다."

"고생이야 교도들이 고생이었지요. 교도들이 그렇게 고생한 보람이 조금이라도 날 줄 알았는데, 전보다 되레 더하니 답답하기 이를 데 없사옵니다."

이방언이었다.

"우리의 지성이 아직 부족한 탓이오. 그런데, 지금 도인들이 너무 많이 몰려드는 바람에 어찌해야 좋을지 모르겠소."

최시형의 말소리는 잔잔했다.

"선사의 신원에 대한 도인들의 정성이 그만큼 지극하고 한편으로는 관의 폭압이 그만큼 심하기 때문입니다. 우리 고을에서도 30명이 넘게 왔사옵니다."

그때 손병희가 나섰다.

"각 고을에서 몇 사람씩만 올 줄 알았는데 이렇게 많이 몰려오니, 이 수가 전부 한양으로 올라갈 수는 없는 일이어서 지금 그것을 여러 두령들하고 숙의하고 있는 중입니다. 4, 50명만 올라가고 나머지 도인들은 돌려보내자는 의견들인데, 두령들 생각은 어떠시오?"

손병희는 최시형에 비하면 몸집이 비대하여 시골 부자 같았다. 성품이 원만하고 모가 나지 않아 최시형 주변에 있는 법소의 여러 인물들 가운데서 교도들이나 고을 접주들의 신망이 제일 높은 사람이었다.

"글쎄올시다. 장흥, 강진, 해남 세 고을에서만도 50명 남짓 올라왔는데 그들은 모두 한양까지 갈 것으로 생각하고 왔습니다. 우리는 되도록 많이 가는 것이 좋을 것 같아 되레 같이 가자고 이 사람 저 사람 독려를 했습니다. 귀양도 가려다 못 가면 서운하다는 것인데 권유해서 데리고 온 사람들을 중도에서 돌아가라고 하면 접주들 체면도 체면이려니와 너무 섭섭해할 것 같습니다. 다른 고을도 사정이 비슷비슷할 것 같은데, 이번에 모인 사람들은 거개가 평소 바깥출입을 하는 사람들이라 체모도 지킬 만큼은 지킬 만한 사람들입니다. 이 사람들을 짐으로 생각할 것이 아니라, 이 사람들의 정성을 고맙게 여기고 달리 무슨 방도를 생각하는 것이 득책이 아닐까 합니다."

이방언이 조리 있게 말했다.

"허지만, 벌써 여기 와 있는 수가 5백 명이 넘고 이 기세로 몰려들기로 하면 천 명도 넘지 않을까 싶소. 그렇게 많은 수가 한양으로 몰려가면 조정에서는 필경 오해를 할 것 같아 그것이 걱정입니다. 꼬투리만 있으면 트집을 잡으려고 할 것인데, 그렇게 많은 수가 몰려가 보십시오. 필시 다른 뜻이 있다고 할 게 아니겠습니까? 상소라는 것은 글자 그대로 상감께 소장 하나를 올리는 것인데, 이렇게 많은 사람이 몰려온 까닭이 뭐냐고 다그치면 말이 막히고 말지 않겠소?"

법소에서는 여전히 조정의 비위를 건드릴까 그것을 제일 조심하는 태도였다. 사실 상소라는 것이 조정의 온정을 바라는 것이라 당연한 태도이기도 했다.

"그렇지만, 장흥이나 해남 같은 데서는 여기까지 오는데 꼬박 여드레가 걸렸는데 이렇게 먼 길을 온 사람들한테 돌아가라고는 할 수 없는 일입니다."

"일은 지금 준비가 다 끝난 셈입니다. 소두도 정했고 소장도 써놨습니다. 도인들이 더 몰려들기 전에 아까 말씀하신 대로 4,50명만 대표로 뽑아 내일 바로 한양으로 가는 것이 어떻겠습니까?"

손천민이었다.

"소두는 누굽니까?"

"박광호 두령입니다. 여남은 명이 지원을 했는데 그중에서 박두령으로 정했지요."

박광호는 이 자리에 없었다. 박광호는 교단에 널리 알려진 사람은 아니었으나, 원래 과묵하고 담력이 있어 평소 해월의 신망이 두터운 사람이었다. 소두로 나선다는 것은, 더구나 이런 일에는 생명을 거는 일이었다. 조정의 비위를 잘못 건드리는 날에는 참형을 당하는 수가 비일비재했기 때문이다.

상소문은 손천민가 지었으며 도인들의 대표는 박석규, 임규호, 박윤서, 김영조, 김낙철, 권병덕, 박원칠, 김석도, 이문찬으로 정했고 총지휘는 손병희, 김연국, 손천민 등이 하기로 했다고 했다. 남접 사람들은 박석규와 김낙철뿐이었다.

"이것이 상소문이오."

손병희가 상소문 사본을 내놨다. "각도에서 모여든 유학幼學 신臣 박광호 등은 송구한 마음으로 임금님 앞에 삼가 머리를 조아려 아뢰옵니다"는 서두로 시작된 상소문은 동학이 사교가 아니라는 점을 장황하게 설명한 다음 신원을 해달라는 내용이었다.

"도인들 한양 가는 일에 제 생각은 이렇습니다."

손화중이 다시 나섰다.

"여기까지 온 도인들은 다 그만한 성의가 있는 사람들입니다. 거개가 소두로 나서라 해도 주저하지 않을 각오까지도 하고 온 사람들입니다. 이런 성의를 소홀하게 생각해서는 안 될 것 같습니다. 우리두령들이 할 일은 이런 정성을 어떻게 모아서 그것으로 큰 힘을 만드느냐에 있을 것입니다. 그런데 이 사람들을 이대로 돌아가라고 한다면 그것은 우리 접주들의 소임을 스스로 저버리는 일이 될 것이고, 또 지금 여기 온 사람들의 열기로 보더라도 돌아가라고 한다 해서 순순히 돌아설 것 같지도 않습니다. 그러니 이렇게 하는 것이 어떻겠습니까?"

손화중은 차근하게 말했다.

"손천민 두령께서 말씀하신 대로 40명이면 40명, 대표를 뽑아 보내는 것은 그렇게 하기로 하되, 여기 온 도인들에게 그렇게 결정하게 된 경위를 자세하게 설명을 한 연후에, 일이 되어가는 귀추를 꼭 보고 싶은 사람은 한양까지 개인 자격으로 가는 것까지는 말리지 않겠다고 하는 것입니다. 그러니까, 가기는 가되 구경꾼으로 가라는 것이지요."

손화중은 말을 이었다.

"그러면 대부분 한양까지 갈 것입니다. 그러나 도소에서는 그 사람들을 짐으로 느낄 필요가 없겠지요. 사실, 한양으로 상소 올리러간다는 소리를 듣고 지금 각 지방에서는 이미 한양으로 직접 간 사람들이 많다는 소리를 들었습니다. 따지고 보면 이렇게 도인들이 몰려가게 되면 대표로 올라가서 소를 올리는 사람들도 한결 마음이 든

든할 것 같고, 또 사람 일이란 모르는 법이니 불의의 일이 생겨 이런 도인들의 힘이 소용될 수도 있을지 모릅니다."

"그 의견이 좋을 것 같습니다."

이방언이었다.

"그리고 궐문 앞에 엎드려 복합상소를 하자는 것인데, 삼례집회 때 경험으로 미루어보면 상감의 칙서가 언제 내릴지 모르는 일입니다. 한여름에도 그렇게 엎드려 있으려면 힘이 들 것인데, 이 엄동에 밤낮을 엎드려 있기로 하면 그중에서는 기진할 사람도 나올 것이니, 그런 때는 그런 사람과 대거리할 사람도 있어야 할 것 같소이다."

복합상소伏閤上疏란 대궐문 앞에 엎드려 올리는 상소였다.

"그래서 대거리할 사람이나 뒷수발할 사람은 따로 또 30명쯤 보내기로 했습니다."

김연국이었다. 의논은 밤중까지 계속되었다. 새벽녘에 의견이 모아졌다.

박광호를 따라 궐문 앞에 가서 상소를 올릴 사람은 40명으로 하고, 칙서가 빨리 내리지 않아 대거리를 하거나 뒷수발할 사람 30명을 따로 보내되, 이 70명의 총지휘는 기왕에 정해놓은 대로 손병희, 김연국, 손천민 등이 하기로 했다. 그리고 다른 접주들은 자기 접 도인들을 거느리고 어디까지나 구경꾼으로 올라가서 사태의 추이를 지켜보다가 거들어야 할 일이 있으면 거들기로 했다.

한양에는 이미 서병학이 올라가 남소동 최창한이란 사람 집에 도소를 정하고 기다리고 있다고 했다.

다음날 도인들은 장내 도소의 지시에 따라 각자 한양으로 가기 시작했다. 도인들은 한꺼번에 떼로 몰려가지 않고 끼리끼리 패를 지어 올라갔다.

"그간 기체후 강령하십니까?"

이방언은 대원군 앞에 정중하게 절을 했다.

"아이고, 이거 이생원 아니시오? 대체 이게 얼마 만이오?"

대원군은 이방언의 손을 잡으며 반색을 했다. 이방언은 한양에 당도하자마자 여숙을 잡아놓고 대원군을 찾아온 것이다. 한양에 왔으니 당연히 찾아보아야 하지만, 대원군 정도의 경륜이 있는 노정객한테서 시국의 추이를 듣고 싶어서 당도하자마자 서둘러 온 것이다. 이방언은 그가 집권을 하고 있을 때는 권력 주변에 얼씬거리고 싶지 않아 찾지 않았고, 그 뒤로 파란이 계속될 때는 그때대로 그를 만나기가 만만찮을 것 같아서 역시 찾지 않았다.

"생각보다 신색이 좋으십니다. 그 동안 찾아뵙지 못해 죄송합니다. 그저 멀리서 가슴을 태우다 한숨을 쉬다 했사옵니다."

"고맙소. 나도 울적할 때면 옛날에 훨훨 돌아다니던 때 생각이 간절해서 그럴 때면 이생원을 여러 번 생각했지요. 그 부춘정이던가 그 정자에서 먹었던 은어회 맛을 지금도 잊지 않고 있소."

부춘정은 장흥 부동면 탐진강 가에 있는 정자였다.

"허허, 부춘정을 아직까지 기억하고 계시다니 대단하십니다."

"그 고을은 산수가 유독 수려해서 잊히지가 않소."

대원군은 역시 일세를 주름잡던 풍운아답게 호방한 기백이 그대로 살아 있었다. 속에서 이글이글 불이 타고 있으리라 생각했던 것과는 달리 마치 신수 좋은 한량 같은 여유가 보였다.

"지금도 동학은 열심히 하고 계시오?"

"예, 실은……."

이방언은 상소하러 왔다는 이야기를 했다.

"상소?"

이방언은 그 동안 동학도에 대한 관의 늑탈을 대충 설명한 다음 삼례집회에서부터 이번 상소에 이르기까지 그 동안의 경위를 설명했다.

"삼례집회 소식은 들었소. 지금 동학도가 전국적으로 대충 얼마나 되지요?"

"저희들도 확적히 가늠을 할 수가 없습니다마는, 2,30만은 되지 않을까 합니다. 전라도하고 충청도가 그중 많은 편입니다."

"이삼십 만."

대원군은 혼자 입속으로 2,30만을 뇌었다.

"최시형이라는 사람은 사람됨을 대충 들었소마는, 최시형 다음가는 인물은 누구누구요?"

"최시형 교주님 주변에는 손병희, 손천민 같은 이들이 교주님을 보필하고 있고, 전라도 쪽으로는 손화중, 김덕명, 김개범 같은 이들이 거두들이지요. 교문의 위계로는 한참 떨어집니다마는 전봉준 같은 이도 있습니다. 물론 그 위에는 서장옥 선생이 계시지요."

"서장옥이란 사람은 중 출신이라 하던데……."

"그렇습니다. 일반 교도들 앞에는 잘 나타나지 않고 늘 잠행을 하시기 때문에 널리 알려지지 않았으나, 사려가 깊고 시국에 대한 눈도 밝으신 편입니다."

"무장 선운사에서 비결을 꺼냈다는 사람이 손화중이지요?"

"그렇습니다. 그 일을 알고 계시는구먼요."

"아까 전 누구라 했지요? 그 사람은 처음 듣는 이름 같은데……."

"예, 입도한 지가 얼마 되지 않아 교문에도 별로 알려지지 않은 사람입니다. 그러나 의기나 인품이 출중하고 사세 판단이 날카로울 뿐만 아니라 시국을 보는 눈이 넓습니다. 키는 작습니다마는 담력이 대단하고 압인지기가 있습니다."

"그이는 이 시국을 어떻게 보고 있소?"

"조정의 무능이나 국정 문란보다 외세를 더 걱정하고 있습니다."

대원군은 고개를 끄덕였다.

"손화중과 비교하면 어떻소?"

"손화중은 서른네 살이고 전봉준은 서른아홉인데 사세 판단이나 시국을 보는 눈은 제가 보기에 전봉준이 교단에서는 단연 으뜸인 것 같습니다."

"전봉준도 지금 한양에 와 있소?"

"오지 않았습니다."

전봉준이 못 오게 된 경위를 설명했다.

"내정보다 외세를 더 걱정한다면 전봉준이 시국을 제대로 본 것이오. 지금 이 나라꼴은 안으로는 중병을 앓아 숨이 넘어가려는 꼴이고 밖으로는 그 죽어가는 사람을 앞에 놓고 그걸 먹으려고 외세라는 승냥이들이 침을 삼키고 있는 꼴이오. 글자 그대로 내우외환이지요. 희망이 없소. 지금 다만 한 가닥 실낱같은 희망이라면 동학뿐이

232

오. 나는 양이들을 무력으로 배척하려고 했지만 최제우는 정신의 힘으로 그들을 배척하려고 동학을 창도했던 것 같소. 배척하려 한 것이라기보다 제정신을 추슬러 그들에게 먹히지 않으려고 한 것이지요. 나는 바로 이 점에서 최제우를 크게 보고 있고, 이 나라를 건질 활계가 동학에 있을지 모르겠다고 실낱같은 희망을 지니고 있소. 이 생원은, 아니지 접주라 불러 드려야겠구만."

대원군은 껄껄 웃고 나서 말을 이었다.

"나는 요사이 동학을 알 만한 사람이 오면 동학 이야기를 묻고 귀를 기울여 듣고 있소. 나는 지금 풍전등화 같은 이 나라를 건질 활계가 동학에 있을지 모르겠다고 생각하는데 이접주는 이 점 어떻게 생각하시오?"

대원군은 진지한 표정으로 물었다. 대원군 이야기는 명쾌하고 시원시원했다. 나라를 걱정하는 노정객의 충정이 그 말과 얼굴에 그대로 드러나고 있었다. 그는 사직이라는 말을 쓰지 않고 나라라는 말을 쓰고 있었다.

"글쎄올시다. 관의 늑탈과 폭압이 극에 달해 우리는 눈앞의 그런 고통만을 모면해 보자고 몸부림을 쳐온 꼴이었습니다. 이래서는 나라가 망하겠다고 생각은 하면서도 동학이 나라의 안위를 통째로 짊어지고 어떻게 해야 한다는 생각은 깊이 해보지 못했사옵니다."

이방언은 대원군의 말을 듣고 보니 여태까지 자기 생각이 너무 좁았던 것 같아 좀 부끄러운 생각이 들기도 했다. 전봉준은 자기보다 훨씬 큰 포부를 가지고 동학을 보는 것 같았으나 자기는 나라의 앞날까지 동학과 연결시켜 깊이 생각해 보지는 않았다.

"지금 상소를 올리러 오셨다고 했는데 그럼 그 상소의 취지는 무엇이오?"

"교조의 신원을 해달라는 것이올시다. 교조께서 좌도난정으로 참형을 당하셨기 때문에 동학이 사도로 단속을 받아 그것이 빌미가 되어 폭압을 당하고 있기 때문입니다. 교도들로서는 교조의 신원 자체도 중요하지만 당장은 폭압의 구실을 없애자는 것이옵니다."

"내가 보기에는 내칠 것이 뻔한데 그 다음은 어찌하기로 하였소?"

"그때는 다시 의논하기로 했습니다."

"완영完營에서 금포의 감결이 내렸는데도 수령들의 작태는 여전해서 다시 이렇게 조정으로 올라온 것 같은데, 이번에도 마찬가지라면 그 다음에는 계책을 달리 해야 하지 않겠소?"

"그것은 의논해 보아야 할 것 같습니다."

대원군은 한참 동안 밖을 내다보며 말이 없었다. 이방언도 묵묵히 앉아 있었다.

"고을의 관리들이 동학이 사도라고 다스린다지만, 아까 이접주가 말씀하신 대로 그것은 오로지 백성을 늑탈하자는 구실일 뿐이지 그자들 눈에 사도가 제대로 보이고 정도가 제대로 보일 까닭이 없소. 어느 때라고 관의 *민막이 없었던 때가 있었겠소마는 지금은 형편이 다르고 그 정도가 다릅니다. 이놈들이 나라와 백성을 좀먹는 꼴은 지금 도무지 말이 아니오. 방이 차면 산에 가서 땔나무를 해다 불을 때야 할 것인데, 이자들은 마룻장을 뜯고 서끌을 헐어다가 불을 지피고 있는 꼴이오. 이접주도 말했듯이 동학이 사도란 것은 늑탈의 좋은 구실일 뿐인데, 신원이 된다고 해서 그자들이 늑탈을 하지 않

234

을 것 같소? 얼굴에 검정이 묻었다고 타박을 해서 그걸 씻고 나오면 이번에는 상투가 흐트러졌다고 나무랄 것이오. 동학이 사도냐 정도냐가 문제가 아닙니다. 그것을 빌미로 백성을 늑탈하도록 되어 있는 나라의 기강이 문제고, 또 나라의 힘이 허약해진 틈을 비집고 나라를 파먹어 들어오는 외세가 문제지요. 동학도인들의 입장에서 본다 하더라도 지금 상소를 하고 있는 것은 속되게 말하면 태풍이 불고 있는데 창구멍 막는 꼴이오. 태풍이 몰아쳐 집이 무너지고 있는 판에 창구멍을 막아 무얼 하겠소?"

대원군은 잠시 말을 그쳤다가 다시 이었다.

"최제우는 생각할수록 큰 인물이었고, 나라의 앞날을 저만큼 내다보았던 사람이오. 서양 등 외세에 대항하여 우리를 지키자는 정신도 그렇거니와, 경세의 허허실실까지를 다 꿰뚫어보고 방책을 생각했던 것 같소."

"무슨 말씀이십니까?"

"최제우가 좌도난정으로 참형을 당할 때 제일 문제가 되었던 것이 칼노래였다고 알고 있소. 그는 참형을 당하면서도 그 칼노래에 한마디도 변명을 하지 않았소. 죽음을 내다보면서도 형문을 하는 사람들한테 변명을 하지 않았던 바로 그 침묵은 거꾸로 자기의 도를 믿고 따르는 사람들한테는 이것이야말로 진실 중의 진실이라는 웅변이 아니고 무엇이겠소? 그 칼노래는 그가 잡혀서 참형을 당하기 얼마 전 잠시 호남 쪽에 피신해 있을 때 지어 거기 제자들하고 매일 그 노래만 부르며 칼춤을 췄던 노래라고 들었소. 그는 그때 이미 자기의 죽음을 예감하고 있었던 듯한데 호남에 가서 피신을 하고 있던 서너 달 사이에 한 일은 딱 그 한가지뿐이었소. 그는 죽음을 예감하고 죽기 직전에 호남으로 갔고, 거기 가서 칼노래를 지어 제자들하고 그 노래만 불렀소. 바로 이 사실을 나는 의미심장하게 보고 싶소. 최제우란 사람의 세사에 대한 경륜이나 사람됨의 크기로 미루어볼 때 그가 거기 간 것은 범인의 눈에는 피신이었지만 피신이 아니라 사실은 마지막 포교의 대상을 그 지역으로 잡은 것이고, 그것은 이 나라의 활계를 그쪽 사람들한테 호소한 것이라 생각합니다. 매일 그 칼노래를 부르며 춤을 췄다는 것은 그 활계를 온몸으로 그렇게 말을 했던 것이 아니고 무엇이었겠소? 최제우가 생각한 이 나라의 활계는 칼뿐이라는 이야기였소. 내가 이 나라를 건질 활계가 동학에 있는 것이 아닌가 실낱같은 희망을 품고 있다는 것은 바로 이것을 말한 것이오. 최제우는 종교인이기 전에 뛰어난 경세가였소. 그 큰 뜻에 동학이라는 종교의 옷을 입혀 세상에 널리 호소한 것이오."

어리둥절한 표정으로 말을 듣고 있던 이방언은 이내 크게 고개를 끄덕였다. 역시 한 나라의 명운을 손에 쥐고 흔들었던 대정객다운 경륜이 느껴졌다. 최제우의 칼노래에 대한 통찰은 실로 놀라운 것이었다. 이방언은 통나무로 가슴을 찍는 듯한 충격을 느꼈다.

이방언은 얼얼한 감동 속에서 몇 마디 더 이야기를 하다가 일간 다시 오겠다는 말을 남기고 물러나왔다.

이방언은 운현궁을 나와 도소에 들렀다. 손병희가 굳은 얼굴로 이방언을 한족 방으로 데리고 갔다.

"지금 괴이한 소문이 떠돌고 있는데, 이두령께서는 못 들으셨소?"

손병희는 눈살을 찌푸리며 물었다.

"무슨 소문입니까?"

"일부 도인들이 대신들을 잡아 가두고 조정으로 쳐들어가기로 했다는 소문입니다. 이게 남접 사람들 사이에서 돌고 있는 이야기라지 않습니까?"

"그게 무슨 소립니까? 변란을 일으킨다는 소리 같은데, 그 짓을 남접에서 한단 말인가요?"

"그런 소리가 도인들 사이에 쫙 퍼져 있습니다. 그게 일해 선생 지시라는 소리까지 있습니다."

"뭐요, 서장옥 선생이 그렇게 시켰단 말인가요?"

이방언은 입이 떡 벌어지고 말았다.

"이미 남접에는 그렇게 영을 내려 남접에서 젊은이들이 몰려와 어딘가 숨어 있다는 것입니다."

"금시초문이오. 서장옥 선생이 어쨌다는 이야기라면 누구보다도 서병학 씨가 잘 알고 있을 게 아니오?"

"그러기 이 사람을 찾았더니 어디를 갔는지 종적을 알 수가 없소. 이 사람이 안 보이니 두령들은 지금 더 의혹을 품고 있소. 혹시 무슨 짐작 가는 일이라도 없소?"

"전혀 없습니다."

이방언은 어리둥절하지 않을 수 없었다. 서병학은 밤중이 될 때까지 나타나지 않았다. 도소에서는 모두 굳은 얼굴로 말이 없었다. 북접 사람들은 남접 사람에 대한 의혹을 풀지 않는 것 같았다. 이방언까지 의심을 하는 것 같은 눈치였다. 보은에서 교도들의 한양행을 용인하자고 한 것이 이방언이라, 이방언도 한통속으로 생각하는 것 같았다. 이방언은 어이가 없었으나 시간이 지나면 진의가 밝혀질 것 같아 느긋한 마음으로 기다렸다.

이방언은 같이 올라온 자기 접 사람들하고 여숙에서 자고 다음날 아침 일찍 도소로 나갔다. 서병학 얼굴이 보였다.

"어제 그 소문은 어찌 된 것이오?"

옆자리 손병희에게 귓속말로 물었다.

"근거 없는 낭설이 아닌가 싶습니다. 서두령도 전혀 모르는 일이랍니다."

"다행이오마는, 도대체 그런 소문이 어떻게 났을까요?"

"글쎄올시다."

손병희는 아직도 의혹을 풀지 않은 표정이었다.

그때 밖에서 이방언을 찾는다는 전갈이 들어왔다. 낯선 젊은이들이 이방언을 한쪽으로 따냈다. 갈재 시또였다. 곁에 따라온 자는 기얻은복이었다.

"이방언 접주님이시지라우? 쩌그서 김덕호 씨가 접주님을 기다리고 기시그만이라우."

시또가 속삭이듯 말했다.

"김덕호 씨가?"

이방언은 실없이 시또가 턱으로 가리키는 쪽을 돌아봤다.

"여그서 쪼깐 머요."

두 젊은이가 앞장을 섰다. 수표교까지 갔다. 광교와 장교 사이에 걸쳐 있는 가느다란 나무다리를 건넜다.

"어디까지 가는가?"

"거진 다 왔습니다."

길가에는 허술한 초막집들이 즐비했다. 옷 베, 갓, 신발, 철물, 지물 등을 파는 가게들을 한참 지났다. 북촌의 양반들은 전혀 발걸음을 하지 않는 지저분한 상가였다. 두 사람은 골목으로 한참 들어갔다. 덩실한 기와집이 몇 채 있었다. 그 중 한 집으로 들어갔다. 거기에 김덕호가 큰 방을 하나 차지하고 있었다. 두 사람은 손을 잡으며 반갑게 인사를 했다.

"어떠시오, 별탈은 없으시오?"

인사가 끝나자 김덕호가 물었다.

"아직 별일은 없습니다마는, 동학도들이 병복으로 갈아입고 조정으로 쳐들어간다는 터무니없는 소문이 나서 지금 두령들은 그 소문 때문에 마음을 못 놓고 있소. 산신 제물에는 메뚜기도 뛰어들고 파리도 끓는 것이지만, 소문이 나도 덤턱스런 소문이 나는 바람에 모두 살얼음을 밟고 있는 기분들입니다."

이방언은 웃으며 말했다.

"그런 소문은 나도 들었소. 그런데 혹시 대원의 대감 만나지 않으셨소?"

"만났습니다."

이방언은 웃으며 대답했다. 역시 김덕호다 싶은 모양이었다.

"그분은 시국을 어떻게 보고 계시던가요?"

김덕호가 성급하게 물었다.

"우리보다는 한참 위에서 내려다보고 있는 것 같습디다. 지금 이

나라는 내우외환으로 중병이 들었는데 건질 길이 없다고 한숨을 쉬십디다."

"이두령을 만났으면 한숨만 쉬고 있지는 않았을 텐데요."

"역시 김처사한테는 못 당하겠구려."

이방언은 한 번 웃고 나서 말을 이었다.

"지금 우리가 상소를 하고 있는 것은 태풍에 창구멍 단속이라더 만요. 당신은 지금 이 나라를 건질 활계가 동학에 있을지 모르겠다는 실낱같은 희망 하나밖에 없다면서……."

이방언은 대원군이 한 이야기를 소상하게 전했다. 김덕호는 고개를 끄덕이며 가볍게 웃었다.

"수운 선생이 보기에는 이 나라를 건질 활계는 칼뿐이었다. 그런 데, 그 칼을 호남 사람들더러 들라고 했단 말이 되는가요?"

김덕호가 물었다.

"잘라서 이야기를 하면 그렇게 되겠습니다."

"수운의 의중을 그렇게 꿰뚫어보다니 대원군은 역시 치세의 영걸인 것 같습니다. 한 가지 사상에 물이 들어버리면 일상사나 나라를 다스리는 치세나 그 사상의 테두리를 벗어나지 못하는 법인데, 주자학에 찌든 사람이면서도 치세만을 생각하다 보니 그의 몸에 밴 사상까지도 그렇게 초탈을 한 것 같습니다. 다산 같은 치세의 경륜도 홍경래난이 일어나자 유배지에서 토벌의 격문을 써서 조정에 보낸 일이 있습니다. 그런 점에서 보면 대원군은 한수 위구만요."

"이분에게는 조정에 대한 원한도 있겠지요."

"그야 그렇기도 하겠지만, 동학에 대한 이해가 그 정도라면 놀랍지 않습니까?"

"비범한 인물이지요."

"다른 말은 없었소."

"동학 두령들의 인물을 묻기에 대강 이야기를 했더니 이미 환하게 알고 계십디다. 손화중 두령하고 전봉준 두령에게 관심이 많으십디다."

"전두령도 알고 계세요?"

"거기는 내가 이야기했지요. 그이는 나라 안보다 바깥 세력에 더 근심을 하고 있다니까 크게 고개를 끄덕이더만요."

김덕호도 고개를 끄덕였다.

"그런데 여기서 우리가 대원군에 대해서 한 가지 알아야 할 것이 있습니다. 대원군은 나라 안을 근심하든 밖을 근심하든 그는 어디까지나 왕실의 안위만을 생각할 뿐 백성은 안중에 없다는 점입니다. 그 점이 우리하고 근본적으로 다릅니다. 전에 그가 탐관오리를 그토록 엄하게 징치했던 것도 어디까지나 사직을 위한 것이었고 양반들에게 군포를 물렸던 것도 상민의 군포 부담을 덜어주려는 것이 아니고 그만큼 조정의 수입을 늘리자는 것이었습니다. 우리가 대원군을 볼 때 항상 조심해서 보아야 할 점이 바로 그 점입니다."

이방언은 고개를 끄덕였다.

"아까 병복으로 갈아입고 조정으로 쳐들어갈 계책을 세우고 있는 사람들이 있다는 소문이 뜬소문만은 아닐지도 모르는데 거기에 법소는 어떻게 대처하고 있소?"

김덕호가 말머리를 돌렸다.

"서병학 씨가 일해 선생의 사주를 받아 그런다는 소문이어서 손병희 씨가 서병학 씨를 만나 알아보니 그런 일이 없다고 하더랍니다. 그래서 지금 법소에서는 걱정을 하면서도 뜬소문으로만 치부하고 있지요. 혹시 무슨 짐작 가는 일이라도 있소?"

"법소가 매사에 너무 무르게만 나오고 있으니까 밑바닥 도인들의 불만은 팽배하잖습니까? 법소하고는 따로 움직이는 사람들이 얼마든지 있을 법한 일이지요."

"짐작 가는 일이라도 계셔서 하시는 말씀인지 모르겠소마는, 그렇게 나왔다가 실패를 하는 날에는 동학교문은 영영 풍비박산이 나고 말지 않겠습니까?"

이방언은 김덕호가 무얼 알고 있는 것이 아닌가 하는 표정이었다.

"지금 전라도 사람들뿐만 아니라 각지에서 한양으로 올라오는 동학도들 수가 상상했던 것보다는 훨씬 많은 것 같습니다. 그런데 조정으로 쳐들어간다는 소문이 장안뿐만 아니라 시골까지 고루 퍼진 것 같소. 그 때문인지 조정에서도 단속이 이만저만이 아닙니다. 사대문에서 기찰하는 기세가 서릿발이 칩니다. 조정에서는 지금 그럴 만한 단서라도 잡고 있는 것이 아닌가 싶습니다."

"정말 그런 일이 있다면 큰일인데요."

이방언은 심각한 표정으로 말했다.

"더 두고 봅시다."

"도대체 일판이 어찌 될 것 같소? 조정에서 그렇게 단속을 한다면 소를 제대로 올릴 수 있을까요?"

"허지만, 예정대로 소는 올려야지 이제 그칠 수는 없는 일 아니오."

김덕호는 이 집에다 숙소를 잡았다며 내일 여기서 다시 만나자고 했다. 김덕호는 이방언이 나간 뒤 시또와 기얼은복을 달고 마포를 향해 바삐 서대문 쪽을 향했다.

마포에는 임진한 등 임가 세 두령들이 여숙에 자리를 잡고 있었다. 임군한은 여남은 명의 졸개들과 함께 강경에서 배에다 총을 싣고 일찌감치 해로로 마포에 당도한 다음 거기에 자리를 잡고 한양 형편을 살피고 있었으며, 임진한과 임문한은 과거꾼으로 변장을 하고 졸개들을 달고 이삼 일 전에 왔다. 김덕호는 어제 와서 여기에다 자리를 잡고 그들을 만난 뒤에 곧바로 오늘 이방언을 만났던 것이다.

임진한 등 임가 두령들과 맥을 통하고 있는 다른 수하 두목들도 예닐곱 명이 작게는 여남은 명, 많게는 열댓 명씩 졸개들을 달고 와서 모두 마포에다 따로따로 자리를 잡고 있었다. 그들은 날마다 졸개들을 거리에 내보내 경복궁을 중심으로 길을 익히게 하고 있었다.

김덕호는 수적으로나 여러 가지 조건으로 보아 무력으로는 승산이 희박할 뿐 아니라, 동학도단이 작살이 날지 모르니 그런 모험을 해서는 안 된다는 입장이었다. 우선 병력이 2백 명이 조금 넘었고, 총은 기껏 50정밖에 되지 않았다. 그러나 도저히 그들을 설득시킬 수 없어 엉거주춤하고 있는데, 임진한이 서병학과 의논한 결과 그의 적극적인 호응을 얻게 되었다는 것이다. 서병학의 호응을 얻었다면 그것은 필경 서장옥과 연결이 되었다는 이야기였다. 그러나 서병학은 그 점은 확실하게 말하지 않는다고 했다.

김덕호는 일이 여기까지 이르자 만약 성공했을 경우의 사후조치를 생각하지 않을 수 없었다. 운이 좋아 성공을 했을 경우 세상 사람들의 관심은 당장 누가 한 일인가를 제일 먼저 물을 것이며 그게 동학도들이라면 먼저 팔도 유생들의 불같은 저항에 부딪칠 것은 두말할 것도 없는 일이고, 조정과 여러 갈래로 얽혀 있는 외국 세력을 불러들일 좋은 구실이 될 것은 뻔했다. 임오군란이나 갑신정변 때의 일로 미루어 불을 보듯 환하게 예상되는 일이었다. 서병학이 나섰으니 동학 내부의 호응이나 그 뒤의 조처는 그에게 맡기면 되겠지만, 그보다 몇 배나 중요한 일은 거사의 현실적 명분을 얻는 일이었다. 그래서 생각해낸 것이 대원군이었다. 그에게는 귀띔만 해두고 일이 성사가 되면 그를 업고 나서는 수밖에 없었다. 그래서 평소 동학교단에서는 대원군과 가장 가까운 이방언을 찾아가 대원군의 의중을 간접적으로 알아보게 하려고 그를 만났던 것이다. 그런데 이방언은 이미 대원군을 만났었고, 그가 했다는 이야기를 들어보니 예상했던 대로 대원군은 일이 성사되면 틀림없이 나설 것 같았다.

서대문에서는 기찰이 여전했다. 들어오는 사람들의 짐 하나하나를 이 잡듯이 뒤질 뿐 아니라 몸수색까지 했다. 이 문을 드나드는 사람이 많아 30여 명의 벙거지들이 기찰을 했다. 그들은 무슨 짐이든지 하나하나 풀어보고 뒤지기 때문에 서대문 밖에서는 때 아닌 장이선 것 같았다.

"여보시오, 어디다 손을 대요?"

한쪽에서 여자가 째지는 소리로 악을 썼다. 장옷을 쓴 여자였다.

"옷을 들췄제 손을 대기는 어디다 손을 댔단 말이오?"

벙거지도 악을 썼다.

"아무런들 양반 댁 부녀자한테 이럴 수가 있단 말이오?"

"그걸 따질라면 포도청에 가서 따지시오."

한참 동안 시비가 벌어졌다. 김덕호는 저만치 서서 기찰하는 모습을 잠시 바라보고 있다가 발걸음을 옮겼다.

김덕호가 임가들 여숙 가까이 가자 임군한이 웬 달구지꾼과 뭐라 이야기를 하더니 달구지꾼을 보내놓고 김덕호한테로 다가왔다. 달구지에 무슨 짐을 실어 보낸 것 같았다.

"기찰이 하도 이 잡듯 해서 생선짐 속에다 그걸 잘 싸서 들여보내면 어쩔까 싶어 한번 시험해 볼려고 아이들한테 억지 생선 장사를 시켜놨소."

임군한은 속삭이듯 말해 놓고 껄껄 웃었다. 무슨 장난이라도 한 것같이 천연스런 웃음이었다.

"생선짐 속에다 그걸 넣으면 물이 배어들 게 아니오?"

"기름종이로 잘 싸면 괜찮을 거요. 돌멩이를 그렇게 싸 넣어 봤습니다."

방에는 임문한 혼자 앉아 무얼 쓰고 있다가 돌아앉았다.

"방금 서병학 씨가 다녀갔소. 실없는 사람 하나 보겠구만."

임문한은 가볍게 헛웃음을 쳤다.

"무슨 말씀이오?"

임군한은 표정이 싹 굳어지며 물었다. 김덕호는 짐작 가는 것이 있어 듣고만 있었다.

"일이 사전에 소문이 난 바람에 해월한테 불려가서 크게 꾸지람을 들었다며 그런 소문이 어떻게 이토록 널리 날 수 있느냐고 되레 우리를 타박하잖소? 일이 이렇게 사전에 소문이 퍼져 조정에서는 단단히 대처를 하고 있기 때문에 일을 하기도 어렵게 되어버렸거니와 법소는 법소대로 동학도들을 그만큼 단속을 할 것이니 거사를 하기는 틀렸다는 것입니다."

"서병학 씨하고 우리가 내통한 사실까지 탄로가 났단 말이오? 겁이 나니까 제 입으로 주둥이를 놀렸던 게 아니오?"

임군한이 대번에 숨을 씨근거렸다.

"그 사람 처음부터 믿을 사람이 못 되는 사람 같더니, 결국 막판에서 엄발을 내는구만."

임문한은 입술을 빨며 푸념처럼 뇌었다.

"이놈의 새끼 내 언제든 가만두지 않겠소."

임군한이 숨을 씨근거리며 이를 앙다물었다.

"그럼 해월이 지금 한양에 와 있단 말입니까?"

"그런 것 같소. 항상 숨어만 다니는 분이라 은밀한 데다 거처를 정하고 만날 사람만 불러다 만나는 것 같소."

"그러면, 해월에게 세 분 두령들 말까지 했단 말이오?"

김덕호가 물었다.

"설마 그런 소리까지야 했겠소마는, 동학도들 단속은 그만큼 심할 것 같소. 그러나 일은 우리끼리라도 결행을 하겠소. 이접주는 만났소?"

임문한은 감정을 수습하고 김덕호에게 물었다.

"예, 바로 여기 올라오자마자 가서 대원군을 뵈었던 모양입니다. 대원군은 그러지 않아도 이 나라를 건질 활계는 동학에서 나오지 않을까 하는 한 가닥 희망을 가지고 있다면서 수운선사가 검결을 지어

부르신 일을 크게 평가하시더랍니다."

"다행이오. 그런데 서병학이가 저 꼴이 되어버렸으니, 어떻소 그 대신 이방언 접주나 김개범 접주 같은 이가 나서 줄 수는 없을까요?"

"김개범 접주하고는 수인사도 없고, 이방언 접주는, 글쎄요. 원체 큰일이라……"

김덕호는 자신 없다는 표정이었다.

"그 작자가 그렇게 비 맞은 흙담 무너지듯 하려면 무너져도 진작 무너졌어야 이런 대비를 할 게 아니오?"

임문한은 생각할수록 화가 나는지 평소 냉정하던 그답지 않게 얼굴을 찌푸렸다.

소를 올리기로 한 2월 11일 아침이었다. 도소 마당에는 사람들이 가득 찼다. 모두 잔뜩 긴장된 얼굴들이었다. 소를 올리기로 한 사시, 즉 오전 9시 무렵이 가까워오자 손병희가 마당에 모인 도인들 앞으로 나섰다.

"오늘 사시에 예정대로 소를 올리겠습니다. 소를 올릴 박광호 두령 이하 여러분들이 곧 대궐 앞으로 떠나겠소. 뒤에 있는 우리는 우리의 숙원이 이루어져 신원의 칙서가 내리도록 마음을 모아 성심으로 기다립시다. 지금 항간에는 우리가 소를 올리러 왔다는 소문이 파다한 것 같은데, 그 사이 엉뚱한 소문까지 나서 장안이 소연한 것 같습니다. 우리는 행동이나 말에 각별히 유념하여 그런 소문이 우리 하고는 아무 상관이 없다는 사실을 보여주어야 할 것 같습니다. 특히 말을 조심하되 그런 터무니없는 소리를 묻거든 전혀 그런 일이 없다고 적극 발명을 해야 할 것 같습니다. 그럼 소두로 나서시는 박광호 두령 말씀을 듣겠습니다."

박광호가 앞으로 나섰다.

"지금 소를 올리러 가겠습니다. 대사에는 여러 가지 작은 일이 있는 법이라 엉뚱한 소문까지 난 것 같습니다마는 모두가 근거 없는 뜬소문 같습니다. 그런 소문에 동요되지 마시고 앞에 나선 우리와 똑같은 심정으로 마음을 합해 우리를 격려해 주시기 바랍니다."

박광호는 죽음을 무릅쓴 사람답게 의젓하고 침착했다.

"굳이 말씀을 드리지 않더라도 다 알아서 처신들을 할 줄 압니다마는 우리가 지금 가는 곳은 상감이 계시는 대궐 앞이고, 우리는 교문을 대표해서 상소를 올리러 가는 것입니다. 조정과 장안의 눈이 우리한테로 쏠릴 것입니다. 우리는 모두 한마음이 되어 지극한 정성으로 임해야겠고, 그 정성이 우리의 행동거조에 하나하나 그대로 드러나도록 언행에 각별히 유념하여 조금도 흐트러짐이 없어야겠습니다. 우리 도인들의 평소 지극한 정성으로 닦아온 수심정기의 도력이 조정에 미쳐 상감 마음이 움직이기를 간절히 바라겠습니다."

박광호의 말은 침착하고 목소리는 낭랑했다. 죽음을 초월한 도인다운 풍모가 그대로 내비치고 있었다. 박광호는 소장을 싼 보자기를 받쳐 들고 대문을 나섰다. 40명의 도인들이 박광호의 뒤를 말없이 따랐다. 누구 하나 한눈을 파는 사람도 없었고, 잡담을 하는 사람도 없었다.

그들의 한참 뒤에 일반 도인들이 따랐다. 길을 가던 사람들이 우뚝우뚝 걸음을 멈추고 상소 행렬을 보고 수군거렸다. 행렬 뒤에 구경꾼들이 따라붙기 시작했다. 겨울바람이 먼지를 날리며 세차게 불었다. 상소 행렬이 광화문 앞에 이르렀다. 박광호가 멈춰 섰다.

"여기 앉읍시다."

모두 맨땅에다 무릎을 꿇고 앉았다. 박광호는 다른 도인들보다 두어 발짝 앞에 나앉았다.

"웬 사람들이오?"

대궐 문 앞에 파수 섰던 벙거지 하나가 다가오며 물었다.

"우리는 동학도인들이오. 상감마마께 소를 올리러 왔습니다. 조정에다 전해 주십시오."

박광호가 정중하게 말했다. 벙거지는 도인들을 한번 훑어보고 돌아섰다. 그들은 자기들끼리 한참 숙덕이더니 안으로 들어갔다.

저만치 떨어진 구경꾼들은 숨을 죽이고 있었다. 구경꾼들은 동학도인들이 태반이었고, 길 가던 사람들도 구경을 하고 있었다.

매운 겨울바람이 귓불에 따가웠다. 바람은 먼지를 날리다 부복한 상소꾼들한테 흩뿌렸다. 꼭 무슨 심술을 부리는 것 같았다. 그러나 궐문 앞에 엎드린 도인들은 미동도 않고 그린 듯이 앉아 있었다.

오시가 조금 지났을까 했을 때였다. 관복을 입은 사람 하나가 벙거지 둘을 달고 다가왔다. 왕명을 전달받고 전달하는 액정서의 잡직인 사알司謁이었다. 박광호 앞으로 다가왔다.

"동학도들이라 했소?"

"그렇사옵니다. 우리 동학교문에는 수십 년래의 숙원이 있사옵기에 그 숙원을 소로 적어 천폐께 올리고자 이렇게 왔사옵니다. *봉정해 주십시오."

박광호는 한쪽 무릎을 일으켜 세우며 소장을 싼 보자기를 머리 위로 올렸다. 사알도 정중하게 보자기를 받았다.

"우리는 오로지 사람이 지녀야 할 바 수심정기의 도만을 닦아왔을 뿐 세속의 명리나 여타의 잡사에는 간여한 일이 없는 사람들입니다. 우리는 상감마마의 칙서가 내릴 때까지 여기 다소곳이 부복하여 기다리고자 하옵니다."

사알이 소장을 들고 말없이 돌아섰다.

"소장을 받아오라고 했던 모양이지요?"

이방언이 손병희에게 속삭였다. 몽둥이로 내몰지 않고 소장을 받아들이는 것만도 다행이다 싶은 모양이었다. 다른 두령들도 한숨 놓인 표정들로 숙덕였다.

만석보 일은 마무리가 되어가고 있었다. 강바닥을 파고 네 줄로 박아 세운 통나무 사이에 흙이 거진 차오른 것이다.

"누가 접주님 댁을 묻네."

삽질을 하고 있는 정길남한테 동네 사람이 와서 말했다. 고개를 든 정길남이 깜짝 반색을 했다. 김덕명의 심복인 금구 도집강 송태섭이었다.

"아이고, 어쩐 일이오? 한양은 안 가셨소?"

"자네도 못 갔구만. 나는 집에 가고가 있어 못 갔더니 급히 의논할 일이 생겨 접주님을 찾아오는 길일세. 이 사람 모르겠는가?"

같이 온 젊은이를 가리켰다. 그러지 않아도 어디서 본 듯한 얼굴이어서 어디서 봤을까 망설이고 있는 참이었다.

"삼례집회 때."

"아이고, 미안하요. 반갑소."

정길남이 손을 잡으며 반겼다. 삼례서 재차 감영에 소를 올릴 때 두령들만 전주로 가서 소를 올리겠다고 하자 그에 반발하여 교도들을 끌고 나섰던 홍덕 이싯뚜리였다. 정길남은 자기 동네 동임한테 사정을 말한 다음 일판을 나와 조소리를 향해 앞장을 섰다.

"전주 쪽이 시끄럽다든디 그 소식 들으셨소?"

"지금 그 일로 접주님하고 의논을 하러 오네. 두령들이 거개가 한양 가버리고 안 계셔서 누구하고 의논할 사람이 있어사제. 접주님께서 경황이 없으실 줄 아네마는 일이 일이라 하는 수 없구만."

전봉준 집에 이르렀다.

"환후가 계시는디 번거롭게 찾아와서 죄송합니다. 그러나 일이 너무 중요하기에 접주님의 교시를 받고자 찾아왔습니다."

"전주 이얘기지요?"

"예."

"대충 듣고 있소마는, 어디 처음부터 소상히 자초지종을 들어봅시다."

전봉준의 말에 송태섭이 경위를 설명하기 시작했다.

"한양 복합상소 소문은 통문 내용이 애매한데다 법소에서도 갈팡질팡하는 바람에 밑바닥 교도들 사이에서는 소문이 여러 갈래로 나고 있지 않았습니까?"

소문이 하도 여러 갈래여서 사람들은 어떻게 되어가는 일판인지 도무지 알 수가 없었다. 그런데 시간이 지나는 사이 소문은 하나로 굳혀지고 있었다. 상소를 한다는 것은 핑계고 병복으로 갈아입고 조정으로 쳐들어간다는 것이었다. 그 소문을 가장 그럴듯하게 뒷받침한 사실은 소꾼들이 과거꾼으로 위장을 하고 갔다는 점이었다. 모두가 도포에 갓망건을 쓰고 과거꾼으로 위장하고 간 것은 사실이라, 상소를 한다는 것도 한양 집결을 위한 위장으로 쉽게 추측들을 했다. 정황이 이렇게 그럴싸하다 보니 이 무장봉기설은 의문의 여지가 없는 사실이 되어버렸고, 여기에서 가지가지 소문이 곁가지를 쳐나갔다. 전국의 포수들이 모두 한양으로 모여들고 있다거니, 황해도, 강원도 등 산골에 박혀 있는 산적들이 전부 나섰다거니, 황해도와 평안도 농민들이 전부 일어나서 한양으로 몰려온다거니, 이번 무장봉기에는 동학교주 최시형이 떨치고 일어서 앞장을 섰다거니, 정진인이 한양에 나타나서 이적을 행하고 있다거니, 정말 별의별 소문이다 나돌았다.

최시형이 일어섰다거나 정진인이 나타났다는 소문은 아주 구체적으로 났다. 여태까지 은인자중 시기상조론만 펼치고 있던 최시형이 이제야말로 때가 되었다고 제대로 일어났는데, 그 동안 비축해놓은 양총 수천 정을 내놨다는 것이다. 그는 평소의 도력으로 한양과 보은, 한양과 평양을 하룻밤 사이에 왔다갔다하며 봉기를 독려하고 있고, 해주나 함흥, 대구 등지를 동에 번쩍 서에 번쩍하고 있다는 것으로 멀지 않아 전주에도 나타날지 모른다는 것이었다. 최제우가 이적을 행했다는 기록과 함께 최시형도 이적을 행한다는 말이 사실로 알려져 있었기 때문에 최시형이 하룻밤 사이에 한양과 평양을 왔다갔다한다는 따위의 이적은 전혀 신기한 소리가 아니었다. 그가 30

년 동안 관의 지목을 피한 것은 이런 이적 때문이라는 것으로 그는 가만히 앉아서 90리 밖을 내다보고 있다가 포졸들이 잡으러 오면 쉽게 피한다는 것이었다.

최시형에 대한 이런 소문과 함께 정감록의 정진인 소문도 위력을 떨치고 있었다. 며칠 전 한양의 깜깜하던 밤하늘이 갑자기 대낮같이 밝아졌는데 그건 정진인이 자기가 세상에 나왔다는 것을 알리기 위해 행한 이적이란 것이며, 정진인과 최시형은 이미 계룡산에서 만나 같이 힘을 합쳐 새 세상을 열자는 합의를 보고 같이 한양으로 올라갔다는 것이다.

이 무렵 전주 장에 느닷없이 방이 나붙었다.

> 동학교주 해월 최시형 선사께서 시운을 얻어 드디어 백성의 고통을 한 몸에 지고 보국안민의 대도에 떨치고 일어섰으니 이 어찌 장하지 아니한가. 도하의 중민들은 내일부터 매일 전주 덕진나루에 내회하여 멀리서 선사의 장거를 소리 질러 송축하리로다. 선사가 이르는 곳에 광명의 새 세상이 올 것이니 이 어찌 은덕을 입을 백성의 도리가 아니겠는가?

이런 방문이 장판 여기저기 여러 장 붙었다.

정말 그날 덕진 나루터에는 사람들이 수천 명 몰려들었다. 그런데 누가 그런 방을 내붙였는지 일을 주선한 사람이 나타나지 않았다. 점심참이 넘고 저녁 새참 때가 되도록 나타나지 않았다. 임자 없는 잔치가 되어버리고 말았다. 그러자 이 사람 저 사람이 앞에 나서서 이야기를 했다.

그 소문을 듣고 쫓아간 이싯뚜리나 송태섭도 어리둥절하지 않을 수 없었다. 그때 보은을 다녀오는 사람이 있었는데 그는 세상에 난 소문은 전부 헛소문이고 최시형은 도인들의 성화에 밀려 하는 수 없이 상소를 허락하기는 했으나, 무장을 하고 조정을 뒤엎는다는 소리는 말짱 헛소문이라는 것이다.

보은까지 갔다 온 사람 하나가 단으로 올라갔다.

"지금 교주 해월이 무장을 하고 한양으로 쳐들어간다는 소리는 말짱 헛소문입니다. 우리가 법소에 당도했더니 처음에는 모두 돌아가라고 야단들입디다. 남접 접주들이 올라와서야 구경꾼으로라도 데리고 가자고 사정사정해서 모두들 겨우 한양으로 따라갔소. 그런 사람들이 무장을 하고 조정으로 쳐들어간단 말이오? 나는 보은까지 갔다가 법소의 태도에 잔뜩 비윗장이 뒤틀려 그냥 이로코 내려오는 길이오."

그는 얼마나 비위가 상했는지 법소의 험담을 잔뜩 늘어놨다.

"저 작자 쪼깨 수상하잖어?"

"사람들이 이로코 뫄든께 감영에서 우리를 흩어불라고 저런 자들을 내세와서 술수를 쓰고 있는지 모르겠구만."

"그려, 참말로 그란지 모르겄구마."

"여보시오, 당신 감영 앞잡이 아녀?"

군중 속에서 소리를 질렀다.

"맞다, 저놈 감영 앞잡이다. 죽여라!"

그 소리에 군중이 와 떼로 몰려갔다. 그 사람은 아니라고 악을 썼으나 군중은 그 사람 멱살을 잡아 땅바닥에 메어꽂았다. 치고 박고 큰 소동이 벌어지고 말았다.

"그 사람 그런 사람 아니오."

일행인 듯한 사람들이 쫓아가 겨우 뜯어말렸다. 그 사람은 날벼락을 맞아 입술이 터지고 코피가 쏟아지고 엉망이었다.

그때 아까 그 사람의 일행인 듯한 사람이 몹시 흥분한 표정으로 단 위로 올라섰다.

"저 사람이 감영 앞잡이란 소리는 백지 애매하요. 우리는 남원 사는 사람들인디, 나도 저 사람하고 같이 보은까지 갔다 오는 사람이오. 여그 온께 최시형 교주가 으짜고 으짠다는 소리가 있는디 그것은 첨부텀 가당찮고 택도 없는 소리요."

사내는 교주 최시형뿐만 아니라 상소하러 간 법소 사람들의 태도를 한참 규탄하고 나서 말을 이었다.

"여러분들이 저 사람을 저 꼴을 맨든 심정은 잘 알겠소. 법소까지 갔다가 돌아오는 우리 심정이 바로 여러분의 심정이오. 그 사람들 그런 꼬라지로 상소를 올려봤자 보나마나 맨손으로 돌아올 것이 뻔하지요. 그 사람들한테 기대할 것은 한나도 없소. 차라리 먼 방책을 세울라면 여그 모인 우리가 방책을 세워사 쓰요."

"그라먼 어뜨코 방책을 세운단 말이오. 그것까장 말을 해보시오."

군중 속에서 소리를 질렀다.

"방책이사 많지라우. 지난번에 감사가 금포의 감결을 내렸는디 고을 수령들은 그전부담 더 험하게 나온게 기왕 이로코 모인 김에 이 수가 이대로 감영으로 몰려가서 그것을 따질 수도 있잖겠소."

"그람, 시방 몰려갑시다."

"좋소. 몰려갑시다."

여기저기서 몰려가자고 악다구니가 터졌다. 최시형이 일어섰다는 소문에 들떠 그 일을 송축하자고 나온 사람들이라 그것에 실망을 하고 나니 그 열기가 거꾸로 더 거세지며 기세가 대번에 험악해지고 말았다. 그때 이싯뚜리가 높은 데로 올라갔다.

"모두 나를 쪼깨 봐주시오."

이싯뚜리가 의젓하게 말했다.

"저 사람 지난 삼례집회 때 전주로 몰려가자고 앞장섰던 사람 아닌가?"

"그 사람 맞구만."

군중이 이싯뚜리를 알아보고 웅성거렸다.

"나는 지난 삼례집회 때도 한번 앞에 섰던 사람이오. 나도 여그 소식을 듣고 흥덕서 여그까장 왔등마는 듣던 소리하고는 영판 달라서 떡심이 탁 풀리오. 아까 보은 댕개오신 이도 말했대끼 우리가 기왕 이로코 모인 김에 우리래도 감영으로 몰려가서 한바탕 야물딱지게 대들어뿔면 으짜겠소?"

"말 한본 시언하게 하요."

"몰려갑시다."

"당신이 앞서시오."

군중이 대번에 이싯뚜리를 떠받들고 나왔다. 그때 어떤 사람이 이싯뚜리 곁으로 올라갔다.

"지난참에 본게 이 사람이 솔찮이 똑똑합디다. 이 사람을 한본 앞세우고 감영으로 몰려갑시다."

"좋소."

군중이 박수를 치며 대번에 흥분했다.

"그랍시다. 내가 잘난 것은 없제마는, 그 사람들한테 대드는 디는 앞장서겄소."

이싯뚜리 말에 군중은 다시 박수를 치며 소리를 질렀다.

"그라면 무작정 대들 수는 없는 것인께 감사한테 멋멋을 따질 것인가 그것을 한본 이 자리에서 이애기를 해봅시다. 누구든지 말씀을 해주시오."

이싯뚜리는 가닥을 잡아 물었다.

중구난방으로 나온 의견은 크게 세 갈래였다. 첫째는 세상 사람들이 동학도인들이 사도를 믿는다고 하는데 그 책임은 관에 있으니 영을 내려 그런 잘못된 생각을 바로잡을 것, 둘째는 외국 선교사와 상인은 모두 나라에 해를 끼치는 사람들이니 속히 쫓아낼 것, 셋째는 늑탈이 심한 수령들을 모조리 파직할 것 등이었다.

"그래서 그것을 지가 써가지고 여그 이생원이 앞장을 서서 감영으로 몰려갔습니다. 감영까지 가는 동안에 사람들이 엄청나게 불어나서 감영에 당도했을 적에는 오천 명도 넘는 것 같았습니다. 이생원하고 저하고 둘이 감사를 만나서 지난번 감결 내린 일부텀 따진게는 자기가 그로코 영을 내려도 고을 수령들이 안 들으니 답답한 일이 아니냐고 하등만이라. 그람시로 동학이 사도가 아니라고 영을 내리는 일이나 외국 사람들 쫓아내라는 일이나 탐관오리들 파직하는 일은 모두가 자기 권한 밖인게 자기가 대답을 할 수 없다고 하잖소. 그러면 여그 몰려온 사람들이 한 발짝도 안 물러날 것인게 알아서 하라고 했등마는, 그라면 첫째 것은 자기가 영을 내리겠는디, 나머지 두 가지는 도저히 어쩔 수가 없다고 하글래 할 수 없이 그라면 그것이라도 감결을 내리라고 해놓고 물러나왔습니다."

"세상 사람들이 동학도들은 사도를 믿는다고 했는데 그것은 잘못된 생각이라고 영을 내리겠다고 감사가 대답을 했단 말이오?"

여태 말없이 놀란 표정으로 듣고 있던 전봉준이 물었다.

"예, 시 가지 중에서 한 가지래도 대답을 해사 저 사람들이 물러나제 그냥이사 물러나겠냐고 한게 하는 수 없이 그로코 대답을 했습니다."

송태섭이 웃으며 말했다.

"그래서 그람 나머지 두 가지는 어쩔 것인가 감영 앞에서 군중하고 의논을 다시 했습니다. 중구난방으로 의견이 쏟아졌는디, 결국 우리도 조정에다 대표를 따로 뽑아 보내자고 결정이 났그만이라. 법소에서 상소하러 올라갔다고 하제마는 조정에서 그 사람들 상소를 들어준다고 해봤자 기껏해야 신원뿐이 아니냐, 나라 형편이나 백성 형편으로 보면 나머지 두 가지가 더 긴한 일인게 법소하고 달리 우리는 우리대로 따로 대표를 조정으로 올려보내자, 이로코 의논이 된 것입니다. 그래서 즉석에서 한양으로 보낼 대표를 천거를 받아 대표 20명을 뽑았습니다. 그 사람들은 내일 한양으로 떠날 것입니다."

"거기서 뽑힌 대표 20명이 내일 한양으로 떠난단 말이오?"

전봉준이 놀라 물었다.

"예, 내일 아침에 일찍 떠나기로 했소. 그리고 조정에서 우리가 소청한 것을 안 들어줄 적에는 다시 모아갖고 전부 한양으로 올라가자는 결정도 해놨습니다. 우리 두 사람도 대표로 뽑혔는디, 우리 두 사람은 여그 남아갖고 조정에서 안 들어줄 적에 여그 모인 사람들 앞장을 서서 내중에 한양으로 가기로 하고 따로 두 사람을 더 뽑아 다시 스무 명을 채웠지라. 일이 시방 이로코 되았는디, 앞으로 으쨌으면 쓰겄는지 그 일을 접주님한테 의논드릴라고 이라고 급히 왔그만이라."

말을 다 듣고 난 전봉준은 어이가 없는지 한참 동안 그들의 얼굴을 건너다보고 있었다. 그때 이싯뚜리가 나섰다.

"그라고 앞으로는 시언찮은 접주들은 절대로 상대하지 말고 우리끼리만 일을 해치우기로 하자는 결정도 했소. 사흘 뒤에 다시 그 자리에 모이기로 했는디, 그때는 이웃 사람들을 모두 불러내서 데리고 오자는 결정도 했그만이라."

이 사건은 한양 복합상소와 함께 《동경일일신문》 4월 18일(음력 3월 3일)자에 소상하게 보도될 만큼 큰 사건이었다.

그들이 즉석에서 의견을 모았다는 요구 중 동학에 대한 것은 단골로 내세우던 것이고, 외세 배격과 탐관오리 정치는 밑바닥 군중의 절급한 요구를 그대로 반영하고 있었다. 신원만을 내세우고 있는 동학의 지도부의 태도가 밑바닥 민중의 요구와 얼마나 크게 유리되고 있는가를 말해주는 사건이었다. 물론 신원이 복합적인 의미를 지니고 있었지만, 동학 지도부는 민중의 절급한 생활상의 요구를 제대로 반영하지 못하고 있었기 때문에 민중의 분노가 그대로 분출되고 만 것이다.

전봉준 자신도 법소나 상층 접주들의 태도에 대해 이 사람들과 똑같이 불만이었고, 언젠가는 민중의 그런 불만이 폭발하여 어정쩡한 접주들을 걷어차고 나오리라 예상은 하고 있었지만, 그게 이런 방식으로 또 이렇게까지 갑작스럽게 분출될 줄은 미처 생각하지 못하고 있었다. 놀랍고 대견스러우면서도 이 일에 어떻게 대처해야 할지 잠시 어리둥절하지 않을 수 없었다. 그러나 일은 이미 벌어져 당장 어떻게 할 것인가를 묻고 있는데 어물어물할 수는 없는 일이었다.

"대단한 일들을 했소. 나도 전적으로 여러분들의 결정에 동감이오. 그런데 하도 갑작스런 일이라 앞으로 어떻게 해야 할지 얼른 생각이 나지 않소. 일을 해오던 분들이니 생각하는 바가 있을 것 같은데 더 말해 보시오."

전봉준이 침착하게 말했다.

"20명 대표가 한양으로 갈 것인디, 우리는 법소에서 올린 상소하고는 달리 양놈들하고 일본, 청국 상인들을 쫓아내고, 탐관오리를 파직하라고 했습니다. 그 말을 조정에서 안 들어주면 우리가 전부 몰려올라가자고 결정을 해놨은게 조정에서 우리 말을 안 들어주는 날에는 기왕에 결정해논 대로 전주에 모인 사람들이 전부 한양으로 올라가는 것이지라."

이싯뚜리가 확신에 찬 표정으로 대답했다.

"그것이 쉬운 일일까? 중간에다 군대를 내세워서 길을 막을지도 모르는데."

"그래도 몰려갈 것이오. 사람들이 지난번 삼례 때보담 더 와글와글 끓든만이라. 이판사판 이래 죽으나 저래 죽으나 죽기는 마찬가진게 군대가 대들면 우리도 막보기로 대들어뿌러사제라."

너무 계획성이 없고 무모했으나 바로 그게 그들 울분의 진솔한 분출이었다. 전봉준은 그런 진솔한 분출 그대로가 되레 더 큰 힘을 발휘할지도 모른다는 생각이 들었다. 조정은 이미 썩어문드러져 무엇 하나 추스르고 건질 것이 없으므로 타작마당에 도리깨질하듯 앞뒤 가리지 않고 성질대로 몽둥이를 휘둘러 으깨버리는 길밖에 없을지도 몰랐다.

"여태 법소나 접주들만 믿고 참고 참다 이 지경까지 왔으니 이번에는 자네들 방식대로 한번 해보게. 그런디, 장작도 나뭇결을 보아서 도끼질을 해야 제대로 패지는 것이고 도리깨질도 각단을 지어감시로 해야 제대로 되잖는가? 그것만은 명념을 해야 쓸 것 같네. 내 생각에 제일 중요한 일은 한양으로 사람을 보내면 그 사람들이 제대로 힘을 쓰게 해야 할 것 같은데, 그 사람들 힘은 어디서 나오겠는가? 뒤에서 떠받들어 주는 사람들한테서 나오잖겠는가? 여그 모인 사람들이 천 명이 모이면 그 사람들은 한양서 천 명의 힘을 내고, 만 명이 모이면 만 명의 힘을 내네. 요새는 전보라는 것이 있어서 여그서 전보를 치면 바로 치는 순간에 한양 조정에 당도하는 모양일세. 여그서 천 명이 모였다는 전보가 오면 조정에서는 그 수를 우습게 보겠제마는, 만 명이 모였다면 우습게 볼 수가 없을 것이고, 이만 명이 모였다면 겁을 먹을 것이네. 일의 성패는 바로 이 수에 있네. 잘못했다가는 그 20명만 다치고 마네. 자칫하다가는 생사람을 사지에다 몰아넣어 죽인 꼴이 되잖겠는가? 그리고 나중에 한양으로 올라간다 하더라도 만 명 정도는 몰려올라간다고 해야 조정에서 겁을 먹을 것이네."

전봉준은 담담하게 말했다.

"예, 우리도 그것을 생각하고 있습니다마는 저매이로 무식한 사람이 앞에 서갖고는 그 많은 사람을 끗고 가기가 너무 심이 부치그만이라. 접주님 같은 이가 한 분만 나서주시면 꼭 좋겠는디⋯⋯."

이싯뚜리는 차마 전봉준보고 나서달라는 말은 못하고 입술만 빨았다.

"자네들이 원한다면 낸들 못 나서주겠는가마는, 알다시피 나는 지금 아버님 병환이 오늘 내일 하니⋯⋯."

전봉준도 입술을 빨았다.

"접주님이 우리 하는 일에 앞에 나서주실 수 있다, 이 말씸이신가라우?"

이싯뚜리는 깜짝 놀라 물었다. 대번에 눈에서 빛이 나며 튀어나올 것 같은 눈으로 전봉준을 건너다봤다.

"이 사람아, 그것이 먼 소린가? 자네들도 백성이고 나도 백성인데 백성을 위하자고 하는 일에 같은 백성이 못 나선단 말인가?"

전봉준은 가볍게 웃으며 말했다.

"오매, 참말로 고맙소예. 그런게 우리하고 같이 나서서 목숨을 거실 수도 있었다, 이 말씸이신가라우?"

이싯뚜리는 더 튀어나올 것 같은 눈으로 전봉준을 보며 물었다.

"자네들 생각하고 내 생각하고 다를 것이 하나도 없네. 다만, 지금 내가 이렇게 발이 묶여 있으니 안타까울 뿐일세."

"감사하그만이라. 그람 그리 알고 우리는 가서 사람들을 더 많이 뫄갖고 저놈들한테 겁을 줄라요."

이싯뚜리는 자기들이 한 일에 전봉준이 동조를 해주니 지금 저질
러놓은 일에 그만큼 안심을 하는 것 같았고, 전봉준의 시원시원한
태도에 감동을 하는 것 같았다. 몇 가지 더 이야기를 하다가 그들은
가벼운 발걸음으로 바삐 전주로 향했다.

7. 장안의 대자보

　광화문에는 바람이 세차게 몰아쳐 허옇게 흙먼지를 날리고 있었다. 그러나 구경꾼들은 점점 늘어나고 있었다.

　임군한 등 세 임가와 그 졸개들도 도포를 입고 구경꾼들 속에 끼여 있었다. 그리고 그들이 데리고 온 수하 두목들이며 졸개들도 모두 나와 있었다. 총과 칼 등 무기는 가까운 여숙에 숨겨놓고 있었다. 총과 칼은 물장군 속에 숨겨 서대문의 이 잡듯하는 기찰을 피해 들여왔다. 생선짐까지 쇠꼬치로 쑤셔볼 지경이어서 난감했던 임군한은 졸개들을 데리고 서대문 앞으로 나가 기찰하는 모양을 유심히 지켜보고 있다가 그럴듯한 방도를 하나 생각해 냈던 것이다. 똥을 퍼왔다가 들어가는 빈 똥장군은 그냥 들어가는 것을 보고 똥 푸는 사람을 하나 매수했다. 물장군을 구해다가 밑을 빼고 거기다가 무기를 넣어 다시 맞춘 다음, 겉에 똥을 뒤발해서 똥장군으로 위장을 해가

264

지고 유유히 싣고 들어왔던 것이다.

거사는 어떤 방식으로건 칙서가 내리는 날 저녁에 하기로 했다. 혹시 신원을 해준다는 칙서가 내릴 것에 대비, 그게 속임수라는 것을 미리 꽤서 즉 대자보로 퍼뜨려놓고, 그날 어두워질 때까지 버티다가 밤이 되면 거사를 하자는 것이었다. 지금 조정에서는 동학도들 처리를 의논하고 있는데, 신원을 해주겠다고 칙서를 내려놓고 한강나루에 군대를 풀어 동학도들을 몽땅 잡아들이기로 했으니 칙서에 속지 말라는 *꽤서를 미리 여기저기 붙이기로 한 것이다. 그런 다음 어떤 방식으로건 칙서가 나오면 동학도들을 한강에서 잡아들인다는 소문은 어찌 된 것이냐, 동학도들을 잡아들이지 않는다는 보장을 해라, 도승지나 판서 정도가 나와서 말을 해야 곧이든겠다, 이러고 선동을 하며 밤이 될 때까지 시간을 끄는 것이다. 그러다가 밤이 되면 동학도들을 다 잡아들이라는 영이 떨어졌다고 소동을 벌이다 한창 흥분이 고조됐을 때 치고 들어간다는 것이다.

세 임가들은 군중 속을 서성거리고 다니다가 무기를 감춰놓은 여각으로 들어가고 졸개들만 서성거리고 있었다. 김갑수, 왕삼, 막동 등 대둔산 패거리와 텁석부리, 김확실, 시또, 기얼은복 등 5,60명이었다. 임군한과 함께 무기를 싣고 배로 온 졸개 등 반수는 동저고리 바람이었으나 나머지는 모두 갓망건을 의젓하게 쓰고 도포를 입고 있었다. 천하에 둘째가라면 서러워할 천둥벌거숭이들이 갓망건에 도포를 입어노니 꼴들이 볼만했다. 막동은 작은 키에 도포가 몸에 맞지 않아 홑이불을 걸친 꼴이었다.

"저것들이 동학도인이란 것들인가? 체, 꾀죄죄한 백면서생들이구만."

아까부터 서너 명의 젊은이들이 구경꾼 속에 끼여 소꾼들을 건너 다보며 킬킬거리고 있었다. 말하는 가락이 건달들 같았다.

"제길, 호풍환우의 도술을 부린다고 지랄이더니 그런 재주를 지 녔다면 도술을 부릴 일이지 저게 무슨 궁상이야."

"그러기 말이야. 도술을 한번 부려버리면 될 일을 가지고 이 추위 에 저런 궁상을 떨고 있어? 병신들, 끌끌."

패거리가 와크르르 웃었다. 구경꾼 속에서 동학도인 듯한 사람들 이 작자들을 노려보며 눈살을 찌푸렸다. 그러나 뭐라 시비는 하지 않았다.

"여보시오, 도술들이나 한번 부려보시오. 그리고 앉아 있어봤자, 백날 있어도 소용없소."

작자들 가운데서 하나가 상소꾼들을 향해 꽥 소리를 질렀다.

"무슨 소리를 그렇게 함부로 하시오."

도포 입은 사내가 점잖게 나무랐다.

"당신도 동학도인이오?"

소리질렀던 작자가 되바라지게 물었다. 벙글거리는 게 사람을 얕 잡아보는 가락이었다.

"도인이든 아니든."

사내는 의젓하게 눈을 흘겼다.

"동학도가 아니라면 어째서 시비요?"

"시비라니? 저 사람들은 천리길을 마다 않고 와서 목숨을 걸어놓 고 소를 올리고 있는 사람들인데, 그렇게 함부로 농을 한단 말인가?"

266

도포는 의젓하게 나무랐다.

"저 새끼들을 그냥."

왕삼이 그들을 노려봤다.

"아무리 저러고 있어봤자 조정에서는 왼눈 하나 깜짝하지 않을 것이니 도술을 부려버리라고 제대로 가르쳐 주었는데 그것이 농이라고요?"

"쓸데없는 소리 말고 자네들 일이나 보게."

"어째서 쓸데없는 소리란 말이오. 동학도들이 도술 부린다는 말은 천하에 널리 난 소문 아니오?"

작자는 헤실거리며 감때사납게 나왔다.

"도술을 부리든 말든 자네들이 간섭할 일이 아니란 말일세."

도포는 말꼬리에 빠듯 성깔을 묻어냈다. 왕삼 등 젊은이들은 아니꼬운 눈초리로 그들을 노려보고 있었다.

"제길, 그런 말도 못 한단 말이오?"

"허허, 이 사람들이 지금 남의 소판에 시비하러 왔는가?"

"시비는 당신이 시비 아니오?"

구경꾼들 눈길이 모두 이리 쏠렸다. 그때 왕삼이 김갑수 곁으로 갔다.

"저 새끼들을 그냥 둬서는 안 되겠어."

"설건드렸다가 시끄러워지면 그것이……."

김갑수가 눈살을 찌푸렸다.

"그래도 저것들이 저래싸면 소꾼들이 정신 사납잖겠어?"

"저놈들은 광화문통에서 노는 건달들 같다. 닦달을 할라면 야무

지게 해얄 것이다. 저것들은 거개가 솜씨는 별것이 없고 악발로 노
는 것들이다. 댓놈밖에 안 되는 것 같은게 여럿이 나설 것 없이 누가
혼자 나서서 작살을 내부러라."

김갑수였다.

"지가 나서겠소."

왕삼이 주먹을 쥐어 보였다.

"너 말고 도포 입은 놈이 나서는 것이 좋겠다."

"그라먼 내가 나설라요."

막동이었다.

"실수 없이 해야 한다."

"염려 노씨오."

막동은 자신 있게 말하며 그들 쪽으로 갔다.

"예 말이오예, 나 쪼깐 봅시다."

막동이 패거리 중 한 놈 등을 쳤다. 작자가 돌아봤다.

"뭐여?"

막동이 저쪽으로 가자 작자가 따라나섰다. 곁에 섰던 놈들도 따
라나섰다. 모두 5명이었다.

"여보씨오, 당신덜 눈에는 저 양반덜이 시방 장난하고 있는 것으
로 뵈요?"

막동은 감때사납게 작자들 위아래를 훑어봤다.

"당신은 뭐요?"

작자는 어디서 이런 풀강아지가 나타났나 하는 눈이었다.

"저분네들은이라우, 시방 백성덜 고통을 덜어주자고 목숨을 걸어

놓고 저라고 있는 중이오. 그란디, 저 사람덜한테 장난을 해라우?"

막동이 깐에는 의젓하게 말했다.

"그래 어쨌단 말이여? 도술을 한번 부려보라고 한 것이 장난이여?"

작자들은 잔뜩 깔보는 투였다.

"장난이 아니면, 도술을 꼭 한본 귀경을 하고 잡소?"

"어라! 당신이 도술을 보여주겠다는 거여?"

작자는 웃으며 패거리를 돌아봤다.

"이 자석아, 으째서 반말이냐? 쎗바닥은 쩌그 인왕산에 올라갔다
가 쪽재비한테 한 토막을 짤래뿌렀냐, 으쨌냐? 도술 귀경은 못 시캐
주겠다마는, 그 반말하는 턱주가리를 홱 돌래뿌는 재주는 뵈어주겄
는디, 으짤래. 그런 것이라도 한본 귀경하고 잡냐? 그라먼 이리 따라
온나."

막동이 여유만만하게 말하며 한쪽으로 나갔다.

"어라, 이것이 꼴값하네. 좋다. 어디 턱주가리 돌아가는 귀경 한
번 하자."

작자들이 막동의 사투리를 흉내 내며 허허 웃고 따라나섰다.

"참말로 한본 귀경하고 잡다 그 말이지야? 나는 턱주가리를 돌릴
중은 알아도 돌아간 턱주가리를 도로 그 자리로 돌리는 재주는 없은
께 다시 돌래주라는 소리는 지발 하지 말어라잉."

"허허, 어디서 이런 촌놈이……."

작자는 같잖다는 듯이 웃었다. 막동이 갓과 도포를 벗어 곁에 있
는 사람한테 맡겼다.

"미안스럽소마는 잠깐만 갖고 기시시오잉."

막동이 바지저고리에 망건은 그대로 쓰고 나섰다.

"양반이 망건까지사 벗겄냐?"

막동이는 망건을 한번 만지고 나서 양쪽 옷소매를 한 겹씩 걷어 올리며 앞으로 나섰다. 구경꾼들이 빙 둘러쌌다. 구경꾼들은 손에 땀을 쥐었다. 대둔산과 갈재 패거리는 막동이 능청에 비실비실 웃고 있었다.

"느그덜이 다섯이냐? 이리 가까이들 온나. 수고스럽게 한 놈 한 놈 돌리겄냐, 느그덜 다섯 놈 턱주가리를 한 꾼에 전부 돌래주께."

"허허, 저런 촌놈의 새끼."

한 놈이 뛰어나오며 막동을 향해 발을 홱 날렸다. 막동이 슬쩍 몸을 피했다.

"이 자석아, 먼놈의 *보릿대춤이 그러코 멋대가리 없는 보릿대춤도 다 있다냐? 그런 멋대가리 없는 보릿대춤은 낸중에 느그덜찌리나 추고 이리들 한 꾼에 *가차이 오란 말이다."

작자들은 좀 겁먹은 표정으로 빙빙 배돌았다. 두 놈이 한꺼번에 달려들며 주먹을 날렸다. 그 순간이었다. 막동이 몸뚱이가 핑글 돌며 후닥닥 양쪽 발이 날았다.

"윽!"

"윽!"

두 놈이 턱을 싸쥐고 발랑발랑 나가떨어졌다. 막동은 그 기세로 뒤에 있는 놈들을 쫓아가 또 몸을 핑글 돌리며 두 발을 날렸다. 두 놈도 보기 좋게 나가떨어졌다. 그때 막동이 머리에서 망건이 벗겨져 땅에 떨어졌다. 나머지 한 놈은 잔뜩 겁을 먹고 도망쳤다. 막동이 비호같이 쫓아가 그놈 발을 걸어버렸다. 작자는 앞으로 뻗어버렸다. 막동이 발로 그자 옆구리를 한번 건드려보고 돌아서서 땅에 떨어진 망건을 여유 있게 주웠다. 손가락으로 톡톡 흙을 털어 후후 불기까지 한 다음 머리에 썼다.

나가떨어졌던 놈들이 버르적거리며 일어났다. 네 놈은 정말 턱을 싸쥐고 죽는 시늉을 했고, 한 놈은 옆구리를 싸안고 *비칠거렸다. 모두 저쪽으로 갔다. 저 뒤에 나가떨어졌던 놈도 일어났다.

"이놈우 새끼들, 여물통을 뒤꼭지로 홱 돌래놀라다가 반만 돌리다가 말았은께 고맙다고 해라잉. 또 한본만 더 껍쭉그래 봐라. 그때는 대갈통을 전부 수박 *잉끄리대끼 사정없이 잉끼래불랑께."

그는 비치적거리고 가는 놈들 뒤에다 대고 을러멨다. 옷을 맡겨 놓은 사람한테로 갔다.

"고맙그만이라우. 저놈우 새끼덜 대갈통을 안 깨불고 저만치만 해준 것이 잘했지라우?"

막동이 도포를 입으며 히죽거렸다.

"아따 무선 재주 지녔소."

"저 정도는 보통이제라잉."

막동은 갓을 의젓하게 쓰고 저쪽으로 갔다. 왕삼, 용배 등 패거리가 멀찍이 따라갔다. 김갑수는 일행을 이끌고 표 나지 않게 사라져버렸다.

"보아하니 아까 그놈들도 예사 건달들이 아닌 것 같은데 뒤가 무사할까? 패거리가 한두 놈이 아닐 거여."

"맞습니다. 그놈들은 이 광화문 안통을 주름잡는 건달들이오."

"당신은 한양 사시오?"

그때 마침 거기 있던 손여옥이 물었다.

"예."

"그놈들 패거리 수가 많소?"

"많다 뿐이오? 수도 수지마는 광화문에서 노는 건달들이라면 알 만하지요. 그 두목은 관하고도 뒷줄이 닿아 있다는 것 같습디다. 아까 그놈들은 졸때기들일 거요."

손여옥은 낭패한 표정이었다.

"그놈들이 몰려와 훼방을 놓는 날에는 상소판이 온전하지 못할 것 같소. 잘못 건드린 것 같소."

"그자들을 닦달했던 젊은이들은 어느 고을에서 온 사람들이오?"

손여옥이 누구에게랄 것이 없이 곁에 있는 사람들에게 물었다. 모두 고개를 저었다.

"허나, 동학도들은 분명한 것 같으니 우리가 안다미를 쓸 수밖에 없잖겠소?"

"허 참, 이거 갈수록 태산이구만."

"선손을 쓰는 것이 좋을 것 같습니다."

한양 사내였다.

"선손이라니요?"

손여옥이 물었다.

"그자들 두목을 미리 만나 술값이라도 두둑이 찔러주며 사과를 하는 것이 좋을 게요."

두령들은 서로 돌아봤다.

272

"그 두목을 만나려면 어떻게 하면 만날 수 있소?"

"나는 그 길까지는 모르겠소마는, 벙거지를 한 사람 잡고 물어보면 알 수 있지 않을까 싶소."

동학 두령들은 지레 겁을 먹었으나 그날 저녁 그 소문은 한양 장안에 쫙 퍼지고 말았다. 여각이며 저잣거리며 가는 데마다 그 소리였다. 동학도들이 왜놈과 양놈들을 모조리 쫓아내고 조정에 쳐들어간다는 소문과 함께 이 소문은 날개라도 단 것같이 퍼져나갔다.

다음날 아침에는 또 엉뚱한 일이 벌어져 있었다. 여기저기 담벼락에 수많은 괘서가 나붙은 것이다.

축멸왜이 진멸권귀(逐滅倭夷 盡滅權貴 왜놈 오랑캐들을 쫓아내고 권세 있는 자들은 없애버리자).
축멸왜양 보국안민(逐滅倭洋 輔國安民 왜놈과 양놈들을 쫓아내어 나라를 지키고 백성을 편안하게 하자).

이 괘서들은 장안 인심을 하루아침에 발칵 뒤집어놓고 말았다. 동학도들이 조정을 뒤엎는다는 소문과 함께 이 괘서사건은 한양 장안을 공포의 도가니로 몰아넣었다.

광화문 앞에 부복한 도인들은 그대로 밤을 꼬박 샜으나, 조정에서는 아무 말도 없이, 일이 어찌될 것인가 초조한 판에 이런 느닷없는 일까지 일어나고 말았으니 두령들은 안팎으로 죽을상이 되고 말았다.

도인들이 어찌할 바를 몰라 어리둥절하고 있는 참이었다.

"포도청에서 사람이 오요."

도인 하나가 도소로 뛰어들며 소리를 질렀다.

"뭣이, 포도청에서?"

두령들은 눈이 튀어나올 것 같았다.

"예, 지금 골목으로 들어오고 있소."

그 말이 떨어지기가 바쁘게 관복이 요란스런 포교 하나가 도소 마당으로 성큼 들어섰다.

"여기가 동학도소요?"

"그렇습니다."

손병희가 나서며 대답했다.

"포도대장의 영을 받고 알아볼 것이 있어 왔습니다."

"안으로 드십시다."

포교는 방으로 들어왔다.

"동학도들이 상소를 올리고 있다는 것은 알고 있습니다마는, 도대체 이것은 어찌된 일이오?"

포교는 괘서 한 장을 방바닥에 펴놨다.

"우리도 이게 어찌된 일인지 당황하고 있는 참입니다."

"시중에서는 이것이 동학도들 소행이라고 소문이 나 있습니다."

포교는 차근한 소리로 말했다.

"우리는 전혀 모르는 일입니다. 그러지 않아도 우리가 조정으로 쳐들어간다거니 어쩌니 불측한 소문이 나돌아 도대체 그런 허무맹랑한 소문의 진원지가 어딘가 알아보자고 의논들을 하고 있는 판에 또 이런 일이 생기고 보니 그저 어이가 없을 뿐입니다."

손병희가 침착하게 말했다.

"그러니까, 이 괘서는 동학도들과는 전혀 무관하다는 말씀입니까?"

"전혀 무관한 일입니다. 지금 상소에 대한 칙서가 어떻게 내릴 것인가 궁금한 나머지 도소와는 상관없이 자발적으로 올라온 도인들이 많기는 합니다. 그러나 우리 도인들 가운데서는 임의로 이런 일을 할 사람이 없을 것입니다."

"증거가 없으니 동학도인들 소행이라 단정할 수는 없는 일이나, 동학도인들이 올라오고 나서 전에 없던 일이 일어났으니 동학도인들을 의심하지 않을 수 없소. 동학도인들이 과거꾼들 행렬에 휩싸여 한양으로 몰려온 바람에 여러 가지 불측한 소문도 나도는 것이고, 그래서 지금 장안 인심이 그만큼 흉흉해진 것도 사실이오. 소를 올리는 일은 조정을 상대로 하는 일이니 조용히만 하면 우리 포도청에서는 상관할 바 아니나, 만약 무슨 소란이 있거나 또 이 괘서가 동학도들과 상관이 있다는 사실이 밝혀지면 엄중히 문책을 할 것이니 그리 아시오. 유독 이 괘서는 불온하기 짝이 없는 것이므로 철저하게 그 뿌리를 찾을 것이오. 도소에서는 모르고 있다 하더라도 다른 도인들이 했을 수도 있는 일입니다. 조금이라도 의심나는 구석이 있으면 미리 철저하게 내사를 하여 단서가 잡히거든 우리한테 알려야 합니다. 그러지 않았다가 우리한테 붙잡히는 날에는 동학교단 전부가 혐의를 뒤집어쓸 것입니다."

"잘 알았습니다."

"이만 가보겠소."

포교는 자리에서 훌쩍 일어섰다. 포교는 관복에서 풍기는 위풍 말고는 그렇게 고압적인 자세는 아니었다. 인품이 웬만한 것 같았다. 포교가 나가고 나자 두령들은 가볍게 한숨을 내쉬었다. 벼락이 떨어지는 줄 알았다가 무사했기 때문이다.

"도대체, 누가 그런 짓을 했을까요?"

손병희가 곤혹스런 표정으로 물었다.

"그야 뻔한 일 아닙니까? 어제부터 이상한 소문이 돌더니, 역시 아니 땐 굴뚝에 연기 날 리 없지요."

김연국이었다. 남접 사람들 소행이란 소리였다.

"그게 무슨 말씀이오?"

손여옥이 눈초리를 세우며 물었다.

"어제 소판에서 불집을 낸 젊은 놈들부터가 남접 사람들이오. 아무리 비위에 거슬리는 일이 있다기로소니 그 자리가 어떤 자리라고 성질대로 소가지를 부린단 말이오?"

김연국이 빠듯 말꼬리를 올렸다.

"그 젊은이들 소행은 틀렸다 칩시다. 그런데 그들이 남접 사람들 이면 어느 접 사람들이랍디까? 그러지 않아도 그 젊은이들을 만나 야 할 일이 있소."

손여옥은 불뚝했던 성깔을 누르고 차근히 물었다.

"북접에서는 아무리 찾아보아도 그런 젊은이들을 끌고 온 사람들 이 없어요."

김연국이 소리를 질렀다.

"나도 남접 두령을 만나 모두 수소문해 보았으나, 그런 자들을 데리고 온 사람이 없습디다."

손여옥도 만만찮게 대들었다.

"이런 큰일을 하려면 위아래가 손발이 제대로 맞아야지, 그래 남접 사람들은 법소도 눈에 안 보이고 법헌의 영도 귀에 안 엉긴단 말이오?"

"도대체 남접이 무엇을 어쨌단 말이오? 김두령 말씀하시는 것이 어제 저녁 괘서 붙인 것도 남접 사람들 소행이라는 말 같은데, 어디 증거를 내놔 보시오."

"밤중에 숨어다니며 한 일을 어떻게 증거를 댄단 말이오?"

"여보시오. 그럼, 증거도 없이 남접 사람이라 몰아세운단 말이오?"

손여옥이 깡 고함을 질렀다.

"틀림없어요."

김연국도 지지 않고 소리를 질렀다.

"뭣이?"

손여옥이 주먹을 쥐며 벌떡 일어섰다.

"이게 무슨 짓들이오?"

두령들이 일어서며 말렸다. 손여옥이 가쁜 숨을 내쉬고 있었다.

"손두령, 거기 앉으시오."

여태 말이 없던 김덕명이 무겁게 입을 열었다.

"김두령! 두고 보아야 알 일이기는 하되 김두령은 지금 크게 잘못 생각하고 있는 것 같소. 내가 남접이래서 편역을 드는 것이 아니라 이치가 그렇소. 괘서는 우리 동학도 중에서 한 일이 아니고 다른 사람들이 우리 동학의 세를 업고 장난을 한 게 아닌가 생각하고 있소.

한양 장안에서도 외세의 발호를 염려하고 권신들의 탐학에 이를 갈고 있는 사람들이 한두 사람이 아닐 것이오. 한양 사람들은 외국 사람들의 횡포를 우리보다 더 잘 알고 있고, 또 권신들의 농간을 가까이서 자세히 보고 있는 터라 그런 의분심이 시골 사람들보다 더할 겝니다. 그런 괘서를 붙일 사람이 얼마든지 있다는 소리요. 남산골 샌님 역적 바라듯 한다는 소리도 있잖던가요? 지금 우리는 큰일을 벌려놓고 겹겹으로 몰리고 있는 중이오. 모두가 한마음으로 힘을 합쳐도 이 어려움을 이기고 나가질 것인가 걱정인데 근거 없이 의심을 하고 탓을 한 대서야 될 일이오? 이럴 때일수록 어려운 일이 있으면 서로 의논을 해서 헤쳐나갈 방도를 생각해야지 탓부터 하기로 들면 어찌 되겠소?"

김덕명이 점잖게 나무랐다.

"김두령 말씀이 옳습니다."

손병희가 맞장구를 쳐 자리를 수습했다.

"괘서사건은 더 두고 보기로 하고 각 고을 두령들은 자기 접 도인들을 다시 한번 돌아보고 행동에 각별히 유념을 하도록 주의를 시켜야겠소. 과전에 불납리라고 괜한 의심을 사지 않도록 낮에도 어디를 함부로 돌아다니지 않도록 이르고, 더구나 밤에는 소관 이외에는 나가지 말도록 해야겠소."

어제 막동의 소문은 마포까지도 삽시간에 퍼졌다. 그런데 오늘 아침에는 괘서까지 붙어 마포 장사치들도 만나는 사람마다 그 소리였다. 특히 괘서사건은 동학도들의 무력봉기설을 뒷받침하고 있어 한양 사람들의 눈길은 온통 광화문 앞의 동학도들한테로 쏠리고 있

278

었다.

광화문 여숙에서 잤던 임군한이 아침 일찍 마포로 나왔다. 여기 저기 여숙을 돌아 각 패거리 두목들을 만난 다음 김갑수 등 산채 패거리가 든 여숙으로 갔다.

"오늘 칙서가 내릴지도 모른다. 칙서가 내리면 너희들이 어떻게 할 것인가 그 자리에서 금방 지시가 있을 것이니 정신 바짝 차리고 있어야 한다. 소판을 떠나서는 절대 안 된다. 그리고 어제 그 광화문 패거리가 그렇게 체면을 깎였으니 가만있지 않을 것이다. 떼를 지어 와서 상소판에서 행패를 부릴지도 모른다. 그 작자들은 한가락씩 하는 놈들도 있을 것이다마는 너희들 솜씨에는 댈 바가 아니고, 거개가 악발로 노는 놈들이다. 어떻게 나오든 보복을 하러 나오면 오늘 이야말로 제대로 본때를 보여야 한다. 그놈들을 징치하는 것이 목적이 아니고, 세상을 한번 깜짝 놀라게 하는 것이 목적이다. 한양 장안 사람들뿐만 아니라 조정 대신들까지 겁을 먹어야 한다. 기왕에 동학 도들은 신출귀몰하는 도술을 부린다고 겁을 먹고 있는 판에 어제 막 동이 소문이 쫙 퍼져 지금 장안이 바글바글 끓고 있다."

임군한 말에 모두 비실비실 웃었다.

"이런 판에 그놈들을 정말 제대로 작살을 한번 내버리면 어떻게 되겠느냐? 광화문통은 한양 장안에서도 그 한복판이다. 바로 그 광화문통을 누비는 광화문 건달들을 우리가 제대로 작살을 내버리면 한양 사람들은 진짜로 입이 떡 벌어질 것이고, 조정에 틀거지를 틀고 있는 놈들도 간이 써늘해질 것이다. 그리고 우리 동학도들 기세는 그만치 살아날 것이다. 그렇게 되면 장안뿐만 아니라 조선 천지

민심을 우리가 휘어잡게 된다. 그보다 당장 우리가 도모하는 일이 있으니 내로라하는 광화문 건달들 콧대부터 꺾어 조정을 지키는 군사들 기를 죽여야겠다. 너희들이 여태까지 익힌 솜씨를 본때 있게 한번 써볼 일생 일대 절호의 기회가 왔다. 피나게 익힌 솜씨를 이때 제대로 못 쓰면 일생 동안 한을 남길 것이다. 이것은 대둔산 두령님하고도 이야기가 된 일이다."

임군한은 힘 있게 말했고 졸개들의 눈에는 번쩍번쩍 빛이 나고 있었다.

"태견 솜씨 지닌 사람들 20여 명을 두 패로 나눠서 갑수하고 왕삼이 10여 명씩 거느리고 있다가 그놈들 나오는 것 봐서 적당히 처치한다. 그리고 그놈들이 몽둥이를 가지고 올지 모르니, 검술이나 봉술 솜씨 있는 사람들은 세 패로 나눠 김확실하고 텁석부리, 시또가 한 패씩 거느리고 있다가 역시 내 지시에 따라 아주 작살을 내버린다. 몽둥이는 표 안 나게 미리 그 근처에다 숨겨 논다. 그렇지만 크게 다치거나 죽는 놈이 있으면 뒤가 시끄러울 것이니 겉으로 큰 상처가 나거나 죽지는 않게 닦달을 해야 한다. 그리고 일이 끝나거든 즉시 그 자리를 피해버려야 한다. 저놈들은 관하고 뒷줄이 닿아 있는 놈들이라 우리 가운데서 한 사람이라도 포졸들한테 잡혀노면 큰 낭패다. 이것이 제일 문제니 번개같이 해치우고 바람같이 사라져버려야 한다. 그리고 만약 하나라도 붙잡히면 전부가 나서서 기어코 빼앗아내야 한다. 그때는 몇 놈 죽여도 상관없다."

임군한은 말을 마친 다음 두목으로 내세운 김갑수 등 다섯 사람을 다시 불러 구체적인 지시를 했다.

이 계획은 막동의 소문이 의외로 크게 부풀어 장안이 온통 바글 바글 끓는 것을 보고 어제 저녁 임가 세 두령들이 합의를 한 것이었다. 도대체 그런 일이 그렇게까지 엄청난 반향을 불러일으킬 줄은 미처 상상도 못했는데, 주막이고 어디고 가는 데마다 그 소리여서 어이가 없을 지경이었다.

"세상 사람들은 한양 사람들이나 시골 사람들을 막론하고 그런 도술을 부리는 사람들이 나타나서 세상을 한번 뒤집기를 그만큼 간절히 바라고 있다는 증좁니다."

임군한 말에 임진한과 임문한은 고개를 끄덕였다.

"난리가 난다고 피난 보따리들이 벌써 한강을 건너고 있다는 소문까지 있습니다."

"아니, 그렇게까지 겁을 먹고 있소?"

임진한이 놀라 물었다.

"요사이 인심이란 게 그만큼 둥 떠 있는 것 같습니다. 조정 대신들도 그렇게들 겁을 먹고 있을 게요. 내일 그 작자들이 다시 나타날지 모르니 그때는 진짜로 한번 본때를 보입시다. 그놈들이 한양서도 광화문을 누비는 건달들이나 제 놈들 체면 생각해서라도 틀림없이 시비를 걸어와 보복을 할 것 같습니다. 그놈들만 제대로 작살을 내버리면 장안 인심은 우리 손아귀에 들어옵니다. 동학도들이 도술 부린다는 것을 실증을 하는 꼴도 되지만, 그놈들을 징치했다면 한양 사람들은 아린 이 빠진 것 같이 좋아할 것입니다. 한양 사람들은 그 건달들 피해를 안 본 사람이 없습니다. 세상이 난세라 그런 놈들은 그런 놈들대로 험하게 날뛰어 남대문 장사치들은 제대로 장사를 못

할 지경입니다."

임군한은 전에 한양서 군대생활을 했던 한양내기라 그런 물정은 누구보다 잘 알고 있었다.

"그러다가 일이 너무 크게 번지면 큰일에 지장이 있지 않겠어?"

임문한이 조심스럽게 말했다. 임진한은 손을 젓고 나섰다.

"아닐세. 싸움은 힘보다 사길세. 몇 놈이나 몰려올지 모르지만 기왕 손댄 김에 아주 작살을 내버리게. 우리가 광화문 건달들만 작살을 냈다면, 그 소문만 가지고도 벌써 일은 판가름날지 몰라. 일이 크게 번지더라도 상관없네. 그렇게 시끄럽게 되면 엉뚱하게 그런 데서 우리 계책의 좋은 단서가 잡힐지도 모르네. 어차피 우리는 약세니 *허설수로 사태를 잘 가늠해서 발빨게 대처해야 하니 되레 그런 불집을 만들어야 하네."

"그렇지만……."

임문한은 고개를 저었다. 두 사람은 임문한을 건너다보고 있었다.

"혹시 모르니 여기서 결정하지 말고, 대비만 잘 해두었다가 내일 형편 보아서 그 자리에서 결정을 하지요."

이 말에 임진한도 동의를 했다. 그러나 임문한은 임진한이 그렇게 거세게 나오는 것이 이해가 안 되는 듯 좀 어두운 얼굴이었다.

궐문 앞에는 소꾼들이 그대로 꿇어앉아 있었다. 거기 앉아 있는 도인들은 밤이나 낮이나 내내 그렇게 앉아 있는 것은 아니었다. 변소에라도 가는 척 자리에서 빠져나오면 다른 도인들이 대거리로 *갈마들어 그 자리에 앉았다. 그러니까, 궐문 앞의 수는 항상 40여 명이었지만, 그들은 한 나절쯤의 간격으로 대거리를 하는 셈이었다. 부러 눈을 속이자고 그런 것이 아니라 자연스럽게 그렇게 되었다. 다만 소두인 박광호는 표가 났기 때문에 대거리를 할 수가 없었다.

광화문통에는 어제보다 훨씬 많은 구경꾼들이 몰려와 있었다. 아침인데도 어제보다 몇 배나 되는 사람들이 몰려들어 발 들여놓을 틈이 없었다. 며칠 전부터 나돌던 소문이 정작 괘서에 적혀 거리에 나붙자 세상 사람들은 그게 틀림없이 동학도들이 한 일이라 생각하고 동학도들이 정말 세상을 뒤엎는 것이 아닌가 하여, 세상을 뒤엎을 그 장본인들을 구경하자고 몰려드는 것 같았다. 구경꾼들은 어제와는 딴판으로 잔뜩 겁먹은 얼굴들이었다. 지금은 저 사람들이 저렇게 다소곳이 앉아 있지만 언제 그 무서운 도술을 부리고 나올지 모른다고 생각하는 모양이었다. 개구리가 움츠리는 것은 뛰자는 속셈이 아니냐고 수군거리는 사람들까지 있었다. 지금은 저렇게 다소곳이 깎아놓은 듯 꼼짝 않고 앉아 있지만 바로 그게 여차하면 화닥닥 퉁겨 일어날 조짐으로 보이는 것 같았다.

"동학도들이 엄청나게 많이 몰려왔다던데 어째서 저 수만 저러고 있을까?"

"그게 다 속셈이 있는 일이겠지."

"어제부터 저러고 있다지? 하루 동안을 저렇게 꼼짝달싹을 않고도 끄덕없다니 무서운 사람들이구만."

"더 무서운 도술도 부리는 사람들인데, 저렇게 앉아 있는 것쯤 대수겠어."

"하긴 그려."

"저기 앉아 있는 사람들은 저렇게 도포에 갓망건을 챙겨 썼지만,

진짜 무섭게 도술을 부리는 사람들은 땔나무꾼 차림이나 거지 차림을 했다는 것 같어."

"으음."

"본색을 숨기려고 별의별 차림을 다 하고 왔다는구만. 흉악한 땔나무꾼 차림을 한 사람, 구종배 차림을 한 사람, 엿장수 차림을 한 사람, 심지어는 포교 차림을 한 사람까지 있다는 거여."

소문은 부풀대로 부풀어 꼬리에 꼬리를 물고 퍼졌으며, 그런 소문은 또 구경꾼들을 그만큼 불러들이고 있었다.

이 통에 엉뚱한 대접을 받은 것은 과거꾼들을 배행하고 온 구종배들이었다. 물건을 사러 가거나 막걸리 한잔을 마시러 가도 시골 사투리만 쓰면 주인들은 눈을 흘끔거리며 절절맸다. 이 바람에 가짜 동학도가 나타나 엉뚱한 행패를 부리는 일까지 있었다. 술이나 밥을 먹고 돈을 내지 않고 가는 무전취식자가 있는가 하면, 괜히 시비를 붙어 사람을 치는 놈도 있었다. 그러나 사람들은 저게 다 그만한 속셈이 있어 일부러 그런지 모른다고 수군거리며 슬슬 피했다.

구경꾼들은 광화문통 양쪽 길을 꽉 메웠다. 그런데, 어찌된 일인지 광화문 건달들은 해가 이슥하도록 나타나지 않았다. 그들도 겁을 먹은 것이 아닌가 싶었다.

셋째 날이었다. 도소에서 자고 난 두령들은 또 눈이 동그래지고 말았다. 광화문통에 엉뚱한 괘서가 또 나붙은 것이다.

동학 현인들은 들으라. 지금 조정에서는 상소를 올린 동
도들을 어떻게 처치할 것인가 그 방도를 의논 중인데 신

원의 거짓 칙서를 내려 동도들을 물러가게 한 연후에 한 강변에 군대를 풀어 전원 수장할 일대 학살의 흉계를 논의 중이노라. 신유사옥 등 천주학의 박해를 아는 자 귀가 열리리라.

두령들은 입이 딱 벌어졌다. 이런 괘서뿐만 아니라 여기저기 다른 괘서도 수없이 나붙었다. 오늘은 괘서의 내용도 가지가지고 괘서의 크기와 필체도 여러 가지였다. 도인들이 몇 가지 뜯어가지고 온 것만 보더라도 필체가 각기 달랐다. 그 가운데는 이런 것도 있었다.

> 진정출어남해 선멸이민 후축왜양(眞鄭出於南海 先滅李閔 後逐倭洋 진인 정씨가 남해에서 나와 먼저 이가와 민가를 멸하고 다음에 왜놈과 양놈들을 쫓아낸다).

지난 팔월에 선운사 미륵 배꼽에서 나왔다는 비결에 씌어 있다고 소문이 난 소리였다. 도소 두령들은 이 괘서를 앞에 놓고 모두 언 수탉같이 썰렁한 표정을 하고 앉아 있었다.

누가 이런 짓을 했을까로 다시 이론이 분분했다. 추측은 세 갈래였다. 남접 사람들의 소행이라는 것과 한양 선비 중 불평분자들의 소행이라는 것, 그리고 조정 대신들 가운데서 동학도들을 잡아들이자는 쪽의 소행이라는 것 등이었다. 남접 사람들의 소행이라는 것은 어제 김연국이 그랬던 것처럼 남접을 불신하는 북접 사람들의 소리였다. 이런 괘서를 붙여 그 까탈로 조정에서 소꾼들과 도소를 덮치면 그것을 기화로 조정으로 밀고들어가기 위해서 그런 구실을 끌어내려는 남접 어떤 패거리의 소행이라는 것이다. 그리고 한양 불평분자들의 소행이라는 추측은 어제 김덕명이 주장한 것과 마찬가지였는데, 내용과 필체가 다른 것으로 보아 그런 사람들 짓이라면 한두 사람 짓이 아니고 여러 사람 짓 같다고 했다. 마지막 조정 대신들 가운데서 동학도인들을 잡아들이자는 사람들의 소행이라는 추측은, 이런 괘서를 빌미로 동학도들을 잡아들이기 위해서 이런 흉계를 부리고 있는지 모른다는 것이었다. 그러나 이런 소리들은 어디까지나 추측일 뿐 어느 것도 확실한 근거가 있는 소리는 아니었다.

여기저기 흩어져 유숙을 하고 있던 각 고을 두령들이 굳은 표정으로 도소에 몰려들었다. 30명 가까운 대소 두령들이 모였다. 남접에서는 손화중, 김덕명, 김개남, 이방언, 송희옥, 손여옥, 오지영, 오하영, 김낙철 등 여남은 명이었다.

"일판이 이렇게 나가다가는 무슨 일이 벌어질지 모르겠습니다. 만에 하나, 무슨 불상사가 생기는 날에는 우리 도인들은 가만히 앉아서 벼락을 맞을 판입니다."

김연국이 두령들을 돌아보며 말했다.

"글쎄올시다."

손병희가 고추 먹은 소리를 했다.

"미리 손을 써야지 않겠습니까?"

"손을 쓰다니요?"

김연국 말에 손병희가 돌아보며 물었다.

"이 괘서하고 우리하고는 아무 상관이 없다는 발명을 해야 할 것 같습니다."

"괘서 붙인 장본인을 우리가 알지 못하는 바에 무슨 재주로 발명을 할 수 있겠소?"

"오늘 아침부터 장안에는 피난 봇짐이 줄을 서고 있다 합니다. 그만큼 한양 장안이 발칵 뒤집힌 것입니다. 우리는 괘서하고 아무 상관이 없지만, 우리가 상소를 올리는 것이 계기가 되어 이런 일이 일어났으니, 따지고 보면, 이렇게 인심이 뒤집힌 데는 우리도 책임이 없다 할 수 있겠습니까? 더구나, 세상 사람들은 모두 우리 동학도인들이 한 짓으로 알고 있습니다."

두령들은 모두 김연국의 얼굴만 건너다보고 있었다.

"이판에 이렇게 손 개얹고 있다가는 애먼 벼락을 맞을지 모르니 소를 거두었다가, 거둔다기보다 칙서가 내릴 때까지 기다릴 것이 아니라 모두 이대로 귀향을 하여 각자 고향에 가서 칙서를 기다리는 것이 어떨까 합니다."

김연국이 말을 미처 끝내기도 전이었다.

"여보시오, 그것이 지금 말이라고 하고 있소?"

송희옥이었다. 김연국한테 삿대질까지 하며 벼락같이 소리를 질렀다.

"우리가 여기까지 올 때 유람하러 온 것이오? 모두가 목숨을 걸어놓고 천리길을 멀다 않고 올라왔소. 장을 쏠 때는 으레 구데기도 나는 법인데, 그래 이만 일로 지레 겁을 먹고 물러서잔 말이오?"

송희옥이 숨을 씨근거리며 소리를 질렀다.

"이것이 어디 구데기 정돕니까?"

김연국도 지지 않고 대들었다.

"구데기든 구렁이든 우리가 괘서를 안 붙였으면 그만 아니오? 지금 여기서 우리가 이만한 일로 물러서 보시오. 우선 돌아가서 도인들한테 무어라고 하겠소? 지금 팔도 고을고을마다 감옥에서는 무지막지한 곤장에 도인들 살이 문들어지고 뼈가 부러지고 있소. 그 사람들은 신원의 칙서가 내려 풀려나기를 칠년대한 비 바라듯 하고 있는데, 이렇게 일판을 벌여놓고 우리 사날로 맥살없이 돌아서자니 도대체 그게 말이라고 하고 있단 말이오. 여기저기 나붙은 괘서나 피난 보따리를 보고 우리보다 더 안절부절 부쩌지를 못하는 사람들은 바로 조정 대신들일 것이오. 그것을 바로 알아야 해요. 우리가 괘서를 붙인 것은 아니지만, 그것 또한 절실한 우국충정에서 나온 소리들이오. 조정에서는 지금 그것을 무서워하고 있어요."

송희옥은 입침을 튀겼다.

"바로 그 점이 문제요. 장안 인심을 수습하려고 우리를 잡아들이면 당신이 책임지겠소?"

김연국도 크게 소리를 질렀다.

"책임이오? 지금 모두 목숨을 걸고 온 판에 책임이 문제란 말이오. 목숨이 아깝거든 당신이나 돌아가시오. 당신 같은 사람들이 법소에 앉아 있으니까 일판이 지금까지 이 모양이오. 목숨이 아까우면 지금 당장 돌아가요."

송희옥은 삿대질을 하며 악을 썼다.

"뭣이?"

김연국이 벌떡 일어나며 맞고함을 질렀다. 송희옥도 벌떡 일어섰다.

"왜들 이러시오?"

김연국 가까이 앉았던 손천민과 공주 접주 김지택이 일어서며 김연국을 가로막았다.

"이럴 것이 아니라 모두 진정들 하고 조근조근 이야기를 합시다. 내 생각도 송접주 생각하고 같소."

김지택이 차근하게 말을 꺼냈다.

"송접주 말마따나 지금 장안에 나돌고 있는 소문이나 피난 가는 일들을 누구보다 잘 알고 있는 것이 조정 대신들일 것이고, 또 누구보다 겁을 먹고 있는 것도 조정 대신들일 것입니다. 쾌서는 우리하고는 아무 상관도 없는 일이지만, 그 때문에 조정 대신들이 겁을 먹고 있을 것이니, 우리는 모르는 척하고 지그시 눌러 있으면 됩니다. 그런 소문을 되레 우리한테 유리하게 이용하자 이 말씀이지요. 조정에서는 결단코 우리를 잡아들이지 못합니다. 설사, 잡아들인다 하더라도, 잡혀갔으면 갔지 우리가 여기서 물러서서는 안 됩니다. 물러서면 그것으로 우리는 끝장입니다. 이 고비를 의연하게 넘겨야 합니다."

김지택은 단호하게 말했다. 북접에 속하는 김지택까지 이렇게 나오자 김연국은 더 나서지 못했다. 다른 두령들도 더 나서지 않았다.

"더 두고 보는 수밖에 없을 것 같소이다."

여태 말이 없던 손병희가 결론을 내렸다.

피난 봇짐이 어쩐다는 소리는 사실이었다. 줄을 서고 있다는 소리는 과장이었으나 여기저기 그런 봇짐이 한강 나루로 모여들고 있었다. 민영준 등 조정 대신들이 은밀하게 봇짐을 싸보내고 있다는 소문도 나돌았다.

그런데 북접 사람들 사이에서는 엉뚱한 소리가 귓속말로 돌아다니고 있었다. 괘서사건은 틀림없이 서장옥, 서병학, 이방언, 손여옥 등으로 이어지는 남접 사람들의 소행이며, 거기에는 엄청난 음모가 있을지도 모른다는 소문이었다. 그 음모란 대원군과 관계되는 것으로 이방언은 전부터 대원군과 긴밀한 사이니, 지금 이 일도 대원군을 옹립하기 위해서 변란을 일으키려는 속셈일 거라는 것이었다.

이런 뜬소문과 함께 지금 법헌 최시형이 한양 장안에 들어와 있는데 서병학을 불러다 크게 호통을 쳤다는 소문도 떠돌고 있었다. 도인들 사이에는 최시형이 한양에 왔다는 소문이 파다하게 나돌고 있었으나 사실을 확인할 수는 없었다. 그는 항상 잠행을 하는 것이 거의 습관이 되어버렸으며, 그 주변 사람들도 그의 소재에는 입을 벌리지 않는 것이 불문율처럼 되어 있었다.

동학도들 사이에서 대원군 관계 소문이 뒤숭숭한 가운데 구경꾼들은 인산인해를 이루었다. 구경꾼들은 시골서 올라온 과거꾼들도 많았다. 한양에는 과거 날이 가까워오자 과거꾼들이 엄청나게 몰려들고 있었다. 지금 몰려든 수만도 2,3만은 넘을 것이라는 추측들이었고, 사흘 뒤인 정작 과거 날에는 5,6만에 가까울 것이라 했다. 한양 가호수가 기껏 4,5만 안팎인데 그렇게 많은 과거꾼들이 몰려들고 있으니 한양거리는 시골 장판처럼 붐볐다.

근래에 오면서 과거는 거개가 돈으로 결판이 나기 때문에 어지간한 선비들은 처음부터 과거를 외면하는 터라 전에 비하면 과거꾼들이 알아보게 줄어들었지만, 그렇게 줄어들었는데도 그 수는 엄청났다. 정조 때는 15만 명이 몰려든 때도 있었다고 한다. 그때 한양 인구도 지금과 큰 차이가 없어 20만 안팎이었는데 15만 명이나 몰려들었다면 한양거리가 어떤 꼴이 되었을 것인가. 우선 잠을 어디서 끼여 잤는지 알 수 없는 일이었다.

과거꾼들은 한양 와서 숙소를 잡아놓으면 여장을 풀자마자 거리 구경부터 나섰다. 그런 사람들한테 상소판은 구경거리치고도 유별난 구경거리라 궐문 앞은 발 들여놓을 틈이 없었다.

2월 중순(양력 3월 하순)이라 아직도 추위가 남아 바람 끝이 매웠으나 구경꾼들은 끊이지 않았다.

"저 사람들이 지금 참말로 일판을 한바탕 벌이자는 수작인가?"

"글쎄, 시골서는 동학도들이 어쩐다고 해도 그저 허무맹랑한 소린 줄만 알았더니, 한양 사람들 겁먹는 것 본게 그것이 아닌 모냥이여. 저기가 어디라고 저렇게 당돌하게 버티고 있는지 그것부터가 예삿일이 아니구만."

"저 사람들이 지금 이틀 밤 사흘 낮을 저렇게 꼼짝달싹도 않고 버티고 있단 말이오?"

"무서운 사람들이구만. 도술을 부리는 법력이 아니고서야 이 추운 날씨에 저렇게 꼼짝도 않고 버티고 있을 수가 없겠지."

"저 사람들이 도술을 부리기로 하면 못 부리는 재주가 없다더니 그것이 빈말이 아닌 게로구만."

석상처럼 미동도 않고 있는 소꾼들 위에 거리를 휩쓸고 온 바람이 먼지를 쓸어다 흩뿌리고 있었으나, 하얀 도포에 갓을 쓰고 앉아 있는 소꾼들은 미동도 않고 다소곳이 앉아 있었다. 그 모습은 그만큼 신비로운 분위기를 자아내고 있어 구경꾼들은 제멋대로 여러 가지 상상을 하는 것 같았다.

"야, 너 좀 보자."

누가 막동의 소매를 잡아당겼다. 막동이 금방 나와 막 소판으로 들어서는 참이었다.

"너는 누군디 멋할라고 보자고 하냐?"

막동은 예상하고 있던 일이라 작자를 돌아보며 침착하게 물었다. 곁에 섰던 김갑수 등 패거리가 저만치 서서 보고 있었다.

"새꺄, 이리 와봐!"

"매애, 멋이 또 이런 것이 와서 이란고? 어디 오란께 멋을 줄라고 그란가 한본 가보자."

막동이 웃으며 따라나섰다. 김갑수가 패거리를 거느리고 표 나지 않게 막동 뒤를 따랐다. 저만치 골목 어귀에 예닐곱 놈이 버티고 있었다. 나이가 모두 스물다섯 살쯤 되어보였으나 예상보다는 수가 적었다. 두목인 듯한 자를 가운데로 하고 늠름하게 서 있었다. 모두 틀거지들도 의젓했으려니와 태도도 당당했다. 구겨진 위신을 회복하려고 솜씨깨나 있는 자들이 나선 것 같았다. 대둔산과 갈재 패거리가 표 나지 않게 모여섰다.

"야, 이놈아 어디서 굴러온 하룻강아지냐?"

두목 곁에 섰던 자가 앞으로 썩 나서며 이죽거렸다. 서른 살이 넘어 보이는 자로 얼굴이 깡마르고 몸매가 호리호리했다. 구경꾼들이 금방 그들을 빙 둘러쌌다.

"전라도서 굴러왔다. 그라고 본께 인자사 어디서 물건 같은 것들이 기어나왔구나."

막동이 여유만만하게 웃었다.

"허허, 이 촌놈의 새끼가 제절로 찢어진 아가리라고 벌어지는 대로 놀리는구만. 시골에 뼈 묻을 자리가 그렇게 없더냐?"

"말 한본 잘했다. 어디 광화문 앞에다 빽다구 한본 묻어보자!"

빙 둘러선 구경꾼들은 손에 땀을 쥐고 있었다.

"패거리가 몇이냐?"

"패거리 말이냐? 패거리는 여그 온 동학도덜이 전부 패거리다. 나는 총중에서 젤로 째마린디 여럿이 나설 것 있겄냐? 대갈통 근지런 놈 있으먼 나서봐라. 잉깨주께."

"어디서 굴러온 누군지 그것이나 알고 뼈를 묻어도 묻자."

"아야, 나는 말씀이다잉, 어지께도 느그 쫄다구덜한테 말했다마는 너맨키로 쥐딩이만 까진 새끼는 턱주가리부텀 잉깨뿌는 성질이 있다. 쥐딩이 잉깨지기 전에 너부텀 이름이나 뱉어봐라. 그래사 내가 뉘 쥐딩이를 잉깨뿌렀는지 아껏 아니겠냐?"

순간, 저쪽에서 휙 몸을 날려왔다. 너덧 간의 거리를 비호같이 퉁겨온 것이다. 막동이 날렵하게 몸을 피했다. 순간, 막동 얼굴에 긴장이 피어올랐다. 간발의 차이로 발을 피했던 것이다.

"허허, 이것덜이 으째서 어지께부텀 만중 앞에서 보릿대춤이 요로코 요상스럽다냐?"

막동은 웃으며 이죽거렸으나, 웃음이 일그러지고 있었다. 두 사람은 자세를 잡고 노려보며 슬슬 돌고 있었다. 작자가 다시 몸을 훌쩍 날리며 발을 퉁겼다. 그 순간이었다. 막동이 날렵하게 허리를 굽혔다가 일어나며 몸뚱이를 핑글 돌렸다. 그러나 몸뚱이가 헛돌며 발이 허공을 휘젓고 말았다. 다시 두 사람의 발이 우닥탁 튀었다. 서너 번 부딪쳤으나 용케들 피했다. 다시 우닥탁 발을 퉁겼다. 순간, 막동의 발이 상대의 턱에 제대로 들어갔다.

"윽!"

작자가 턱을 싸안고 무릎을 꿇었다. 막동이 이윽이 작자를 내려다보고 있었다. 저쪽에 버티고 선 작자들 속에서 또 한 놈이 퉁겨나왔다. 뒤엣놈들도 달려들 자세였다.

"또 오냐. 그란디 잠깐만 카만 있어라. 카만! 내 말 잔 들어보고 댐배도 댐배."

저쪽에서 몸을 날리며 발이 들어왔으나 막동이 날렵하게 피하며 손을 저었다. 작자는 막무가내로 날뛰었다.

"말 듣고 해라!"

군중 속에서 악다구니가 쏟아졌다. 왕삼 등 패거리였다.

"뭐냐, 새꺄!"

작자가 동작을 멈췄다.

"너도 보릿대춤이 웬만한디, 내 말을 들어보고 보릿대춤을 춰도 춰라. 나는 말이다잉, 동학도 가운데서도 *째마리 중에서 째마리고 피라미 중에서 피라미다. 그런디, 우리 같은 피라미들한테 댐빌래도 말이다잉."

막동은 말을 멈춰놓고 저만치 딩굴고 있는 몽둥이를 하나 주워들었다. 발목 굵기의 통나무 몽둥이였다. 이자들이 몽둥이를 가지고 올 것에 대비해서 미리 여남은 개를 그렇게 아무렇게나 던져두었었다.

"우리 같은 피라미들한테 댐빌래도야, 요런 몽댕이로 느그덜 대그빡을 요로코 한본 갈개보고야."

막동이는 몽둥이로 대갈통 갈기는 시늉을 했다.

"느그들 대그빡이 이 몽댕이보담 단단하면 그때 댐배사 대그빡이 안 잉깨진다. 내 말 알아묵겠냐?"

막동이 말을 마치며 몽둥이를 공중으로 훌쩍 던져올렸다. 공중으로 곧추 올라가던 몽둥이가 떨어지는 순간이었다. 몸을 비틀며 발을 날렸다.

— 딱.

몽둥이가 보기 좋게 중동이 부러졌다.

"와!"

군중 속에서 가벼운 탄성이 터졌다. 순간, 저쪽에서 서너 놈이 한꺼번에 뛰어들었다. 그때 김갑수가 뒤를 돌아봤다.

"너희들 셋만 나간다."

김갑수 말에 대둔산 패거리 중에서 셋이 나섰다. 하나씩 붙었다. 그때 저쪽에서 나머지가 전부 나섰다. 그때 김갑수가 앞으로 나서며 손을 들어 두 번 까불렀다. 사방에서 패거리가 우르르 나섰다. 싸움판은 순식간에 2,30명이 뒤엉켰다. 비명이 터지고 땅바닥에 쓰러지고 드잡이판이 벌어졌다. 후닥닥 몸뚱이가 공중으로 솟구치고 손발이 요란스럽게 춤을 췄다.

"그만두지 못할까!"

그때 포교 한 명이 가운데로 나서며 소리를 질렀다. 그러나 싸움은 그치지 않았다.

"모두 잡아라."

벙거지들이 10여 명 안으로 뛰어들었다. 그러나 벙거지들은 얼른 손을 쓰지 못했다. 그들이 잠시 멍청해 있는 사이 대둔산 패거리는 마지막까지 설치는 한 놈을 서너 놈이 달려들어 작살을 낸 다음 군중 속으로 바람처럼 사라져버렸다. 싸움판에는 일곱 놈이 쓰러져 버르적거리고 있었다.

벙거지들은 군중 속을 누비며 설쳤으나 패거리는 종적이 없었다. 구경꾼들은 모두 멍청한 표정으로 입만 딱 벌리고 있었다.

그때였다.

"오매, 저것이 먼 군대여?"

구경꾼들의 눈이 한쪽으로 쏠렸다. 동대문 쪽에서 웬 군대 행렬이 나타난 것이다. 착검한 총을 어깨에 맨 군대 행렬이 호루라기 소리에 발을 맞춰 보무도 당당하게 행진을 해오고 있었다. 구경꾼들은 넋 나간 표정으로 그들을 보고 있었다. 전후좌우의 열은 쪼개놓은 대쪽 같았고, 손발은 칼로 자른 듯 착착 맞았다. 2백 명도 넘는 것 같았다. 그들의 군화 소리가 쿵쿵 땅을 울렸다. 울긋불긋한 복장이며 날카롭게 햇빛을 반사하고 있는 칼날에서 풍기는 위풍에 구경꾼들은 대번에 기가 질리고 말았다. 훈련도 일본 장교한테서 받고 복색도 일본 군대를 본뜬 신식군대였다.

"상소판을 쓸러 오는가?"

"몰라."

그들은 상소꾼이 엎드려 있는 앞을 지나 광화문 서쪽 벽을 돌아

사라졌다. 갑자기 나타났던 간으로는 너무도 싱거웠다.

"흠."

군대 행렬이 사라진 쪽을 노려보고 있던 임진한이 신음소리를 냈다. 그 곁에 섰던 임문한도 침통한 표정이었다.

"모두 대궐로 들어가는 모양이지요?"

임군한도 낭패한 표정으로 속삭였다. 세 사람 다 자기들이 가지고 있는 50정의 소총과 저 군대들의 총을 비교해 보는 것 같았다.

좀 만에 군대 행렬이 또 하나 남대문 쪽에서 나타났다. 아까와 똑같은 모양의 비슷한 수가 광화문통을 거슬러 올라가 아까 그 군대가 이 사라진 쪽으로 사라졌다.

그 군대 행렬이 사라진 얼마 뒤였다. 그러니까, 2월 13일 오시 즉 11시경이었다. 대궐에서 관복을 입은 사람이 벙거지들을 달고 나오고 있었다. 그들은 소꾼들 앞에 멈췄다. 지난번에 소장을 받아갔던 사알이었다. 소판에 앉아 있던 사람들이 멍청하게 그를 건너다봤다.

"상감마마 칙교가 내리었소."

사알이 근엄하게 말했다. 박광호가 자리에서 상체를 크게 주억거렸다. 구경꾼들도 숨을 죽였다.

"상감마마께 *사은숙배를 하고 칙교를 들으시오."

사알이 말했다.

"모두 일어서시오."

박광호의 말에 소꾼들은 모두 일어섰다.

"상감마마께 사은숙배를 올립시다."

소꾼들은 박광호의 말에 박광호와 함께 경복궁을 향해 절을 했다. 정중하게 절을 하고 나서 제자리에 다시 꿇어앉았다. 구경꾼들은 튀어나올 것 같은 눈으로 이 광경을 건너다보고 있었다.

"상감마마께서 소장을 하감하신 연후에 내리신 칙교이시오니 잘 들으시오."

모두 숨을 죽였다.

"'모두 집에 돌아가 안업安業에 종사하면 소원에 따라 실시하리라'는 칙교가 내리셨소. 이제 모두 집으로 돌아가시오."

소꾼들은 무슨 말이 더 있으려니 하며 고개를 숙이고 있었으나, 더 말이 없었다. 한 사람씩 고개를 들기 시작했다. 모두 멍청하게 사알의 얼굴만 건너다보고 있었다. 구경꾼들은 사알의 말이 들리지 않아 그들은 더 궁금한 표정으로 건너다보고 있었다.

"소원대로 해주신다고 하셨습니까?"

박광호가 멍청하게 물었다.

"그렇소이다. 조정에는 백사가 번다하고 일에는 순서가 있는 법인즉, 추후 제대로 논의를 하여 하회가 있을 것이니 귀향하여 기다림이 가한 줄 압니다. 더구나, 지금은 과거 때라 조정에서도 그만큼 일이 번잡할 뿐만 아니라, 시중에는 팔도의 유생들이 올라와 장안 인심 또한 소연하니 상감마마의 뜻을 깊이 헤아려 처신에 어긋남이 없도록 하시오."

사알은 또박또박 말했다.

"하오나, 여기까지 올라왔다가 칙서 한 장도 없이 이대로 돌아가란 말씀이옵니까?"

박광호는 말을 마치며 머리를 사뭇 주억거렸다.

"원래 상소에는 사마司馬의 표가 있어야 하는 법인데, 그런 것도 가리지 않고 소장을 받아준 것만도 은전이라 하겠거늘, 어찌 칙서를 바랄 수가 있겠소?"

사마의 표란 생원이나 진사 등 사마시에 합격한 증서를 말한 것이다. 그러니까 상소도 아무나 하는 것이 아니고, 그런 사람만 할 수 있게 되어 있다는 소리였다. 박광호는 말이 막히고 말았다. 사알은 그대로 돌아서서 대궐 안으로 들어가 버렸다.

박광호와 소꾼들은 닭 쫓던 개꼴로 사알이 사라진 궐문만 한참 동안 멍청하게 건너다보고 있었다.

"두령들하고 의논을 하고 오겠소. 이대로 계십시오."

박광호가 일어서서 밖으로 나왔다. 두령들이 몰려들었다. 구경꾼들도 그리 몰려갔다.

"무어라고 하던가요?"

손병희가 물었다.

"돌아가 안업에 종사하면 소원에 따라 실시한다는 것입니다."

"그 말뿐이란 말이오?"

손병희가 물었다.

"예, 칙서라도 한 장 있어야 할 게 아니냐고 했더니……."

박광호는 사알이 한 말을 그대로 전했다.

"도대체 사흘간이나 별러 한다는 소리가 기껏 그것뿐이란 말이오?"

두령들 속에서 불만이 터져 나왔다.

"안 됩니다. 이대로 버티고 있어야 합니다. 그런 말을 듣고 어떻게 내려간단 말이오?"

몰려섰던 군중 속에서 또 고함이 터졌다.

"속셈이 뻔합니다. 뒤로 미루는 것은 우리가 바라는 바를 들어줄수 없다는 말을 곱게 빚어 한 것입니다. 눈 가리고 아웅 하는 것이지요."

공주 김지택이었다.

"허지만, 가서 기다리라는 것이 어명인데, 여기서 더 버티면 그것이 바로 어명을 거역하는 것이 되지 않겠소."

손병희였다.

"아무리 어명이라 하더라도 지금 당장 동학도인들이 옥에 갇혀 곤장에 살이 묻어나고 있는 판에, 그래, 신원은 그렇다 하더라도 어째서 금포의 칙령만이라도 못 내린단 말이오? 이대로 돌아가 보시오. 지난번 삼례집회 뒤에 안 겪어봤소? 그때는 금포의 영이 내렸는데도 그렇게 무지하게 잡아들였소."

"이대로 버텨야 합니다. 천주학을 보시오. 천주학을 그렇게 풀어 준 것은 그들이 어여뻐서가 아니라 양놈들 힘에 눌려 그런 것이오. 우리는 기왕 이렇게 나선 김에 우리 힘도 만만찮다는 것을 한번 보여야 합니다. 이번에 물러서면 천추의 한을 남기고 말 것이오. 이번만한 호기는 다시 오지 않습니다."

강진 김병태였다. 남접, 북접 없이 중구난방으로 불평이 쏟아졌다. 한참 만에 손병희가 나섰다.

"여러 두령님들 말씀은 잘 들었소. 점심들을 드시고 도소로 모여 주십시오. 앞으로 어찌할 것인지 그때 말씀을 드리겠습니다."

"어찌 됐든 물러서서는 안 됩니다. 기왕 죽음을 각오하고 온 것이니 끝까지 버텨야 합니다."

두령들은 저마다 한마디씩 했다. 손병희는 알았다며 이따 모이라고 했다. 박광호는 다시 제자리로 가고 도인들은 여기저기 모여 바글바글 끓었다.

두령들은 점심을 먹고 도소로 모였다. 두령들뿐만 아니라 도인들이 골목까지 가득 메웠다. 손병희가 마루에 올라서서 말했다.

"상감의 윤음과 여러분의 의견을 모두 법헌께 말씀을 드렸습니다. 그랬더니 법헌께서 심사숙고하신 끝에 결정을 내리셨습니다."

손병희의 말에 군중은 잠시 술렁거렸다. 법헌의 결정이라니 법헌 최시형이 한양 장안에 와 있다는 소문이 사실이었기 때문이다. 손병희는 말을 이었다.

"우리 도인들은 무슨 일을 하든지 지극한 정성으로 하라는 것이 선사의 가르침이니, 이런 때일수록 선사의 가르침을 되새겨 처신을 해야 한다고 하시면서, 모처럼 상감의 말씀이니 그 말씀을 믿고 돌아가는 것이 우리 백성이 따라야 할 도리라고 하셨습니다. 추후 어떤 조처가 있을지 모르는 판에 여기서 더 버틴다는 것은 상감을 모시는 백성의 처신으로도 온당하지도 못하려니와, 더구나 모든 일에 성심으로 대해야 하는 우리 도인들의 처신으로도 전혀 합당한 일이 아니라는 말씀이셨습니다. 어명을 좇아 이대로 내려가서 하회를 기다린 연후에 우리가 바라는 바에 미치지 못하면 다시 의논을 해도 늦지 않으니 자중자애, 도인의 처신에 넘치는 바가 없기를 바란다고 간곡하게 말씀하십니다. 여기 남아서 더 버티자는 것도 교문을 위하고 도인들을 위하는 충정임에는 틀림없으나, 지금은 계제가 그렇지 않은 듯하니 법헌의 말씀대로 물러갔다가 조정의 조처가 우리 기대에 미치지 못하면 그때 가서 달리 계책을 강구하는 것이 옳은 일입니다."

손병희가 간곡하게 말했다. 손병희의 말이 끝나자 도인들이 웅성거렸다.

"일에는 때가 있습니다. 이런 절호의 기회를 놓치고 나면 다시는 이런 기회가 오지 않습니다. 이것은 천재일우의 기휍니다. 천추의 한을 남겨요."

군중 속에서 누가 소리를 질렀다.

"옳습니다. 법헌께 다시 말씀드리시오."

"법헌께서 어디 계시오. 같이 가서 다시 말합시다."

군중은 중구난방으로 악다구니를 썼다.

"법헌의 영대로 거행해야 합니다."

손병희가 한마디로 눌러 말했다. 그러나 군중은 수그러지지 않았다.

"갈 사람은 가고 죽을 사람은 여기서 죽읍시다. 집에 돌아가면 그대로 잡혀가 죽을 것이 분명하니 기왕 죽을 것 여기서 죽겠소."

도인들의 기세는 만만치 않았다. 손병희는 두령들을 따로 한쪽으로 모았다.

"어떻게 했으면 좋겠소?"

손병희가 물었다.

"손두령께서 나서야겠소이다."

손천민이 손화중을 향해 말했다. 손화중이 마루로 올라갔다.

"여기 선 나도 여러분하고 똑같은 심정입니다마는, 나라에 상감이 계시듯 우리 교문에는 법헌이 계시오. 어찌 기회가 이번뿐이겠소? 법헌의 영에 따르도록 합시다."

손화중의 말에도 교도들은 좀처럼 수그러들지 않았다.

"이대로 돌아갑시다. 법헌께서는 그만한 원려가 계실 것입니다. 이 세상에서 누구보다도 우리 도인들을 하늘같이 받들고 계시는 분이 우리 법헌이십니다."

손병희가 다시 간곡하게 호소를 했다. 중구난방으로 떠들었으나 이방언, 김덕명 등 남접 접주들이 나서서 타이르자 말소리들이 조금씩 수그러들었다.

8. 산 자와 죽은 자

　칙교가 내린 날 저녁 마포 여숙에서는 임가 두령 세 사람이 침통한 표정으로 앉아 있었다.

　"아직도 우리한테 때가 이르지 않은 것 같네. 세상 소문이 우리보다 앞질러가는 바람에 일이 어긋나버렸구만. 다시 때를 기다릴 수밖에 없네. 그러나 소문이 우리보다 앞지른 것은 온 세상 백성이 원하는 바가 무엇인지 그것을 우리한테 똑똑히 알려주었네. 와장창 쳐들어가서 조정의 간신들을 무 토막 베듯 조정을 싹 쓸어버리라는 것이 만백성의 소망일세. 지금 백성은 상소랍시고 대궐 앞에 엎드려 궁상을 떠는 것도 바라지 않고, 어느 고을 관아나 감영 하나 짓밟는 것으로도 백성은 지금 성이 차지 않네. 오로지 조정을 향해 총구가 불을 뿜고 칼이 휘번득이는 것만을 원하고 있어. 이번에 절호의 기회를 놓쳤으나 이미 중병이 든 조정이라 앞으로 좋은 기회는 얼마든지 올 것이니 낙망을 할 것은 없네. 이번 일로 우리 아이들이 한양 물정에 파겁을 하고 한양거리를 발에 익힌 것으로도 훗날을 위해서 큰 소득이 아닌가 하네. 광화문 건달들 작살낸 것만 가지고도 한양 온 소득은 컸네."

임진한의 말은 힘이 있었고 신념에 차 있었다. 30년간 때를 기다린 지사의 여유가 보이기도 했다.

동학도들의 무력 봉기 소문에 겁을 먹은 조정에서는 군대를 증원하여 궁궐의 경비를 엄청나게 강화해 버리는 바람에 중과부적으로 계획을 포기하지 않을 수가 없었다. 더구나 서병학이 돌아서버린 것은 결정적인 약점이었다.

"나는 다른 여각에 있는 두령들한테 돌아가자는 말을 한 다음 대둔산하고 먼저 육로로 내려가겠으니 갈재는 무기 등 뒷수습을 해가지고 해로로 내려오게."

임진한은 간단하게 말을 마쳤다.

상소하러 왔던 사람들도 맥살없이 내려가고, 임가 삼형제도 역시 훗날을 기약하며 내려가 버리고 말았다.

그런데 수수께끼 같은 일이 하나 생기고 말았다. 전주에서 올라온 전주집회 대표 20명이 어디로 갔는지 온데간데없어져 버린 것이다. 한양에서는 전주에서 그런 사람들이 올라오고 있다는 사실마저 아는 사람이 없었으므로 누구 하나 관심을 갖는 사람도 없었다.

칙교를 내릴 때부터 거기에는 엄청난 음모가 숨어 있었으나 모두가 까맣게 속고 있었다. 조정에서는 한양에 와서 궁궐 앞에 엎드려 소를 올리고 있는 사람들이나 도포를 걸치고 어정거리는 동학도들보다 더 촉각을 곤두세우고 있었던 것은 전주에서 올라오고 있는 전주민회 대표 20명과 전주에서 매일 모이고 있는 집회의 동향이었다. 그러나 조정에서는 어떻게 해야 할지 대책이 얼른 서지 않았다. 그 20명이 한양에 올라와 복합상소 패와 합류를 해놓으면 전주에 몰려 있는 사람들을 배경으로 일판이 더 복잡해질 것 같은데 어디서부터 어떻게 손을 대야 할지 막연했다.

　그러나 전주에서 올라오는 20명과 복합상소 패가 합류하는 것만은 우선 막아야 했으므로 어떻게든 거기에 손을 쓰지 않을 수가 없는 궁지에 몰리고 말았다. 그러자면 먼저 복합상소 패를 그들이 올라오기 전에 해산을 시켜 한양서 내려가게 할 수밖에 없었다. 그러나 신원을 해주지 않으면 움직이지 않을 것 같고, 그런다고 섣불리 무력을 동원할 수도 없었다. 그래서 군대로 무력시위를 한 다음 그런 어정쩡한 칙교를 내려본 것인데 그것이 의외로 먹혀들자 일이 제대로 실마리가 풀리고 말았던 것이다. 조정에서는 여기서 힘을 얻어 강경책을 쓰기로 작정을 했다. 전주서 올라온 대표 20명을 잡아들이는 한편, 한양 상소 패가 전주에 당도하기 전에 전주집회를 철저하게 봉쇄해버린 다음 한양 복합상소 패가 자기 고향에 내려가면 모조리 잡아넣어 다시는 그렇게 모이지 못하도록 뿌리를 뽑아버린다는 것이었다. 그 동안 조정에서는 날마다 전주에서 오는 전보를 통해 그쪽 사정을 속속들이 알고 있었으므로 민회 대표 20명이 한양에 당도하자 감쪽같이 잡아다가 좌포청에 가두어버린 다음, 즉시 전라 감영에 전보를 쳐 전주집회를 철저하게 봉쇄하고 한양에 온 자들이 내려가면 즉시 잡아넣으라고 추상같은 영을 내렸다. 동시에 이번 한양 상소에 제대로 대비하지 못한 책임을 물어 전라 감사 이경직을 파직하고 그 사이 포도대장에서 한성 판윤으로 영전한 신정희도 파직을 시켜버렸다. 이경직을 파직한 것은 전주민회도 민회지만 이번 소문으로 올라온 사람들이 대부분 전라도 사람들이라는 사실이 밝혀져 두 가지 책임을 물은 것이다.

그런데 조정에서는 동학도 닦달이 이렇게 서릿발이 치고 있었으나, 조정의 이런 조치를 비웃기라도 하듯 한양에서는 상소 뒤에도 기세가 수그러들지 않고 있었다. 한양 거리에 저녁마다 괘서가 나붙은 것이다.

칙교가 내린 바로 다음날인 2월 14일 밤에는 기포드(D. L. Gifford) 학당 문에 기독교 선교를 포기해야 목숨을 부지할 수 있을 것이라는 방문이 붙어 있었고, 18일에는 미국인 존스 집 교회당에 "너희들은 예수를 믿는다고 칭하면서 단지 찬송만 하니 정심과 성실의 학은 조금도 없다. 빨리 짐을 꾸려 본국으로 돌아가라. 그렇지 않으면 우리는 갑옷, 투구, 방패를 갖추어 오는 3월 7일 너희들을 성토하겠노라"고 협박했으며, 20일에는 프랑스 공관에도 방문을 붙여, "너희들은 우리나라의 국법을 범하여 교당을 세우고 포교를 하고 있는데, 만일 짐을 꾸려 돌아가지 않으면 3월 7일에 우리 당은 당연히 너희 공관에 쳐들어가 소멸하겠다"고 협박했다. 이에 놀란 프랑스 공사는, 인천항에 자기 나라 병선이 대기 중인데도 본국에 병선 3척의 증파를 요청할 지경이었다.

3월 2일에는 일본 영사관 앞 벽에도 방문이 나붙었다.

(전략) 너희들은 비록 변방이지만, 너희들도 우리와 똑같이 천도를 받았음을 아는가 모르는가? 이미 인도에 처하였으면 각기 나라를 가꾸고 생산을 보존하여 강토를 길이 보존하며 위로는 받들고 아래로는 키우는 것이 마땅하거늘 망녕되이 탐욕심을 품고 남의 나라에 들어와 공격을 장기로 삼고 살육으로써 근본을 삼으니, 진실로 무슨 마음이며 종국에는 무엇을 하려는가? (중략) 하늘이 이미 너희를 미워하고 우리 교조가 이미 너희를 경계하였으니 안위의 기틀은 너희가 스스로 취함에 달려 있다. 뒤늦게 후회하지 말고 빨리 너희 나라로 돌아가라.

거사일이 3월 7일이라고 미리 날짜를 못 박아 협박을 하자 한양 인심은 한층 더 뒤숭숭했다. 임오군란이나 갑신정변 때의 악몽이 되살아난 것이다. 3월 7일 거사를 알리는 괘서는 한양에만 나붙은 것이 아니고 지방에도 나붙었다.

이에 겁을 먹은 일본 변리공사는 자기 나라 외무대신에게 동학당이 각소에 격문을 보내어 음력 3월 7일을 기하여 경성에 그 무리들을 모아 일대 운동을 시도하려는 일이 있어 이 때문에 성내의 인심이 크게 불온해지는 경향이 생겼다고 보고할 지경이었다.

금년은 절기가 유독 빨랐으므로 2월 하순(양력 4월 초순)이 되자 봄기운이 제대로 무르익고 있었다. *무룩이 자란 보리는 허리통이 통통하게 알을 배가고 산자락에는 개나리에 이어 진달래가 붉은 꽃망

울을 지천으로 터뜨리고 있었다. 종달새도 아지랑이 속을 마음껏 치솟아 사살이 요란스러웠으며 꿩들도 알 낳 자리를 찾아 보리밭 이랑을 바장이는 듯 밭둑을 걷는 사람들의 발아래서 느닷없이 퉁겨 가슴을 벌렁거리게 했다.

계절의 운행은 이렇게 어김없어 산천은 나무에 잎을 피워올려 새 옷을 갈아입히고 논밭은 곡식 키워 *은성스런 잔치라도 마련하는 듯했으나, 오로지 하나 인사만 글러 관의 무자비한 늑탈에 사람들은 허기가 지고 부황이 들어 얼굴이 누렇게들 떠가고 있었다. 한참 물이 오르고 있는 싱그러운 나무에 비하면 사람들의 몰골은 생가지 옆의 말라비틀어진 삭정이 꼴이었다.

세안에 벌써 뒤주바닥이 긁혀 그 동안 허기졌던 사람들은 거의가 산과 들로 나물과 풀뿌리를 찾아 어슬렁거렸다. 어른 아이 할 것 없이 산과 들로만 나돌았다. 여자들은 나물을 뜯고 *무릇을 캤으며 사내들은 논밭 둑이나 산자락에서 느릅나무 껍질을 벗기고 칡을 캤다.

아이들은 아이들대로 산과 들을 싸댔다. 산이나 들에 가면 당장 입매거리가 있었다. 산에는 맹감이 있었고, 들에는 찔레순이며 *삘기가 있었다. 신맛이 들기 전의 맹감은 덤덤한 대로 주린 배에는 한두 줌을 먹어도 물리지 않았다. 나이 먹은 놈들은 돋아나는 순을 보고 딱지를 캐서 재미를 보기도 했고, 진달래꽃도 허기진 배에는 꽃이 아니라 입매거리였으며, 덤불을 뒤져 통통하게 자라는 찔레순을 찾아내면 찔레 가시에 손등 긁히는 것쯤 열 번 벌충하고도 남았다.

천태산 자락에는 전봉준의 막내아들 용현 등 조소리 개구쟁이들 세 놈이 진달래를 한 아름씩 꺾어 안고 내려오다 수풀 속을 두리번

거리며 찔레순을 찾고 있었다.

"야, 이것 봐라."

그때 보리밭에 목화씨를 넣고 오는지 소쿠리를 옆에 끼고 오던 산매 처녀 하나가 덤불 속에서 통통한 찔레순을 하나 꺾어들며 자랑을 했다.

"어디서 껑겄어?"

개구쟁이들은 멀뚱한 눈으로 찔레순을 보며 물었다. 금방 제 놈들이 이 잡듯이 뒤지고 나온 숲에서 꺾어가지고 나왔기 때문이다.

"다 찾는 재주가 있어."

처녀는 찔레순 껍질을 벗겨 입으로 가져가며 웃고 지나쳤다.

"에이 참."

개구쟁이들은 분한 듯이 처녀의 뒷모습을 보고 있다가 그 수풀속을 다시 뒤졌다. 찔레순은 더 보이지 않았다.

"찔구, 그놈 묵고 칵 애기나 배뿌러라."

폰개라는 아이가 화가 난 듯 처녀의 등 뒤에다 욕설을 퍼부어놓고 킬킬거렸다.

"우리 그 소리로 놀래주까?"

용현이 눈을 밝히며 제안을 했다.

"그라자."

두 놈이 좋다고 맞장구를 쳤다.

"큰소리로 한다잉. 딱지 묵고 딱 업져서……."

놈들은 소리를 맞춰 큰 소리로 처녀의 뒤에 대고 악을 썼다.

"찔구 묵고 찔러준께 배추 묵고 배 갖고 낙지 묵고 나뿌러라. 낄낄낄."

처녀가 뒤를 돌아봤다. 놈들은 낄낄거리며 도망쳤다. 한참 도망
치다 다시 멈춰 서서 소리를 질렀다.

"딱지 묵고 딱 업져서 찔구 묵고 찔러준께 배추 묵고 배 갖고 낙
지 묵고 나뿌러라. 낄낄낄."

처녀는 더 *신칙 않고 가버렸다. 그들은 두어 번 더 소리를 질렀으
나 처녀가 뒤를 돌아보지 않고 가버리자 그들도 신명이 풀려 밭둑으
로 내려섰다.

"오매, 저것이 누구여?"

폰개가 뒤를 돌아보며 중얼거렸다.

"오매."

웬 사람이 산매 쪽에서 벙거지들한테 쫓겨 이쪽으로 도망쳐오고
있었다.

"아이고, 아이고. 내가 잽히면 안 돼는디."

사내는 새하얗게 질린 얼굴로 허위허위 산자락을 기듯이 도망쳐
오며 경황 중에도 연방 토막말로 중얼거렸다. 얼굴은 부황이 들어
부영게 떴고 옷은 찢어져 무릎이 드러나 있었다. 하학동 장일만이었
다. 벌써 벙거지들이 이만큼 따라붙고 있었다. 장일만은 힘이 빠져
더 도망치기는 틀린 것 같았다. 몇 발짝 더 기어오르더니 그 자리에
풀썩 퍼지르고 주저앉아 버렸다.

"야, 이 새꺄, 잽힐람시로 사람을 이로코 골탕을 맥여, 이 씨발
놈아."

벙거지 하나가 숨을 씨근거리며 창대로 장일만 등짝을 냅다 후려

갈겼다.

"아이고, 존일합시다. 나 한본만 눈감어 주씨오. 내 논 서 마지기 그것 날래불면 우리 식구들은 다 굶어죽소."

장일만이 숨을 헐떡이며 애원을 했다.

"너 이 새끼, 꼴에 동학까지 믿는담시로?"

"아이고, 그것은 백지 거짓말이오. 우리 동네 누가 매에 못 이개서 헛불림을 했을 것이오."

"잔소리 말고 가, 이 새꺄."

벙거지는 다시 창대를 을렀다. 벙거지들은 장일만을 앞세우고 산매 쪽으로 갔다. 세미 미납 때문에 지난번 군아에 잡혀가 곤장을 맞은 장일만은 조병갑 앞에서는 세미를 내겠다고 맹약서까지 썼으나 지금까지 안 내고 피해 다녔던 것이다. 서 마지기밖에 없는 자작논을 잡히고 색갈이를 얻어다 세미를 내겠다고 약속을 했지만, 명년에 그걸 갚을 길이 없으니 그 논 서 마지기가 그대로 넘어가고 말 판이었다. 그러면 숫제 알거지가 되어 여덟 식구가 하릴없이 쪽박을 찰 수밖에 없었다.

세 아이는 겁먹은 눈으로 장일만이 잡혀가는 광경을 보고 섰다가 산을 내려왔다.

"우리가 크면 저 새끼덜 다 쥑애불자."

용현은 주먹을 으르며 이를 앙다물었다.

"그래, 우리가 스무 살만 묵으면 다 쥑이자."

"아녀, 열여섯 살만 묵어도 돼. 그때 되면 들독도 들잖어?"

"맞어. 열여섯 살만 묵으면 기엉코 저 새끼들 쥑애불자."

"저 사람들은 창을 갖고 있는디 어뜨코 쥑애?"

또식이란 아이가 겁먹은 표정으로 뇌었다.

"새꺄, 창이 문제냐? 총으로 쏴분디."

"총은 어디가 있어서?"

"군아에다 불을 질러불고 뺏제."

개구쟁이들은 제법 큰소리들을 치며 동네로 들어왔다. 골목으로 들어서려던 개구쟁이들은 느닷없는 악다구니 소리에 무춤 걸음을 멈췄다.

"오매, 저 때래쥑일 새끼가 멀라고 또 참꽃을 껑거 온다냐?"

또식 어머니가 시퍼렇게 악을 썼다.

"얼릉 안 내뿌냐? 막둥이가 참꽃 묵고 **뻬락뻬락** 피똥 싼 중 뻔히 암시롱 또 참꽃을 껑거와, 이 웬수야. 갖고 오면 또 처묵은게 얼릉 거그다 내뿌러."

어머니의 시퍼런 서슬에 또식은 입이 한 자나 비져나오며 정성스레 꺾어오던 진달래를 시궁창에다 힘없이 내던졌다.

이런 것도 그래도 끼니때 죽이라도 먹은 아이들한테는 *군입정거리가 되었지만, 먹지 못해 창자가 등에 붙은 아이들한테는 그나마 먹고 싶은 대로 먹을 수가 없었다. 빈창자에다 이런 것만 먹으면 그대로 설사를 했고, 허기에 아귀아귀 빈창자를 이런 걸로 채워놓으면 피똥까지 싸는 경우가 있었다.

집에 돌아가 각자 자기 일에 종사하면 원하는 대로 해주겠다던 임금의 칙교에 한가닥 희망을 걸고 내려왔던 동학도인들은 고향에 내려와서야 그게 흉측한 속임수였다는 것을 알게 되었다. 한양에 간 동학도들을 잡아들이라는 조정의 영은 어느 때보다 강경해서 한양 갔던 동학도들은 집에 들어갈 수가 없었다.

조정에서는 한양 왔던 놈들을 모조리 잡아들일 것은 물론 앞으로 동학도들이 모여 소요하는 일이 생기면 그 고을 관장은 엄하게 책임을 묻겠다고까지 했다. 전라 감사와 포도대장이 파직되었다는 소리를 들은 고을 수령들은 한층 겁을 먹고 동학도 잡아들이기에 눈에다 불을 켰다.

하루걸이로 덕진나루에 모이던 전주민회도 그날로 풍비박산이 나고 말았다. 전주 감영에서는 영장이 직접 앞장을 서서 아침부터 오는 족족 체포를 했고 뭐라 따지는 사람이 있으면 그 자리에서 짓밟아 초죽음을 시켜버렸다. 얼마 전까지만 하더라도 비실비실 눈치만 보던 태도와는 하늘과 땅 차이였다. 벙거지들은 얼굴에 시퍼렇게 살기가 돌아 사람을 하나 잡았다 하면 우선 개 패듯이 패놓고 보았다. 민회에 나오던 사람들은 너도 나도 쥐구멍을 찾기에 바빴다.

고을 수령들은 더 험했다. 살판났다는 듯이 동학도라면 누구든지 무작정 잡아들여 개 패듯 작살을 냈다. 한양 상소로 금방 새 세상이 올 것처럼 기대에 부풀었던 사람들은 이런 어이없는 꼴에 모두 넋나간 표정들이었다. 한양 복합상소에 갔던 사람들은 집에 들어가기는커녕 동네 근처에도 얼씬을 못했다.

배들 안통 사람들이라고 다를 것이 없었다. 대부분 잘 피해 잡힌 사람은 몇 사람 되지 않았으나 그 대신 그 아내들을 잡아가 버렸다. 조병갑은 유독 배들 쪽에서 간 놈들은 하나도 남김없이 다 잡아들이

라고 호령이었다. 만석보 부역에 나오지 않는 사람들이 많아 그것을
챙기다가 그들이 한양 상소에 갔다는 사실을 알고 그놈들이 내려오
기만 하면 당장 요절을 내겠다고 발을 구르고 있던 참이었다.

"이로코 되고 보면 임금도 낯 내놓고 백성을 속였다는 이얘긴디,
임금까지 이라고 나와뿌렀으면 인자 참말로 시상이 다 되았다는 소
리그만. 백성을 이로코 못살게 한 것은 또 그렇다치고, 임금이 백성
한테 거짓말까장 해뿌렀는디 우리 백성은 그런 임금을 더 임금이라
고 받들어사 쓰까?"

지산서당에 모인 사람들이었다.

"맞는 소리요. 인자 더 참고 기다릴 것도 없이 와삭와삭 작살내는
재주백이는 딴 재주 없소."

좌중이 한참 떠들썩하고 있을 때 김도삼이 들어왔다.

"부인네들이 쪼깨 고생을 하게 생겼소마는, 부인네들을 죽이든
못할 것인게 조금만 참읍시다. 부인네들도 팔자가 좋을라면 이런 시
상에 태어나서 옹구장사 맏며누리 되았겠소? 이렇게 된 판에는 인
자 진짜로 먼 규정을 내도 규정을 내는 길밖에는 없은게 그 동안 부
인네들보고 쪼깨 고생을 하라고 우리는 밖에 있다가 큰일에 힘을 합
칩시다. 여기 모이신 이들은 고부 기둥들이신디 잡혀가불면 고부 접
은 아무 일도 못하요. 부인네들 고생하는 것을 생각하면 말이 안 떨
어지요마는 큰일을 하자는 것인게 작은 인정쯤 물리칩시다."

"허허, 예팬네가 대신 옥살이를 하고 나오면 나는 앉인 자리마둥
꼬집히니라고 살았달 것이 없네."

조만옥 익살에 모두 웃었다.

"꼬집힌 것까지는 그래도 괜찮겠는디, 남정네 대신 옥살이를 했다고 콧대가 너무 높아져 갖고 나오까 싶어서 나는 그것이 걱정이구만. 그래 노면 밤에도 남정네를 밑에다 깔고 앉아서 지가 욱에서만 놀라고 하면 으짤 것이여."

하학동 조망태였다. 모두 한마디씩 익살을 부렸다.

그때 밖에서 다급하게 김도삼을 부르는 소리가 났다. 모두 깜짝 놀랐다.

"접주님 춘부장께서 금방 운명하셨소."

예동 정길남과 말목 장진호였다.

"허!"

모두 깜짝 놀랐다.

"그이가 기영코 돌아가셨구만."

"이 원수를 어뜨코 갚제?"

조만옥이 부드득 이를 갈았다.

"인자 믿을 것은 아무것도 없소. 수령들은 칠십 줄에 앉은 노인네까지 저렇게 무지막지하게 죽이고 임금은 백성을 속이고, 법소는 몸만 사리고 있소. 우리 스스로백이는 아무것도 믿을 것이 없소."

도집강 송두호가 주먹을 쥐었다.

"낮에는 행보들이 만만찮은게 웬만하면 오늘 저녁으로 문상들을 하지요."

김도삼의 말에 좌중은 침울한 표정으로 자리에서 일어섰다. 모두 무거운 발걸음으로 조소리를 향했다.

"사람들이 이렇게 꽁꽁 얼어붙어 오갈이 들어갖고는 장례를 제대

316

로 치룰 수가 없을 것 같아서 저희들끼리 미리 의논한 방도가 한 가지 있소."

정길남이 김도삼 뒤를 따라가며 말했다.

"먼 방돈가?"

"부고를 띄울 만한 디는 다 띄우는디, 조문은 출상하는 날만 오라고 하는 것이 좋을 것 같그만이라. 조문객들이 그날 한꺼번에 몰려들면 관에서도 군중 위세에 눌려서 섣불리 나오지 못할 것 같소."

"그럴듯한 계책일세."

"집강이 있는 동네는 집강이 그 동네 도인들을 전부 그날 오게 하고 없는 동네도 일일이 기별을 해서 모두 그날 조문을 오게 합니다. 그렇게 해서 동학도들이 5백 명 이상만 모이면 거기에는 여러 가지 뜻이 있을 것 같습니다. 우선 고부 동학도인들을 그렇게 한자리에 모아본다는 것에 그만큼 큰 뜻이 있을 것 같고, 또 그렇게 모이면 그 위세 또한 대단할 것이니 그렇게 모이는 것만으로도 관에서는 그만큼 겁을 먹을 것 같습니다. 부고를 전하는 일은 우리 서당 동접계원들이 맡겠습니다."

"자네들이 그렇게 생각이 깊은 줄은 몰랐네. 그렇게 하기로 하세."

김도삼은 쾌히 승낙을 했다.

상가에서는 곡소리가 낭자했다. 옥례, 성녀 두 손녀와 용규, 용현 두 손자들이 섧게 울고 있었다. 유독 열세 살짜리 용현이 큰 소리로 울었다. 가까운 피붙이로는 딸 하나도 없었으므로 소리 내어 우는 사람들은 이 손자들뿐이었다.

전봉준은 얼굴은 초췌했으나 표정은 예사 때하고 별반 다르지 않았다. 동학도들은 정중하게 문상을 했다. 김도삼은 조의를 표하고 나서 아까 정길남의 제안을 전봉준한테 말했다. 전봉준은 고개를 끄덕였다.

김도삼, 최경선 등 두령들은 이 동네 다른 집에다 방을 얻어놓고 장례 일을 지시하기로 했다. 호상은 김도삼이 서기로 했다.

동접계원들은 밤늦게까지 부고를 썼다. 부락 집강들과 이웃 고을 두령들, 그리고 동학도인 이외의 친척과 친지 등 부고장이 3백 장이 넘었다. 밤중이 넘어 계원들은 자기가 맡은 부고장을 들고 자기 집으로 갔다. 각자 집에서 자고 다음날 아침 일찍 떠나기로 한 것이다.

전봉준 상가에는 문상객의 발길이 한산했다. 거기 얼씬거리는 사람들도 얼굴이 얼음장처럼 굳어 있었다. *진일은 동네 두레꾼들이하고 바깥일은 동접계원들이 했으나 언제 나졸들이 들이닥칠지 몰라, 어디서 기침소리만 크게 나도 마치 절구통 곁의 참새들처럼 실없이 놀라 주변을 살필 지경이었다. 나졸들은 동네를 기웃거리기는 했으나 상가 동정만 살피고 갈 뿐 상가에는 들어오지 않았다.

"나졸들은 돌아가서 상가가 몹시 한산하더라고 할 것이니, 자네들 계책이 여러 가지로 잘 맞아떨어지는 것 같네."

김도삼은 젊은이들에게 또 한 번 칭찬을 했다.

장렛날이었다. 장지는 도리깨고개 가는 길처의 야산이었다. 발인은 오시로 잡았다. 마침 말목장날이라 조문객들이 장꾼에 싸여 왔다. 엄청나게 많은 수가 몰려들었다.

집이 좁아 빈소는 처음부터 동네 앞 논바닥에다 차렸다. 여러 동네서 차일을 빌려다 차일을 일곱 개나 쳤다. 음식도 동네 여남은 집에다 나누어 맡겼다. 동네 사람들은 마치 자기 일같이 다투어 일을 맡았다.

조문객은 북적거렸으나 1년 가다 제일 빼빼마른 보릿고개라 부조는 보잘것없었다. 조경사에 돈으로 부조하는 법은 없고 쌀이 부조 품목의 주종이고 명태, 조기 등 건어며 초나 담배, 향 등이 부조 단골 품목이었는데 형편들이 원체 말라놓으니 그런 것도 겨우 아쉬움을 면할 지경이었다. 가까운 동네 사람들은 파나 시금치 한 다발씩을 들고 오는 사람도 있었고, 그도 저도 만만찮은 사람들은 곱게 삼은 짚신을 들고 오는 사람도 있었다.

"저건 먼 사람들이여?"

동네 앞 잔등에 파수를 섰던 동접계원 하나가 만석보 쪽을 보며 깜짝 놀랐다. 2백여 명의 군중이 새로 막은 만석보를 건너오고 있었다.

원평에서 오는 사람들이었다. 한양 상소에 갔다가 집에 못 들어간 사람들이 원평에 하나둘 모여들어 수가 점점 많아지더니 요 며칠 사이에 2,3백 명이 되고 말았다. 날마다 할 일 없이 서성거리던 사람들이라 김덕명 접주가 전봉준 상가에 조문 간다고 하자 그들도 따라나선 것이다.

근방 다른 거물급 두령들도 2,30명씩 도인들을 거느리고 왔다. 두령들은 두령들끼리 오늘 여기서 모이자고 기별을 했던 것이다. 김덕명, 손화중, 김개범, 손여옥, 송희옥, 차치구, 최경선, 고영숙 등 여남은 명이었다. 태인, 정읍, 흥덕, 부안의 일반 교도들도 소문을 듣고 조문을 왔다. 이렇게 사람이 많이 모인 곳은 안전하리라는 생각 때문에 더 몰린 것 같았다.

두령들은 김도삼이 들어 있는 집으로 모였다.

"법소에서는 아직 무슨 계책이 없습니까?"

김도삼이 손화중한테 물었다.

"아직 아무 통기가 없소."

손화중은 침통한 표정으로 대답했다.

"우선 도인들이 집에 들어갈 수가 없으니 이래가지고는 어떻게 살겠소? 이쪽 배들 안통은 더 심한 것 같소."

최경선이었다.

"다 마찬가집니다. 요새가 군포 걷을 철이라 조정의 기세를 업고 때를 만난 듯 설치고 있는 듯합니다."

홍덕 고영숙이었다.

"갈 데가 없어서 원평에 몰려 있는 사람만도 3백 명이 넘는데 그 수가 날마다 불어나고 있습니다. 천 명만 되어보시오. 지난번 전주에서처럼 그들이 제절로 들고일어날 것입니다. 집을 나온 지가 하루 이틀이 아니라 우선 객비를 감당할 수가 없습니다. 이제 막바지에 몰리고 있는 꼴입니다."

송희옥이 손화중과 김개범 얼굴을 번갈아 보며 말했다.

"이 고을 사람들도 조문은 오늘 오라고 해놔서 오늘 엄청나게 모일 것 같습니다. 그런데 그렇게 모여노면 무사할런지 모르겠습니다. 돌아가신 이가 여그 접주 춘부장이신데다 또 돌아가신 연유가 연유라 조문객들 동향을 예측할 수가 없습니다. 더구나, 아시다시피 그이 부자는 관아에 소청할 일이 있으면 맡아 놓고 장두를 선데다가

침이야 화제야 묏자리야 이런 일을 거의 사례를 받지 않고 공으로 해주어 이 근방 사람들 인심은 온통 그이들한테 쏠려 있는 셈이지요. 아닌 말로 아무나 소리 한번만 지르면 섶나무 벼늘에 불을 댕긴 꼴이 되잖을까 싶습니다."

김도삼이 차근하게 말했다.

"우리 몇 사람이 이 장례 끝나면 바로 법소로 올라가기로 했으니 조금만 더 참읍시다. 이제 한 고을 관아 따위를 상대할 일이 아니고 조정을 상대로 해야 할 일이니 자잘하게 소동이 일어나서는 안 될 것 같소. 동네 집강들을 미리 모아 불의의 일이 없도록 단속해 주시오. 그런 일이 염려되기도 하여 겸사겸사 두령들이 여기서 모이자고 한 것이오."

손화중이 조용하게 말했다.

"나이 먹은 사람들은 접에서 말을 하면 웬만하면 따르는디, 젊은 축들은 다르요. 지난번 전주에서 모였다는 소식 안 들어보셨소? 그때 모인 사람들은 거개가 젊은이들이었다고 합니다. 대표를 뽑을라고 사람을 찾아본게 동네 집강도 몇 사람 되지 않더라지 않소?"

최경선이었다.

"그래도, 여그 고부 접이야 전접주를 중심으로 똘똘 뭉쳐 있으니 미리 잘 이르시오."

김개범이었다.

"그렇기는 합니다마는, 관에 대한 원한이 하늘을 찌를 지경이라 그렇게 많이 모여노면 제대로 말이 먹힐런지 모르겠소."

"하여간, 이제는 조정에서까지 제대로 본색을 드러내서 막바지로 몰아붙이고 있은게 법소에서도 전하고는 달리 계책을 세울 것이오. 자잘하게 힘을 분산시킬 것이 아니라 힘을 아껴두었다가 그런 때 모두 힘을 합치자고 잘 타일러 주시오."

"지금 도인들 사이에는 돌아오는 3월 초열흘날 교조 조난일에 결판을 낼 것이라는 소문이 파다한데, 그건 어떻게 된 일이오?"

정익서가 물었다. 김도삼과 정익서는 전봉준이 집에 발이 묶여 있는 사이 전봉준을 대신해서 이들을 만나고 있었으나 요 며칠 사이는 만나지 못했다.

"도인들이 지레짐작을 하고 낸 소문 같소. 법소에서는 아직 전혀 대책을 세우지 못하고 있습니다."

곧 발인을 하려는 참이었다. 임군한이 졸개 30여 명을 거느리고 나타났다. 달주도 어디서 소식을 들었는지 그들과 비슷한 시각에 달려왔다. 임군한의 갈재 패거리는 반수는 동저고리에 쾌자 차림이고 반수는 갓망건에 도포 차림이었다. 임군한은 김확실과 텁석부리만 데리고 나가 조문을 했다. 졸개들은 군중 속에 섞여 있었다.

"위로드릴 말씀이 없습니다. 이 원한을 갚을 날이 있을 것입니다."

임군한이 침통하게 말했다.

"어려운 걸음 하셨소. 고맙소."

"어제쯤 온다는 것이 늦었습니다. 어려운 때라 부조도 별것이 없을 것 같아 돈을 좀 가지고 왔습니다. 달주한테 맡기겠습니다."

"고맙소."

임군한은 할 말만 하고 자리에서 훌쩍 일어섰다.

"어머님, 남분이하고 상여 구경 좀 갔다오고 싶구만유."

연엽이 부안댁한테 어렵게 말했다.

"생애 귀갱?"

부안댁은 얼른 대답을 못하고 잠시 웃기만 했다.

"멀리 울타리 뒤에서 귀갱하다 얼른 올라요."

남분은 얼른 온다는 말에 힘을 주며 방실거렸다.

"그래라. 쪼깨만 귀갱하다 얼른들 와사 쓴다."

"얼른 올라요."

두 처녀는 뛸 듯이 좋아했다. 서둘러 옷을 갈아입고 새장에서 놓여난 새들처럼 팔랑거리고 동네를 빠져나갔다. 자기 동네라면 몰라도 나이 찬 처녀들이 다른 동네까지 상여 구경을 간다는 것은 엄두도 낼 수 없는 일이었으나, 돌아가신 이나 상주가 유별난 이들이라 부안댁은 그럴 법도 하겠다고 생각한 모양이었다. 더구나, 연엽은 기왕 다른 동네 물레방까지 찾아다니며 포덕을 하고 있는 처지이기도 했다.

연엽은 전창혁 영감이 군수 조병갑 모친상에 민부전 내는 것을 반대했다가 곤장을 맞고 목숨이 경각에 달렸다는 말을 들었을 때 말할 수 없는 충격과 함께 뻐근한 감동을 느꼈다. 세상에는 더러 그런 사람들도 있구나 하는 벅찬 감동과 함께 전봉준 부자의 의연한 모습이 떠올랐다.

그런 악상을 당했는데도 여자로서는 위로 말 한마디 해줄 수 없게 되어 있는 세상 법도가 새삼 원망스러웠다. 그래서 먼 데서나마 상여라도 한번 보고 싶었던 것이다.

영결식이 시작되었다. 조사는 지산 선생이 맨 먼저 하고 동학 교문에서는 김덕명, 김개범, 손화중 세 사람이 나이순으로 했다.

드디어 상여가 나가기 시작했다.

상여는 구슬픈 상여소리에 얹혀 천천히 움직이기 시작했다. 바람이 가득 담긴 앙장을 하늘 높이 띄우고 상여는 천천히 마을을 빠져 나갔다.

가아나암 보오사알 가아나암 보오사알
어이 가리 어이 가리 얼가리 넘자 어화야
인생 일장춘몽이라 *북망산이 흘벅이구나
어이 가리 어이 가리 얼가리 넘자 어화야
간다 간다 나는 간다 너를 두고 나는 간다
어이 가리 어이 가리 얼가리 넘자 어화야

상여 뒤에는 전봉준과 손자들이 따르고 그 뒤에는 고창 당촌서 온 일가들, 그리고 동학 두령들 순으로 따르고 있었다.

"저이가 손화중 접준가?"

"맞네. 그 옆이 김개범 접주고 그 뒤에 가시는 분이 금구 김덕명 접주구만."

도인들은 길가에서 두령들을 보며 속삭였다.

한참 뒤에는 달주와 정길남, 김승종 등이 김도삼과 심각한 표정으로 이야기를 하며 따라오고 있었다.

"젊은이들은 하관이 끝나는 즉시 군아로 몰려가자는 기셉니다. 우리 동접계원들은 우리 말에 따를 것 같은디, 다른 동네 젊은이들이 듣지 않습니다. 우리가 앞장서잖으면 자기들이 나서겠다지 않소."

"안 되네. 누구누군가?"

김도삼이 깜짝 놀랐다.

"두레 총각대방들입니다. 이미 공론이 돌고 있는 것 같소. 모른 척하고 계십시오."

그들은 대부분 동학도들이 아닌데 지해계원들이 동조를 하지 않으려 하자 이들을 돌려놓고 자기들끼리 독자적으로 움직일 기세를 보인다는 것이다.

"일도 일이지만, 거두들이 여그까지 와서 신신당부르 하는디, 그 양반들 체면도 있잖은가? 정 그렇다면 꼭 해줄 말이 있은께 그 사람들을 좀 모아주게."

상여가 장지에 도달할 무렵 산자락에 젊은이들이 모였다. 운학동이며 탑선리 등 평소 전혀 무슨 움직임을 보이지 않던 젊은이들이었다.

김도삼이 앞으로 나섰다.

"곧 통문이 돌지 모르겠네마는 미리 말을 하네. 오는 3월 초열흘날 보은에 전국 동학도들을 다시 모을 것 같네. 그날이 교주 수운 선사께서 참형을 당한 조난일일세. 이 장례가 끝나는 대로 손화중 접주 등이 올라가신다고 하네. 설사 법소에서 결정을 하지 않더라도 도인들이 그날은 무슨 일이 있을 것이라고 지레짐작하고 있으니 떼로 몰려 올라갈 것이네. 그때 어떻게 나설지는 아직 짐작을 할 수 없네마는, 지금 관에서 나오는 것을 보면 대충 짐작이 되잖은가? 힘을 아껴두었다가 그때 합치세. 그때는 나부터 자네들 앞장을 서겠네. 자네들만 나서서 힘을 작게 쓰는 것보다 그때 크게 쓰세."

김도삼이 간곡히 설득을 하자 그들은 수그러졌다. 장례는 무사히 끝났으나, 칠십객 노인이 백성을 위해 소두로 죽었다는 사실은 이 근방 사람들에게 새삼스런 충격을 주었고, 그런 감정은 전봉준에 대한 절대적인 신뢰로 굳어지고 있었다.

9. 소 팔고 밭 팔아

3월 초가 되어 봄 날씨가 제대로 무르익자 한양 가는 대로에는 사람들이 줄을 섰다. 동학도들뿐만 아니라, 일반 사람들도 동학도들과 함께 보은으로 보은으로 몰려가고 있었다. 남도 쪽에서 몰려오는 사람들로 장성 갈재는 사람의 행렬이 끊이지 않았다.

법소에서 통문을 낸 일도 없고 그렇게 결정한 일도 없었으나 교조 최제우 조난일인 3월 10일 보은 장내리에 모인다는 것은 기정사실이 되어버렸다. 일판이 이렇게 되자 각 고을 접주들은 답답해서 견딜 수가 없었다. 도인들은 왜 우리는 가지 않느냐고 성화들인데 오늘 올까 내일 올까 기다리는 법소의 통문은 끝내 소식이 없었다. 성급한 교도들은 언제 와도 통문은 올 거라며 미리 길을 떠났다. 어차피 안심하고 집에 있을 수 없어 떠도는 처지들이라 갈 데 없이 떠도는 것보다 언제 가도 기왕 갈 길이니 미리 가자는 생각들이었다.

그러니까, 보은집회는 관에서 어서 가라고 몰아내고 있는 꼴이 되고 말았다.

동학도들이 이렇게 움직이자 이번에야말로 세상이 뒤엎어지는가 보다 하고 일반 사람들도 덩달아 따라나섰다. 이런 소문들이 동네와 동네, 고을과 고을로 교차되는 사이 3월 10일 집회 일자는 어김없는 사실로 못 박혀 버렸을 뿐만 아니라, 세상이 금방 뒤엎어지는 것같이 인심이 뒤숭숭했다.

삼례집회 정도의 열기가 아니었다. 집회에 나가는 사람들 수만 그 10배는 되는 것 같았다. 웬만한 사람은 다 나섰다. 키우던 돼지나 소를 팔아 여비를 마련하는 사람도 있었고, 밭뙈기를 팔아서 여비를 마련하는 사람까지 있었다. 나중에는 인심이 묘하게 돌아 여기 나서지 않는 사람은 사람 축에도 못 끼는 것 같았다. 논밭을 팔아 여비를 마련하는 사람이 부쩍 많아져 어디서는 그 때문에 땅값이 떨어졌다는 소문이 날 지경이었다.

무안이나 함평 같은 먼 데 사람들은 거의 한 달가량의 길양식과 의복을 싸 짊어졌다. 삼례집회 때 경험을 살려 모두가 한뎃잠 잘 채비를 했다. 날씨가 풀려가고는 있었지만, 한뎃잠이란 만만찮은 일이었다. 두꺼운 겨울옷에 여유 있는 사람들은 껴입을 옷을 따로 쌌다. 큼직큼직한 괴나리봇짐에는 미투리나 짚신이 너덧 켤레씩 달랑거렸다. 관아에서는 보은 가는 사람은 무사하지 못할 것이라고 을러메었으나 사람들이 하도 많이 나서자 되레 기가 죽었다.

하학동 장일만 집에 포교가 나졸 둘을 달고 들이닥쳤다. 산매댁은 하얗게 질린 얼굴로 내다봤다. 장일만은 방에 끙끙 앓고 누워 있었다. 지난번에 잡혀간 일로 잔뜩 얻어맞고 옥안에 축 늘어져 며칠을 일어나지 못하자 군아에서는 죽는 줄 알고 내놨던 것이다. 이번에 맞은 매는 지난번에 비할 바가 아니었다. 군수 앞에서 한 약속을 어겼대서 기망관장 어쩌고 하며 사정없이 난장을 쳤던 것이다. 그러나 장일만은 이번에는 이를 물고 끝내 세미를 내겠다는 말은 하지 않았다.

오늘 벙거지들이 나온 것은 그 일 때문이 아니었다. 금년치 군포 가운데 한 필을 못내 그 때문에 들이닥친 것이다.

"이 동네서는 이 집하고 두 집밲이는 안 남았는디, 더 미룰 수는 없은게 멋이든지 돈 될 만한 것은 가져오라는 영이오. 배 한 필 값 될만치만 가져갈 것인게 그리 아시오."

포교는 산매댁한테 말을 해놓고 마루방으로 들어갔다. 그들이 마루방으로 들어가자 산매댁은 마루에 풀썩 주저앉으며 흐린 눈으로 먼 산을 건너다보고 있었다. 한참 뒤지더니 포교가 소리를 질렀다.

"이것 들고 나가."

나졸이 놋그릇 바구니를 들고 나왔다. 놋그릇이 여남은 개 들어 있었다. 산매댁은 넋 나간 사람처럼 그대로 먼산바라기만 하고 있었다. 마당에서 놀고 있던 아이들이 겁먹은 눈으로 입을 비죽거리며 제 어머니 곁으로 다가왔다. 서너 살짜리에서부터 열세 살짜리까지 다섯 놈이 저고리만 하나씩 걸쳤을 뿐 모두가 아랫도리는 맨살이었으며 자기 어머니처럼 부황이 들어 얼굴이 누렇게 떠 있었다.

포교는 방을 뒤지고 나서 부엌으로 들어갔다.

"이것도 챙겨!"

포교는 사기그릇 사이에 끼여 있는 놋그릇 두 개를 가리켰다.

"저 요강도 챙겨."

부엌 앞에 물을 담아 우려 놓은 놋요강을 가리켰다. 나졸은 요강에 가득 담긴 물을 마당에다 거칠게 쏟아버리고 놋그릇 바구니에다 얹었다. 포교는 나졸을 달고 집 앞뒤를 말짱 뒤졌다. 짚벼늘도 헤쳐 보고 장광까지 열어봤다.

"이것 갖고는 어림도 없어. 더 뒤져봐."

나졸들은 집안을 쓸고 다녔다. 산매댁은 그대로 멍청하게 앉아 있었고 아이들은 겁먹은 눈만 말똥거리고 있었다.

"아무것도 없습니다."

아무리 뒤져도 돈 될 만한 것은 더 찾을 수 없는 모양이었다.

"그라면, 닭 저것 챙겨."

마루 한쪽에 알을 품고 있는 닭둥우리를 가리켰다. 나졸은 닭 날개를 모아 잡았다. 닭이 꾹꾹 소리를 질렀다. 나졸은 새끼로 닭 날개를 묶었다.

"여보시오, 이것 이고 가요!"

포교가 산매댁을 향해 소리를 질렀다. 산매댁은 들은 척도 않고 그냥 먼 산만 보고 있었다.

"내 말 안 들려!"

포교가 악을 썼다.

"저 아이보고 가져가락 합시다."

마당에 서성거리고 있던 이장 양찬오가 나서며 강쇠를 가리켰다.

"내 말 아디켜, 앙. 그라면 솥단지까장 띠어가불 것이어."

포교가 산매댁을 향해 다시 악을 썼다.

"다 가져가거라, 다 가져가. 솥단지도 가져가고 이 집도 떠미고 가거라."

여태 석상처럼 앉아 있던 산매댁이 버럭버럭 악을 썼다. 산매댁의 눈에는 시퍼렇게 살기가 돋고 있었다.

"어라, 이놈의 예팬네, 똥 싼 주제에 매화타령하고 자빠졌네. 내가 띠어가라면 못 띠어갈 중 알어?"

포교는 같잖다는 듯 헤실거렸다.

"다 가져가란 말이다, 다 가져가. 누가 못 가져가게 하냐."

산매댁은 제정신이 아니었다. 양찬오는 강쇠에게 놋그릇 바구니를 들라고 했다.

"갑시다."

양찬오는 포교 어깨를 잡아끌었다.

"어디를 잡어!"

포교는 어깨 잡는 양찬오 손을 탁 뿌리쳤다.

"야, 솥단지도 띠어!"

포교는 나졸들에게 악을 썼다. 나졸들은 잠시 머뭇거렸으나 포교가 거듭 악을 쓰자 하는 수 없이 부엌으로 들어갔다.

"그라제마는 솥단지까지사."

양찬오가 조심스럽게 말했다.

"그라면 동네서 인징을 물 것이오?"

포교는 시퍼렇게 쏘았다.

"물라면 물제. 솥단지까지 띠어가는 것이사 보고 있겄소. 저것이

폴라면 몇 푼 안 나가제마는 살라면 배도 더 줘사 살 것이오."

"인징을 물겠다면 말할 것이 없구만."

포교는 나졸들을 불러세워 횅하니 돌아섰다.

"여보시오!"

조금 전에 들어와 있던 장일만 동생 장춘동이 나가는 포교를 불렀다. 장춘동은 보은 갈 채비인 듯 괴나리봇짐을 지고 있었다.

"나는 이 집 동생이오. 저 닭은 저그서 알을 품고 있던 닭 같은디, 가져갈라면 알까장 가져가시오. 낼이나 모래면 삥아리가 깰 것인디, 아무리 짐승이제마는 산목심을 그래서는 안 되지라."

장춘동이 의젓하게 말했다.

"당신이 웬 간섭이오?"

포교는 장춘동의 위아래를 훑어보며 쏘았다.

"간섭이 아니라 도리를 말했소."

장춘동은 침착하고 의젓했다.

"당신 일이나 보시오."

포교는 쏘아놓고 돌아서버렸다.

"형수님, 들어가십시다."

산매댁은 그대로 먼 산만 보고 앉아 있었다. 장춘동이 거듭 채근했으나 넋이라도 나간 듯 꼼짝도 하지 않았다. 장춘동은 형수를 그냥 두고 방안으로 들어갔다.

"성님, 저도 보은 가기로 했그만이라."

장춘동이 괴나리봇짐을 진 채 장일만한테 말했다. 장일만은 몸을 돌리며 뭐라 우물거리려다 말았다.

"우리 동네서도 거지반 나서는 것 같소. 댕개올라요. 그 동안 조섭 잘하고 기십시오."

장일만이 방을 나왔다.

"이것 쌀인게 성님 밈이래도 끓애디리고 애기덜 죽이나 한 끼니 쒀 주씨오."

장춘동이 따로 가지고 왔던 자루 하나를 형수 앞으로 밀어 놨다. 보은 가려고 색갈이 한 말 낸 것에서 덜어온 것이었다.

산매댁은 그대로 허공에다 눈길을 띄우고 그대로 앉아 있을 뿐이었다. 장춘동은 길게 한숨을 쉬며 돌아섰다. 산매댁은 눈동자가 풀려 있는 것 같았다.

원평 문만호 주막으로 이싯뚜리와 송태섭이 들어섰다.

"어서 오씨오. 접주님께서 기둘르고 기시오."

문만호가 두 사람을 알아보고 반색을 했다. 전봉준이 들어 있는 방으로 두 사람을 안내했다.

"우리는 보은으로 가지 말자고들 하그만이라. 가봤자 뻔할 뻔잔디 멀라고 품 배리고 가서 울력꾼 노릇이나 할 것이냐는 것이지라. 갈라면 보은으로 갈 것이 아니라 한양으로 바로 가자고 하요."

이싯뚜리는 웃으며 말했다.

"여러 가지 의견들이 나왔그만요."

송태섭이 갈마들었다. 전봉준은 말없이 듣고만 있었다. 지난번 전주 덕진에 모였던 사람들이 자기들은 보은에 가지 말고 여기 모여 있다가 보은에서 한양으로 몰려간다면 여기서 곧바로 한양으로 가고, 법소 하는 꼴이 시원찮으면 자기들끼리만 한양으로 올라가자고 한다는 것이다.

　지난번 한양 복합상소가 끝났을 때는 감영의 서슬이 하도 서릿발이 치는 통에 그들은 잠시 기가 죽어 있다가 요사이 그 대표들이 새로 모이고 있었다. 그들은 그들대로 새로 모일 수밖에 없었다. 그때 대표로 뽑아 한양으로 보낸 20명이 포도청에 갇혀 있으므로 우선 그 사람들을 구해내야 하기 때문이었다. 그들은 그때 한양으로 간 그 20명이 어떻게 된 줄도 한참 모르고 있다가 이쪽 접주들이 내려와서야 한양으로 사람을 보내 포도청에 갇혀 있다는 것을 겨우 알아냈다.

　"가지 말자는 까닭을 가닥을 추려보면 대강 시 가지로 추릴 수 있겠그만요. 첫 번째는 보은에 모여서 일이 아무리 잘된다고 해봤자 기껏 신원인디, 신원이 된다고 고을 수령들이 늑탈을 안 하겄냐, 핑계를 바꿔서 늑탈을 할 것은 뻔한 일인게 신원이 되어봤자 밑바닥 사람들이 당하기는 일반이다. 그런게 신원 같은 것은 되나마나 일반인디 무엇하러 품 배리고 보은까지 가느냐 이것이고라. 두 번째는 백성 늑탈을 못하게 할라면 탐관오리들을 파직을 해야 할 것이고, 백성이 베 한 필이래도 제 값 받고 폴아묵을라면 외국 상인들을 쫓아내야 할 것인디, 법소 사람들은 그런 것을 내세워서 조정에 대들 사람들이 아닌게 우리하고는 상관이 없는 사람들이다. 이것이고라. 세 번째는 아무리 이쪽 접주들이 밑바닥 도인들 편에 서서 말을 해도 결국 모든 일은 교주님이 결정을 하시는디 여태까지 하시는 것으로 보면 한양으로 못 가게 할 것은 보나마나 뻔하다는 것이지라. 그란게, 우리는 여기 몰려 있음시로 법소에다 지난번에 우리가 조정에 내세운 세 가지를 법소 이름으로 조정에다 내세워라, 그러잖으면 우리는 기왕에 지난번에 조정에다 대표를 보냈은게 우리끼리 한양으로 들고올라갈란다, 이라고 여그서 버티자는 것이오. 다행히 법소에서 우리가 하잔 대로 하면 우리도 같이 심을 합하고, 안 하면 우리끼리 한양으로 전부 올라가자는 것이지라. 우리가 뽑아보낸 대표들을 조정에서 가두고 있은게 우리는 안 가재도 안 갈 수가 없는 형편이지라."

송태섭이 말을 맺었다. 그는 전주민회 대표로 그대로 참여를 하고 있었다. 그는 굳이 거기서 빠져나오려고도 하지 않았지만, 그때 한양으로 보낸 대표가 갇혀버렸기 때문에 그들이 풀려날 때까지는 빠져나올 수도 없는 형편이었다. 김덕명이 굳이 빠져나오라는 말을 하지 않았다.

전봉준은 법소뿐만 아니라 접주들에 대한 이들의 철저한 불신에 새삼스럽게 놀랐다.

"그런 입장은 충분히 이해하겠는데, 여기서 그럴 것이 아니라 그 사람들이 모두 보은으로 몰려가서 그런 요구를 직접 법소에다 들이대는 것이 어쩌겄어? 그래도 안 들으면 거그서 그냥 한양으로 올라가면 되잖을까?"

전봉준이 이의를 제기했다.

"그것이 쉽잖은 일이지라."

이싯뚜리는 웃으며 말을 받았다.

"거그 갔다가 우리가 한양으로 갈라고 할 적에 법소에서 접주님들보고 앞장서서 자기 접 사람들을 못 가게 맬기라고 하면 접주님들은 속이사 어디로 두었든 체면상 안 맬길 수가 없을 것인디 그라먼 서로 입장만 곤란하겠지라. 전주 남계천 접주님같이 교도들이 접주님을 접주님으로 대접 안하는 접은 두말할 것이 없겠제마는, 당장 여그 송집강만 하더래도 김덕명 접주님이 못 가게 하면 쉽게 뿌리치고 갈 수가 없었지라. 그라고 시방 우리는 태반이 빨간 농사꾼덜인디, 지금이 못자리 때라 당장 일을 털고 나서기도 멋하고라. 전주 집호 사람덜은 가재도 길양식이 없어서 못 갈 사람이 반은 되요. 그란게 여그서 집안일을 함시로 버티고 있다고 보은서 나오는 것 봐갖고 한양으로 가사 쓰겠으면 그때는 논을 폴든지 밭을 폴아서라도 모도 나서자고 하겠제마는 안직은 그랄 때가 아닌 것 같그만이라."

전봉준은 비로소 고개를 끄덕였다. 하루라도 품을 아끼고 길양식을 아끼자는 생각이었다. 그렇다고 이 사람들의 의기가 지금 보은으로 가고 있는 사람들만 못한 것은 전혀 아닌 것 같았다.

"그란디라, 전주에서 모여 있는 것보담도 여그 원평서 뫼이는 것이 좋겠다고들 하요. 남도 쪽에서 오는 사람들도 우리덜하고 같은 생각을 하는 사람들이 많이 있을 것인게, 그런 사람덜은 우리하고 한 꾼에 여그서 버티자고 권유를 해서 그 사람들 발목도 여그다 뭉거놓고 법소에다 겁을 주자는 것이지라."

전봉준은 고개를 끄덕였다.

"지난번에는 제일 많이 모였을 때 몇 명이나 모였던가?"

"관에서 지랄하고 나오기 전 마지막 날이 젤 많이 모였는디, 삼례서 모인 짐작으로 하면 만 명은 넘었을 것이오."

"이번에도 그만한 수가 모여질까?"

"장소를 이리 옮기면 전주 쪽 사람들은 다 못 나오겠제마는 그래도 하루걸이로는 나올 것이고 남도에서 오는 사람들이 많이 붙을 성부른게 만 명은 훨씬 넘겄지라. 지금 보은으로 몰려가는 수가 지난번 삼례집회 때보담 열 배는 넘는 것 같은게 그로코 따지면 여그 모일 사람도 이만 명까지 내다볼 수 있잖으까 싶기도 하요."

삼례집회 때보다 열 배가 더 간다는 송태섭 말은 전혀 과장이 아니었다.

"그러면, 남도서 온 사람들은 어떻게 붙잡을 참인가?"

"여그 나올 만한 행팬이 된 사람들은 전부 나와서 한 사람 한 사람씩 잡고 여그서 버티자고 권해사겄지라우."

전봉준은 고개를 끄덕였다.

"그런디라……."

이싯뚜리가 허두를 떼놓고 머뭇거렸다.

"멋인가?"

"어제 저녁에도 우리끼리 이얘기가 있었는디라, 여그서 접주님한테 확실한 말씀을 듣고 잡그만이라. 우리는 모두 전접주님께서 여그 남아서 우리 편에 서주실 것으로 생각하고 있는디 으짜겠소? 그랄라면 접주님 입장이 아조 딱할 것 같은디, 전접주님 말고 다른 접주들은 으째서 그란가 우리하고는 한 다리가 뜬 것 같아서 미덥지가 않드만이라. 나만 그란 것이 아니고 전주 뢰인 사람들은 모두가 전접주님 말뱄이는 안 하요."

"나를 그렇게 생각해 준다니 고맙네. 그러나 내가 앞에 서는 일은 여러 가지로 앞뒤를 생각해 봐사 쓰겄은게 그것은 따로 이얘기를 하세."

전봉준은 중요한 결단을 내려야 할 때가 된 것 같았다. 손화중 등 몇 사람하고 의논을 해야겠다고 생각했다.

"처지가 딱하먼이라 표 나게 앞에는 안 스서도 될 것이오. 우리가 어뜨크롬 해사 쓸지 모를 적에 이랄 때는 이라고 저랄 때는 저라라고 그런 것만 일러주서도 되지라잉."

"하여간, 그 이야기는 내일 저녁에 다시 하세."

"알겄그만이라."

그들은 전주로 떠나고 전봉준은 금구 김덕명의 집으로 갔다. 마침 김덕명과 손화중 두 사람만 있었다. 전봉준은 자기가 처한 사정을 대충 늘어놨다.

"내 생각에는 그 사람들도 거개가 동학도들인 듯한데, 그 사람들이 그렇게 따로 놀게 되면 교단에서 우리 입장은 어떻게 되겠소? 우리 남접 사람들은 자기 도인들 하나 제대로 관섭을 못하는 사람들이라고 할 것이오."

손화중이 말했다. 그는 나이와는 달리 말소리가 언제나 조용했다.

"손접주의 말씀은 백번 옳소. 그러나 그러자면 거기에는 한 가지 보장이 있어야 할 것입니다. 과연 법소가 왜양의 척출이나 탐관오리 징치 등 교문 이외의 일을 동학교문의 일로 생각해 줄 것이냐 하는 점입니다. 지금 법소는 신원 하나만 가지고도 한 짐입니다. 그 짐을 지고 지금까지 30년 동안을 휘청거리고 있는 셈인데 그것마저 아직 성취를 못하고 있는 형편입니다. 거기다가 교문과 상관이 없는 더 큰 짐을 지려고 하겠습니까? 그런데, 전주에 모였던 사람들은 신원보다는 지금 당장 몸에 와서 닿는 고통을 면하자는 것입니다. 왜양의 척출이니, 탐관오리 징치니 이것이 그 사람들한테는 신원보다 절급한 문젭니다. 그러면 벌써 이 사람들은 모인 동기부터가 법소와는 한참 떨어져 있으니 따지고 보면 별개 모임이라고 봐야 할 것입니다. 다시 말하면, 우리가 그들을 법소 휘하로 넣으려면 이들의 요구를 법소가 껴안아야 할 것인데 그것은 어림없는 일입니다."

김덕명이 고개를 설레설레 저으며 말했다. 그는 송태섭의 소상한 보고를 들어 그쪽 사정을 자세하게 알고 있었다. 다시 손화중이 나섰다.

"그러니까, 법소는 어디까지나 동학교단의 종교적 요구로서 신원만이 문제고, 이 사람들은 일반 백성의 요구가 문제라 이 말씀인데, 그렇게 갈라놓고 보면 그렇습니다. 신원은 단순히 신원으로 끝나는 것이 아니고, 백성 편에서 보면 탐학의 구실을 없애자는 것이니 결국은 백성 요구를 전부는 아니지만 일부는 담고 있지 않습니까? 그렇게 보면 일을 한꺼번에 전부를 하는 것보다 하나하나 해나간다고 볼 수도 있겠지요. 우리가 이번에 신원을 해내면 그 다음에는 그 기세를 업고 한발 더 내디딜 수가 있잖겠습니까?"

전봉준은 듣고만 있었다.

"그렇습니다. 그런데 그 사람들은 지금 법소뿐만 아니라, 대부분의 접주들도 불신을 하고 있습니다. 그들은 처음부터 그렇게 모이자고 계획을 해서 모인 것은 아닌 것 같습니다. 어쩌다가 자기들끼리 그렇게 모이고 보니, 자기들대로 자기들의 진솔한 요구가 드러나게 되었고, 그 요구를 실현시키기 위해서 법소와는 거리를 두고 독자적으로 자기들의 힘을 우선 법소에 보이자는 것 같습니다. 그러나 법소에서 완전히 떨어져 나가잔 것은 아니고 법소가 하는 일에 불만을 그렇게 표시하고 있는 셈입니다. 그러니 그들은 그들대로 그렇게 모여서 자기들 의사를 법소에다 들이대라고 놔두는 것이 좋을 것 같습니다. 법소에 우리 체면이 안 선다고 하셨지마는 우리 접주들은 접주들대로 저것 봐라, 지금 밑바닥 백성의 기세는 저렇다, 만약 저들의 요구를 법소가 껴안지 못하면 대부분의 도인들이 저리 붙고 말 것이다, 이런 식으로 들이대면 도리어 법소에서 우리의 입장을 강화시킬 수도 있잖겠습니까? 더구나, 지금 전주민회에서 제일 완강하게 나오는 사람들은 전주접, 고산접, 부안접 등 접주들이 법소 쪽 말에 순종한달까, 달리 말하면 밑바닥 백성의 고통을 외면한다고 생각하는 접 사람들인 것 같습니다."

"이거 참 곤란한 일입니다."

손화중은 곤혹스런 표정이었다.

"내 생각은 이렇소. 기왕에 그 사람들하고 이야기를 해온 이가 전 접주고 전접주 말은 그 사람들한테 상당히 먹혀드는 것 같으니, 전 접주가 여기 남아서 그 사람들을 거느리는 것이 어떨까 싶습니다. 접주급이 한 사람이라도 남아서 그들을 거느려야지 그대로 놔둬버리면 그 사람들은 우리 교문하고는 아주 손이 떨어져버릴 염려도 없지 않습니다. 이번 집회의 성공 여부에 따라서는 자칫하다가 그 사람들한테로 민심이 싹 쏠려버릴지도 모릅니다. 그때는 도저히 손을 쓸 수가 없겠지요."

김덕명이 이렇게 나오자 전봉준은 큰 짐을 하나 벗은 것 같았다. 아마 송태섭이 그에게 그런 제의를 했던 것이 아닌가 싶었다.

"그렇게라도 할 수밖에 없을 것 같습니다마는, 거기에는 또 새로운 문제가 있습니다. 그러잖아도 법소에서는 남접 접주들 가운데서 제일 못마땅하게 생각하고 있는 이가 전접주 같은데, 전접주가 평소 주장하는 바도 전주집회 사람들하고 같았겠다, 자칫하다가는 전접주가 그들을 배후에서 조종한 것으로 오해받을 염려가 없잖은데, 그 점은 염려 안 해도 되겠소?"

"그거야 사실이 그렇지가 않고 우리가 나서주기에 달렸지요. 어떻소, 전접주 생각은?"

김덕명이 전봉준을 보며 물었다.

"지금 그런저런 것 가리고 있을 때가 아닌 것 같습니다. 동학의 본지가 무엇이오? 경전에서 말하는 이 소리 저 소리를 한마디로 말하면 사람이 사람답게 살자는 것입니다. 백성이 저렇게 스스로 일어나는 것은 그들이 개돼지 취급을 받고 있으니 사람 취급을 해달라는 것이지요. 전주민회 사람들은 동학의 교리로 보더라도 교리를 가장 잘 실천하고 있는 사람들입니다. 지금 백성이 동학의 교문으로 쏠려 들어오는 것은 무엇 때문이며, 동학도들뿐만 아니라 일반 백성이 소 팔고 밭 팔아서 동학도들하고 같이 지금 몰려가고 있는 까닭이 과연 무엇이오? 동학이 이 시대 이 나라를 건질 수 있다고 생각하고 있고, 바로 그 후천개벽을 할 때는 지금이라고 생각하기 때문이오. 법헌은 매양 때가 이르지 않았다고 같은 소리만 하고 있는데, 그 때라는 것이 무슨 오행이라도 짚어서 가려낼 수 있는 땐가요? 지금 백성이 이렇게 몰려가고 있는데도 법소에서는 아직도 어쩌라는 통문이 없소. 사람을 하늘이라고 말하는 사람들이 그 하늘이 이렇게 아우성을 쳐도 그 하늘의 소리를 들을 귀가 없고 그 하늘을 볼 눈이 없는 사람들이오. 나는 그런 법소 사람들 오해 같은 것은 전혀 두렵지가 않소. 나는 법소보다 하늘인 백성을 따르겠소."

전봉준은 단호하게 잘라 말했다.

"그렇게 말씀하실 것이 아니라, 이렇게 합시다. 전접주께서 여기 남으시되 겉으로는 나서지 마시고, 뒤에 앉아서 그들이 너무 치닫지만 않게 하십시오. 그러면 우리는 올라가서 이 사람들을 팔아 이 사람들이 내세운 바를 법소에서 포용하도록 강력하게 밀어붙이겠소. 얼굴을 숨기고 뒤에 앉아서 일을 하는 것이 전접주 성미에는 맞지 않겠지만, 형편이 형편이니 하는 수 없소. 한신이 때를 기다릴 때는 장판 건달들 가랑이도 꿰었소. 지금 벌어진 사태를 놓고 순리대로 풀어가는 길은 이 길밖에 없을 것 같소."

김덕명이 단호하게 말했다. 손화중은 좀 어두운 얼굴이기는 했으나 가볍게 고개를 끄덕였다.

"우리하고는 긴밀하게 연락을 취하다가 사불여의하면 나중에는 그 사람들을 거느리고 몰려오시오."

김덕명이 아퀴를 지었다.

교조 최제우 조난일인 3월 10일보다 2,3일 전부터 보은 장내리에는 사람들이 수천 명 모여들었다. 주로 전라도 남단 등 먼 데서 미리 온 사람들이었다. 그러나 법소에서는 아무도 나와 있지 않고 무슨 통문 한 장 내려지지 않고 있었다.

"이것이 먼 일이여? 주인 없는 잔치 아녀?"

"아직 날짜가 멀었은게 기다려 봐."

여기 오면 무슨 조처가 있을 것이 아닌가 하고 허위허위 달려왔으나 접주 한 사람 얼씬거리지 않자 교도들은 덩둘하게 서서 쑥덕이고 있었다. 그들은 지난번 한양에 상소하러 갈 때 도소였던 집을 기웃거리기도 했으나 거기도 집 지키는 사람만 있을 뿐이었다.

"법소에서는 언제 온다요?"

"안직 아무 소식이 없은게 모르겠그만유."

사람들은 계속 꾸역꾸역 몰려들어 조난일 전날에는 만여 명이 훨씬 넘어섰다. 그러나 법소에서는 아무 소식이 없었다. 접주들도 몇 사람 올라온 것 같았으나 그들도 일반 교도들과 똑같이 어리둥절한 표정이었다. 교도들은 그들 곁으로 몰려들었지만, 그들도 속수무책이었다. 법소에서 이렇다 저렇다 무슨 조처가 없을 뿐만 아니라 누구 하나 코빼기도 내밀지 않으니 접주들도 어떻게 해야 할지 답답할 밖에 없었다.

3월 10일, 당일이 닥쳐왔으나 역시 아무 소식이 없었다. 이미 수는 3만 가까이 모였으나 완전히 주인 없는 잔치판이 되고 말았다.

그때 최시형 등 법소 임직들은 청산현 포전리 김연국 집에 있었다. 어젯밤 거기서 교조 최제우 제사를 지냈던 것이다.

"어찌할까요? 지금 장내리에는 수만 명이 몰려들었다고 합니다."

손병희가 최시형을 향해 입을 열었다.

"수가 그렇게 많이 모여노면 필경 소동이 일어날지 모르는데 큰일이그만요."

최시형이 잠시 말이 없자 김연국은 혼잣소리로 뇌었다. 이 자리에는 최시형과 손병희 그리고 김연국 외에 이관영 등 10여 명이 모여 있었다. 손천민은 보이지 않았다.

"상소 이후 관의 지목이 한층 더 심하여 도인들은 재산을 지킬 길이 없고 목숨을 부지할 길이 없으니 저렇게 아우성을 치는 것 같습니다. 방책을 지시해 주셔야겠습니다. 법소에서 모이라는 통문을 내린 일은 없지마는, 기왕 저렇게 모였으니, 법소에서 모이게 한 것으로 해놓고 방책을 세울 수밖에 다른 길이 없을 것 같습니다."

손병희가 다시 조심스럽게 말했다.

"내가 내일 그리 갈 것이니 도소를 정하고 접주들을 모으시오."

비로소 최시형 입에서 허락이 떨어졌다. 교도들이 제절로 이렇게 모여버리자 하는 수 없이 집회를 추인을 한 셈이었다.

법소의 두령들은 비로소 부산하게 움직이기 시작했다. 무엇보다 사태가 이 지경에 이르기까지 아무 대책도 세우지 못하고 있었던 것에 대한 법소의 체면을 어떻게 세우느냐가 문제였다.

손병희는 궁리 끝에 전국적인 조직을 정비 강화하는 길을 생각했다. 그게 대접주의 공식화였다. 대접주란 칭호는 이미 접주들 개인의 도인으로서의 연조와 영향력에 따라 진작부터 사용하여 오고 있었으나 그 수를 늘리고 공식화하여 그 사람들의 격을 높여줄 필요가 있다고 생각했다. 그런 사람들 격을 공식적으로 높여주면 그들을 법소의 조직 밑에 한층 더 강하게 귀속시킬 수가 있을 것이고, 상대적으로 일반 접주들의 격을 떨어뜨림으로써 법소에 비판적인 태도를 가진 접주들을 견제할 수가 있을 것이다. 이번에 법소는 도인들의 요구에 능동적으로 대응하지 못하고 도인들에게 목덜미가 잡혀 끌려가는 꼴이 되고 말았으므로 특히 젊은 접주들의 공격을 면할 길이 없을 것 같았다. 그 기세로 법소를 계속 몰아붙이는 날에는 그들을 통제할 길이 없을 것 같고 그렇게 끌려가다 보면 어디까지 끌려가야 할지도 알 수 없는 일이었다. 그러다가는 법소는 유명무실한 꼭두각시가 되어 교단 자체가 와해되어 버릴지 모른다는 위기감이 느껴졌다.

도인들은 엄청나게 몰려들고 있었으나 법소에서는 원체 무슨 대책이란 것을 세울 수가 없었으므로 그런 일이라도 하여 우선 법소의 위신부터 추스릴 필요가 있었다. 더구나, 내일 최시형이 여기 오면 교도들 앞에 무엇을 내놔야 할 것인데 도인들이 바라고 있는 것은 아무것도 내어놓을 것이 없었으므로 그런 것이라도 발표하여 뭔가 일을 하고 있는 것 같은 인상을 줄 필요가 있었고, 또 그렇게 대접주 제도를 강화하면 무슨 일을 논의할 때 사안에 따라 참석자의 범위를 자연스럽게 한정할 수가 있을 것이므로 두루 좋을 것 같았다.

손병희는 그날 저녁 법소의 임직들이 모인 자리에서 세세한 이유는 설명하지 않고 대접주를 공식적으로 더 늘리고 그것을 이번에 발표하자고 제의했다. 손천민 등 모두 찬성했다.

논의 결과는 다음과 같았다.

충의 대접주 손병희	청의 대접주 손천민
덕의 대접주 박인호	옥의 대접주 박석규
충경 대접주 임규호	호남 대접주 남계천
태인 대접주 김개범	부안 대접주 김낙철

청풍 대접주 성두환	문청 대접주 임정준
관동 대접주 이원팔	상공 대접주 이관영
금구 대접주 김덕명	무장 대접주 손화중
시산 대접주 김낙삼	옥구 대접주 장경화
완산 대접주 서영도	청산 대접주 박원칠
고산 대접주 박치경	풍대 대접주 김윤석
봉성 대접주 김방서	공주 대접주 김기택
예산 대접주 박희인	문의 대접주 임정체
홍천 대접주 차기석	인제 대접주 김치운

충의나 청의같이 의 자가 들어간 대접주는 충주나 청주 같은 지역을 맡으면서 법소 임직을 겸임하는 접주들이었고, 호남이니 관동이니 하는 큰 지역 이름은 그 전체를 관할한다는 뜻이었으나, 그것은 형식상 명칭일 뿐 실권은 없었다. 그리고 대접주라 하더라도 그 밑에다 일반 접주들을 거느린다거나 일반 접주 위에서 그만큼 넓은 지역을 관할하는 무슨 실권을 부여한 것은 아니었다. 손화중 같은 사람은 호남에서 누구보다 영향력이 컸지만 무장 대접주에 불과했고, 남계천 같은 사람은 전주 한 지역에서도 먹혀들지 않았으나 호남 대접주였다. 대접주라는 명칭은 어디까지나 격을 의미할 뿐이었다. 일테면 행정 단위에 나주목, 장흥부, 고부군, 정읍현 하고 목·부·군·현의 구분이 행정상의 상하 위계나 지역의 크기 따위와는 상관없는 것과 같았다. 그 지역에서 역적이 나오면 군을 현으로 떨어뜨리기도 하고 인현왕후의 관향이라 해서 능주 같은 작은 고을을 한

때 목으로 격상시켰던 것과 같았다.

다음날 최시형이 도소에 나타나자 도인들은 금방 무슨 일이 있을 줄 알고 목을 늘였으나 아무런 소식이 없었다. 다음날에야 대접주 명단이 방으로 나붙었을 뿐이었다. 대접주 발표는 손병희가 예상한 효과를 내고 있었다. 뭔가 일을 하기 위한 준비 작업으로 보였고, 법소로만 쏠리던 기대나 책임이 대접주한테로 분산이 되고 있는 것 같았다.

모여드는 교도들 수는 점점 불어나 장내리 냇가 자갈밭에는 4,5만 명이 웅성거렸다. 사람들이 많이 모여들자 잠자리가 문제였다. 삼례서처럼 장막을 치기도 만만찮았다. 처음에는 10리 밖에까지 가서 마을 사랑방에서 끼여 자고 잠을 잔 집에서 양식을 내놓고 밥을 얻어먹었으나 수가 4,5만 명이 넘어서자 그것도 어려웠다. 여기저기 웅크려 한뎃잠을 자고 밥은 끼리끼리 몰려다니며 마을에 들어가 양식을 내놓으며 밥을 해 달래서 먹었다. 수가 하도 엄청났기 때문에 도소에서도 어떻게 대책을 세울 엄두를 낼 수가 없었고, 교도들도 도소의 그런 사정을 이해하고 불평이 없었다. 더구나 지난번 삼례 때는 법소에서 통문을 내어 모이라 했지만 이번에는 모두 지레짐작하고 제 사날로들 왔기 때문에 누구를 타박할 수도 없었다. 도인들은 한뎃잠을 잘 때 바람을 피하려고 돌을 날라다 냇가 자갈밭에다 담장을 쌓기 시작했다. 삼례서는 울타리를 쳐서 바람을 막았는데, 여기서는 돌담을 쌓아 막자는 것이었다. 삼례서처럼 누가 앞에 나서서 설두를 하는 것은 아니었으나, 평소 일을 하던 사람들이라 노는 입에 염불하기로 너도 나도 나서서 돌을 날라 오고 솜씨 있는 사람들이 그걸 쌓아올렸다.

대접주 발표가 있던 날 저녁 도소에서는 접주들이 다 모였다.

"이렇게 모여 주셔서 감사합니다. 법헌의 영에 따라 제가 법헌을 대신해서 여러분께 법헌의 뜻을 전하겠습니다."

서병학이 회의를 주재했다. 최시형은 처음 한번만 얼굴을 내비치고 나서는 접주들 앞에 나타나지 않았다. 이웃 동네다 은밀하게 자리를 잡고 필요한 사람만 불러갔다.

"지난번 한양 상소는 우리가 원하는 대로 되지 못하고 도리어 고을에 따라 폭압과 늑탈이 더 혹심했습니다. 그것은 단순히 조정에서 우리를 속인 것이라기보다 거기에는 그럴 만한 일이 있었던 것 같습니다. 그것이 무엇이냐 하면 전주집회였습니다. 우리는 한양에 있었기 때문에 그 사실을 까맣게 모르고 있었으나, 모두 나중에 들어서 아셨을 것입니다마는, 우리 법소나 접주들하고는 아무 상의도 없이 전주에 만여 명이 모여 소란을 피웠던 것 같습니다. 우리는 그것을 모르고 있었지만 조정에서는 날마다 전보로 전주의 소란을 듣고 그것이 우리 법소 소행인 줄 알고 아주 괘씸하게 생각을 했던 것 같습니다. 대궐 앞에서는 다소곳이 엎드려 있지만, 전주에는 사람을 모아놓고 힘으로 조정을 강박하고 있다고 생각했기 때문입니다. 그래서 조정에서 그렇게 강경책을 써야겠다고 결정을 내렸던 것 같습니다."

서병학은 모든 책임을 전주민회에다 덮어씌우고 있었다. 접주들은 그대로 듣고 있었다.

법소에서 서병학을 앞에 내세운 데는 몇 가지 속셈이 있었다. 여태까지 서병학은 서장옥의 손발처럼 움직이고 있었는데, 지난번 한양 상소 때부터 법소로 돌아섰기 때문에 그가 그렇게 돌아섰다는 것을 많은 사람들에게 알리자는 것이고, 또 하나는 그가 서장옥하고 가까웠던 만큼 남접 사람들하고도 그만큼 긴밀한 편이므로 남접 사람들을 그를 통해서 견제하자는 것이었고, 그리고 한양 상소 때 그가 서장옥 지시를 받아 무장봉기를 한다는 소문이 났으므로 서병학은 지금 전혀 그런 생각을 가지고 있지 않다는 사실을 알리기 위한 것이었다.

그는 법소의 의도대로 움직이고 있었다.

"나라에 상감이 계시듯 우리 교문에는 교주이신 법헌이 계시니 모두가 법헌의 영에 따라야 할 것입니다. 지난번 상소를 그르친 것이 전주집회라는 사실은, 우리가 법헌의 영에 따라 일사불란하게 뭉쳐서 움직이지 않으면, 그렇게 여러 사람의 엄청난 노력이 수포로 돌아가고 만다는 값비싼 교훈을 우리에게 주었습니다. 그럼 여기서 우리가 앞으로 할 일에 대한 법헌의 영을 전하겠습니다."

서병학은 건기침을 하여 목소리를 가다듬은 다음 말을 계속했다.

"먼저 늘 하시는 말씀이지만, 이런 때일수록 성심으로 일에 임하라는 것입니다. 이 점은 제가 여기서 더 말을 할 필요가 없을 것입니다. 각 접에 가시거든 법헌의 영이라는 사실을 되새기면서 이 점을 잘 말씀해 주시기 바랍니다. 그리고 우리가 이렇게 모였으니 조정에서는 우리가 무엇 때문에 이렇게 모였는지 그 뜻을 잘 알 것이니 조용히 조정의 처분을 기다리자는 것입니다. 그러니까 법헌 말씀은 지금 여기 모인 도인의 수가 이렇게 많으므로 이렇게 많이 모인 바로 그 사실 자체에 조정에서는 크게 놀라고 있을 것이므로 틀림없이 그만한 조치가 있을 것이니 조용히 그것을 기다리자는 것이지요. 이 점 각별히 유념하셔서 법헌의 영에 어긋남이 없도록 해주시기 바랍니다."

서병학 말에 접주들은 어리둥절했다.

"한 말씀 묻겠습니다."

송희옥이었다.

"우리가 이렇게 모였으면 조정에다 이런 일은 이렇게 해주시오 하고 우리 요구 사항을 내세워서 무엇 때문에 우리가 이렇게 모였는지 그것을 명백하게 알려야지 그냥 가만히 앉아서 조정의 처분만 바라고 기다리라는 말씀입니까?"

"그렇습니다. 그냥 기다리자는 것입니다. 이미 조정에서 우리가 바라는 바를 여러 번 알려 조정에서는 뻔히 다 알고 있는데 더 알릴 필요가 무엇이겠소?"

의논이 아니라 일방적인 지시였고 무조건 법헌의 영에 따르라는 것이었다. 접주들은 몇 사람 더 말을 했으나, 서병학은 법헌의 영에 따르는 것이 도인들의 도리라며 더 들으려 하지 않았다.

어떻게 생각하면 맹물 같은 소리도 같고 어떻게 생각하면 웬만큼 말이 되는 것도 같아 접주들은 어리둥절할 뿐이었다. 접주들은 자기 접에 가서 법소의 영을 전했다. 불만이 쏟아졌으나 별로 크게 반발하지는 않았다. 그런 영을 내릴 때는 뭔가 그만한 뒤가 있겠거니 생각하는 것 같았다.

교조 조난일인 10일부터 엿새째가 되는 날 도소에서는 통유문이라는 방을 내붙였다. 군중은 우 몰려들었다. 한자로 빽빽하게 쓴 글이었다. 똑같은 내용을 몇 군데다 붙여 놨다. 그 앞에는 벌떼처럼 사람들이 엉겨붙었다.

"우리같이 글 모르는 사람들한테는 누가 쪼깐 새겨주시오."

군중 속에서 악다구니가 터졌다. 그러나 글줄이나 깨친 사람들은 자기들만 읽기에 바빴다.

"니기미, 저런 글을 내걸라면 우리 같은 무식한 놈들도 쪼깐 알아묵게 언문으로 써서 붙이면 죄되는가? 좆같은 새끼들, 오나가나 글 읽었다는 놈들 쩨내는 것 보기 싫어 환장하겠어."

"먼 소리가 씨어 있소?"

여기저기서 악다구니가 쏟아졌다.

"별소리도 아니오."

"멋이라고 많이 써놨잖소?"

"많이 써놓기는 써놨는디, 지금 우리가 어짜자는 소리도 아니고 접주들이 강을 할 때 늘 하던 소리요."

"아니, 이판에 그런 맥 빠진 소리나 하고 있단 말이오? 그란께 한양으로 올라가자거나 그런 소리는 없소?"

궁금증에 안달이 난 사람들이 소리를 질렀다.

"끄트머리 저 소리가 저것이 먼 소린 것 같기도 하기는 한디, 새겨보면 이런 소리요. '군자는 본연의 의기를 극려하여 써 대충대공을 국가에 세우면 크게 다행이겠노라'이라고 끝이 나뿌렀소."

도포 입은 사내는 자기도 알 수 없다는 듯 다시 고개를 갸웃거렸다.

"그람 첨부터 한본 새겨보시오."

군중 속에서 또 소리를 질렀다.

"그러면 내가 새길 것인게 먼 소린가 같이 한번 생각해 봅시다. 우통유사는 범인도자가 위어중이니右通論事 凡人道者 位於中而, 그란 게 이 첫대목은 먼 소리냐 하면, 이 통유문은 무릇 인도라는 것이 가운데 있어서, 이 말이고 봉천시하고 순지리하여 이사상육하자야라 奉天時 順地利 以事上育下者也, 그란게 또 이 말은, 인도라는 것이 가운데 있어서 천시를 받들고 지리를 따라서 그로써 위를 섬기고 아래를 기르는 것이라."

도포는 본문은 토를 붙여 음조를 넣어 읽은 다음에 하나하나 새겨 내려갔다. 교도들은 안으로 비집고들어 잔뜩 귀를 쫑그리고 들었다. 그러나 가도가도 알쏭달쏭한 소리뿐이었다. 그러나 어디쯤 가면 그럴싸한 소리가 나오겠지 하고 모두 숨을 죽이고 듣고 있었다. 그러나 반이 넘도록 인륜이 어떻고 수신제가가 어떻고 하는 고리타분한 소리뿐이었다. 일본 오랑캐가 어쩐다는 소리가 있어 귀가 번쩍 뜨였으나 그 대목도 왜놈들은 해와 달을 같이할 수 없는 불공대천의 원수로되, 돼지와 염소의 무리에게 곤란함을 보았으니 또한 차마 말해 무엇하랴고 얼버무리고 있었다.

"니기미, 고추장에다 고드름을 찍어묵음시로 귀신 씨나락 까묵는 소리를 듣고 앉았제 못 듣고 있겄네. 하이고, 좆같은 새끼들."

참다못해 욕설을 퍼부으며 군중 속을 빠져나오는 사람도 있었다. 그러나 대부분은 그대로 귀를 쫑그리고 있었다.

도포 입은 사내는 계속했다.

"엎드려 바라옵건대 모든 도유는 일심으로 뜻을 같이하여 요사스러운 기운을 깨끗이 쓸어버리고 종사를 극복하여 해와 달이 다시 빛을 발하게 하는 것이 어찌 군자가 충효하는 길이 아니겠는가? 어짐이란 생육의 봄이요, 의로움이란 걷어들이는 가을이라, 지혜로움과 어짐이 비록 덕이기는 하지만 용맹스러움이 아니면 달성할 수가 없으니 엎드려 빌건대, 모든 군자는 의기를 극려하여 써 대충대공을 국가에 세우면 심히 다행이겠노라, 이거요."

도포는 다 새기고 나서 군중을 돌아봤다.

"그란께 끄트머리에서 한 소리는 용맹스럽게 으짜자는 소리 같은디, 으짜자는 소리라요?"

"그란게 같이 읽었제마는 나도 그것이 먼 소린지 통 짐작이 안 가요. 금방 먼 조치가 있을라고 이라까라우?"

도포가 되레 군중에게 물었다.

"먼 소리를 할라면 똑떨어지게 쪼깐 하제, 아이고 씨발놈들, 기냥."

어떤 사람들은 성질을 주체하지 못해 들떼놓고 버럭버럭 욕설을 퍼부었다.

그러나 교도들은 매일 그저 묵묵히 기다리고만 있었다. 할 일이 없다 보니 한쪽에서는 부지런히 담만 쌓고 있었다. 사람들은 전국 각처에서 구름같이 모여들어 7,8만 명이나 되었다. 그런데 여기 모인 사람들은 지난번 삼례에 모인 사람들과는 달랐다. 수로도 비교가 되지 않았지만 우선 멀리서 왔다는 점에서도 그 열도가 달랐다.

"저것이 멋이여?"

돌을 쌓던 사람들이 깜짝 놀라 손을 멈추고 한쪽을 봤다. 웬 깃발이 하나 덜렁 솟아올랐기 때문이다.

－척 양 척 왜(斥洋斥倭 왜놈과 양놈을 쫓아내자).

서양 광목인 금건에 큼직하게 쓴 깃발이 길쭉한 간짓대 끝에서
봄바람을 받아 한가롭게 할랑거리고 있었다. 그쪽에 몰려 있는 사람
들은 박수를 치며 함성을 올렸다.
"저그도 올라가네."

－축 멸 왜 이(逐滅倭夷 왜놈 오랑캐를 박멸하자).

이번에는 그 근처에 있는 사람들뿐만 아니라 모든 군중이 함성을
지르며 박수를 쳤다.

－권 귀 진 멸(權貴盡滅 권세 있는 놈들을 없애자).

이 기가 올라갈 때는 아까보다 더 크게 함성이 터졌다. 비슷한 내
용의 깃발이 여남은 개가 올라갔다.
"인자 일판은 지대로 되아가는가 부네."
"한바탕 일어날 모양이구만유."
"저런 깃발을 들고 한양으로 쳐올라갈 모양이구만."
여태 맥이 빠져 있던 얼굴들이 대번 활짝 퍼지며 활기가 돌았다.
모두 주먹을 쥐며 한마디씩 을렀다.
그때였다. 저쪽이 왁자지껄했다. 모두 그리 몰려갔다.
"왜 이 깃발을 내리라고 한단 말이오?"

"법소 영이오!"

"법소 영이라고? 제미 그라먼 법소는 멋하는 데여?"

여기저기서 악다구니가 쏟아졌다. 법소에서 나와 깃발을 내리라고 호통을 치자 군중이 거세게 반발을 한 것이다.

"무슨 일이든지 법소 영에 따라야 할 것 아니오? 이런 깃발을 마음대로 내세우면 되겠소."

"법소서는 왜놈하고 양놈을 안 쫓아내겠단 말이오?"

"그람 지금까지 법소는 멋을 하고 자빠졌어?"

"법소에다 칵 불을 질러뿔 것인게 잔소리 말고 가!"

하도 거세게 반발을 하는 통에 법소에서 나온 사람은 그대로 들어가고 말았다. 사람들은 웅성거리기 시작했다. 그 깃발을 법소에서 내건 줄 알았다가 그게 아니라는 사실을 알자 어떤 사람들은 그럼 누가 저런 일을 했는가 어리둥절한 것 같았고, 어떤 사람들은 법소에 노골적으로 불만을 터뜨렸다.

그 깃발을 걸어놓고 법소 사람들한테 거세게 대든 것은 남접 사람들이었다. 법소에서는 더 뭐라 하지 못했고 다음날은 깃발이 되레 더 많이 올라갔다. 접마다 너도 나도 시새워 깃발을 내건 것이다.

그 다음날은 엉뚱한 방이 하나 나붙었다. 보은 관아에 통고한다는 방이었다.

보은 관아 통고
(전략) 지금 왜놈 오랑캐와 양놈 오랑캐들이 나라의 한가운데 들어와 나라의 어지러움이 극에 달했다. 진실로 오

늘날 나라의 수도를 볼 때 드디어 오랑캐들의 소굴이 되어버렸다. 생각하건대, 임진년의 원수와 병자년의 치욕을 어찌 차마 잊을 수 있겠는가? 지금 우리나라 삼천리 강토가 이들 짐승의 발자국으로 짓밟혀 5백년 종사가 망하고 그 터전이 *기장밭이 될 지경이다. 인의예지와 효제충신은 어디로 가버렸는가? 더욱이 왜적 오랑캐는 뉘우치는 마음이 없이 재앙을 일으키려고 바야흐로 그 독을 뿌려 위험이 닥쳐왔으니 그 형세가 장작불 위에 있는 것과 무엇이 다른가? (중략) 우리 수백만은 힘을 합쳐 죽기를 기약하고 왜놈과 양놈들을 쓸어내어 대의를 실현하려 한다. 바라건대 각하는 우리와 뜻을 같이하고 협력하여 충의심이 있는 선비와 이속을 뽑아 같이 보국하기를 기원하노라.

병자년(1876)의 치욕이란 일본의 강압에 의한 *강화도조약을 말한 것이다. 여기에서는 교조 신원에 대한 말은 한마디도 없고 지난번 전주집회에서 강조된 것과 같이 현실적인 정치적 위기상황만 드러내고 있었다. 내용으로 보아 법소에서 붙인 것이 아니라는 것을 금방 알 수 있었다.

"법소에서도 먼 방을 붙일라면 저런 소리를 써 붙여사 쓸 것 아녀."

군중은 모두 지지하는 태도였다.

10여 일이 넘자 먼데서 온 사람들은 식량이 거의 떨어져 도소에서는 그 근방 부호들에게 통문을 보내 쌀을 몇 섬씩 얻어오기도 하고, 보은이나 상주 관아에서 쌀을 얻어내어 삼례서처럼 주먹밥을 해서 나눠 먹이기도 했다. 그러나 시늉일 뿐 이 많은 수를 도저히 감당할 길이 없었다.

수는 점점 불어나 보름이 지났을 무렵에는 줄잡아도 8만 명은 되었다. 그러나 조정에서는 아무 조처가 없었고 도소에서도 아무 대책이 없었다. 매일 방만 수없이 나붙었다. 그중에는 보은 군수 이중익에게 통고한다는 이런 방도 나붙었다.

> 지금 백성이 구렁에 빠져 거의 죽음에 이른 것은 방백 수령이 탐학무도하고 세력 있는 토호의 무단이 한이 없어 도탄의 지경을 이루었기 때문이다. 지금 그들을 쓸어내지 못할 것 같으면 언제 국태민안을 기약할 수 있겠는가?

한편, 원평에서도 만여 명이 모여 이쪽의 소식에 귀를 곤두세우고 있었다. 거기서는 날마다 보은에 사람을 보냈고, 그 사람들이 매일 돌아와 3,4일 빠르면 2,3일의 간격으로 보은 소식이 연달아 닿고 있었다.

전봉준은 표면에 나서지 않았으나 원평에 모인 사람들을 완전히 장악하고 있었다. 그는 나중에는 김봉집이란 이름으로 변성명까지 했다. 그가 변성명을 한 데는 그만한 까닭이 있었다. 남도 쪽에서 온 사람들을 여기 머물게 하려고 여기 모인 취지를 설명하면 웬만한 사람들은 다 그렇겠다고 고개를 끄덕였으나 실제로 여기 남아 있으라면 고개를 저으며 보은으로 가버렸다. 이쪽 집회의 취지를 충분히 이해하고 스스로 법소의 태도를 비판하면서도 발길은 보은으로 향했다. 기왕 나선 걸음이니 법소까지 가야겠다는 단순한 생각이기도 한 것 같았으나, 그보다는 법소라는 권위와 자기 접주들에 대한 신뢰가 근본적인 동기인 듯했다. 전봉준은 여기에서 새로운 사실 하나를 크게 깨달았다. 민중을 움직이려면 이치보다는 일정한 신뢰를 담보할 수 있는 권위가 매개되어야 한다는 사실이었다. 동학교단과 법소가 가지고 있는 위력을 새삼스럽게 실감할 수 있었다. 그래서 후일을 위해서는 여기서 자기가 노출이 되어서는 안 되겠다 싶어 변성명을 한 것이다. 이 일로 자기가 법소에서 공식적인 규탄을 당하거나 접주 자리를 박탈당하는 일이라도 생긴다면 아무 일도 못할 것 같았다.

전봉준은 손화중, 김덕명 두 사람하고만 긴밀한 연락을 취하고 있었다.

임군한은 상주 차림에 큼직한 방갓을 쓰고 장내리 군중 속을 돌아보고 있었다. 텁석부리와 시도 그리고 기얼은복이 저만치 뒤를 따르고 있었다. 조금 뒤에는 김갑수, 왕삼, 막동 등 대둔산 졸개들이 따랐다. 졸개들은 망건에 도포 차림을 한 사람도 있고 그냥 동저고리에 배자차림도 있었다.

"이 수를 그냥 한양으로 몰고 갔으면 을매나 좋겠어. 주먹이 여럿이면 눈이 반본다는 것인디, 이로코 이판사판 뒤꼭지에다 사잣밥을 차고 나선 사람덜을 으째서 말리고만 자빠졌으까. 이 수가 벌때맨키로 올라가면 어뜬 장사가 당하겄어?"

텁석부리가 푸념처럼 혼잣소리로 뇌었다.

"음마, 저 새끼가?"

일행 맨 꼬리에 붙어가던 막동이 한 곳을 보며 걸음을 멈췄다.

"저 새끼 봐."

막동이 왕삼 옆구리를 찌르며 한쪽을 가리켰다.

"저 새끼가 여그도 왔네. 글안해도 부애난 짐에 이참에는 저 새끼를 아조 쥑애뿌러사 쓰겄다."

왕삼이 이를 앙다물었다. 여편네 차고 도망친 종을 찾는다고 삼례에 나타났던 충청도 양반이었다. 이번에도 그때 그 말석이란 자와 쥐알봉수를 달고 있었다.

"저 새끼를 저그 돌담 구석으로 데꼬 가서 대번에 작살을 내불자."

막동이었다.

"그라지 말고 참았다가 여그서 떠나는 날 작살을 내고 떠나는 것이 좋겄어. 저것들이 여그가 즈그 고장이라 관가에 발고라도 해서 우리 찾는다고 벙거지덜이 사람들 속을 휘지르고 댕기면 그것도 보기 싫은 일이고."

"니 말도 맞다. 쪼깐만 참아두자."

임가 세 두령들은 이웃 마을에다 방을 잡아놓고 매일 이렇게 군중 속을 돌며 안타깝게 날만 보내고 있었다.

그때 한쪽에서 군중이 웅성거렸다. 어사또가 떴다는 것이다. 정말 저쪽에서 엄청난 행차가 오고 있었다. 화려한 가마가 30여 명 병졸들의 호위를 받으며 위풍당당하게 다가왔다. 군중은 멍청한 눈으로 건너다보고 있었다. 어윤중이 양호도어사로 임명되어 공주 영장

이승원과 보은 군수 이중익을 대동하고 오고 있는 중이었다.

"먼 소리를 갖고 오까?"

군중이 귓속말로 속삭였다. 적개심과 기대가 엇갈린 눈들이었다. 행차는 도소 골목으로 들어섰다.

도소 마당에는 이미 멍석이 깔려 있고 30여 명의 법소 임직과 대접주들이 엎드려 있었다. 어사 어윤중은 가마에서 내렸다. 어윤중은 인물이 헌칠했다. 그는 조정의 고관들 가운데서는 때로 백성에 대한 관의 탐학을 규탄하기도 하고 나라가 기울고 있는 것을 나름대로 고민을 하는 사람이었다. 이번만 하더라도 대신들 가운데서 군대를 동원하여 해산시켜야 한다는 강경책이 대두되자 사실을 제대로 알아보지도 않고 군대를 동원하여 백성을 토벌하는 것은 나라가 할 일이 아니라고 반대를 했다. 그러자 그로 하여금 사실을 제대로 조사한 연후에 회유하여 해산시키라는 업무를 주어 어사로 파견한 것이다.

"상감마마께 사은숙배를 하고 마마의 칙유를 들으시오."

두령들은 일제히 일어나 북쪽을 향해 절을 했다. 이 자리에도 역시 최시형은 없었다. 그는 이웃 동네에 은신을 하고 있으면서 일이 있을 때만 여기 나타났기 때문에 오려면 금방 올 수가 있었다. 그러나 손병희가 가서 의논한 끝에 그가 전면에 나서는 것은 여러 가지로 문제가 있겠다고 이 자리에는 나오지 않기로 한 것이다. 오래 피해 다니던 것이 습성이 되다시피 하여 그는 웬만하면 사람들 앞에 나서지 않았고, 거처도 숨기고 있었다.

어윤중은 칙유문을 펴들었다.

성현의 가르친 바 바른 길을 두고 좌도에 현혹되는 것은 옳지 못하니 더 미혹하지 말라. 짐이 *선무사를 보내는 바이니 그 말을 내 말같이 듣고 하루 속히 미망에서 깨어 날지어다.

이뿐이었다.

"공맹의 가르침은 우리 사람이 사람으로서 행할 바 가장 바른 도인데 어찌하여 여러분들의 미망이 이렇게 깊은지 알 수가 없소."

칙유문을 읽고 난 어윤중은 판에 박은 소리를 한참 늘어놓은 다음 해산을 하라고 했다.

그때 서병학이 나섰다.

"조정에서는 우리 도를 사도라 하여 배척하고 있사오나 지난번 상소문에서도 누누이 밝힌 바와 같이 우리 도는 유·불·선 삼교를 통합한 것으로 인의예지와 효제충신을 기본으로 삼아 수심정기의 수련을 쌓을 뿐입니다."

서병학은 주로 유교적인 부분만을 장황하게 늘어놓으며 신원의 당위성을 설명했다.

"그러면, 저렇게 척양척왜의 깃발을 내세우고 기세를 올리고 있는 것은 또 어찌 된 일이오?"

어윤중이가 말머리를 돌렸다. 손천민이 나섰다.

"우리 도인들은 거개가 향곡의 천민이오나 어찌 왜양이 나라를 좀먹고 있다는 것쯤 모르겠습니까? 우리는 나라를 좀먹는 왜양을 격멸하여 사직을 지키고자 합니다. 또한 요사이는 전보다 탐묵의 횡

행은 한층 더 거리낌이 없어 뭇 사특한 자들이 날뛰어 가렴주구로써 일을 삼고 있사온데 이에 어명이 있었사오나 실효가 없으니 우리가 조정에 고하여 탐관오리를 척출하고자 하는 것입니다."

손천민이 뜻밖에 강경하게 말했다. 누가 세웠던 기왕 깃발을 내세우고 말았는데, 그게 법소의 뜻이 아니라고 해보았자 못난 꼴만 보인다고 생각했던 모양이다.

"그것은 조정의 처분에 속하는 일이오. 여러분들이 어찌 감히 그런 엄두를 냅니까? 백성의 사정을 상달할 것이 있으면 문장을 만들어가지고 오시오. 내가 마땅히 전달하겠소. 여러분들이 올라가서 한양을 경동해서는 결코 안 됩니다."

어윤중은 단호하게 말했다.

"지금 도인들은 우리가 통문을 내어 모아들인 것이 아니고 스스로 이렇게 모여버렸습니다. 보시다시피 10여만 명에 가까운 수가 몰려왔사온데, 조정에서 적절한 조치가 없으면 결코 물러가지 않을 기세들입니다. 지금 한양으로 몰려가자고 아우성이지만 조정에서 조치가 있을 것이니 기다리라고 법헌께서 엄하게 영을 내려 겨우 말리고 있을 지경입니다."

어윤중은 좀 난처한 얼굴이었다.

"하여간 여러분이 원하는 바를 글로 써서 나한테 가지고 오시오. 모두 조정에 전하겠소."

어윤중은 마지막 말을 남기고 돌아섰다. 어윤중은 돌아가는 즉시 조정에 장계를 올렸다.

동학당들은 최제우의 신원과 척양척왜 및 동학당에 대한 관리들의 침학 행위를 시정하라고 요구할 뿐입니다. 그들은 무기를 가진 바 없고 오로지 적수공권으로 주문을 외우고 있는데, 조정에서 적절한 조처가 없으면 해산할 기색이 보이지 않으니 다음 처분을 기다릴 뿐입니다.

어윤중이 다녀간 뒤 길거리에 그를 비난하는 방문이 나붙었다.

왜놈과 양놈들이 개나 염소와 같다는 것은 삼척동자라도 모르는 사람이 없는데 노성하고 밝게 살피는 순상께서 어찌하여 왜놈과 양놈을 배척하는 우리를 사류라 하는가? 그러면 개와 염소에게 굴복하는 자가 정류인가? 또 왜양을 공격하는 사람을 죄를 주어 잡아 가둔다면 그들과 화해하고 나라를 파는 자들은 상을 받을 것인가? 슬프고 슬프다. 이것이 나라의 명인가 운인가? 어찌 순상의 살피지 못함이 이다지도 심할까? 길거리에 이와 같이 게시하는 것은 혹 미혹된 자들이 관의 명령에 순종하여 왜놈과 양놈들을 섬길까 두려워하기 때문이다.

여기서 순상은 어사를 가리킨 말이었다. 그리고 마지막 말은 법소의 두령들을 견제한 말이기도 했다.

어윤중은 현지에 와서 여러 가지로 조사를 했다. 그 사이 어윤중은 새로운 사실을 많이 알 수 있었다. 여기 모인 사람들은 동학도들은 오히려 소수고 대부분이 선량하고 양순한 일반 백성이며 이들이 이렇게 나서게 된 것은 궁극적으로 정치의 잘못에 있다는 사실이었다. 어윤중은 일단 조사한 사실을 그대로 장계로 작성했다.

동학 교문 개창 초기에는 부적과 주문을 가지고 농민을 속이고 거짓을 퍼뜨려 세상 사람들을 현혹시켰는데, 지금은 사정이 달라졌습니다. 여기 모인 사람들은 재주와 기개는 있으나 뜻을 이루지 못한 자, 탐학이 자행되는 것을 분하게 여겨 백성을 위해 목숨을 걸고 탐학을 제거하려는 자, 외국의 오랑캐가 우리 이권을 침탈하는 것을 분하게 여겨 반대하는 자, 경향의 토호에게 시달리면서도 그 억울함을 풀 길이 없는 자, 죄를 짓고 지방에서 도망 다니던 자, 영읍의 아전으로 여기저기 떠돌아다니는 무뢰배, 절량농민과 몰락한 상인, 우매한 자로서 풍문을 듣고 살길을 찾아온 자, 빚 독촉에 견뎌 배기지 못하는 자, 상천 계급에서 벗어나려는 자, 이런 자들이 교문에 귀의하였습니다. 이러한 집단이 모인 이 취회는 한 나라에 꽉 차 있는 불평의 기운을 한데 두드려 뭉쳐놓은 마을과 같고, 모두가 팔을 걷어붙이고 통분하여 죽음을 두려워하는 자가 없는 것 같습니다. 유생의 복장을 하여 무기는 갖고 있지 않으나 집회소를 바라보면, 자못 전쟁에서 진을 친 것 같고 부서가 이미 정해져 있어 행동거지가 단정하며, 글로써 오면 글로 대우하고 무기로써 오면 무기로 대우하여 스스로 처리하는 방법이 있습니다. "우리의 이번 취회는 조그마한 무기도 갖지 않았으니 이는 곧 민회다. 일찍이 듣건대 각국에 민회가 있어 조정의 정령이 민과 나라에 불편한 것이 있으면 회의하여 대책을 강구하는 것이 흔히 볼 수 있는 일이라 하니 우리를 비류로 취급하여서는 안 된다"고 말을 하기도 합니다. 그리고 그들이 갖고 있는 통문을 얻어보았더니 창의소를 빙자하여 돈이든 곡식이든 부민에게서 침토하는 자가 혹 있으면 결박하여 즉시 보고하라는 내용이었습니다.

어윤중은 그 동안 사실을 조사하는 사이 이번 취회의 궁극적인 원인이 정치의 잘못에 있다는 사실을 다시 실감하게 되었고, 이들의 예사롭지 않은 기세에서 심상찮은 위기감을 느낀 것이다. 그래서 되도록 자기 의견을 넣지 않고 객관적으로 보고를 했다. 획기적인 내정개혁의 조처가 있기를 바라는 뜻에서였다.

그러나 어윤중의 장계를 받은 조정에서는 군대를 동원하여 해산시킨다는 강경방침을 결정했다. 임금을 싸고 있는 대신들 모두가 이런 잘못의 책임을 져야 할 사람들이라 자기들의 과오를 시인할 까닭이 없었다. 어윤중을 선무사로 직함을 바꾸어 임명하고 홍계훈에게 5백 명의 군대를 주며 보은으로 내려가도록 영을 내렸다. 그것은 금방 어윤중에게 통보되었다.

어윤중은 허탈한 심정이었다. 저 많은 사람들의 불같은 열기를 군대를 동원하여 강압적으로 진압하려 하다니 타는 불에다 기름을 끼얹는 어리석은 짓이었다. 너무도 빤하게 앞이 내다보이는 일이었다. 파국이 와도 조정 대신들 중에 하나도 책임질 사람은 없었다. 책임을 진다면 현장에 나와 있는 자기가 모든 책임을 똘똘 말아 짊어질 것 같았다. 어윤중은 현지의 관리들을 모아 대책을 의논했으나, 모두가 꿀 먹은 벙어리들이었다. 돈을 바치고 자리를 얻어 백성 능탈하는 재주밖에 없는 자들과 무얼 의논한다는 것부터가 어리석은 짓이었다.

4월 1일, 어윤중은 청주 영장 백남석과 보은 군수 이중익을 대동하고 다시 장내리 도소로 갔다. 해산하라는 판에 박은 칙교를 낭독한 다음 조용히 말문을 열었다.

"조정에서는 여러분들이 변란이라도 일으킬 것으로 생각하고 군대를 파견해서 지금 군대가 이리 오고 있는 중입니다. 이렇게 되면 일이 너무 커질 것 같아 심히 걱정이 됩니다. 어떻게 했으면 좋겠는지 여러분들의 의견을 듣고 싶습니다."

군대를 파견했다는 말에 두령들은 잠시 어리둥절한 표정이었다. 그러나 그렇게 되면 일이 너무 커질 것 같아 걱정이 된다는 어윤중의 말에는 진심이 배어 있었다. 어사로서 고압적인 태도가 아니라 파국을 막자는 진정이 어려 있었다.

"나는 여기 와서 여러 가지로 사정을 조사하고 여러분을 만나 이야기를 듣는 사이 여러분들이 원하는 바가 무엇인가를 잘 알게 되었습니다. 내 처지로는 조정의 뜻에 따라 일을 할 수밖에 없습니다마는, 그러나 어사로서 내가 할 수 있는 권한도 있고 또 조정에 여러분의 의견을 장계로 올려 잘못된 일을 바로잡도록 할 수도 있습니다. 우선 내 권한 안에서 내가 여러분에게 약속할 수 있는 일은 수령 방백들의 탐학을 일일이 조사하여 조정에 장계를 올리겠다는 것과, 내 권한으로 징치할 수 있는 자들은 엄하게 징치를 하겠다는 것입니다."

어윤중은 말을 이었다.

"좋은 방도를 깊이 의논하고 싶소. 우선 내가 할 수 있는 일부터 의논을 하고자 하니 몇 사람 대표를 뽑아 나한테 보내주시오. 군대가 당도하기 전에 피차에 좋은 방도가 없는지 생각해 봅시다."

어윤중은 말을 마치고 돌아섰다.

두령들은 침통한 표정이었고, 이 말을 전해들은 군중은 바글바글 끓었다.

"니기미, 올라면 온나. 이판사판이다."

"이놈들이 여태까지 곤장으로 백성 골을 빼다가 이참에는 군대들 총으로 아주 작살을 내겄다는 것인가? 조정이 백성한테 총을 들이 댄다면 인자 조정은 조정이 아니라 백성의 원수구만."

"그라면, 하다못해 이로코 몽둥이래도 지대로 추깨들어얄 것 아니오."

이미 몽둥이를 들고 설치던 사람들이 몽둥이를 꼬나쥐며 소리를 질렀다. 여기저기서 몽둥이를 만들어 드는가 하면 중구난방으로 악다구니가 쏟아졌다. 담 위로 올라가 군중을 선동하는 사람도 있었다.

법소의 두령들이 최시형한테 어윤중이 다녀간 사실을 보고하고 대표를 몇 사람 뽑아 보내라 했다고 하자 최시형은 서병학보고 가라고 했다. 서병학 한 사람만 보낸 것이다.

어윤중은 서병학을 반갑게 맞이했다.

"서처사는 해월의 신임이 누구보다 두텁고 또 사려가 깊다는 말을 익히 듣고 있소. 더구나, 서처사는 여러 두령들 가운데서 단 한 사람 양반이라니 다른 사람들하고는 여러 가지로 생각하는 바가 다를 줄 압니다. 이 어려움을 어떻게 타결을 했으면 좋겠는지 기탄없이 소회를 말씀해 보시오."

어윤중은 서병학을 추켜세우며 은근한 소리로 말했다. 동학 거두들 가운데 제대로 양반은 서병학뿐이었다. 시골에서는 모두가 내로라는 양반이라고 설쳤지만 거의가 보잘것없는 양반이고, 모두 상민들이었다. 동학 두령들은 손병희가 중인일 뿐 모두가 상민이었다.

"이렇게까지 심려를 끼쳐 드려 죄송하기 짝이 없습니다. 어쩌다가 보니 본의 아니게 일이 여기까지 이르렀사오나, 교주님이나 교주님을 주변에서 모시고 있는 저희들이 뜻한 바와는 일이 너무 엉뚱하게만 나가고 있어 곤혹스럽기 그지없사옵니다. 잘 알고 계실 줄 아오나, 여기 모인 사람들 가운데는 태반이 동학도인이 아니올시다. 그리고 동학도인이라 하더라도 남접 도인들은 우리와는 생각하는 바가 전혀 다릅니다. 지금 깃발을 세우고 기세를 올려 소란을 피우고 있는 사람들은 모두가 남접 사람들이고, 동학도인이 아닌 무뢰배들이 남접 사람들의 선동에 부화뇌동하고 있습니다. 동학도인들이라 하더라도 교주의 말에 순종하는 북접 도인들과 남접 도인들을 같이 보지 마시고 옥석을 가려서 보아주시기 바랍니다."

서병학은 고개를 주억거리며 말을 마쳤다.

"그럼 남접의 동학도들은 교주의 영에도 따르지 않는다는 말이오?"

"그렇사옵니다."

"그 사람들의 수괴는 서장옥이라 들었는데 사실이오?"

"그렇사옵니다. 그는 항상 교주 해월과는 길을 달리하여 반목이 극심하온데, 그이는 밑바닥 교도들 성화에만 영합하여 군중을 모아 그 힘으로 조정에 강박하자는 것을 모든 일을 해결하는 기본으로 삼고 있사옵니다. 그이는 교조 신원은 둘째고 탐관오리의 징치나 척양 척왜만 들고나오고 있사옵니다."

"남접의 접주들은 거개가 그를 따르고 있소?"

"아니올시다. 남접의 거두 남계천이나 김낙철 같은 대접주 등 많은 접주들은 그이를 따르지 않사오나 손화중, 김덕명, 김개범 같은 대접주들이 바로 그이의 수하들이옵니다."

"지난번 공주에 소를 올릴 때는 서처사 하고 같이 올린 줄로 알고 있는데……"

"그렇사옵니다. 저도 그때까지는 그이와 의기가 투합했사오나 이번 같은 때만 보더라도 그이가 바라는 바가 궁극적으로 무엇인지 심히 의심스러워 손을 끊었사옵니다. 삼례집회도 만약 그때 우리 법소에서 선수를 쳐서 모이라고 하지 않으면 그이가 남접 사람들을 모아 일을 벌여 교문이 두 조각이 날 것 같아 법소에서는 하는 수 없이 통문을 내어 모이도록 했던 것이옵니다."

"그럼 지금 금구의 원평에 모여 있는 사람들도 서장옥이 모은 것이오?"

"그 패는 제절로 모였다고 하오나 그렇게 많은 수가 제절로 모일 수는 없는 일이옵니다. 설사 제절로 모였다 하더라도 동학 두령들의 내락이 없이는 그렇게 오래 지탱할 수가 없으리라 여겨집니다. 필경 그이와 은밀하게 기맥을 통하고 있을 것이라 여겨지옵니다."

"거기 두목은 김봉집이란 자라는데 그 사람은 어떤 사람이오?"

"겉으로 얼굴을 드러내놓지 않고 있다 하온데, 동학 접주 가운데 김봉집이란 사람은 없사옵니다. 틀림없이 가명을 쓰고 있는 것이 아닌가 싶사온데, 남접 접주들 가운데서 그럴 만한 사람으로 짐작 가는 사람은 있사오나 확실하게는 모르겠습니다."

"그 짐작 간다는 사람이 누구요?"

"전봉준이라고 고부 접주이온데, 서장옥이 입도를 시킨 사람이옵니다. 서장옥과 의기도 가장 깊이 통하고 또 서장옥이 그만큼 믿는 인물이옵니다. 동학에 입도한 지가 얼마 되지 않았고, 접주가 된 것도 오래지 않으나, 담력이 있고 기개가 있는 인물이옵니다."

"그럼 그 사람은 지금 여기 오지 않았소?"

"예, 얼마 전에 친상을 당했사온데 그 때문인지 오지 않았습니다."

"전봉준이라? 그 사람이 어떤 사람인지 더 자세하게 말을 해보시오."

"그는 빈한하여 한때는 서당 훈장으로 생계를 도모하기도 하였사오나, 산서나 의서 등 술서를 많이 읽어 그 지방에서는 지관으로 이름을 얻고 있을 뿐만 아니라 침도 잘 놓고 화제도 곧잘 내는데, 그런 일을 해주고도 사례 같은 것은 전혀 불고하는 터라 유독 가난한 사람들한테 널리 인심을 얻고 있사옵니다. 그는 백성이 관아에 소청할 일이 있으면 기탄없이 장두를 섰기 때문에 고부 장두 중에 우두머리로 꼽혀왔사옵니다. 얼마 전에는 그 부친이 고부 군수 조병갑 나리

모상 때 민부전 까탈로 분란이 생겨 군아에 끌려가 곤장을 맞고 그 장독으로 죽은 일이 있사옵니다. 그 상을 당한 지가 얼마 되지 않았 사옵니다.”

어윤중은 눈살을 찌푸리며 고개를 끄덕였다.

“그 금구에 몰려 있는 사람들이 이리 오고 있다는데 알고 계시겠 지요?”

“예, 그 때문에 심히 염려를 하고 있사옵니다.”

“서처사 이야기를 들으니 여러 가지 의문이 풀리고 사태를 제대 로 알겠습니다. 그러니까, 지금 북접 사람들은 서장옥을 위시한 남 접 사람들한테 밀려가고 있다, 지난번 삼례집회도 그랬으며 이번 집 회도 그 사람들이 주동을 해서 백성이 모여드는 바람에 하는 수 없 이 따라가고 있는 셈이다, 신원 이외의 여러 가지 깃발도 그 사람들 이 내걸고 있다, 대충 이런 이야기 아니겠습니까? 그러나 여기서 깊 이 생각해야 할 일이 있습니다.”

어윤중은 담뱃대를 들어 화로를 뒤지고 불을 붙였다.

“서장옥을 정점으로 한 남접 사람들의 책동에 법소가 밀려가고 있다는 사실은 이 사람도 잘 알겠으나, 이 일의 궁극적인 책임은 누 가 져야겠습니까? 이 일은 어찌 됐거나 동학도들이 주축이 되어 벌 어진 일이고 동학은 해월을 정점으로 한 법소라는 강력한 지휘체계 가 있습니다. 서장옥이 어떻고 남접이 어떻고 하지마는, 그 내막이 야 어찌 됐든 조정에서는 그 최후의 책임을 법소에다 물을 수밖에 없다 이 말씀입니다. 이 점 어떻게 생각하시오?”

어윤중은 목소리를 가다듬어 준엄하게 따졌다.

"예, 백번 지당하신 말씀이십니다."

서병학은 사뭇 고개를 굽실거렸다.

"그러면 앞으로 어찌 하겠소? 해산하라는 상감마마의 영이 두 번이나 내렸는데, 지금 당신들은 지엄한 성상의 영에 거역을 하고 있소이다. 더구나, 군대가 몰려오고 있는 중이오. 만약 그 군대에 항거하면 대역의 죄를 범하게 된다는 것을 모르실 리가 없겠지요? 비록 법소 뜻이 아니고 몇 놈의 불한당들이 철없이 작변을 한다 하더라도 법소는 그 책임을 면할 길이 없소."

어윤중의 어조는 한결 엄격했다.

"잘 알고 있사옵니다. 하오나 하도 별의별 사람들이 다 모인데다 남접 사람들이 멋대로 방을 내걸고 공공연하게 군중을 선동하고 있으니 아무리 엄하게 영을 내려도 법소의 영은 공중에서 겉돌고 있사옵니다. 이 점 깊이 헤아려주시기 바라오며, 법헌과 방도를 의논하여 해산을 하도록 하겠사오니 그만한 시간을 주시기 바랍니다."

서병학 이마에 송글송글 땀이 맺히고 있었다.

"한시가 급합니다. 언제까지 해산을 하겠소?"

"5일간만 날짜를 주십시오."

"5일간이오? 안 됩니다. 군대가 당도하면 그때는 내 맘대로 할 수가 없습니다. 더 곤란한 것은 금구에서 몰려오는 사람들이 여기 닥치면 당신들이 어떻게 그 사람들을 감당하겠소? 그 사람들은 기왕에 여기 와 있는 사람들하고도 다른 사람들이오. 내가 알고 있기로는 내일이나 늦어도 모레는 그 사람들이 여기 당도할 것입니다. 지난 22일에 일부가 출발했다는 보고가 전주 감영에서 왔었는데, 전부 한꺼번에 뭉쳐서 오려고 지금 어디쯤 중간에서 충그리고 있는지 모르겠습니다."

"예, 일부가 출발했다는 소식은 우리도 듣고 있사옵니다. 그러면 3일간만 말미를 주십시오."

"좋소. 설사 군대가 도착하더라도 그 날짜까지는 무사할 것이니 그때까지는 전원 해산을 해야 합니다. 그 대신 이번에는 백성을 늑탈한 관리들은 엄징할 것이니 그것은 염려 마시오."

어윤중은 엄징이라는 말에 힘을 주어 결의를 보였다.

서병학은 그 길로 최시형에게 가서 소상하게 보고를 했다.

"사흘 동안에 해산시킬 무슨 방책이라도 있소?"

"제 생각으로는 이제 남접 사람들하고는 더 상종할 수가 없을 것 같습니다. 우리가 그 사람들하고 여기 이대로 같이 있다가는 대역죄를 면치 못할 것 같사옵니다. 즉시 해산 통문을 내려놓고 법헌께서 여기를 떠나버리는 것이 상책이 아닐까 싶습니다. 남접 사람들 눈에는 법헌도 안 보이고 법소도 안 보입니다. 교문이야 작살이 나든 말든 자기들 주장하는 것만 밀고나가자는 배짱들입니다. 군대가 당도하면 저 사람들 기세로 보아 틀림없이 대적을 하고 말 것 같사온데, 그렇게 되면 어사 말씀대로 그 궁극적인 책임은 법헌께서 지시게 될 것이고, 그렇게 되는 날에는 신원이 문제가 아니라 우리 교문은 대역 집단이 되고 말 것입니다. 오늘 밤이라도 군대가 당도하고 저 사람들 중에 몇 사람이라도 대적을 하게 되면 일은 끝장입니다. 당장 해산 통문을 발하시고 이곳을 떠나시는 것이 교문을 보존

하는 길이 아닌가 하옵니다. 그 통문으로 법소는 모든 책임을 면하게 될 것이고, 사흘 동안 말미가 있으니 그 동안 잘 타일러 해산을 하도록 할 수 있을 것입니다."

최시형은 한참 동안 눈을 감고 생각에 잠겼다.

"그렇게 합시다."

최시형은 결단을 내렸다. 서병학은 즉시 법소에 사람을 보내어 손병희 등 법소의 두령들을 불러오라 했다.

좀 만에 손병희, 손천민, 김연국 등이 달려왔다. 서병학은 어윤중을 만난 이야기를 늘어놓은 다음 최시형에게 했던 이야기를 되풀이했다.

"내일 일찍 해산 통문을 발하고 잘 타일러 모두 돌아가게 하시오. 나는 오늘 밤으로 여기를 뜨겠소."

최시형은 이들에게 뒷일을 부탁한 다음 서병학과 함께 방을 나와 어둠 속으로 사라져버렸다. 너무 갑작스런 행동에 두령들은 모두 어리둥절한 표정이었다. 닭이 첫 홰를 치고 있었다.

4월 2일 새벽, 최시형은 내정의 부패와 외세의 침략에 대한 울분을 안은 8만여 명의 군중을 뒤로 하고 깜깜한 어둠속으로 자취를 감추었다. 인내천을 기본사상으로 후천개벽을 부르짖어 만백성에게 변혁의 찬란한 꿈을 안겨주었던 동학은 최시형의 이 발걸음으로 백성의 꿈과는 한참 다른 길로 들어서고 있었다.

10. 얼럴럴 상사도야

　세상은 난세여서, 나라꼴은 말이 삼은 소 신도 아니고 *미친놈 세간살이도 아니었으나, 산에는 무성하게 잎이 피고 꽃이 피고, 들판에는 곡식이 자라고 낟알이 여물어, 산과 들이 두루 싱그럽고 풍성하기만 했다. 농부들은 하늘이 비 내리고 눈 내려 봄이면 꽃이 피고 가을이면 열매 맺는 이 하늘의 이치에 따라 그 이치대로 땅을 일구고 낟알을 내어먹으며 살아가고 있었다.

　　산아 산아 조선 산아
　　팔도강산 조선 산아
　　옷 입어라 옷 입어라
　　비단 때때옷 입어라
　　매양 오는 춘삼월에

놀기 좋다 수양버들
큰물 가에 놀러간께
백물 왔다 백수야야
황물 왔다 황수야야
우중에는 만화야야
파랑하고 버들 속에
황금 같은 새가 앉아
비고 치고 영산하고
승산별곡 소리로다

창에 희부옇게 동살이 잡혀오고 있었다. 묵촌 동각에서 꽹과리 소리가 요란스럽게 울렸다.

― 깨갱깽 깽깽 깨갱깽 깽깽 징징.

꽹과리 소리가 한참 흐드러졌다. 이내 꽹과리 소리가 딱 멈췄다.

"영산이여!"

"어이!"

총각대방 이또실이 크게 소리를 지르자, 이석만이 가성을 써서 대답을 했다.

"늦잠 자는 사람 웅뎅이에 동살이 비치면 으짠다던가?"

"어이, 오뉴월 단대목, 오늘같이 모 심는 날 웅뎅이에 동살이 비치면, 그 집 마누래 웅뎅이가 호박인지 알고 생고자리가 기어든다데. 킬킬킬."

영산역을 맡은 이석만 역시 가성을 써서 왜장을 쳐놓고 제물에

킬킬거렸다.

― 깨갱갱 깽깽 깨갱깽 깽깽 징징.

꽹과리 소리가 또 한참 신나게 요란을 떨었다. 다시 딱 멈췄다.

"영산이여!"

"어이!"

"그라먼 시방 우리 동네서는 뉘집 뉘집 마누래 웅뎅이에 고자리가 기어들겄는가?"

"어이, 지금 모두 다 일찍 일어나서 부지런히 나오고 있는 것 같은디, 작년 시안에 장개간 조사총각 똘냄이가 아직 안 나오고 있고, 을만이하고 접주님 댁 막둥이는 이 주먹만한 것들이, 품고 잘 각시도 없는 것들이 엊저녁에 멋을 했는가 아직도 안 나오고, 관지 양반은 어지께는 젤 늦게 나왔는디, 오늘은 으짤란가 모르겄고, 남원 양반도 아직 안 나오는 것 같고, 킬킬킬."

영산은 마당놀이할 때 자주 나오는 귀신이었다.

― 깨갱갱 깽깽 깨갱깽 깽깽 징징.

"영산이여!"

"으어이!"

"그 집 마누래 웅뎅이에 고자리가 기어들면 으뜨코 된다등가?"

"으어이, 호박에 고자리가 기어들면 호박은 한쪽이 쪼그라지는디, 마누래 웅뎅이에 고자리가 기어들면 그 웅뎅이가 호박매이로 울퉁불퉁해져 뿐다네, 킬킬킬."

― 깨갱갱 깽깽 깨갱깽 깽깽 징징.

"영산이여!"

"으어이!"

"마누래 응뎅이가 울퉁불퉁해져뿔면 그것이 으뜨코 된다등가?"

"마누래 응뎅이에 고자리가 기어들어 울퉁불퉁해져불면 잠을 잘 때도 울퉁불퉁하게 자고, 걸음도 울퉁불퉁하게 걷고, 성질도 울퉁불퉁해져뿔고, 밸것이 다 울퉁불퉁해져서 영판 안 좋다고 하데, 킬킬킬."

두레꾼들이 거진 모여들고 있었다.

"어야 석만이, 나는 지금 새벽같이 일어나서 논에 물꼬를 보러 갔다오는디, 시안에 장개갔다고 멋이 으짜고 으째?"

똘남이 이석만한테 대들었다.

"임마, 내 눈으로 안 봤는디, 니가 논에 가서 물꼬를 보고 있었는지, 방안에서 느그 마누래 물꼬를 보고 있었는지, 그것을 누가 알어?"

이석만 말에 두레꾼들이 와 웃었다.

"좋아 두고 보더라고잉. 낼 아침에는 내가 젤 일찍 나와서 영산 노릇할 텐께, 그때 두고 봐. 이석만은 장개간 지도 오래 된 사람이 일찍 일어나서 논에 물꼬나 보고 오제 시방 방에서 먼 물꼬를 보고 있어?"

똘남이 가성을 써서 지레 왜장을 치자 또 한바탕 웃음이 터졌다.

"을만이 느그들은 주먹탱이만한 것들이 물꼬가 멋인지 알고 헤벌쭉 웃고 자빠졌냐? 어서 가서 농기나 내와!"

이또실이 잡죄자 을만과 막둥 등 신참내기들은 곳간으로 쪼르르 달려가 농기를 내왔다. '농자천하지대본'의 큰 기와 '영' 자만 써진 두 개의 영기였다.

378

이또실이 두레꾼들 앞으로 나섰다.

"오늘은 동장님 댁 논하고, 남원 양반 논, 그리고 을만이 논에 모를 심소. *가쟁이는 좌장님이랑 전에 하시던 사람들이 그대로 해사 쓰겄는디, 석만 이 작자가 소리 매기고 싶어서 얼매나 입이 근질근질한가 가쟁이를 바꿔주라고 시방 발싸심이오. 으짜께라우?"

"내가 바꿔주까?"

상회 이승수였다.

"아이고, 관지 양반이 빠져불면 소리하다 매김소리가 뜰 때 으짜라고 바꾼다고 그러시오?"

전에 총각대방을 했던 이안준이 이의를 달고 나섰다.

"석만이 새로 끼잖어?"

"석만이 소리 밑천이 그것이 밑천이간디라우? 기껏 큰애기 젖통 주무른다는 소리 몇 번하고 나면 앞산으로 갔다 뒷산으로 갔다 산만 찾고 자빠졌는디······."

모두 와 웃었다.

"매김소리란 것이 정해졌간디? 동네 강아지 장난하는 것도 그것을 가락에 얹으면 소리고, 을만이란 놈 동네 큰애기한테 눈웃음치는 것도 엮으면 그것이 소리 아녀?"

"그래도 청이나 멋이나 관지 양반 소리가 들어가사 소리판이 그것이 지대로 소리판이제, 관지 양반이 빠져불면 장대 빠진 채일이제 그것이 판이겄소?"

"그라면 내가 하제."

동임 김삼주가 나섰다.

"어깨가 안 좋다던디 괜찮겠소?"

"살살 해볼라네."

"그람 그렇게 합시다. 그라고 오늘은 못자리가 멀어서 느그들이 바쁠 것인께, 느그 *모쟁이들은 모를 찔 때부텀 부지런히 져날른다잉!"

"알았소."

그때 김삼주가 갈마들었다.

"느그 모쟁이들말이다. 젤 아래 모판은 그것이 *차나락인게 안 섞이게 조심하고, 모가 위쪽은 쪼깐 탐드고 아래쪽은 모질고, 층이 진께, 탐든 놈은 보리끝 *더운갈이해논 디로 가져가라잉, 알겄냐?"

"알겄소."

"그람 갑시다."

이또실이 말했다. 상쇠 이승수가 판을 이뤘다.

— 깨갱깽 깽깽 깨갱깽 깽깽 징징.

젊은 축들은 솜씨 따라 풍물들을 하나씩 골라잡아 두들기기 시작했다. 조사총각 똘남이 큰 기를 들고 맨 앞장을 섰고, 을만과 막둥이는 영기를 들고 뒤를 따랐으며, 그 뒤로 풍물패, 그리고 맨손들이 뒤를 이었다. 두레꾼들은 60여 명쯤 되었다. 농기를 앞세우고 풍물을 치며 일터로 가는 두레꾼들의 모습은 마치 전쟁터에라도 나가는 군사들 같았다. 풍물패는 꽹과리, 징, 북, 버꾸, 날라리 등 20여 명이었다.

*길꼬냉이 가락을 요란스럽게 치며 가고 있었다. 농악은 일하는 대목에 따라, 그 대목대목 그에 맞는 가락으로 바뀌었다. 동네와 일터를 오갈 때는 길꼬냉이 가락을 쳤으며, 모를 찔 때는 모를 찔 때대로 심을 때는 심을 때대로 가락이 바뀌었다. 그러니까 농사일은 처

음부터 끝까지, 참을 먹을 때를 제외하고는 농악으로 시작해서 농악으로 끝났다.

동임 김삼주 논은 동네 앞 들판에 있었다. 이또실이 두레꾼들을 끌고 그 논 옆 보리 베어낸 논으로 들어갔다. 풍물패는 거기 판을 잡아 서며 기승을 부렸다.

그 사이 이또실은 똘남 손에서 농기를 받아들고 저쪽 큰길 쪽으로 갔다.

"뭘라고 거그까장 기를 갖고 가?"

이안준이 소리를 질렀다.

"기왕 기를 꽂을라면 큰길 갓에다 꽂아사제."

이또실이 큰소리로 대거리를 하며 그대로 갔다.

"야 임마, 멀라고 거그까장 가냐 말이다."

이안준이 몇 발짝 쫓아가며 소리를 질렀다.

"염려 말어!"

이또실은 기어코 코를 숙이며 가고 있었다.

"잣것, 큰길 갓에다 칵 꽂아부러. 어뜬 놈이든지 그 기 밑을 그냥 지내가기만 해봐라!"

버꾸 치던 젊은이들이 이또실의 역성을 들었다.

"저러다가 또 무단한 불집을 일으킬라고, 쳇!"

이안준은 몹시 못마땅하다는 듯 혀를 찼다. 이또실이 길가에다 덩실하게 기를 꽂았다.

이또실이 길가에다 질지심이 농기를 꽂는 데는 그만한 까닭이 있었다. 가마나 말을 타고 가는 사람은 이 농기 밑을 지날 때는 반드시

내려서 가야 하는데, 며칠 전 솔치 사람들 농기 앞으로 회령포진 만
호萬戶가 그냥 지나치는 바람에 크게 시비가 붙은 일이 있었기 때문
이다. 솔치 두레꾼들이 쫓아갔으나 만호는 그냥 코똥을 뀌며 가버리
고 말았다는 것이다. 그 소리를 들은 묵촌 젊은이들은 그 작자하고
한판 붙자고 을러멨다. 만호라면 종4품 무관으로 지체가 군수와 맞
먹었다.

　여기는 외진 곳이라, 양반이나 관속들은 그렇게 위세 좋은 자가
지나다니는 일이 별반 없었으나, 4,50리 밖에 회령포진이 있어, 거기
소속된 수군 무관들이 말을 타고 지나다니는 일이 빈번했다. 수군들
은 예사 관속붙이들하고는 또 달리 여간 거칠고 교만하지가 않았다.
이안준은 그들과 티격이 붙을까 염려했으나 다른 젊은이들은 달랐
다. 그자들하고 한판 붙자고 의논이 돌아 벌써 이웃 동네 젊은이들
한테까지 귀띔을 해놓고 있었다.

　지난번 동계 때 포교 손달문이 동학 집강 이주언을 잡으러 왔을
때 동네 사람들이 대들었다가 그 뒤 한동안 경을 쳤던 다음이라 이
안준은 관을 상대로 부러 그런 불집을 일으키고 싶지 않은 것 같았
다. 그때 손달문을 내쫓은 사건 소문이 나자 고을이 발칵 뒤집혔다.
관속을 그렇게 내치고도 무사할까 모두 손에 땀을 쥐었다. 그러나
관에서는 한동안 아무 소식이 없었다. 이방언 접주가 만만찮은 사람
이기 때문에 함부로 손을 못 쓴 것 같았다. 사실 그들이 하필 여기
묵촌에 와서 집강을 잡아가려고 했던 것은 이방언이 어떻게 나오는
가 *드레질을 한번 해보자는 배짱이 아니던가 싶었는데, 의외로 거
세게 나오자 거기에는 그만한 뒤가 있지 않은가 겁을 먹은 것 같았

다. 이방언이라면 대원군과의 관계가 널리 소문이 나 있었기 때문에 지금까지 여기 온 수령들은 아무도 이방언을 건드리지 못했고, 아전들도 이방언을 눈엣가시로 보면서도 함부로 손을 쓰지 못했다. 만약 이방언에게 손을 잘못 댔다가 대원군이 다시 집권을 하는 날에는 그날로 살았달 것이 없다고 생각하는 것 같았다.

이방언은 나중에 그때 사건의 전말을 듣고 가타부타 말이 없이 알았다고만 했다. 그런데, 그 뒤 관에서는 그 일을 잊어버리기라도 한 듯이 한참 말이 없더니 엉뚱하게 군포 걷을 때부터 본색을 드러내기 시작했다. 며칠까지 내라고 해서 그날까지 내지 않으면 대번에 소나 돼지를 끌어가 버렸고, 괜히 동네에 나와 골목을 휘지르고 다니다가 골목에 개똥 한 무더기만 있어도 그것으로 까탈을 잡아 아무나 끌고 가서 곤장을 안길 지경이었다.

이또실은 큰길가에 기를 세워놓고 돌아왔다. 영기가 뒤를 따르고 있었다. 이 영기는 군대에서 중군에 있는 장수가 휘하 부대에 영을 내릴 때 전령이 들고 달리는 기였다.

"시작합시다!"

이또실이 상쇠 이승수한테 말했다. 상쇠는 신나게 한바탕 두들긴 다음에 풍물을 그쳤다. 모두 풍물을 놓고 몇 사람만 새로 풍물을 골라잡았다. 일을 할 때 일판에서 풍물을 칠 사람들이었다. 꽹과리는 상쇠와 이석만이 잡고 따로 세 사람이 북을 잡았다.

— 깽깽 깽깽 깨갱깽 깽깽.

두레꾼들은 풍물소리에 따라 모두 모판으로 들어서고 있었다.

"아따, 이 집 모 한번 탐나네. 밑거름에다 봄풀을 욕심대로 쑤셔

넣등마는 모판에서 *배동하게 생겼어."

"어이쿠."

뱀이었다.

"어어, 흘레붙었네."

꽃뱀 두 마리가 교미를 하고 있었다. 막둥이 다가가 양손에 한 마리씩 꼬리를 잡아들었다. 붙었던 배때기가 떨어졌다. 막둥이는 뱀 꼬리를 잡고 공중으로 빙빙 돌리다가 *무릿매 날리듯 저쪽으로 연거푸 휙휙 쏘아버렸다.

"예끼놈, 즈그들도 한세상 보느라고 대사를 치고 있는디, 훼방을 놓냐?"

이주언 핀잔에 젊은 축들이 킬킬거렸다.

두레꾼은 모판에 붙어 모를 찌기 시작했고, *풍물재비들은 신나게 풍물을 두들겨 흥을 돋우고 있었다.

얼럴럴 상사도야 — 쨍쨍 쨍쨍 깨갱쨍 쨍쨍.

얼럴럴 상사도야

어우러진다 어우러진다 — 쨍쨍 쨍쨍 깨갱쨍 쨍쨍.

얼럴럴 상사도야

상사소리가 어우러진다 — 쨍쨍 쨍쨍 깨갱쨍 쨍쨍.

얼럴럴 상사도야

모판 색깔도 청청하고 — 쨍쨍 쨍쨍 깨갱쨍 쨍쨍.

얼럴럴 상사도야

산천에 나무도 청청하고 — 쨍쨍 쨍쨍 깨갱쨍 쨍쨍.

얼럴럴 상사도야

상사소리도 청청하다 — 꽹꽹 꽹꽹 깨갱꽹 꽹꽹.

얼럴럴 상사도야

정말 새파랗게 자라고 있는 모는 신랑 맞는 신부같이 청순했고, 앞뒤 산에 피어오르고 있는 나뭇잎도 싱싱하게 피어오르며 무슨 소리라도 지르고 있는 것 같았다.

을만과 막둥 등 모쟁이들은 모를 찌는 족족 모타래를 논두렁으로 나르고 있었다.

"모를 깨끗이 쪼깐 씻으시오. 이것은 누 솜씬가 모가 흙반지기구만."

을만이 꽹과리 소리 속에서 다부지게 핀잔을 주었다. 짊어지고 가기가 그만큼 무겁기 때문이었다.

이석만이 매김소리를 받았다.

얼럴럴 상사도야

상사 뒷산에 구름이 뭉클

을만이 불두덩 붓꽃이 덜렁

우물가 큰아가 서방님 골라라

모쟁이 총각이 눈웃음친다

두레꾼들은 꽹과리 가락에 맞춰 신나게 소리를 받으며 모찌는 손도 그 가락에 맞춰 움직였다.

"대방님!"

을만이 총각대방 이또실을 불렀다.

"멋이냐?"

"이 모타래 조간 보시오. 누가 이로코 흙반지기로 인물나게 모를 찌는가 아무리 일러도 소용이 없소. 그 사람 쪼간 찾아갖고, 그 사람을 모쟁이 시캐봅시다."

"그 사람을 찾아내기만 해라. 그 사람이 찐 모는 그 사람보고 지고 가서 *싱기라고 할란다."

다른 데서도 그랬지만 여기서는 유독 좌장이나 총각대방에 대한 대접이 깍듯해서 예사 때도 항상 그 호칭으로 불렀다. 그것은 여기가 양반들의 사회 조직인 향약이 그만큼 드셌기 때문에 그에 대응하려는 마음 때문인 것 같았다.

이 남상면에는 영광 김씨, 인천 이씨 등 향반의 위세가 대단하여, 이들은 청원계라는 향약鄕約을 조직, 2백여 년 이상을 면면하게 내려오고 있었다. 이 청원계 역사가 그렇게 오랜 것이 이 남상면의 큰 자랑이었는데, 그래서 그 청원계의 위세도 그만큼 크게 떨치고 있었다. 향약은 특히 불효나 불경 따위 윤상倫常을 해치는 사람이 있으면 잡아다가 곤장을 치는 등 엄한 벌을 내렸다. 그래서 각 동네 두레에서는 자기 동네에 그런 사람이 있으면 향약에서 손을 대기 전에 미리 잡아다 호되게 다스렸다. 두레에서는 곤장을 치는 것이 아니라 멍석말이를 하거나 우물길을 막아버리는 등의 징벌을 내렸다. 이 동네서만 하더라도 재작년에 술을 마시고 나이 든 노인한테 행패를 부린 자가 있어 멍석말이로 다스린 일이 있었다. 그 징벌을 좌장이 했다. 양반들이 상민을 다스리는 것을 미리 막아 스스로의 위신을 지키자는 것이었다.

좌장은 두레 일만을 좌지우지할 뿐 아니라 이런 징벌까지도 내릴 수 있는 권한을 가지고 있었다. 그런다고 두레꾼들 위에 큰기침하고 버티고 앉아 호령만 하는 것이 아니라 일을 할 때는 예사 두레꾼과 조금도 다름없이 같이 일을 했다.

두레 임원은 좌장을 포함해서 전원을 두레꾼들이 매년 새로 뽑았으나, 두레꾼들이 원하면 몇 년이고 중임을 할 수 있었으므로 이주언은 묵촌 두레 좌장을 7,8년째 하고 있었다.

벌써 모를 거진 쪄가고 있었다.

떴다 떴다 밥바구리가 떴다
얼럴럴 상사도야

두레꾼들은 모를 찌며 동네 쪽을 얼핏 돌아봤다. 정말 아침 밥바구니가 떠 있었다. 여남은 명의 여자들이 밥바구니를 이고 나오고 있었고, 그 뒤를 동네 조무래기들과 강아지들이 줄줄이 따라붙어 아까 두레꾼이 줄지어 오듯 오고 있었다.

얼럴럴 상사도야
남은 두 판을 얼릉 찌고
얼른 쪄서 물 건져놓고
금강산 구경도 밥 묵고 하세

밥바구니가 뜨고부터 두레꾼들의 손놀림은 한결 빨라져, 말 빠른 놈 입안에 혓바닥 놀 듯 했다. 남은 두 판을 수염에 불 끄듯 쪄버리고 말았다.

여인들은 풍물 모아놓은 보리그루 논바닥에다 밥 먹을 자리를 널찍하게 잡아 밥을 푸고 있었다. 두레꾼들은 모타래를 논두렁으로 건져놓은 다음 손발을 씻고 밥 먹을 자리로 다가들기 시작했다.

팥을 넣은 보리반지기 쌀밥은 보기만 해도 절로 침이 넘어갔다. 못밥 담듯 한다더니 밥들을 엄청나게 많이 퍼담았다. 밥그릇 위로 올라간 감투 무더기만도 밥그릇 크기보다 더 덩실했다. 국도 치문하게 떴다. 풋고추를 툭툭 부질러넣은 열무김치며, 갈치자반에 고춧가루가 벌건 감자조림 또한 푸짐했다.

우선 막걸리 잔부터 돌았다.

"옜소, 관지 양반. 오늘 청은 더 기름이 잘잘 흐르는 것 같습디다."

이또실이 막걸리를 국대접 전두리가 간지럴 지경으로 찰찰 넘치게 따라 이승수한테 넘겼다.

"허허, 선생 알아보기는 제자만한 눈이 없다등마는, 요새 우리 총각대방이 소리가 청이 터지더니 내 소리를 제대로 알아보는구만."

이승수는 기분이 좋은 듯 막걸리를 단숨에 벌컥벌컥 들이켰다.

"오매매."

그때, 저쪽에서 느닷없는 비명소리가 났다. 을만 할머니가 만득이 어깨 너머로 다음 사람한테 밥그릇을 넘겨주다가 그만 만득이 가슴 위로 윗몸이 벌렁 넘어지고 만 것이다. 할머니 몸뚱이가 만득이를 덮쳐버렸다. 폭소가 터졌다.

"예끼, 여보시오. 대낮에 거 먼 짓이오?"

이승수가 눈을 한껏 둥그렇게 뜨고 소리를 질렀다. 다시 폭소가 터졌다.

"그 사람 가슴이 원체 실팍해논께, 아닌 게 아니라 욕심이 나기는 나껏이오마는, 아무리 욕심이 나더래도 채릴 체면은 채려감시롱 머시기를 해사제, 대낮에 만중 앞에서 그로크롬 머시기하면 쓰겄소?"

이승수는 정색을 하고 능청을 떨었다.

"어이구, 저놈의 입!"

을만 할머니는 주먹을 쥐고 을렀다. 사람들은 배꼽을 쥐었다. 밥을 푸고 있던 유월례도 골을 붉히며 웃고 있었다.

"아니, 내가 시방 없는 소리 했간디라우? *늙은 말이 콩 마다하랴 는 소리가 있글래, 나는 그 소리가 말한테만 두고 쓰는 소린 중 알았 등마는, 그것이 오늘 본께 두루 쓰이는 소리였던 모냥이여, 허허허."

이승수의 짓궂은 익살에 모두 웃음을 걷잡지 못했다.

"사내야 저만한 헌헌장부도 쉽잖을 것인게 욕심이 나기는 크게 날 것이오마는, 아무리 욕심이 나드래도 생각을 쪼깐 잘못한 것 같소. 한쪽만 보지 말고 저 남원댁 인물도 돌아보고 머시기하씨오. 저런 인물을 두고 아무하고나 쉽게 머시기하겠소?"

계속 폭소가 터졌다.

"오매 오매, 저놈의 입, 누가 쪼깐 안 막는가?"

을만 할머니가 발을 동동 굴렀다. 한바탕 웃음이 지나간 뒤 모두 밥을 우겨넣기에 정신이 없었다.

"으째서 한 자리가 빈다 했등마는 쩌그 지 자리 찾아오는 사람 한나 있네."

이주언이었다. 모두 큰길 쪽으로 얼굴을 돌렸다. 지나가던 체 장수가 벙글거리며 보리그루 논을 무질러오고 있었다.

"어서 오시오. 글안해도 자리가 하나 비었글래 누가 빠졌는고 했소."

이승수였다.

"작년에도 여그를 지남시롱 이 동네 못밥을 얻어묵었등마는 올해도 이로코 연이 닿았소."

체장수는 돈낸 추럼판에 달려들 듯 스스럼없이 다가와 짐을 벗으며 너스레를 떨었다.

"그러면, 우리 동네 체는 모두 당신이 공짜로 매줘사 쓰겄소."

"여부 있소. 체도 체제마는 작년에도 내가 이 동네 못밥을 묵어드려서 풍년이 들었으것이오. 금년에도 이 동네 풍년은 따논 당상이오."

체장수는 막걸리 잔을 받으며 덕담이 흐드러졌다.

"쩌그도 한 사람 지나가는구만."

막둥이 큰길을 보며 말했다. 웬 사람인지 허름한 망태기를 메고 농기 밑을 지나가고 있었다.

"저 작자는 외할미 부고받고 간다냐, 으짠다냐? 생전 밥 안 묵고 사는 놈맨키로 음석 끝을 그냥 지나가네."

이승수 말에 모두 웃으며 그쪽으로 고개를 돌렸다.

"여보시오!"

이승수가 일어나서 꽥 소리를 질렀다. 작자는 흘끔 이쪽을 돌아 봤다.

"외할무니 부고를 받았을 때는 받았더래도 묵을 끼니는 묵고 가사 쓸 것 아니오. 당신이 시방 놈의 동네 인심 궂힐라고 음석 끝을 그냥 지내가요?"

이승수가 짐짓 화난 소리로 퉁바리를 냈다. 작자는 수굿하게 떨어뜨렸던 고개를 들고 벙긋 웃으며 이쪽으로 발길을 돌렸다.

"멋하러 댕기는 풍신인고?"

누가 이죽거렸다.

"당신은 멋하러 댕기는 사람이오?"

이승수가 짐짓 퉁명스럽게 물었다.

"내가 없으면 당신덜 밀농사 지어봤자 말짱 헛농사요."

작자는 누런 이빨을 있는 대로 내놓고 헤벌쭉 웃으며 다가왔다.

"음, 매조료 장수구나."

누가 말했다. 매조료 장수란 닳아진 맷돌을 쪼는 사람이었다.

"더구나 그런 사람이면, 음석 끝에 착 달라붙어갖고 묵을 음석은 묵고 가사제, 밥하고는 담싼 사람맨키로 슬그제기 지나간단 말이오?"

이승수는 밥 안 먹는 종 닦달하듯 닦아세웠다.

"아침 묵은 지가 얼마 안 됐글래 그랬소."

"그러면 막걸리라도 한잔 묵고 가사 쓸 것 아니오?"

"흐흐, 미안하게 됐소."

"당신 그런 일하고 댕길라먼 놈의 밥 얻어묵는 재주부터 미립이 나사 쓰겄소."

이승수는 한참 판잔을 주었다. 두 과객도 한 그릇씩 밥그릇을 붙안고 걸팍지게 우겨넣었다.

두레꾼들은 숟가락을 놓는 족족 자리를 비켜앉았다. 밥수발을 하던 동네 여자들과 조무래기들이 그리 자리를 잡아들었다. 동네 안늙은이들이며 조무래기 등 곁꾼이 두레꾼보다 많았다.

두레 때 참은 하루 다섯 끼를 먹었다. 아침, 점심, 저녁 그리고 두 번의 새참이었다. 이 두레의 참은 두레꾼들만 먹는 것이 아니었다. 밥 하는 데 거드는 여자들이나 그 식구들은 말할 것도 없고, 웬만한 집은 온 식구가 다 나와서 먹었다. 그래서 두레의 참을 하려면 대사 치르는 것만큼이나 거판스러웠다. 가난한 집에서는 도저히 감당을 할 수가 없었으므로, 그런 집일은 농사가 많은 집에 얹혀서 일을 배당했다. 오늘만 하더라도, 동임 집 농사가 20여마지기가 넘고 만득이나 을식 집은 대여섯 마지기 안팎이었기 때문에, 동임 집 일에 그런 집을 싸잡아 일을 배당한 것이다. 그런 집에서는 여인들이 밥하는 일을 거들기만 할 뿐이었다.

이런 참뿐만 아니라 농사가 적은 집에서는 소도 공짜로 부리는 셈이고 또 걸궁 때 쌀도 형편에 따라 조금씩밖에 안 내는 등 두루 혜택을 보는 일이 많았다. 이런 것만 떼어놓고 보면 얼핏 농사가 많은 집에서 손해를 보는 것 같았지만 따지고 보면 그렇지도 않았다.

"접주님 오시네."

막둥이 소리를 지르며 쪼르르 달려갔다. 이방언이 나귀를 타고 솔치 쪽에서 오고 있었다. 이방언은 동네로 들어가지 않고 이쪽으로 왔다.

"댕겨오시오?"

"어이, 나도 오랜만에 우리 동네 두레 참 한번 먹어보세."

"어서 오시오."

밥을 먹던 여자들이 자리에서 일어서며 서둘렀다.

"아녀, 밥은 오다 솔치 두레서 묵었은께 막걸리나 한 잔 줘!"

막걸리를 따라주자 이방언은 꿀꺽꿀꺽 들이켰다.

"카아, 맛 좋다. 동임 댁 술맛은 언제 마셔도 입에 착착 감겨."

이방언은 덕담 한마디를 잊지 않았다.

"맞소. 내중에 늙어서 돌아가실 적에는 그 술 빚는 솜씨하고 음식 솜씨는 관 밖에 내놓고 가야 할 것이오."

이주언 말에 모두 따라 웃었다.

"오늘은 여러 날 만에 오시는 것 같소."

이주언이 말했다.

"해남으로 해서 강진을 한 바퀴 돌고 오는 길이네."

이주언은 이방언의 형제 항렬이었다. 이방언은 담배를 한 대 피우고 나서 일들 하라며 자리를 떴다.

"일합시다."

이또실 말이 떨어지자 풍물재비들이 풍물을 치기 시작했다. 모심을 때는 두 패로 갈라 심어야 했기 때문에, 풍물재비들도 두 패를 만들었다.

— 깽깽 깽깽 깨갱깽 깽깽.

두레꾼들은 저쪽 *무삶이해논 논으로 갈라 들어섰다.

"이놈아, 모타래하고 오줌발은 멀리 나가야 첫아들 낳는 것이다."

이승수가 막둥이 지게에서 모타래를 하나 들어 저쪽으로 멀리 던져보이며 소리를 질렀다.

얼럴럴 상사도야 ― 꽹꽹 꽹꽹 꽤갱꽹 꽹꽹.

얼럴럴 상사도야

두레꾼들은 논으로 들어가면서부터 소리를 맞추기 시작했다.

드문드문 자리를 잡세 ― 꽹꽹 꽹꽹 꽤갱꽹 꽹꽹.

얼럴럴 상사도야

한 모슴 심고 두 모슴 심고

다문다문 심어가세

손 빼지 말고 골고루 심소

뜨지만 않게 얕으게 심소

엉덕밑 한포기 막등이 몫이고

논두렁 한포기 영감님 몫이네

얼럴럴 상사도야

이승수는 농도 잘 했지만 노래 사설도 구성지고 청도 좋았다. 메기는 사람이 하는 '얼럴럴 상사도야' 소리는, 잡가할 때 '고나해' 소리처럼 다른 사람한테 메김 소리를 넘긴다는 소리였다. 그러면 받는 사람이 또 '얼럴럴 상사도야'로 받는다는 뜻을 표했다. 이승수 소리를 이석만이 받았다.

얼럴럴 상사도야

엉덕 우게 저 영감 사우나 보소

모쟁이 총각이 마음에 든다네
수렁에 빠진 저 엄씨야
무중의 가쟁이가 장부 아니냐
얼럴럴 상사도야

이번에는 이안준이 받았다.

얼럴럴 상사도야
난다난다 날파람난
묵촌 두레꾼 날파람난다
풍년 농사가 날파람난다
생과부 가슴에 도둑손 넣대끼
날 받은 큰애기 수땀 뜨대끼
잉애대 밑에 북통 놀대끼
샌님 상투에 은동곳 박대끼
가실 김장에 청각소 박대끼
된장독에 풋고추 박대끼
얼럴럴 상사도야

얼럴럴 상사도야
벼락덩어리 주멀러 심고
패인 디는 골라서 심고
찌른 것 있으면 쳐내고 심고

돌부리 맞치면 던지고 싶고
얼렁럴 상사도야

얼렁럴 상사도야
앞산은 점점 멀어져 가고
뒷산은 점점 가까워 온다
이 배미 심고 장구배미요
오리배미 심고 샛것 묵고
눈깔배미는 엉뎅이로 문대고
삿갓배미는 지남시롱 꽂고
얼렁럴 상사도야

한참 신나게 돌아가고 있을 때였다.

"누구 오요."

모타래를 던지던 을만이 소리를 질렀다. 두레꾼들이 모두 허리를
폈다. 읍내 쪽에서 말 탄 관속 행차가 하나 오고 있었다. 회령포진
군교인 것 같았다. 말 탄 군교가 병졸 대여섯 명을 달고 거드럼을 피
우며 오고 있었다. 두레꾼들은 모두 일어서서 그쪽을 건너다보고 있
었다.

작자는 말 잔등에 버티고 가는 거탈부터가 여간 거만해 보이지
않아 조마조마했다. 농기 가까이 갔을 때였다. 앞에 섰던 병졸이 이
쪽을 한번 흘끗 보더니, 돌아서서 군교한테 뭐라 말을 하는 것 같았
다. 군교는 말을 멈추고 말을 듣고 있었다. 군교는 이쪽을 돌아보더

396

니 그대로 말을 몰았다.

"여보시오!"

이또실은 손에 들었던 모 모숨을 논바닥에다 홱 던지며 벼락같이 소리를 질렀다. 이또실의 악다구니에 군교 일행은 이쪽을 돌아봤다.

"행차 멈추시오!"

이또실이 소리를 지르며 추적추적 논바닥을 무질러갔다.

"오냐, 이 새끼 너 잘 걸렸다."

똘남도 이죽거리며 밖으로 추적추적 나갔다.

"뭐요!"

이내 병졸 하나가 소리를 질렀다.

"거그 멈춰 있어요!"

이또실은 소리를 지르며 그쪽으로 내달았다. 두레꾼들이 모두 밖으로 나갔다.

"영기 빼들고 따라라!"

이석만이 소리를 지르자 을만과 막둥이 영기를 빼들고 달려갔다. 그 뒤를 두레꾼들이 따랐다.

"잠깐 기다려라!"

저쪽에서 논을 갈고 있던 이주언이 소리를 지르며 쫓아왔다. 이또실은 뒤를 돌아봤다.

"내가 따질 것인께 거그 있어!"

이주언이 침착하게 다가갔다. 영기 두 개가 그를 바짝 따랐다. 이주언이 큰길로 침착하게 올라서며 군교 일행의 길을 막았다. 이또실과 두레꾼들도 모두 큰길로 올라섰다.

"뭐요?"

병졸 하나가 앞으로 나서며 물었다.

"보아하니 수군 군교인 듯한데, 조상 전래의 법도를 어기고 가시기에 그 연유를 묻고자 멈추라 했소."

이주언이 점잖게 말했다.

"법도라니요?"

앞에 나선 병졸이 물었다. 군교는 말 위에 거만하게 버티고 앉아 이쪽을 노려보고 있을 뿐이었다.

"저기 농기 안 보이오?"

이주언이 손가락으로 농기를 가리켰다.

"농기가 어쨌단 말이오?"

"보시다시피 농자는 천하지대본이라 저 농기 앞에는 조정 공경 대신들도 말을 내려 걸어가게 되어 있소."

이주언 말에 앞에 섰던 병졸이 이내 군교를 돌아봤다.

"누가 그런 법도를 만들었단 말인가?"

군교는 뻐딱하게 내려다보며 거만스런 어조로 물었다.

"당신, 그 말버릇부터 따져야 할 일이나, 우선 큰 졸가리가 바쁜 게 그것부터 묻고 봅시다. 이 법도는 누가 만든 것이 아니라 우리 조상들이 수천 년 전부터 만들어, 그 수천 년간, 위로는 공경 대부로부터 아래로는 지방의 수령 방백이며 향곡의 양반 토호들까지 모두 지켜왔던 법도올시다. 병조판서도 지키는 법도를 어찌 일개 군관이 어길 수 있단 말이오?"

이주언은 침착하고 당당했다. 쟁기질하던 무중의가, 한 가랑이는 그대로 흙이 범벅이 되어 있었으나, 그 입에서 나온 말은 잣대 대고 그어놓은 것같이 반듯했다.

"나는 군사 일을 보는 군관인데, 내가 농기하고 무슨 상관이 있다고 바쁜 사람을 가로막고 행패인가?"

군교는 버럭 언성을 높였다. 이치가 밀리자 위세로 밀어붙이자는 배짱이었다.

"법도를 지키라는 소리가 어찌 행패란 말이오? 법도를 아시고도 농군들을 능멸하자는 것인지, 처음부터 이런 법도를 모른 것인지 알 수 없으나, 방금 법도를 일러주었으니 우리 농군의 체신을 짓밟고는 이 길을 못 지나가요."

이주언은 단호하게 말했다.

"내가 농군들의 체신을 밟다니 농기라도 내려 짓밟았단 말인가?"

"농기를 짓밟은 것이 아니라 농기 앞에서 지켜야 할 법도를 짓밟았소."

"농기는 당신들 것이니 당신들이야 조상같이 받들겠지만, 나한테는 생판 남의 조상인데 내가 어째서 남의 조상 앞에 말을 내려간단 말인가?"

군교는 버럭버럭 악을 썼다.

"야 임마, 으째서 반말이냐? 쌧바닥 한 토막은 지리산 곰한테 잘리고 왔냐, 막창 계집년 해웃값 잘라묵다 띤겠냐?"

군중 속에서 악을 썼다. 그때 언제 왔던지 어산 영감이 앞으로 나서며 삿대질부터 했다.

"여보시오, 당신은 밥 안 묵고 사는 사람이여? 농사꾼은 당신이 삼시 시 때 묵는 밥을 맨드는 사람이여, 밥보다 더 큰 조상이 어딨어?"

"허허."

작자는 어이없다는 표정으로 헛웃음을 쳤다. 어디서 *덜께기 같은 늙다리까지 나와 역성이냐는 표정이었다. 이쯤 됐으면 못 이긴 척 물러설 법도 한데, 생기기를 원체 좀상으로 생겨먹어 *겉볼안으로 속에는 밴댕이 창자를 구겨 담았는지 기어코 맞설 배짱이었다.

그때 저쪽이 왁자지껄했다. 누룩쟁이 두레꾼들이 몰려오고 있었다. 50명이 넘는 수였다.

"때려죽여!"

"하늘이 두 쪽으로 칵 뽀개져도 그냥은 보내지 마라. 엊그제 솔치 농기 앞을 그냥 지나간 새끼도 저 새낀 것 같다."

살기등등하게 악을 쓰며 다가오고 있었다. 저쪽 모퉁이에서도 고함소리가 터졌다. 관지 두레꾼들이었다. 거기도 30여 명이었다.

"말 내리지 못하냐?"

"그놈의 말 막대기로 똥구먹이나 푹 쑤새뿌러라!"

관지 두레꾼들도 만만찮은 기세였다. 그때 이주언이 군교 가까이 갔다.

"두레꾼들 기세 보시오. 고을 사또도 내려서 가는디, 여기 몇 발짝 내려서 가는 것이 멋이 그리 어렵단 말이오. 그냥은 못 지나갈 것인게 어서 마음 달리 묵으시오."

이주언은 은근한 목소리로 달래듯 말했다. 군교는 다른 동네 두레꾼들까지 몰려오자 알아보게 당황하는 기색이었다.

"저 새끼 끄집어내려서 좆대가리를 쑥 뽑아뿌러!"

그때 이주언이 뒤쪽을 돌아봤다.

"죙이들 합시다. 농촌 물정을 모르시는 분이라 잠시 실수를 한 것 같소. 내려서 가신단게 물러섭시다."

"제길!"

작자는 하는 수 없다는 듯 말머리를 돌렸다.

"거그서부터 내려서 가, 이 씨발놈아. 어디로 말을 타고 왔다갔다 지랄이냐?"

두레꾼들이 악을 썼다.

"죙이들 합시다!"

이주언이 군중을 거듭 제지했다. 작자가 뒤쪽으로 몇 발걸음 가다가 말을 내리며 돌아섰다. 시늉으로 농기 앞을 몇 걸음 걸어갔다.

"그랬으면 그랬제, 씨발놈."

두레꾼들 속에서 욕설이 쏟아졌다. 작자가 다시 말을 타려 했다.

"더 가!"

군중이 악을 썼다. 그때 누가 말을 향해 돌멩이를 획 던졌다. 말이 후닥닥 뛰었다. 병졸들이 겨우 말고삐를 잡았다.

"더 가!"

말이 놀란 것을 본 군중은 제물에 신이 나서 악다구니를 썼다. 또 돌멩이가 날았다. 말은 천방지축 내달았다. 병졸들이 여럿이 달려들어 겨우 말고삐를 잡고 버텼다.

"저 새끼는 말귀가 말보다 더 칵 막혔구만."

모두 와 웃었다.

"예끼, 썩어자빠질 새끼! 꼴 한번 조오타."

군중은 중구난방으로 욕설을 퍼부었다.

"그 나이토록 철이 안 들고 소가지가 그 모양이라면 니놈 밑에 굽실거리고 있는 병졸들도 팔자 한번 더럽게 타고났다. 끌끌끌."

군중은 저마다 한마디씩 악담을 퍼부었다.

하학동 두레꾼들도 모를 심고 해가 떨어지자 손발을 씻고 동네로 들어오고 있었다. 동네마다 정자나무와 공동우물은 동네의 기본 구색이듯 익살꾼 하나 후레자식 하나도 동네의 기본 구색이었다. 묵촌 이승수처럼 하학동에는 조망태가 익살꾼이어서 하루 종일 두레꾼들을 웃겼다.

"다음 장 뒤로는 모를 어뜨코 싱겠으면 쓰겄는가?"

두레 영좌 김이곤이 총각대방 장춘동한테 물었다. 어느 날 뉘 집 모를 심을 것인가는 영좌 소관이었는데, 그걸 두레 임직들하고는 대충 의논을 했다. 참 준비 때문에 한 장도막을 단위로 모 심을 날짜를 정해서 미리 알려주어야 했다.

"다음 일까장은 생각을 안 해봤그만이라."

"널은 일러줘사 쓸 것인게 생각을 해보게. 자네한테만 말이네마는, 감역 댁 모는 동네 모 다 싱긴 담에 젤 낸중에 싱길 참인게 그리 알게."

장춘동은 대답하지 않았다. 이주호는 세안에 소작 내놓겠다고 하던 것을 내놓지 않고 전부 거둬들였다. 그 통에 괜히 동네 사람들 의만 상하게 하고 말아 동네 사람들은 이주호에 감정이 등등해 있었다. 그 집 모를 제일 나중에 심겠다는 것은 그렇게라도 보복을 하려

402

는 속셈이었다.

이주호는 정읍 김진사 댁에 그런 편지를 한 사람은 필경 이 동네 사람들일 것이라고 엉뚱하게 그 언걸을 동네 사람들한테 입히고 말았다. 소작으로 이 소문 저 소문이 나는 바람에 자기에게 소작이 돌아오기는 틀렸다고 생각한 놈 소행일 것이라 여겼던 것이다.

"일손이 없어도 농토만 갖고 농사가 지어진가 보라고 모고 논매기고 싹 안면몰수를 해번지고 싶네마는 그랄 수는 없는 일이고, 모 심고 논매는 날짜로나 당신한테 유감 있다는 표시를 단단히 해주고 싶구만."

"그 집 모는 일찍 싱개주고 잡아도 일찍 싱개주기 애럴 것이오. 그 집 논에 들어가면 그 집 논물에 손발 시린 사람이 많을 것인디, 초장부터 그런 일을 해사 쓰겄소."

동각 가까이 다가서다가 두 사람은 발을 우뚝 멈추고 말았다. 저쪽 골목에서 어린애 하나가 째지는 소리를 지르며 달려오고 있었다.

"작은아부지, 작은아부지, 아부지가 아부지가."

장일만의 큰아이가 장춘동을 보고 숨넘어가는 소리를 지르며 달려왔다.

"먼 일이냐?"

장춘동이 깜짝 놀라 물었다. 장일만도 같이 모를 심고 금방 집으로 들어갔는데, 그런 사람이 그 사이에 어쨌다는 것인가 어리둥절하지 않을 수 없었다.

"얼릉 가보시오, 얼릉!"

아이는 새파래진 얼굴로 발을 동동 굴렀다.

"먼 일인디 그라냐?"

다급하게 물었으나 아이는 발만 동동 구를 뿐이었다. 장춘동과 김이곤 등 거기 섰던 두레꾼들이 모두 장일만 집 골목으로 뛰어들어갔다. 사립을 들어서던 두레꾼들은 우뚝 걸음을 멈추고 말았다. 장일만은 손에 시퍼런 낫을 든 채 집 모퉁이에 퍼질러 앉아 있었다. 방에서는 갓난아이 울음소리가 나고 있었다. 산매댁이 아이를 난 것 같았다. 장춘동 아내 예동댁은 부엌에서 흑흑 느껴 울고 있었다.

"먼 일이오?"

장춘동이 다가가며 소리를 질렀다. 장일만은 손에 낫을 쥔 채 멍청하게 먼 하늘만 보고 있었다.

"저 피!"

웬 피가 장일만 옷을 흥건하게 적시고 있었다. 고의춤이 헤쳐져 있었다.

장일만 왼손에서 무엇이 땅에 떨어졌다. 사람들의 눈이 그리 쏠렸다. 생식기였다. 낫으로 자기 생식기를 잘라버린 것 같았다.

"얼릉, 피부터!"

김이곤이 소리를 지르며 장일만의 바지춤을 내렸다.

"실 갖고 온나, 뭉끄게."

사타구니를 틀어쥐며 김이곤이 소리를 질렀다. 예동댁이 방으로 뛰어들어가 실꾸리를 가지고 나왔다.

"다행히 뭉꺼지겠다."

김이곤이 중얼거렸다.

11. 사발통문

가을이 되자 짐작했던 벼락이 떨어졌다. 배들에 논 벌고 있는 사람들한테 만석보 물세가 나온 것이다. 상답은 한 두락에 한 말 반, 하답은 한 말씩이었다. 대동미보다 서 되나 더 많았다. 배들 안통에서 그렇게 거둬들이면 천 섬이 넘을 판이었다.

농민들은 너무도 어이가 없어 허허 웃었다. 기왕에 있는 보 밑에다 새로 보를 막아 그 봇물로 농사를 지었대서 물세를 내라니 마치 남의 저수지에 수문을 따로 내놓고 이 수문으로 내려간 물은 내 물이니 물 값을 내라는 것과 조금도 다를 것이 없었다. 더구나 새로 막은 보로 덕을 보기는커녕 여름 장마 때 물이 넘치는 바람에 모가 물 속에 사흘이나 잠겨 되레 손해를 보았고 새 보 물길 위로 논이 올라가버린 사람들은 피해가 이만저만이 아니었다.

"아무리 법도가 없는 시상이라고 이럴 수가 있어? 눈 뻔히 띄어놓고 생골을 내도 유분수제, 조상 대대로 농사지어 묵고 사는 생보를 헐어붙고, 거그다가 억지 보를 막아놓고 물세를 내라고? 새 보에서 흘러온 물은 그것이 어디서 흘러온 물이고, 구 보에서 흘러온 물은 또 어디서 흘러왔던 물이여?"

"새 봇물은 지가 한양서 질러갖고 와서 퍼붓은 물인갑제?"

"대동강물 폴아묵은 봉이 김선달이는 그래도 지 발로 와서 물을 길어가는 놈들한테서나 돈을 받아묵었는디, 이놈은 강도도 아니고 이것이 멋이여?"

"그 조병갑이란 놈은 낯반대기가 생개도 어뜨코 생겼으면 이런 것도 세목이라고 비배내 놓고 얼굴 들고 댕기까?"

농민들은 어이가 없어 장탄식이 땅이 꺼졌으나, 군아에서는 대동미나 전운미 같은 것은 뒷전으로 미뤄두고 이 물세만 벼락같이 채근을 했다.

배들 안통 사람들이 전부 모여 대책을 의논했다. 이것은 부당해도 너무 부당한 일이니 물세를 내지 말자고 의논이 돌았다. 그러나 저놈들 서슬에 그냥 버티기는 어려울 것이니, 먼저 등소를 해놓고 버텨도 버티자는 의견이 나왔다.

"방불해사 샌님하고 벗하드라고 이것이 어뜨코 소를 내고 말고 할 일이오. 그래도 멋이 어디가 한 귀팅이래도 방불한 구석이 있어사 소를 내든지 말든지 할 것 아니오? 숭악한 날도적질인디 소를 내면 소장에다 멋이라고 쓸 것이오. 도둑놈보고 인사불성이란 소린디."

그러나 안 내도 무작정 안 낼 수는 없는 일이니 소를 먼저 내놓고 버티는 것이 순서라는 의견들이었다. 의논 끝에 소두는 조만옥과 정길남 그리고 운학동 총각대방 제진구가 서기로 하고, 소장은 지산 선생이 쓰기로 했으며, 배들 안통 동임 20여 명이 소꾼으로 따라나서기로 했다. 그리고 동임들은 동네 사람들을 모두 데리고 나오기로 했다.

다음날 말목으로는 배들 안통 사람들이 꾸역꾸역 몰려들었다. 일판이 일판이라 금방 3백여 명이 몰려들었다. 이쪽 사람들이 3백여 명이라면 운학동 등 백산 쪽에서 모여들 사람들도 이 수에 못지않을 것 같았다. 그들은 읍내서 만나기로 했다. 조만옥과 정길남은 동임과 부락민들 앞장을 서서 읍내로 갔다.

20여 명의 동임들은 아문 앞에 부복을 하고 소두들만 동헌으로 들어갔다. 골목에는 배들 안통 사람들과 운학동 쪽에서 온 사람들 7,8백여 명이 숨을 죽이고 있었다. 그런데 동헌으로 들어갔던 소두들은 금방 나오고 말았다. 2,3일 사이에 제사를 내리겠다고 돌아가 기다리라 한다는 것이다. 사람들은 너무 싱거워 어리둥절한 표정이었다. 소두를 잡아들이지 않을까 손에 땀을 쥐고 있던 판이라 허탈한 기분들이었다. 만약 소두를 잡아들이기만 하면 한바탕 들고일어날 기세였으나, 곧 제사를 내린다는 데야 돌아가 기다릴밖에 더 할 말이 없었다.

그런데 그날 저녁 엉뚱한 사건이 터지고 말았다. 밤중에 빡보 쌀가게에 불이 난 것이다. 집이 몽땅 불에 타버렸고, 곳간에 가득가득 쌓아둔 쌀도 모두 타버리고 말았다. 2백 섬이 넘는 쌀이 타버렸다는 것이다. 빡보 가게는 천가 가게와 함께 일본 상인의 돈으로 쌀을 사들이는 대행업자였다. 작년 가을부터 쌀돈 났던 쌀을 한창 받아들이는 한편 새로 쌀을 사들이고 있던 참이었다. 누군가 일본 상인들의 그런 장사에 불만을 품은 사람의 소행이 분명했다.

일판이 일판이라 벙거지들이 불난 집 며느리 싸대듯 부산하게 싸댔다. 먼저 그 쌀가게와 거래를 한 사람들을 몽땅 잡아들였다. 경황 중에도 거래 장부는 제대로 챙겼던지 빡보 가게하고 거래를 한 사람들은 하나도 빠짐없이 다 잡아들였다. 그런데 그 다음날은 또 엉뚱하게 물세 까탈로 소를 올렸던 소두 세 사람과 동임들을 몽땅 잡아가버렸다. 터무니없는 날벼락이었다.

원평에 있던 전봉준은 이 소식을 듣고 곧바로 고부로 왔다. 동네 집강들을 모았다. 30여 명이 모였다.

"그간 내가 밖에 볼일이 많아 여기를 들르지 못했소. 이번에 소 올릴 때는 꼭 온다는 것이, 그만 미안하게 됐소."

전봉준이 무겁게 입을 열었다. 일이 일이라 그런지 얼굴 표정은 한층 굳어보였다.

"쌀가게 불을 빌미로 소두들을 잡아들인 데는 관가 사람들의 음흉한 속셈이 도사리고 있는 것 같소. 소를 그렇게 뭉개버리자는 속셈도 있겠지만, 평소 저 사람들 하던 행티로 보면 범인 잡는다는 서슬을, 물세 거두는 데로도 몰아붙이자는 배짱이오."

"저희들도 대충 그런 짐작을 하고 있그만이라. 저자들로서는 좋은 구실이 생긴 것이지라. 허지만 저자들 흉계에 호락호락 말려들어서는 안 될 것 같소."

전봉준은 눈을 끔벅이며 말을 듣고 있었다.

"이쪽 사람들이 모두 떼 몰려가서 발명을 하면 어떨까 싶그만이

라. 그 가게에 불이 난 것은 자정 무렵이라고 하는디, 그때 동임들은 동네마다 대책을 의논하느라고 자정이 넘도록 동네 사람들하고 이야기를 하고 있었거든이라."

"동네마다 낱낱이 그것을 알아보았소?"

"낱낱이 알아보지는 않았제마는 거진 그런 것 같소."

산매만 말고 다 그런 것 같았다.

"그러면 그때 자정까지 동임이나 집강들하고 이야기를 했던 사람들이 모두 몰려가서 증인을 서자 이 말이오?"

"저 작자들이 그것을 들어줄란지 안 들어줄란지는 모르제마는, 모두 몰려가서 그로코 하는 길밖에 당장 다른 길이 없을 것 같소."

"그럼 그렇게 하기로 하지요."

"그 일에는 내가 앞장을 서서 조병갑하고 한바탕 담판을 하겠소."

김도삼이 불쑥 나섰다. 조병갑하고 담판을 하겠다는 소리에 모두 눈이 동그래졌다.

"그래도 하필 저자들 살기가 이로코 등등한 판에 그로코 나서시는 것은……."

걱정이 되는지 김이곤이 이죽거렸다.

"뒤에는 여러분들이 있는데 염려할 것 있겠소? 물세 문제는 누가 따져도 제대로 한바탕 따져야 하요."

김도삼은 여유 있게 말했다. 이미 단단히 결심을 한 것 같았다.

"김두령 결심이 그렇다면 한번 나서보시오."

전봉준이 허락을 했다. 집강들은 동네 사람들을 되도록 많이 데리고 읍내로 나오기로 했다.

다음날 아침 천치재에는 일찍부터 사람들이 마치 장꾼들처럼 하얗게 붙었다. 김도삼 일행은 이른 새참 때 읍내에 당도했다. 군아 골목 어귀에는 오늘도 7,8백 명이 몰렸다.

"이로코 나와주서서 고맙소. 이번 일은 처음부터 원체 사리에 틀린 일이라 우리 쪽에서 너무 큰소리를 치고 나설 것은 없을 것 같소. 포교들이 심하게 설치더라도 흥분하지 말고 침착하게 대처를 합시다. 저 사람들은 억지 짓이라도 너무 억지 짓이라 속은 있을 것인게 우리는 그저 수굿하게 나가야 하요."

김도삼은 침착하게 말을 하고 나서 군아 문 쪽으로 걸음을 옮겼다. 길 양쪽에 몰려섰던 사람들은 그를 향해 꾸벅꾸벅 절을 했다. 그는 대충대충 절을 받으며 들어갔다. 나졸이 가로막았다.

"사또 나리를 뵐 일이 있어 온 사람일세."

나졸 하나가 안으로 들어갔다. 이내 책방이 나왔다.

"나는 우덕면 산매 사는 김도삼이네. 사또 나리를 뵈러 왔다고 여쭈게."

"아뢰겠습니다."

김도삼을 알아본 책방은 고개를 깊이 주억거리고 쪼르르 들어갔다. 한참 만에 책방이 다시 나왔다.

"들어오시라 하옵니다."

책방은 동헌으로 김도삼을 데리고 가서 방으로 안내했다. 아무도 없었다. 덩실한 사또 자리 앞에 자리를 잡아 앉혔다. 한 식경이나 지나서 조병갑이 나왔다. 호방도 뒤따라 들어왔다.

"우덕면 산매 사는 김도삼이올시다."

"전부터 한번 만나고 싶던 이구려."

조병갑은 비짓이 웃으며 말했다.

"오늘 자리를 허락하여 주셔서 감사합니다."

김도삼은 담담하게 말했다.

"무슨 일이시오?"

조병갑이 능청스럽게 물었다. 네놈 나오는 꼬라지나 한번 구경하자는 가락으로 느껴졌다.

"저도 배들에서 농사를 짓고 있습니다. 물세에 소청이 있어 소를 올렸사온데 소 올린 사람들을 잡아들이기에 달리 무슨 잘못이 있는가 하여 그 사정을 듣고자 왔습니다."

김도삼이 또박또박 말했다.

"김처사는 농사꾼이 아니고 이 고을 동학 거두가 아니오?"

조병갑 역시 웃으며 물었다.

"그렇습니다. 그러나 동학도기 전에 농사짓는 사람이올시다."

"그렇기도 하겠소. 나는 김처사를 농사꾼으로보다 동학 거두로 한번 만나고 싶었는데, 하여간 잘 왔소. 그 사람들은 소를 올렸다고 잡아들인 것이 아니고 화재 혐의가 없는가 하여 잡아들인 것이오."

"그것은 부당한 일이옵니다."

조병갑은 김도삼을 한번 쳐다보고 나서 말을 계속해 보라는 듯 곁에 있는 장죽을 들었다. 책방이 화로를 곁으로 밀어놨다. 불을 뒤져 뻐끔뻐끔 담배를 태웠다.

"여기 잡혀온 사람들은 그날 소를 올리고 동네로 돌아간 다음, 그 대책을 의논하느라 밤늦게까지 모여 있었다 합니다. 일이 일이라 동네마다 그만큼 깊이 의논을 하느라고 모두가 자정이 넘도록 이야기를 하다가 헤어진 것 같습니다. 그런데 여기서 화재가 난 것은 자정 때라 하니 그 사람들로서야 그럴 만한 틈이 없는 일이옵니다. 지금 군아 문 밖에는 그런 동네 사람들이 몰려와 있사온데, 모두가 자기 동네 동임들은 자기들하고 자정이 넘도록 이야기를 했노라고 그 증언을 하러 온 사람들입니다."

조병갑은 비짓이 웃는 표정으로 김도삼을 이윽이 건너다보고 있었다.

"듣고 보니 그럴 듯합니다. 그러지 않아도 범인이 잡히면 스스로 명백해질 것이오. 그러나 모처럼 말을 한 것이니 나대로 생각이 있소. 그것은 그렇다 치고, 소장을 보내 새 보를 막아 물길이 달라진 바람에 논이 그 물길 위로 올라가버려 크게 피해를 본 사람이 있다는데 그게 사실이오?"

조병갑은 생색을 쓸 듯하면서도 한 자락 깐 다음 말머리를 돌렸다.

"예, 사실입니다."

"음, 예전 물길과 새 물길을 보면 환히 알 수 있을 터인즉 그것이 사실이라면 그런 논에는 물세를 면제할 것은 물론이요, 그 피해를 촘촘히 따져 충분히 보상을 해주겠소."

조병갑이 선선하게 나왔다.

"감사합니다."

김도삼은 이자가 지금 무슨 수작을 부리자는 것인가 잠시 어리둥절하지 않을 수 없었다.

"새 보 때문에 모가 물에 잠겨 피해를 보았다고 하는데 그 점은

412

어떻게 생각하시오?"

"그것도 피해가 막심한 줄 압니다."

"호방은 달리 말을 하지 않았소?"

조병갑이 호방을 돌아봤다.

"그것은 말이 안 되는 소립니다. 새 보가 높아 그만큼 물이 많이 흘러들었다는 이야긴데, 금년같이 큰물이 질 때는 전에도 그렇게 물이 넘쳤습니다. 보가 높아 조금 더 넘치기는 했겠지마는 새 보 때문에 사흘 나흘 잠겼다는 소리는 가당찮은 이야깁니다. 전에도 그렇게 잠긴 적이 있었다는 사실을 다 알아봤소이다. 옛날보다 한나절쯤 더 잠겼다고나 한다면 모를까, 사흘 나흘 잠긴 것이 숫제 새 보 때문이라니 말이 됩니까? 거기 논을 벌고 있는 사람들한테서 자세히 알아보고 한 소리요?"

"맞습니다. 사흘 나흘 잠겨 있었던 것이 모두 그 새 보 때문이라기보다 새 보 때문에 오래 잠긴 것이오. 그러나 그런 것은 하찮은 일이고, 문제는 전에 없던 물세를 내라는 일입니다. 이것은 너무 부당한 일입니다."

김도삼은 단호하게 말했다.

"새 보로 혜택을 보았으면 당연히 그만한 대가를 치르는 것이 세상 이치 아니오?"

조병갑은 도대체 그게 무슨 소리냐는 표정이었다.

"혜택을 본 것이 없습니다."

김도삼이 잘라 말했다.

"혜택을 본 것이 없다니 그것이 무슨 말이오?"

호방이 나섰다.

"구 보에서 물을 댈 때하고 마찬가지란 소리요."

김도삼은 호방을 똑바로 건너다보며 말에 힘을 주었다. 이놈 네 놈들이 한통이 되어 농간을 부리고 있는 줄 내가 다 안다는 표정이었다.

"구 보는 한 강줄기만 막았었고, 새 보는 구 보만한 강줄기를 하나 더 싸잡아 막았으니 그만큼 수량이 많은데 혜택이 없단 말이오?"

"우리는 조상 대대로 그 보에다 목줄 대고 살아온 사람들이라 바로 그 보는 우리 젖줄이나 마찬가지요. 거기서 사는 우리보다 당신이 무엇을 더 안단 말이오. 두 강줄기라고 하지만, 태인천은 새 보에서 두 마장도 채 못 된 곳에 보가 있소. 거기서 물이 흘러내리면 얼마나 흘러내리겠소? 더구나 보라는 것은 날이 가물 때 강에서 물을 끌어대자는 것이 본데, 날이 가물 때 윗보에서 보막이를 단단히 해버리면 어디서 물이 흘러오겠소? 그 태인천을 막아 가뭄을 면할 수 있었다면, 우리 조상들은 손이 없어서 그 강을 막지 않았겠소?"

김도삼 목소리에서는 쇳소리가 났다.

"허허, 도대체 나는 지금 무슨 소리를 하는지 모르겠소."

조병갑이 느닷없이 헛웃음을 치고 나왔다.

"나는 농사하고는 연이 없는 사람이라, 밭갈이는 사내종한테 묻고, 길쌈은 계집종한테 물으랬더라고, 이런 일은 농사짓는 사람들 말을 들을 수밖에 없소. 그런데, 한쪽에서는 새 보 때문에 금년 가뭄에 이만큼 농사를 지었으니 감사하다고 칭송이 분분한데, 또 한쪽에서는 혜택을 본 것이 없다고 잡아떼니 나는 지금 어느 쪽 말을 믿어야 합니까?"

조병갑 말에 김도삼은 무슨 소린가 어리둥절한 표정으로 눈만 말
똥거리고 있었다.

"얘야, 저쪽에 가서 송덕장을 가져오너라."

책방이 쪼르르 저쪽 방으로 가더니 금방 무슨 종이첩을 가지고
왔다.

"이걸 보시오. 이것은 농사를 백 두락 이상씩 짓고 있는 사람들이
써 보낸 것들이오."

조병갑은 손수 종이첩을 김도삼 앞에 펼쳐 놨다. 송덕장이니 공
덕송이니 하는 제목의 글들이었다. 김도삼은 한 장 한 장 훑어봤다.
모두가 일이백 석에서 천 석까지 하는 지주들이 써 보낸 것들이었
다. 오랜만에 희대의 명관이 내려와 그 선견지명으로 이곳에 치수의
대역사를 베풀어 금년 같은 가뭄에도 이곳만은 격양가가 드높으니,
그 공을 어찌 칭송하지 않을 수가 있겠느냐는 투였다. 그게 여남은
장이나 되었다. 그중에는 시로 지은 것도 석 장이나 되었다. 소농들
의 불만에 대비하여 미리 이렇게 맞불을 질러놓고 있는 셈이었다.
이 작자들이 이렇게까지 치밀하게 나올 줄은 몰랐다. 김도삼은 이
일이 만만치 않다는 것을 절감했다. 조병갑이 *돌 진 가재처럼 여유
만만하게 나온 까닭을 짐작할 수 있었다.

"어떠시오? 사실이 이러한데 혜택을 본 것이 없다고 한데서야 말
이 됩니까? 운학동 김두호란 사람은 물세를 제일 먼저 냈을 뿐만 아
니라 햇곡으로 이바지까지 걸쭉하게 해와서 잘 먹었소."

조병갑은 담뱃대를 입에서 빼며 껄껄 웃었다.

"터무니없는 짓들이오. 나도 그 배들 한가운데서 농사를 짓고 있는 사람이오."

김도삼의 눈에서는 빛이 났다. 목소리도 그만큼 단호했다.

"호방!"

김도삼이 느닷없이 호방을 노려보며 낮은 소리로 불렀다. 목소리는 낮았으나 쇳덩어리 같은 무게가 실려 있었다. 호방은 멍청하게 김도삼을 건너다보고 있었다.

"당신들을 수령을 성심껏 보필하여, 수령이 목민관으로서 백성을 다스림에 있어 사리에 어긋남이 없도록 하는 것이 맡은 바 소임이거늘, 수령을 속이고 백성의 고혈을 짜기에만 혈안이 되어 있으니 그러고도 하늘이 무섭지 않은가?"

김도삼이 카랑카랑한 목소리로 호령이었다.

"여보시오, 말조심하시오!"

호방도 지지 않고 소리를 질렀다.

"조심은 누구보고 조심을 하라는 거요?"

김도삼은 눈썹 하나 까딱하지 않고 소리를 질렀다.

"왜들 이러시오?"

조병갑이 언성을 높였다.

"사또 나리!"

김도삼은 이번에는 조병갑을 정면으로 건너다보며 근엄하게 불렀다. 조병갑도 말없이 김도삼을 정면으로 건너다보고 있었다.

"물세는 처음부터 부당한 일입니다. 그 보를 막을 때 그 근방 사람들이 모두 나가서 일을 거저 했을 뿐만 아니라, 또 거기 들어간 나무도 모두 공짜로 거저 베어다 일을 했소이다. 사또 나리 선고장께서는 옛날 태인에 내려오셔서 목민을 하실 때 크게 선정을 베풀었다고 듣고 있소이다. 이 따위 썩어빠진 아첨배들의 이런 송덕장에 현혹되실 것이 아니라 여기를 떠나신 뒤 백성의 손으로 송덕비가 서도록 목민을 하시는 것이, 옛날 이웃 고을에서 선정을 베푸신 선고장의 성망까지 한층 더 빛내는 일인 줄 아옵니다."

김도삼은 마치 어린애를 놓고 훈계하는 투였다. 그의 아버지는 선정을 베풀었다는 소리는 그렇게 빗대자고 한 소리였다. 그의 아버지가 선정을 베풀었는지 악정을 베풀었는지 알지도 못했다. 요사이 한양 대갓집 여편네들 소원 중에 첫째 소원이 아들 낳아 호남으로 *골살이 보내는 것이라니, 여기 온 놈들 모두가 얼마나 무지막지하게 뜯어갔는지 짐작할 수 있는 일이었다. 조병갑 아비라고 다를 리가 없었다.

"하하, 우리 선친의 성망까지 염려를 해주시니 고맙소이다. 그런데 물세에는 크게 오해가 있는 것 같은데, 방금 말했다시피 그 일을 할 때 그 근방 사람들이 모두 거저 일을 했고, 또 나무도 거저 베어다 썼소. 그 일을 한 사람들은 배들에 논이 없는 사람들도 일을 했고 또 나무를 낸 사람도 그랬소. 공익을 위해서 그런 것이오. 그러면 거기 논을 버는 사람들은 그 보답으로라도 물세를 내어 그런 사람들의 수고나 헌납이 종묘사직을 위해서 제대로 쓰여지도록 해야 하지 않겠소?"

조병갑은 느닷없이 물세를 거둬 나라에 바칠 것처럼 말했다.

"더구나, 지금 물세는 이미 삼분지 일이나 거둬들인 마당에 그런 소리를 하는 것은 시기로 봐서도 이미 늦었소."

"삼분지 일이나 거둬들이다니요?"

김도삼이 물었다.

"농사가 많은 사람들은 대부분 이미 돈으로 내버렸소. 그러나 오늘 김처사께서 여기 오신 체면은 세워 드리리다. 우선 구 보를 헐어버린 바람에 피해를 본 논은 보상을 해주겠소, 또 여기 잡혀와 있는 사람들도 모두 방면을 하여 그 사람들을 앞세우고 가시도록 조처를 하겠소. 요사이 저렇게 가게에 불을 지르는 불칙한 놈이 생기는 것도 소니 뭐니 민심을 현혹시킨 탓이니 그런 당연한 일을 가지고 소란을 피운 책임을 물어 가차 없이 닦달을 할 작정이었으나, 김처사 체면을 보아 특별히 방면을 하는 것이오."

조병갑 생색이 흐드러졌다.

"여기 잡혀온 사람들을 내주신다니 그것은 고맙습니다. 허나, 더 절급한 것은 그것이 아니올시다. 금년 같은 해에는 물세까지 내고 나면 굶어 죽는 사람이 헤아릴 수 없을 것이오. 소나 말 같은 짐승도 먹여야 부리지 않습니까?"

김도삼이 또박또박 말했다.

"허허, 듣던 대로 역시 동학 두령답구려."

조병갑은 무엇이 동학 두령답다는 것인지 말을 해놓고 한참 웃었다.

"다시 말씀드리지만, 이 물세는 무리가 아니오. 다른 고을에도 예가 있어 살필 만큼 살펴서 정한 것이오. 허나, 정 그러시다면 다른 고을 예를 더 살펴보겠으니 돌아가서 기다리시오."

418

"여기는 구 보가 있었으니 다른 데하고는 처음부터 경위가 다르지요."

"구보, 구보 해쌌는데, 장마가 지면 썩은 방천둑 무너지듯 떠내려가던 것이 그것이 보였소?"

"장마가 지면 논에 물이 필요치 않으니 보가 떠내려간들 무슨 상관이겠습니까? 물이 받아지면 다시 막아 물을 댔으니 떠내려가도 아무 상관이 없었습니다."

"하여간, 두루 살펴서 조처를 할 것이니 가서 기다리시오."

조병갑은 다시 생각해볼 것 같은 여운을 남기며 자리를 훌쩍 일어서서 나가버렸다.

"달리 조처가 있을 듯하니 기다려보시지요."

호방이 은근하게 말했다. 김도삼은 이내 자리에서 무겁게 엉덩이를 뗐다.

"호방!"

신을 신고 두어 발짝 발걸음을 옮기던 김도삼이 갑자기 돌아서며 호방을 불렀다.

"예!"

호방은 깜짝 놀라 대답했다. 사또한테 그러듯 고개까지 주억거렸다. 여태 그만큼 김도삼의 기에 눌려 있었던 모양이다.

"백성은 이제 더 몰리자도 몰릴 구멍이 없소. 내가 그러더라고 이 말을 사또한테 전해 주시오."

김도삼은 아까처럼 담담하게 말했다. 그러나 호방은 얼굴이 일그러져 있었다. 방금 김도삼이 부를 때 턱없이 당황했던 자신의 모습에 제물에 화가 치밀었던 모양이다.

"더 몰릴 구멍이 없다는 말은, 궁지에 몰린 쥐가 고양이를 문다는 말씀입니까?"

호방은 빙긋 웃으며 새겼다. 싸늘한 냉기가 흐르는 웃음이었다. 순간 김도삼의 눈초리가 추켜올라갔다. 눈에 불이 번쩍하는 것 같았다. 호방은 황급히 눈을 피해버렸다. 순간이었으나, 두 사람의 눈길이 부딪치는 찰나 쇳소리가 나는 것 같았다. 김도삼은 아문을 향해 걸음을 옮겼다.

김도삼이 나가자 골목에 몰려 있던 사람들이 쏟아져나왔다. 김도삼은 조병갑을 만난 이야기를 소상히 했다. 지주들의 송덕장 이야기를 하자 군중은 그놈들부터 때려죽이자고 소리를 질렀다.

"여기 버티고 앉아 수세 안 물리겠다는 다짐을 받고 갑시다."

"옳소."

군중은 바글바글 끓었다. 그때 옥에 갇혔던 조만옥 등 소두들과 동임들이 풀려나왔다. 김도삼은 그들과 대책을 의논했다. 군중 속에서 소리를 질렀던 것처럼 기왕 이렇게 모였으니 여기 버티고 앉아 끝장을 보고 가자고 했다.

"이놈들이 단단히 대비를 하고 있으니, 그렇게 쉽게는 안 될 것 같소. 오늘은 돌아가 달리 계책을 세웁시다."

그들은 흥분하는 군중을 달래서 발길을 돌렸다.

조병갑이 했던 말은 다음날 바로 효과가 나타났다. 군아에서 서원이 나와 물길 때문에 피해를 본 사람들의 피해 정도를 조사했다. 그런데 그들은 피해 정도를 당사자들이 말한 대로 후하게 쳐주었다. 피해 본 논이 얼마 되지 않으니 이런 데서나 인심을 쓰자는 것 같았다.

그때 웬 쌀섬들이 예동으로 몰려오고 있었다. 그 쌀 짐 뒤에는 군아 서원이 따르고 있었다.

"먼 짐이오?"

"쌀이오."

"먼 쌀인디라우?"

"물세라는 것 같소."

지주들 머슴이었다. 이 근방 서너 사람의 지주들이 쌀을 내오고 있었다. 하학동 이주호 집에서도 나오고 있었고, 도매다리며 산매서도 나오고 있었다.

예동 앞 빈 논에다 자리를 잡아 노적가리를 쌓았다.

"이 작자들이, 지주들은 물세를 낸다고 광고하자는 것인가? 도적 놈들, 관가 놈들하고 배가 맞아돌아갈라면 곱게 돌아갈 일이제, 가난한 놈들 골내자고 광고까지 해?"

"개새끼들, 대리는 씨엄씨보다 맬기는 시누가 더 밉다등마는 이것들이 백성 골 내묵고 사는 디는 한통속이라 놀아도 더럽게 노네."

"잣것, 저놈의 노적가리에 누가 불이나 칵 질러부러라."

그 다음날도 지주 집에서는 쌀이 나오고 있었다. 그런데 엉뚱한 집에서도 쌀이 나와 사람들은 깜짝 놀랐다. 빡보 가게에 거래한 것 때문에 잡혀간 사람들 집이었다.

"아니, 먼 일이오?"

"물세를 내사 내준다고 하네. 자칫하다가는 불낸 놈으로 몰려 목숨이 왔다갔다할 판인디 사람이 살고 봐사제 으짤 것인가?"

"불난 일하고 물세하고 먼 상관이라고 물세를 내야 내준단 말이오?"

"그놈들이 언제는 이치 따져서 일하던가?"

"그라제마는 다른 것도 아니고 물세를 내불먼 다른 사람들은 으짜란 소리요?"

"갇힌 사람들은 당장 뼈가 부러지고 있는디, 우린들 으짤 것이여?"

이틀 동안 예동에 쌓인 물세가 30여 섬이나 되었다. 서원은 예동 동임을 불러 노적가리에 야경을 서 달라고 했다. 어제는 쌀을 낸 지주 집 머슴들을 시키더니 그걸 동네다 맡긴 것이다.

"으째서 하필 우리 동네다 싸놓고 이라요?"

"여그가 자리가 좋아서 그라지라. 거리부정도 그 동네 소관 아니오?"

서원은 좀 미안했는지 엉뚱한 소리로 너스레를 떨었다.

"거리부정에 빗댄께 말이오마는, 이 쌀섬이 모두 곱게 보는 쌀섬이 아닌디, 그런 덤터기까장 쓰고 나서면 동네 사람들이 존 소리 할 것 같소? 마람은 우리 동네서 이어줄 것인께 지키기는 다른 동네 사람들보고 지키라고 하시오."

"그럼 다른 동네서도 나와서 거들라고 할 텐께 같이 수고를 해주시오."

서원은 *갈파래 다발 내맡기듯 맡겨놓고 가버렸다.

그날 저녁 누가 모이라고 한 것도 아닌데 예동 동임 집으로 근방 동네 동임이며 집강들이 모여들었다. 마침 정길남 집에 와 있던 김 승종과 장진호도 그리 갔다. 그들도 대책을 의논하던 참이었다.

"지주 놈들은 원래 그런 놈들인께 그런다 치고 빡보 가게 까탈로 잽해간 사람들 집에서까지 물세가 나오니 일판이 이로코 한 귀팅이 쓱 무너지기로 하면 내중에는 장마에 흙담 무너지대끼 할 것인디, 이 일을 으째사 쓰까?"

조만옥이었다.

"아까 우리 몇 사람이 이야기를 해봤는디, 두레를 한번 걸고 나서 면 으짜겠냐 이런 이얘기가 나왔소."

김승종이었다.

"두레?"

"예, 이번에 물세를 내는 사람은 누가 됐든 두레에서 빼분다고 얼 러메자는 것이지라. 그러면 지주들이 제일 겁을 먹을 것 같소. 지주 들이 이런 일에 따로 놀라면 이런 일만 따로 놀 것이 아니라 다른 일 도 따로따로 놀자. 농사 때 농사도 우리는 우리 논만 농사를 질란께 느그들은 느그들대로 농사를 짓든지 말든지 알아서 해라, 이람시로 이번에 물세 낸 사람들은 지주가 됐든지 감옥에 있는 사람이 됐든지 두레에서 빼분다고 겁을 주자 이것이지라. 배들 안통 동네 두레 영 좌하고 총각대방들이 전부 모여 그로코 결정을 해불면 모두 깜짝 놀 랠 것 같소. 우리 동접계원들 가운데만도 총각대방이 다섯 명이나 되요."

당장 정길남하고 장진호부터가 그들 동네 총각대방이었다.

"으음, 모도 손발만 맞으면 방도는 그것이 존 방도겠구만."

김승종 말에 나이 든 축들도 고개를 끄덕였다.

사실 동네마다 그렇게만 나온다면 이것은 예삿일이 아니었다. 지주들은 두레에서 빼버리면 그들은 농사를 지을 수가 없었다. 농사 때 농촌 일손은 어느 동네나 두레에 몽땅 들어와 있기 때문에 그들이 아니면 일손을 구할 길이 없었다. 돈을 아무리 쏟아놓아도 그때는 노는 손이 없으니 속수무책이었다. 그뿐만 아니었다. 두레에서 빼버린다는 것은 농사일도 농사일이지만, 동네 사람들이 그 집하고는 상종을 않는다는 뜻도 되었다.

"그로코 결정만 내려주면, 우리 젊은이들이 총각대방들을 앞세우고 그런 집을 한 집 한 집 찾아댕김시로 겁을 줄라요. 결정만 내려주시오."

"지주들을 그로코까장 건들면 관에서 가만 있잖을 것인디 자네들이 크게 다치잖으까?"

"다칠 것 생각하면 아무 일도 못하지라잉."

장진호가 결의를 보이고 나섰다.

"우리도 진작부텀 각오한 바가 있은께 결정만 해주시오. 낼 아침부터 당장 그 소리를 하고 댕길라요."

정길남이었다.

"그야 어려울 것이 없네마는……."

지해계원들이 나서서 삽시간에 배들 안통 동네 영좌들과 총각대방들을 모았다. 반대하는 사람이 없었다. 그 결정이 나자 정길남 등 지해계 총각대방들이 앞장서서 총각대방들을 모두 따로 모았다.

"그래도 이것이 이만저만 중대한 일이 아닌게 우리 총각대방들이 그런 집을 집집마다 돔시로……."

정길남은 총각대방들이 그런 집들을 돌아야 할 필요를 설명했다.

기왕 영좌들과 총각대방들이 결정한 일이니 그렇게 단단히 다지는 것이 좋겠다고들 했다. 세 패로 나누어 서로 얼굴을 모르는 동네를 돌기로 했다. 정길남은 지해계원들을 따로 모아 내일 아침 총각대방들이 동네를 돌 때 지해계원들도 같이 돌며 총각대방들을 거들라고 했다.

약속했던 대로 다음날 아침 일찍 총각대방들은 지해계원들과 함께 동네를 돌기 시작했다.

말목 위쪽을 돌기로 한 정길남은 출발에 앞서 주의를 주었다.

"동네에 들어가면 그 동네 계원들은 우리가 들어갈 집만 가르쳐 주고 자기 동네 집에는 안 들어가기로 했소. 말은 절대로 불손하게 하지 말고 정중하게 해야 하오. 가령 빡보 가게 까탈로 옥에 있는 사람들 집에 가면 말이여, 사람이 잡혀가서 염려가 많은 줄을 우리도 잘 알고 있소. 그러제마는 아무리 족치더라도 물세를 내서는 안 되겠소. 한두 집이 무너지기로 하면, 방천둑도 개미구멍으로 무너지더라고 전부가 무너지고 말 것이오. 그래서 이번에 물세를 내는 사람은 누구든지 두레에서 빼기로 이 근방 영좌하고 총각대방들이 결정을 했소. 그래서 그 말을 전해 줄라고 이로코 왔은께 그리 아시오. 두레서 빼고 안 빼고는 그 동네 사람들 전부 맘이제마는 혹시 동네서 안 빼더래도 우리 젊은 사람들은 그런 사람들 논에 들어가서 같이 손 섞어 일을 안 할 것이오. 이것은 누가 미워서 그런 것이 아니고 다 같이 살자고 하는 일인께 하는 수 없소. 이로코 말을 하자 이 말이오. 군아에서 서원들이 나오기 전에 전부 돌라면 바쁜께 서두릅시다."

정길남 패 열댓 명은 상학동 쪽으로 바쁜 걸음을 쳤다. 마치 어디를 쳐들어가는 기세였다. 손에 몽둥이만 들지 않았달 뿐 그들의 걸음걸이에는 살기마저 감돌고 있었다.

그때 우물가에 나와 있던 하학동 여인들은 느닷없는 행렬에 눈이 동그래지고 말았다. 모두 이쪽을 건너다보고 있었다. 우물에서 물동이를 이고 나오다 이들을 본 강쇠네는 제정신이 아니었다.

"저것이 먼 사람들이라요?"

"금매 말이오. 관에서 나온 사람들은 아닌 것 같은디……."

강쇠네는 집에다 물동이를 내려놓자마자 이주호 집으로 내달았다.

"마나님, 마나님!"

안채로 달려들며 숨넘어가는 소리로 마나님을 불렀다.

"멋인가?"

이주호가 놀라 문을 발딱 열었다.

"큰일났소, 큰일나."

강쇠네는 숨이 넘어갔다.

"큰일이라니?"

"먼 사람들인가는 모르겠는디, 수십 맹이 상학동으로 몰려갔소."

"먼 사람들이 몰려갔단 말이여?"

이주호 마누라도 이주호 곁으로 고개를 내밀었다.

"먼 사람들인지는 모르겠는디라우, 몰려가는 것이 무섭습디다. 틀림없이 먼 일이 난 것 같소."

"몇 명이나?"

이주호가 물었다.

"서른 맹도 넘겄습다."

"어디서 와서 몰려갔단 말인가?"

"말목 쪽에서 왔는디 꼭 먼 일이 난 성만 부르요."

"손에는 아무것도 안 들었어?"

"아니라우. 손에 몽둥이를 든 사람들도 여럿인 것 같습다."

그들한테서 느낀 살기 때문에 몽둥이를 든 것으로 착각한 모양이었다.

요사이 이주호는 심사가 말이 아니었다. 정읍 김진사 집에 아직도 미련을 버리지 못하고 조성국을 상전 받들듯하며 그 집 눈치를 보게 했으나, 일은 이미 앵돌아져버린 것 같고, 이갑출은 지금도 잊어버릴 만하면 술이 취해가지고 와서 으르렁거리고, 도무지 속이 여름 두엄벼늘 홍어 속이었다.

"나리, 나리!"

강쇠네가 다시 숨넘어가는 소리로 달려들었다. 자리에서 일어나 옷을 주워 입고 있던 이주호는 후닥닥 문을 퉁겼다.

"오요, 시방 이리 몰려오고 있소."

"멋이, 이리 몰려오다니?"

"이 댁으로 오는 것 같소."

"우리 집으로, 으째서?"

"모르겄소. 이 일을 으짠다요?"

강쇠네는 금방 그들이 쫓아들어오기라도 하는 듯 뒤를 돌아봤다. 아니나 다를까, 설금찬 장정들이 대문 양쪽 문지방이 그득하게 쏟아져 들어오고 있었다.

"웬 사람들인가?"

이주호는 마루로 나서며 겨우 이렇게 물었다. 젊은이들이 안마당으로 가득 찼다.

"아침 일찍 이로코 몰려와서 죄송합니다. 우리는 배들 안통 동네 총각대방들이오."

"그런디?"

이주호는 눈이 금방 튀어나올 것 같았다.

"물세 때문에 왔습니다. 군아에서 만석보를 헐고 새 보를 막아 물세를 받은 것은 어디다 내놔도 말이 안 되는 짓입니다. 그래서 모두 물세를 내지 말자고 했는디, 농사가 많은 이들이 물세를 내고 있습니다."

정길남은 또박또박 말했다.

"그야 우린들 내고 싶어서 내겠는가?"

이주호는 더듬거리며 말했다.

"그래도 모두 손발을 맞춰서, 내도 같이 내고 버텨도 같이 버텨사제, 농사가 많은 사람들이 그로코 내불면, 농사가 적은 우리 같은 사람들은 죽으란 말이오?"

정길남이 따지고 들었다.

"이 사람아, 관에서 윽박지르고 나오는디, 무슨 재주로 버틴단 말인가?"

"이치에 틀린 일이면 버텨사제라우. 더구나 감역 나리 같은 이가 이보란 듯이 내면 우리 같은 무지렁이들은 죽으란 소리제 멋이겠소?"

"말인즉 쉽네마는 그런 일이 어디 말같이 쉬운 일인가? 다른 사람들은 다 냈다고 하도 다그치글래 나도 할 수 없이 냈네."

이주호는 처음 놀랐던 표정이 웬만큼 풀리고 있었다. 자라 보고 놀란 가슴 솥뚜껑 보고 놀라더라고 요사이 하도 어이없는 재변이 겹치는 바람에, 무슨 까탈로 이렇게 몰려오는가, 혹시 집구석이라도 작살을 내려 몰려오는 것이 아닌가, 막연히 겁을 먹었다가 기껏 물세 이야기자 안심이 되는 모양이었다.

"금년 같은 숭년에 그런 터무니없는 물세까지 생골을 내고 나면 우리같이 농사 적은 사람들은 다 굶어죽게 생겼소. 그런디 농사가 많은 사람들이 앞장을 서서 물세를 내분 통에 우리 입장은 더 곤경에 몰릴 판이오. 그래서 지주들이 소농들하고 그렇게 따로 놀라면 이런 일만 따로 놀 것이 아니라 처음부터 이것저것 다 손을 끊고 따로 놀자고 작정을 했소."

정길남은 잠시 말을 끊었다. 이주호는 무슨 소린가 덩둘한 표정으로 정길남을 건너다보고 있었다.

"이번에 물세를 내는 사람들은 지주 집이 되었건, 잡혀간 사람들이 되었건, 그런 집은 모두 두레에서 빼불기로 의논들이 돌았소. 엊저녁에 배들 안통 두레 영좌들하고 총각대방들이 그러기로 결정을 봤글래 시방 그것을 알려 드릴라고 이라고 왔소."

정길남이 단호하게 말했다.

"멋이 두레에서 뺀다고?"

"예, 배들 안통 두레 영좌들하고 총각대방들만 모여서 결정한 일인게 따로 동네 두레꾼들이 모여서 결정을 할 것이오마는, 혹시 동네서 빼지 말자고 결정이 나도 우리 총각대방들하고 젊은이들은 그런 집 논에는 안 들어갈 것이오. 지금까장 기왕에 낸 것은 그런다치고 이 소리를 한 뒤에도 더 내면 그것은 그렇게 손을 끊어도 좋다는 소리로 알아들을 것입니다. 그런 사람 논에는 하늘이 두 쪽으로 뽀개져도 안 들어갈 것인께 그리 아시오."

"허, 그럴 법이 어딨단 말인가?"

"그러면 물세를 안 내면 될 것 아니오?"

군중 속에서 퉁명스럽게 쏘았다.

"따로 놀기는 마찬가지요. 우리가 이러고 나설 때는 보통 맘 묵고 나선지 아시오? 우리는 물세를 내고는 모두 굶어 죽은게 이래 죽으나 저래 죽으나 이판사판이오."

정길남이 거듭 다졌다.

"그러제마는 우리 입장도 생각을 해주어사 쓸 것 아닌가?"

"여보시오!"

그때 말목 장진호가 버럭 악을 쓰고 나왔다.

"입장이라니, 당장 굶어죽게 생긴 입장보담 더한 입장이 어딨단 말이오?"

장진호는 주먹을 으르며 악을 썼다.

"네 이놈, 뉘 앞에서 그 따위 말버릇이냐?"

"말버릇이오? 체신부터 제대로 지키고 말버릇 탓하시오."

장진호는 픽 웃으며 핀잔이었다.

"이놈, 너는 말목 장호곤 아들놈이지?"

이주호는 얼굴이 새파래지며 악을 썼다.

"그라요, 으짤라요?"

장진호가 삿대질을 하며 대들었다.

"이노옴, 너 양반을 능멸했겠다아, 두고 보자 이노옴."

"양반이면 양반 같은 짓을 하시오!"

장진호도 지지 않고 악을 썼다.

"조용히 합시다."

정길남이 자리를 수습했다.

"지금 우리는 뒤꼭지에다 저승사자를 달고 나선 사람들인께 그리 아시오."

정길남이 한마디 던져놓고 돌아섰다.

"두고 보자."

이주호는 분을 참지 못하며 코를 씩씩 불었다.

"두고 보기는 좆을 두고 봐. 집구석에다 불을 콱 질러불란께."

군중 속에서 누가 소리를 질렀다.

"이런 불한당 같은 놈들."

이주호는 불을 지른다는 소리에 억장이 무너지는 표정이었다. 그 자리에 자지러질 것 같았다.

"이 집에 가운뎃다리 하나 걸걸한 사람 있다든디 그 양반은 안 뵈네."

패거리 속에서 누가 소리를 지르며 나왔다.

"킬킬."

젊은이들은 핀잔을 주며 대문을 빠져나왔다. 동네를 빠져나오자 정길남은 발을 멈췄다.

"말들을 쪼께 조심해사 쓰겄어. 우리가 저 사람들한테 원수 갚으러 댕기는 것이여 뭐여. 할 소리만 하제 왜 쓸데없는 소리를 해. 이 동네 사람들 체면도 생각해 줘사 쓸 것 아니냔 말이여."

정길남이 눈을 부릅뜨며 나무랐다.

"저런 작자들한테는 그런 소리도 쪼께 해놔사 써."

장진호였다.

젊은이들은 마을을 다 돌고 모두 자기 동네로 흩어지고 나자 금방 군아 서원들이 나타났다. 서원들은 동네마다 휘지르고 다녔다.

"개새끼들 좆 빠진 강아지맨키로 잘도 휘지르고 댕긴다마는 낸가 안 낸가 두고 보자."

젊은이들은 핀잔을 주며 서원들을 지켜보고 있었다. 젊은이들뿐만 아니라 나이 든 축들도 눈을 밝히고 지켜보고 있었다.

두레로 엄포를 놓자 대번에 효험이 있어 쌀이 한 섬도 나오지 않았다. 그것이 꼭 무서웠다기보다 내지 않을 좋은 구실이 생겨 그걸 내세워 버틴 것 같았다.

다음날 또 서원들이 나왔다. 오늘은 벙거지들까지 나와서 욱대기지 않을까 했으나 서원만 나온 게 우선 안심이었다. 그런데 어찌 된 일인지 오늘은 물세 이야기는 입에 올리지 않았다. 마치 그런 일이 없었던 것처럼 물세 이야기는 입도 짝하지 않고 전운미나 읍세 같은 것만 채근하고 다녔다.

사람들은 어리둥절했다. 그러나 물세가 묻어놓은 불씨처럼 마음에 걸려 사람들은 서원 눈치를 흘끔거리며 다른 잡세는 비교적 고분고분 냈다. 다음날도 그 다음날도 마찬가지였다. 이 작자들이 물세는 까맣게 잊어버린 것이 아닌가 싶을 지경이었다.

닷새째 되는 날이었다. 예동 노적가리에서 야경을 서고 있던 젊은이들은 사그라져 가는 모닥불 가에 앉아 깍지 낀 다리에다 얼굴을 처박고 졸고 있었다. 까무룩 잠이 들었던 젊은이들은 무슨 소리가 나는 것 같아 번쩍 눈을 떴다. 이게 뭔가? 노적가리가 벌겋게 타오르고 있었다.

"불이야!"

졸던 젊은이들은 그 자리에서 퉁겨 일어나며 악을 썼다.

"불이야, 불이야!"

두 젊은이들은 노적가리의 이엉부터 무작정 끌어내리며 고래고래 악을 썼다. 그러나 새끼로 단단히 얽어놓은 이엉가닥이라 쉽게 걷어내지지 않았다. 겨우 한쪽만 걷어냈다. 불길이 하늘로 치솟고 있었다. 그때야 동네 사람들이 소리를 지르며 뛰어나오고 있었다. 두 젊은이들은 위통을 벗어 옷으로 불을 내리쳤으나 어림없었다.

"불이야, 불이야, 물을 길어오시오!"

동네 사람들이 물동이를 들고 나오기 시작했다.

"물을 길어갖고 오시오, 물!"

사람들은 목이 찢어져라 외쳐댔다. 동네가 원체 커 삽시간에 물동이가 줄을 섰다. 한참 만에 불길이 잡혔다. 불은 겉만 타다 말았으나 쌀은 거진 버린 것 같았다. 불 먹은 것은 두말할 것도 없고, 물 먹은 쌀도 온전할 리가 없었다.

"이놈들아, 어떻게 번을 섰간디 이 지경이냐?"

나이 먹은 축들이 젊은이들을 닦달하고 나섰다.

"깜빡 졸았는디……."

두 젊은이는 넋이 나가 제대로 말을 잇지 못했다.

"그럼 모닥불에서 불이 옮겨 붙은 것이 아니란 말이야?"

모두 눈이 둥그레졌다.

"모닥불은 진직 꺼지고 재만 남아 있었어라우."

"그럼 이것이 먼 소리라냐? 누가 일부러 불을 질렀다는 소리냐?"

모두 입이 떡 벌어지고 말았다.

"누가 불을 질렀는지 어쨌는지는 모르겄는디 모닥불에서 옮겨 붙은 것은 아녀라우."

"아이고 일 났네. 어뜬 미친놈이 이런 짓을 했으까? 저 무지막지한 놈들한테 또 이런 언턱거리를 줬으니 일은 벌어져도 크게 벌어졌구만."

"허허, 큰일이다, 큰일이여."

모두 장탄식에 땅이 꺼졌다.

"워매, 저것은 또 먼 불이여?"

군중 속에서 백산 쪽을 보며 소리를 질렀다.

"아이고, 저그도 불이 났네."

"저것도 물세 노적가리가 틀림없구만."

저 멀리 백산 쪽에서도 노적가리에서 불이 훨훨 타고 있었다. 거기는 노적가리에서 이엉을 걷어내지 못했는지 불이 길길이 솟아오르고 있었다. 불길은 밤하늘을 미친 듯이 핥고 있었다. 사람들은 모두 넋 나간 꼴로 백산 쪽에서 타고 있는 불을 건너다보고 있었다.

"그런께 시방 어뜬 놈들이 물세 노적가리에다 몽땅 불을 지르자고 작정을 했다는 소리구만."

"틀림없네."

"허허, 어뜬 놈들이 죽을 짓을 저질러도 시방 험하게는 저지르고 있네. 읍내서 난 불도 불똥이 여그까지 튀어와서 생사람들이 줄로 잡혀가는 판인디 바로 물세에다 이 지랄을 해놨으니, 인자 뻑다구가 어긋나면 뉘 뻑다구가 어긋날 것이여? 배들 안통 사람들 다 죽었네."

"세상에 어뜬 처죽일 놈들이까? 이놈들이 객기를 부려도 앞뒤를 살필만치는 살펴감시롱 부려사제, 이런 짓이 시방 할 짓이라고 했으까? 죽고 싶으면 저 혼자나 죽제 이것이 시방 먼 일이여?"

"일은 벌어져 논 것, 동임은 다른 탓이나 안 들을라면 군아에다 싸게 알리기나 해!"

동임은 그제야 제정신이 돌아온 듯 젊은이 두 사람을 데리고 읍내를 향했다. 동네 사람들은 땅이 꺼지게 한숨들을 쉬며 집으로 들어가고 동접계원들만 남았다. 집으로 들어가려던 정길남이 아버지가 아들을 불렀다.

"느그들 몇 사람은 잠시 피해 있는 것이 으짜겄냐? 더구나 너는 일마다 앞장을 서놔서 질 몬자 잡아갈 것 같다. *꽃등에는 피하고 보는 것인께 잠시 피해 있다가 불낸 놈이 잽히거든 나오너라."

"내가 피하면 아버님이 다칠 것인디라우."

"그래도 니가 당하는 것보담은 덜 당할 것이다."

"친구들하고 의논을 해볼라요."

거기 있는 지해계원들은 여남은 명이었다.

"저놈들이 우리를 젤 먼저 지목을 할 것 같은디 으쨌으면 쓰겄냐?"

정길남이 입을 열었다.

"식구들 땀새 내뺄 수도 없고 꼼짝없이 당하는 것 아니냐?"

장진호였다.

"그라제마는 가만히 앉아서 당할 수는 없다. 몇 사람만 피신 겸 원평 접주님한테 가서 뒷일을 의논하자."

다른 계원들은 각자 알아서 하기로 하고 정길남, 김승종, 장진호 세 사람은 원평으로 가서 전봉준과 뒷일을 의논하기로 했다. 정길남과 장진호는 그 길로 산매 김승종 집으로 가서 그를 데리고 원평을 향했다. 그들은 새벽달빛이 희미한 들길을 바람처럼 달려 아침참 때 원평에 당도했다.

정길남은 전봉준에게 자초지종을 늘어놨다.

"불은 누가 지른 성부르냐?"

이야기를 다 듣고 난 전봉준은 차근하게 물었다.

"그것을 어떻게 알겠습니까?"

정길남이 뚤럼한 눈으로 전봉준을 건너다보며 대답했다.

"그 불을 질러서 이익을 볼 사람이 누구겠는가 생각해봐라."

세 젊은이는 엉뚱한 소리에 눈만 멀뚱거리고 있었다.

"관가 사람들이다. 지난번 빡보 집 불로 재미를 보고 나서 이번에는 일부러 여기다 불을 지른 것이다."

전봉준은 단정을 했다.

"이 불을 빌미로 물세는 말할 것도 없고 다른 잡세들까지도 몽땅 긁어낼 것이다. 양족에 쌓아논 노적가리가 기껏 5,60섬밖에 안 된다고 했지 않느냐? 배들에서 받아낼 물세가 천 섬이 가까울 것이니 천 섬에 5,60섬이면 *잉어 낚는 데 곤지 턱이다."

세 사람은 벌어진 입을 닫지 못하고 서로를 건너다보고 있었다.

"너희들은 여기 잘 왔다. 며칠 여기서 쉬어라. 나한테도 뾰족한 방도가 없으려니와, 지금 나서서 덤벙거리는 것은 지혜도 아니다. 며칠 두고 보자."

배들 안통 사람들은 모두가 독 안에 든 쥐 꼴로 벼락을 기다리고 있었다. 아니나 다를까, 다음날 아침 일찍 벙거지들이 철릭자락에 서릿발을 일으키며 닥쳐들었다. 예상했던 대로 지산서당 동접계원들부터 잡아갔다. 계원들이 피해버린 집에서는 그 식구들을 끌고 갔다. 다음날은 다른 사람들도 잡아갔다. 닥치는 대로 잡아다 군아 곳간 속에 처넣었다.

지해계원들은 처음 들어가는 날부터 얻어맞기 시작했다. 계를 만든 경위며 지난번 물세를 내지 말기로 한 일 등을 꼬치꼬치 캐물었다.

다른 사람들은 물세며 다른 잡세들을 제대로 다 내겠다는 손도장만 찍으면 금방 내보냈다. 그런데 엉겁결에 찍은 문서에는 엉뚱한 세목이 있었다. 양여부족미라는 것이었다. 전운미 가운데서 부족한 것이라는 것이다.

"아니, 이것은 해도 너무하잖소?"

"멋이 너무한단 말이오?"

"곡상미, 낙정미, 간색미, 전관미, 기선요미, 부가미 등 전운미만 열 몇 가지였는디 그래도 부족해서 더 내란 말이오?"

"그런 것은 나도 모르는 일이오. 받아오란께 받을 뿐이오."

서원은 처음부터 그런 것은 알은체를 하지 않으려 했다. 그들 생각에도 정말 해도 너무했으므로 자기들은 모르는 일이라고만 뻗댔다. 무지막지하기가 작년보다 더했다.

　그때 벙거지들이 동네마다 돌아다니며 웬 방을 붙이고 다녔다.

　　근자 만석보 물세며 전운 양여부족미 등 결세에 불만을
　　품은 일부 불온지배들이, 감세의 등소를 빙자하여 부질
　　없이 다중을 취회, 관문에 강박하는 등 불측한 일이 있
　　고, 심지어는 세미 노적과 양고의 가게에 방화를 하는 등
　　자못 불온한 기운이 팽배하고 있다. 이것은 그간 관의 온
　　후관대한 처사에 미련한 자들이 크게 방만해진 탓이니
　　그 우매함을 어찌 통탄하지 않을 수가 있으리요. 그간 물
　　세며 여타 세미의 양액을 상고컨대 조금도 남징의 허물
　　이 없으니 차후로는 물세 등 소 명목의 취회를 하는 자는
　　엄징할 것은 물론이요, 각종 세미를 체납한 자 또한 가차
　　없이 다스릴 것인즉 선량한 백성은 불온지배의 작간에
　　현혹되지 말고 다음 사항을 일준하여 후회하는 일이 없
　　도록 명심하라.

　　1. 소 명목의 취회를 하는 자나 그에 부와한 자는 같이 엄
　　　 징한다.
　　2. 각종 세미를 차후 5일 이내에 완납하라.
　　3. 위 기일에 세미를 완납치 않은 자는 불온한 뜻을 품은
　　　 자로 여겨 엄징한다.
　　　　　　　　　　　　　　　계사 11월 20일 고부군수

이제 군아로 잡아들이기도 지겨워 안 내는 놈은 집집마다 찾아다니며 그 자리에서 개 패듯이 패겠다는 소리가 아닌가 싶었다. 그런데 방을 붙이고 난 벙거지들은 이번에는 설치는 모양이 달라졌다. 세미 미납된 집을 돌아다니며 그 집에서 돈 될 만한 것을 치부하고 다녔다. 소, 돼지, 개, 닭 등 가축이며 유기그릇 따위 반상기뿐만 아니라 농짝 같은 것도 쓸 만한 것은 모두 치부를 했다.

이 무렵 동네마다 비슷하게 밤 봇짐을 싼 사람들이 두세 집씩 생겼다. 세미는커녕 끼니도 간데없는 사람들이었다. 그런데 그 사람들은 동네를 떠나버리면 그만이었으나, 그 세미는 그대로 시퍼렇게 살아 동네 사람들한테 인징으로 또 애먼 사람 골을 낼 판이었다.

그때 웬일인지 향청에서 동네 동임들을 모여달라고 했다.

웬만한 동네 동임들은 다 나왔다. 고부 전체 동이 2백 개나 넘었는데 여기 모인 사람은 150명쯤 되는 것 같았다.

좌수 김봉현이 앞으로 나섰다.

"지금 불 하나 갖고도 군이 초학을 앓고 있는디, 이참에는 불이 나도 두 곳에서나 났으니 이러다가는 고부 사람들 다 죽는다는 소리가 나겄어서 그 의논을 하자고 이렇게 오시라 했소."

좌수 김봉현은 심각한 표정으로 말했다. 갑자기 향청으로 나오라는 바람에 아무 영문도 모르고 모여들었던 동임들은 머쓱한 얼굴로 좌수의 말을 듣고 있었다.

"수세 받아논 노적에다 불을 지른 것은 수령을 정면으로 멸시한 것이오. 배들 안통 사람들이 두레를 내세워 수세를 못 내게 한 것도 수령을 그만큼 얕보았기 때문이라고 지금 사또 나리께서는 분기탱

천, 부득부득 이를 갈고 있소이다. 사또 나리께서 그로코 화를 내는 것은 여태까지 처음 보았소. 자는 호랑이 콧등에 불침을 놔도 유분수지 도대체 그런 지각없는 일이 어디 있단 말이오. 지금 동학도들이 덩덩하니 제세상인 줄 알고 천방지축 날뛰는디 그 사람들 어쩌자고 그 지경인지 도무지 속내를 짐작할 수가 없더만요. 지금 사또 나리는 너무 곱게 대해주니 이자들이 간을 본 것이라고 이만저만 벼르고 있는 게 아닙니다."

좌수는 큰일 났다는 표정으로 주워섬겼다.

"궂은일에는 나이 찬 아제비더라고 이러다가는 우리 군민들이 다쳐도 너무 험하게 다칠 것 같아 하는 수 없이 향청에서 나서기로 의논이 돈 것이오. 사또 나리 분기를 조금이라도 누그러뜨려야겠는디, 그러자면 아무래도 우리 군민들이 사또 나리를 얕본 것이 아니라 평소 크게 우러러보고 있다는 태도를 보여야 할 것 같소. 그래 오랜 의논 끝에 비벼낸 궁린디 이 계제에 사또 나리 선고장 송덕비를 세워드리는 것이 어쩌겠느냐는 의견이 나왔소이다."

느닷없는 소리에 동임들은 잠시 술렁거렸다.

"아무리 *소진, 장의가 와서 장설을 풀어보았자 말로는 나리 분기를 가라앉히기는커녕 되레 감정만 더 덧들일 것 같습니다. 예전에 사또 나리 선고장께서 이웃 고을 태인에서 현감으로 골살이를 하신적이 있는디 그 분께서는 그때 크게 선정을 베풀었던 모양입니다. 그러니 차제에 우리가 십시일반으로 몇 푼씩 모아 그이 송덕비를 세워 드리자는 것입니다."

그때 김이곤이 나섰다.

"그이가 우리 고을에서 골살이를 하셨다면 모르거니와 다른 고을에서 골살이를 하셨는디, 그 고을 사람도 아닌 우리가 송덕비를 세운단 말이오?"

"너무 엉뚱한 일 같소."

다른 동임들이 동조를 하고 나왔다.

"얼핏 그로코 생각될 것입니다마는, 이야기를 더 들어보시오. 우리가 그런 비를 세우자는 데는 두 가지 뜻이 있소이다. 한 가지는 지금 사또 나리께서 너무도 화를 내고 계시는 바람에 그것이 어뜨코 터질지 모르는 일이니, 이런 것으로 환심을 사서 조금이나마 그 노기를 누그러뜨려 보자 이것이고, 두 번째는 이 자리가 서로 속 아는 우리 고을 사람끼리만 모인 자린게 말씀이오마는 사또 나리께서도 선고장의 본을 받아 선정을 베풀어달라 이런 얘기도 은연중에 된다 이것입니다. 사람 사는 이치란 게 소리를 지르고 대들 때가 있으면 또 웃는 얼굴로 얼러야 할 때도 있는 법입니다. 어제 일은 기왕지사 엎질러진 물이니 이번에는 웃는 낯으로 굽실거려도 보는 것입니다."

좌수 말에는 기름기가 잘잘 흘렀다. 그때 별감이 갈마들었다.

"지금 사또 나리께서 얼마나 화를 내고 계시는지 안 본 사람은 모릅니다. 좌수 어른 말씀마따나 꼭 잠자는 호랑이 코에 불침 논 것 한 가지요. 이대로 가만있다가는 사람이 상해도 여럿 상하지 않을까 겁이 납니다. 당장 방화범만 하더라도 수가 몇이나 되는지 알 수 없는 일이지만, 거기 연루된 공범만도 한둘이 아닐 것 같은디, 그런 사람 죽고 살리기는 사또 나리 마음 하나 먹기에 달린 것이 아니겠소? 딱따구리 부적도 귀신 쫓는 법이 있더라고 우리로서야 푼전을 모아 하는 일이제마는, 그것이 효험을 내기로 하면 사람 목숨을 살려도 여럿 살리는 일이 될 것 같소이다."

"방화범이 자복을 했다는디 그것이 누구라요?"

동임 한 사람이 물었다.

"그것은 지금 철통같이 숨기고 있는 것 같소. 공범이 다 잡힐 때까지는 발설을 않을 모양이오."

별감이었다.

"그래도 이런 일이면 소문이라도 나는 법인디……."

그때 송두호가 일어섰다.

"지금 너 나 없이 모두 세미가 대추나무 연줄 걸리듯 했는디, 또 이런 것을 짊어지고 가면 누가 이쁘다고 하겠소. 이런 일은 살림 형편이 좀 넉넉한 부자들이 나서서 하는 것이 어쩌겠소?"

"그건 말이 안 돼요. 그러면 부자 몇 사람 생색만 나제 우리 군민들은 뒷전으로 밀리고 말 것 아니오? 이런 일은 상말로 보리개떡으로 찰떡 인심날 일인디 그런 일을 부자 생색내라고 내맡기자는 소리요?"

별감이었다.

"그래도 지금 군민들 형편이 *눈썹만 뽑아도 똥 나오게 생겼는디, 또 그런 돈을 내라면 우선 얼굴부터 찡그릴 것 아니오."

"그것을 그로코만 생각하다가는 아무 일도 못 하지라."

도매다리 김영달이었다. 그는 말을 이었다.

"두 분 말씀을 들어본게 일이 전후 사정에 좌우 사개가 딱 들어맞는 것 같소. 웬만큼 귀가 열린 사람이라면 이런 일에 누가 시비를 걸겠소. 고지기 준 것 휘로 치더라고 이런 일이 있고 나면 어느 구석에 그만한 사정이 끼어도 끼었지라우. 이 일은 새겨보면 새겨볼수록 기막힌 생각인 것 같소. 향청에서 고을 사람들을 안 다치게 하자고 궁리를 얼마나 했길래 이런 생각까지 해냈는가 나는 이 소리를 처음 들었을 때 몇 번이나 감복을 했소."

원래 이속들한테 알랑방귀 뀌는 데는 호가 난 자였다. 동임들은 떨떠름한 얼굴이었다. 우선 일을 제안한 좌수 김봉현이란 자는 누구 못지않은 흉물이었기 때문이다. 좌수라는 자리부터가 아전들과 조금도 다를 것이 없이 수령이 갈릴 때마다 적잖은 *임뢰를 바치고 유지되는 자리였다.

향청이란 원래는 풍속을 교정하고 향리를 규찰하는 등 백성을 대표하여 수령을 보좌하는 지방 자치기구로 그 우두머리인 좌수와 그 다음 자리인 별감은 그 지방 양반 가운데서 덕망 있는 사람을 임명했으나, 정사가 고루 썩다 보니 여기라고 무사할 수가 없어 지금은 완전히 수령 밑에 예속, 수령이 노략질하는 데 그 들러리 역할이나 하며 같이 백성을 뜯어먹고 있었다. 이런 작자들 수작이라 겉으로 내세우는 소리는 그럴 듯했으나 그 경비 명목으로 돈을 거둬 비 명색이라고 하나 세워놓고 제 놈들 뱃속 채우자는 수작이었다. 열 섬 거두면 아홉 섬은 제 놈들 뱃속으로 들어갈 판이었다.

"그러면 얼마씩이나 내야 하요?"

동임 가운데 누가 물었다.

"이것을 집집마다 돌아댕김시로 걸을 수는 없는 일이고, 동네마다 두레쌀이 있을 것인께 두레에서 내는 것이 어떨까 싶소. 정월 걸궁칠 때 동네 한 바퀴씩 더 돌기로 하고 큰 동네서는 한 섬, 작은 동네서는 반 섬, 이 정도만 내면 아쉰 대로 일이 될 것 같소."

별감이었다.

"손바닥만한 비석 하나 세우는디 한 동네서 쌀을 한 섬토록 내사 쓴단 말이오?"

하학동 김이곤이었다. 양찬오가 일이 있어 김이곤이가 대신 참석했다.

"거 무슨 말씀이오? 기왕에 일을 할라먼 방불하게 해사제 사또 나리 체면도 있는디 명색 송덕비를, 더구나 이 고을 수만 명 군민들 이름으로 세움시롱 능대석 위에 돌쪼가리나 하나 달랑 세우자는 소리요?"

"그렇지라우. 기왕에 일을 할라먼 비석부텀 방불해사제라우. 이런 일은 잘못하면 안 한 것만 못하요."

김영달이었다.

"영달이 자네 똑똑한 줄은 여기 모인 동임들이 다 알고 있은께 출랑거려도 들을 말이나 제대로 듣고 출랑거리게."

김이곤은 늘어진 소리로 핀잔을 주었다.

"멋이, 자네 지금 멋이라고 했어?"

김영달이 발끈했다.

"저 작자가 가만히 있으라면 입 닥치고 있을 일이제, 아갈창이 안 돌아가서 시방 볼때기가 근질근질한 모양이네."

김이곤이 눈알을 부라리며 을렀다.

"여보시오. 점잖은 좌수 나리 앞에서 말본새가 그게 뭐요?"

별감이 버럭 소리를 질렀다.

"좌수 나리 앞이라 곱게 말을 하는디 남의 말이 끝나기도 전에 점잖으신 나리 앞에서 하도 촐랑거리글래 하는 소리요. 우리는 그런 속을 잘 모른께, 우리가 동네 사람들 앞에 가서 말을 할라면 그 내막을 소상히 알아사 쓸 것 같소. 그로코 많은 돈이 어뜨코 쓰이는가 조목조목 말씀이나 쪼깨 해주시오."

김이곤이 늘어진 소리로 또박또박 말을 했다.

"취지가 옳으면 그런 것은 우리한테 맡겨줘사제 그로코 콩팔칠팔 따지기로 하면 어디 일 해묵겠소? 비석만 세우는 것이 아니고 비석을 세울 때 잔치도 벌려사 쓸 것인디, 거기 온 사람들한테 막걸리 한 잔씩이라도 내놀라면 그 돈도 어디요? 서로 좋자는 일에 초장부터 이로코 어깃장을 놓고 나오면 앞에 나선 사람들은 무슨 재미로 일을 하겠소. 일을 해놓고 보면 돈 들어간 짐작이 있을 것인께 우리한테 맡기시오."

별감은 우격다짐으로 몰아붙였다.

"이 일은 하기 나름이라 처음부터 돈이 많다 적다 할 수가 없을 것 같소."

운학동 동임이었다.

이런 알랑쇠들을 미리 불러다 입김을 쐬어놓은 것 같았다. 더 달고 나서 봤자 빤한 일이다 싶은지 더 따지는 사람이 없었다.

"이 일은, 일이 일이라 바삐 서둘러야 할 것 같소. 모레까지는 쌀을 전부 향청으로 내주시오."

동임들은 떫은 감 씹은 표정으로 향청을 나왔다.

"도집강 체신에 이장 대리를 다 서신 모양이지라?"

향청 문을 나서며 김이곤이 송두호에게 핀잔을 주며 다가섰다. 송두호가 돌아보며 웃었다. 송두호도 전에 동임을 한 적이 있었는데 그도 김이곤처럼 동임 대리로 나온 모양이었다.

"세상이 돌아가도 하도 험하게 돌아간게 백성 뜯어 묵을 궁리 하나씩은 기가 맥히게들 비벼내는구만요."

송두호가 헛웃음을 쳤다.

"백성 뜯어 묵는 것이 즈그덜 농산게 잘 비벼내야겠지라. 그란디 오늘 저녁 말목으로 모이라는 기별이 왔던디, 접주님이 모이라고 하신 것이오?"

김이곤이 낮은 소리로 물었다.

"예, 접주님이 모이라고 하신 것이오. 오늘 저녁에 접주님이 오시오. 나도 그래서 시방 그리 가는 길이오. 같이 갑시다."

김이곤은 송두호를 돌아봤다.

"접주님께서 드디어 결단을 내리신 것이 아닌가 싶소."

송두호가 속삭이듯 말했다.

"결단이라우? 군아로 쳐들어가는?"

김이곤 눈에서 빛이 번쩍했다.

"그렇소. 조병갑 저놈은 기어코 목을 매달아야 하요."

"그럼 거사는 당장 내일이라도 하는 거요?"

김이곤이 실없이 주변을 한번 돌아보며 물었다.

"그렇게 쉽게는 안 될 것 같소."

"기왕 할라먼 한시라도 빨리 해야 할 거요. 지금 방화범으로 몰린 젊은이들은 제 발로 걸어나올 사람 몇 안 된다는 것 같소."

"거사를 하기 전에 몬자 통문부터 돌려서 거사의 뜻을 널리 알리기로 했소."

"두령들끼리 하기로 작정을 했으면 그대로 밀고나갈 일이제, 한가하게 통문을 돌리고 앉았단 말이오? 그라다가 짜드락이 나는 날에는 먼 꼴이 되게라우."

김이곤은 나무라듯 말했다.

"그 통문에는 우리가 할 일을 명백하게 적은 다음에 앞에 나서는 사람 이름을 전부 적기로 했소. 우리가 이로코 각오를 하고 앞에 나선게 죽어도 우리가 죽는다, 안심하고 많이 나와서 같이 힘을 합해 달라, 이것이지라, 그렇게 미리 널리 알려놔야 많은 사람이 나오지 않겠소."

"그러기는 하겄는디, 그 통문에다 이름을 적어노면 내중에 그 사람들은 빼도박도 못할 것 아니오."

김이곤이 겁먹은 표정으로 말했다.

"그 사람들은 그만한 각오를 하고 나서는 것이지라. 각오를 했으면 그로코 투철하게 드러내부러사 본인들도 그만치 당당하고 또 뒤에 따라나서는 사람들도 믿고 따라나서겠지라."

"그람 앞에 나서는 사람은 몇 사람이나 되요?"

"집강 들 중에서도 몇 사람 있고, 아마 스무남은 명은 될 성부르요."

"동네 집강까지 스무남은 명이나 되아라우?"

김이곤이 깜짝 놀라 걸음을 멈췄다.

"왜 그리 놀라시오? 실은 그러지 않아도 형장한테 권유를 할까

하고 있는 참이오. 결심이 서거든 이따 이름을 적어넣 적에 적으면
돼요."

김이곤은 생각에 잠겨 잠시 말이 없었다.

날이 어두웠을 때 전봉준은 김만수, 정길남 등 대여섯 명 젊은이
들의 호위를 받으며 태인 최경선, 정읍 손여옥 등 이웃 고을 거두들
과 함께 말목에 당도했다. 집강들은 숨을 죽이고 앉아 있었다. 자리
를 잡아 앉고 나자 전봉준은 입을 열었다.

"어느 때까지 극비에 붙여야 할 일이라 따로따로 만나 의논을 했
습니다마는 여기 나오신 분들은 일을 대충 다 잘 알고 계실 것입니
다. 이번 일은 다른 데서 일어난 예사 민란처럼 수령 하나 짚둥우리
태우고 끝내는 것이 아니오. 군수 조병갑은 효수를 하고 아전들을
징치한 다음 군기를 빼앗아 전주로 밀고 올라갑니다."

전봉준의 말소리는 낮았으나 방바닥을 뚫고 들어가는 듯 무거웠
고 그 작은 몸뚱이가 바윗덩어리처럼 크고 단단하게 느껴졌다.

집에 들렀던 김이곤은 아내하고 이야기가 길어 그만 좀 늦고 말
았다. 통문에 이름을 써넣겠다고 하자 김이곤 아내는 그러면 자기는
집 뒤란 감나무에다 목을 매고 죽어버리고 말겠다고 을러메는 바람
에 한참 티격을 벌이다 온 것이다. 김이곤은 사람들 맨 뒤에 조심스
럽게 끼여 앉아 전봉준 말을 듣고 있었다.

"전주를 점령한 뒤에는 곧바로 사람들을 모아 수를 늘린 다음 그
대로 한양까지 밀고 가는 것입니다. 우리가 할 일을 조목별로 한번
읽어보겠소."

사람들은 숨을 죽이고 전봉준을 건너다보고 있었다. 전봉준은 읽

기 시작했다.

　　일, 고부성을 격파하고 군수 조병갑은 효수한다.
　　일, 군기창과 화약고를 점령한다.
　　일, 군수에게 아부하여 인민을 침어한 탐리는 격징한다.
　　일, 전주영을 함락하고 한양으로 직향한다.

　"바로 이 통문에다 이름을 적어넣어서 그 통문을 세상에 돌립시다. 이 통문에 이름을 적어넣는다는 것은, 나는 이렇게 죽기로 각오했다고 세상에 알리는 것이오. 다시 말하거니와 우리는 군수 하나쯤 짚둥우리나 태워 쫓아내는 것이 아니라 군수 목을 매달아 죽이고 무기고를 점령해서 무장을 한 다음, 전주 감영을 들이치고 그 여세로 한양으로 쳐들어가 조정을 뒤집어엎습니다. 글자 그대로 역몹니다. 나 혼자만 죽고 마는 것이 아니고 내 가족과 외족, 처족까지 삼족이 멸하는 멸문지화를 당하는 일입니다. 마지막으로 한 번 더 말합니다. 이름을 적을 때는 잘 생각해서 후회 없도록 하시오."
　전봉준 말에 좌중의 얼굴은 얼음장처럼 굳어졌다.
　"여기 이름을 적을 만한 사람 가운데서 몇 사람은 부러 빼놓기로 했소. 뒷일을 위해섭니다. 정익서 씨, 조만옥 씨 그리고 지해계원들이오. 뒤에 남아서 일을 하는 것도 중요합니다. 뒤에서 일을 하고 싶은 사람은 이름을 적지 마시오."
　뒷일이 무엇인가는 말하지 않았다. 여기서 그것을 강조하는 것은 아직 결심이 제대로 서지 않은 사람들한테 빠져나갈 핑계를 주자는 것이 아닌가 싶었다.

그때 김도삼이 벼룻집을 끌어당겼다. 미리 써놓은 통문을 펴고 맨 끝 빈자리에 둥그렇게 원을 하나 그렸다. 붓에 먹을 찍어 전봉준한테 넘겼다.

김도삼한테서 붓을 받은 전봉준은 그 원의 원심과 직선으로 원 밖에다 자기 이름을 적었다. 사람들은 숨을 죽이고 전봉준이 이름 적는 것을 보고 있었다. 자기 가슴에 칼이라도 꽂고 있는 비장한 모습이었다. 자기 이름을 적은 전봉준은 붓을 곁에 있는 송두호에게 넘겼다. 송두호는 정중하게 붓을 받아 전봉준 이름 곁에 자기 이름을 써내려갔다. 획 하나하나에 힘을 넣어 적었다. 마지막에는 붓끝이 파르르 떨렸다.

20명이 이름을 다 적을 때까지 한 사람 한 사람 적는 것을 모두 숨을 죽이고 보고 있었다. 손을 발발 떠는 사람도 있었다. 이름들이 원에서 햇살처럼 퍼져나갔다. 사발통문이었다. 주모자를 가리지 못하게 하는 기명 방법이었다.

이름은 다음과 같았다.

　　　전봉준　송두호　정종혁　송대화　김도삼　송주옥　송주성
　　　황흥모　최흥렬　이봉근　황찬오　김응칠　황채오　이문형
　　　송국섭　이성하　손여옥　최경선　임노흥　송인호

이름을 적지 못한 김이곤 등 몇 사람은 축에 끼지 못한 어린아이들처럼 한쪽에 추레하게 앉아 있었다.

"거사는 사흘 안에 할 것이오. 이 통문에다 날짜만 적어 보낼 것
이니 그리 아시오. 형편에 따라서는 날짜가 바로 내일로 잡힐 수도
있소. 그럼 다른 말씀 하실 분 안 계시오?"

아무도 나서는 사람이 없었다.

"그럼 오늘 저녁은 이대로 돌아갑시다."

전봉준이 자리에서 일어섰다.

◉ 녹두장군 4권 어휘풀이

가쟁이 가장이. 모 심을 때 논을 가는 사람을 일컫는 말.

가차이 가깝게.

간벌間伐 나무들이 적당한 간격을 유지하여 잘 자라도록 불필요한 나무를 솎아 베어 냄.

갈마들다 서로 번갈아들다.

갈파래 다발 내맡기듯 갈파래는 부피만 크고 값이 싼 물건이므로, 귀찮은 일을 덤터기 씌우는 경우를 일컫는 말.

감사납다 논밭 따위가 일하기 힘들게 험하고 거칠다.

갓 쓰고 똥 누는 것도 제멋 어떤 짓을 하거나 제 마음대로 하라고 내버려 두라는 말.

강화도조약江華島條約 운요호 사건을 계기로 조선 고종 13년(1876)에 조선과 일본 사이에 체결한 조약. 군사력을 동원한 일본의 강압에 의하여 맺어진 불평등 조약이었으며, 이 조약에 따라 당시 조선은 부산 외에 인천, 원산의 두 항구를 개항하게 되었다.

개토제開土祭 뫼를 쓸 때에, 흙을 파기 전에 토지신에게 올리는 제사.

걸궁 걸립乞粒.

검불 가느다란 마른 나뭇가지, 마른 풀, 낙엽 따위를 통틀어 이르는 말.

겉볼안 겉을 보면 속은 안 보아도 짐작할 수 있다는 말.

452

골살이 '고을살이'의 준말.

골패骨牌 납작하고 네모진 작은 나뭇조각 32개에 각각 흰 뼈를 붙이고, 여러 가지 수효의 구멍을 판 노름 기구. 또는 그것으로 하는 노름.

괘서掛書 이름을 밝히지 않고 글을 내어 걺. 또는 그런 글. 국가에 반역叛逆을 도모하거나 남을 모함하기 위하여 궁문宮門, 성문城門, 관청官廳의 문 따위에 써 붙였다.

국량局量 남의 잘못을 이해하고 감싸주며 일을 능히 처리하는 힘.

군입정 때 없이 군음식으로 입을 다심.

기군망상欺君罔上 임금을 속임.

기이다 어떤 일을 숨기고 바른대로 말하지 않다.

기장 볏과의 한해살이풀. 높이는 50~120cm이며, 잎은 어긋나고 이삭은 가을에 익는데 아래로 늘어진다. 여름에 작은 이삭꽃이 원추圓錐 꽃차례로 피고 이삭은 9~10월에 익는다. 열매는 '황실黃實'이라고도 하는데 엷은 누런색으로 떡, 술, 엿, 빵 따위의 원료나 가축의 사료로 쓴다.

기장밭이 될 지경 서리지탄黍離之歎이 나라가 망하자 종묘나 궁궐도 모두 무너져 기장밭이 된 것을 보고 뱉는 탄식을 의미하므로 '기장밭이 될 지경'이라는 말은 삶의 터전이 기울어감을 비유적으로 표현한 것.

길꼬냉이 진도 들노래의 하나. 논매기의 마지막인 세벌매기가 끝나는 날에 그 마을에서 농사가 제일 잘된 집을 골라서 축하하고, 그 집의 머슴을 위로하기 위하여 소 위에 태우고 농악대를 앞세워 그 집을 향하여 걸어가면서 부르는 노래.

꽃등에는 피하고 본다 난세나 무슨 분란이 꽃등 곧 최고조에 이를 때는 피하라는 말.

너나들이 서로 너니 나니 하고 부르며 허물없이 말을 건넴. 또는 그런 사이.

노적가리 한데에 수북이 쌓아 둔 곡식 더미.

높드리 높고 메말라서 물기가 적은 논밭.

눈썹만 뽑아도 똥 나오겠다 견디기가 한계에 이르러 조금만 더하면 끝장나
겠다는 말.

늙은 말이 콩 마다하랴 본능적인 욕망은 늙었다고 없어지는 것이 아님을
비유하여 일컫는 말.

다랑치 '다랑이'의 사투리. 산골짜기의 비탈진 곳 따위에 있는 계단식으로
된 좁고 긴 논배미.

단병접전短兵接戰 칼이나 창 따위의 단병으로 적과 직접 맞부딪쳐 싸움. 또
는 그런 전투.

더운갈이 몹시 가물다가 소나기가 내린 뒤, 그 물로 논을 가는 일.

덜께기 늙은 수꿩.

도래솔 무덤가에 죽 둘러선 소나무.

도벌盜伐 허가 없이 산의 나무를 몰래 베어 감.

돌 진 가재 의지할 근거가 든든함을 일컫는 비유적 표현.

드레질 사람의 됨됨이를 떠보는 일.

뜸베질 소가 뿔로 물건을 닥치는 대로 들이받는 짓.

마른갈이 마른논에 물을 넣지 않고 논을 가는 일.

말구末口 자른 통나무 위쪽 끄트머리 부분.

모쟁이 모를 낼 때에, 모춤을 별러 돌리는 사람.

모주할미 열바가지 내두르듯 내용이 빈약한 것을 겉만 꾸미어 낸다는 말.

목침뜸질 '목침찜'의 사투리 표현. 목침으로 사람을 마구 때림. 또는 그런 일.

무룩이 수두룩하게

무릇 백합과의 여러해살이풀. 파, 마늘과 비슷한데 봄에 비늘줄기에서 마늘
잎 모양의 잎이 두세 개가 난다. 초가을에 잎 사이에서 30cm 정도의 꽃줄
기가 나와서 엷은 자주색 꽃이 총상總狀 꽃차례로 많이 피고 열매는 삭과

果를 맺는다. 어린잎과 비늘줄기는 식용한다. 밭과 들에 저절로 나는데, 구황 식물로 아시아 동북부의 온대에서 아열대까지 널리 분포한다.

무릿매 작은 돌을 끈에 맨 후 끈의 양 끝을 잡고 휘두르다가 한쪽 끝을 놓아 돌을 멀리 던지는 팔매.

무삶이 논에 물을 대어 써레질을 하고 나래로 고르는 일. 또는 물을 대어 써레질을 한 논.

미친놈 세간살이 험하게 어질러진 세간

민막 民瘼 국민을 괴롭히고 나라를 망치는 정치 때문에 국민이 고생하는 일.

반간反間 이간離間.

밤봇짐 밤에 싸는 봇짐. '밤봇짐을 싸다'는 아무도 모르게 밤중에 도망가다의 뜻.

배동 곡식의 이삭이 나오려고 대가 불룩해지는 현상.

뱀뱀이 예의범절이나 도덕에 대한 교양.

보릿대춤 허튼춤 가운데, 발동작 없이 양팔을 굽히고 손목을 젖혔다 뒤집었다 하며 좌우로 흔들며 추는 춤.

보맥이 보막이. 보洑를 막기 위하여 둑을 쌓거나 고치는 일.

봉정奉呈/捧呈 문서나 문집 따위를 삼가 받들어 올림.

북망산이 홑벽이다 죽음이란 늘 가까운 곳에 도사리고 있으므로 모든 일에 조심하라는 말. '홑벽'은 맞벽을 치지 않고 한쪽만 흙을 바른 얇은 벽. '북망산北邙山'은 무덤이 많은 곳이나 사람이 죽어서 묻히는 곳을 이르는 말.

불알을 발라내다 거세하다.

비칠거리다 몸을 바로 가누지 못하고 쓰러질 듯이 이리저리 어지럽게 자꾸 비틀거리다.

뺨 맞는 데 구레나룻이 한 부조 쓸모없어 보이던 구레나룻도 뺨을 맞을 경우에는 아픔을 덜어 준다는 뜻으로, 아무 소용도 없는 듯한 물건이 뜻밖에

도움을 주게 됨을 이르는 말.

삘기   띠의 애순. '띠'는 볏과의 여러해살이풀로 줄기는 높이가 30~80cm이고 원추형으로 똑바로 서 있으며, 잎은 뿌리에서 모여난다. 5~6월에 이삭 모양의 흰색 또는 흑자색 꽃이 가지 끝이나 줄기 끝에 수상穗狀 꽃차례로 핀다. 삘기라고 하는 어린 꽃이삭은 단맛이 있어 식용하고 뿌리는 모근茅根이라 하여 약용한다. 들이나 길가에 무더기로 나는데 아시아, 아프리카 등지에 널리 분포한다.

삥아리가 발 벗었은께 항상 오뉴월인 줄 알제마는   닭의 새끼가 발을 벗으니 오뉴월만 여긴다. 닭이 아무것도 신지 않고 맨발로 다니는 것을 보고 음력 오월 더운 때인 줄 아느냐 하는 말로, 겉만 보고 상대방의 사정을 착각하는 경우를 이르는 말.

사위스럽다   마음에 불길한 느낌이 들고 꺼림칙하다.

사은숙배謝恩肅拜   임금의 은혜에 감사하며 공손하고 경건하게 절을 올리던 일.

살뜰하다   사랑하고 위하는 마음이 자상하고 지극하다.

삶아놓은 개다리 같다   제대로 굽혀지지 않은 경우를 천박하게 이르는 말.

선무사宣撫使   조선 시대에, 큰 재해나 난리가 일어났을 때 왕명을 받들어 재난을 당한 지방의 민심을 어루만져 안정시키는 일을 맡아보던 임시 벼슬. 또는 그 벼슬아치.

수리치   수리취. 수리취는 국화과의 여러해살이풀로 이것을 말려 부싯깃을 만든다.

소진, 장의   매우 구변이 좋은 사람을 이르는 말. 소진과 장의는 중국 전국시대의 모사謀士.

신칙申飭   단단히 타일러서 경계함.

실답잖게   쓸모없게

싱기라고   '심으라고'의 사투리.

씨도둑질은 못한다 일반 물건은 도둑질을 해서 써도 표가 나지 않지 만, 씨
　　도둑질은 어디가 닮아도 닮기 때문에 탄로가 난다는 뜻.

야살 얄망궂고 되바라진 말씨나 태도.

업 한 집안의 살림을 보호하거나 보살펴 준다고 하는 동물이나 사람. 이것이
　　나가면 집안이 망한다고 한다.

엇부루기 뜸베질 하듯 거세게 저항하거나 날뛰는 경우를 이르는 말. '엇부
　　루기'는 아직 큰 소가 되지 모산 수송아지. '뜸베질'은 소가 뿔로 물건을
　　닥치는 대로 들이받는 짓.

여름 두엄 벼늘 홍어속이다 전라도 지역에서 홍어를 먹을 때 두엄 벼늘에
　　묻어 푹 삭혔다가 먹는 데서 나온 말로 울화를 꾹꾹 누르고 있는 심정을
　　뜻한다.

연통連通/聯通 연락하거나 기별함. 또는 그런 통지.

영산靈山 참혹하고 억울하게 죽은 사람의 넋.

오비작거리다 좁은 틈이나 구멍 속을 자꾸 함부로 갉아 파내다.

옴나위 꼼짝할 만큼의 적은 여유.

옴살 매우 친밀하고 가까운 사이.

옹기굴甕器窟 '옹기 가마'의 북한어.

외수 잡은 놈 골패짝 세어놓듯 노름하다가 외수한 자를 잡았을 경우 골패
　　짝 세는 것이 아주 엄격할 것이므로, 무슨 일을 그만큼 확실하게 하는 경
　　우를 이르는 말. '외수外數'는 속임수.

웃거름 씨앗을 뿌린 뒤나 모종을 옮겨 심은 뒤에 주는 거름.

윤노리나무 장미과의 낙엽 관목. 높이는 5미터 정도이며, 잎은 타원형이다.
　　5월에 흰 꽃이 겹산방 꽃차례로 가지 끝에 피고 열매는 달걀 모양의 이과
　　梨果로 10월에 붉게 익는다. 목재는 코뚜레, 땔감 따위로 쓴다. 한국과 일
　　본에 분포한다.

은성殷盛 번화하고 풍성함.

이빨이 안 들어간다 어떤 말을 하여도 도무지 반응이 없거나 받아들이지 않음을 이르는 말. 이가 안 들어가다.

임뢰任賂 보직을 받기 위해 바치는 뇌물.

잉꼬리대끼 으깨듯. '으깨다'의 사투리인 '잉깔르다'에서 나온 말.

잉어 낚는 데 곤지 턱이다 큰 이익을 보는 데 투자하는 것이 매우 적음을 이르는 말.

저실 '겨울'의 사투리.

제비한테 노적가리다 아무리 많이 있어도 자기한테는 전혀 소용이 닿지 않는 물건을 이르는 말.

쥐엄나무에 도깨비 꼬이듯 아무것도 아닌 일에 사람들이 잔뜩 몰려든 경우를 이르는 말.

진일 밥 짓고 빨래를 하는 따위의 물을 써서 하는 일.

째마리 사람이나 물건 가운데서 가장 못된 찌꺼기.

차나락 '찰벼'의 사투리.

채전菜田 채소밭.

취당聚黨 목적, 의견, 행동 따위를 같이 하는 무리를 불러 모음.

콩팔칠팔 하찮은 일을 가지고 시비조로 캐묻고 따지는 모양.

파락호破落戶 재산이나 세력이 있는 집안의 자손으로서 집안의 재산을 몽땅 털어먹는 난봉꾼을 이르는 말.

파리 보고 총 겨눈다 터무니없이 과잉대처하는 경우를 이르는 말. 모기 보고 칼 뺀다.

퍼더버리다 팔다리를 아무렇게나 편하게 뻗다.

풋대 다 자라지 못한 식물의 줄기.

풍물잡이 풍물재비. 농악 따위에서, 풍물을 가지고 치거나 불거나 하는 사람.

허설쑤로 '허허실실로'의 잘못.

헐장歇杖 장형杖刑을 행할 때, 아프지 아니하도록 헐하게 매를 치던 일.

홀태 '탈곡기'의 사투리.